ニコール・パーロース
江口泰子 訳　岡嶋裕史 監訳

サイバー戦争 終末のシナリオ

Nicole Perlroth

This Is How They Tell Me the World Ends

早川書房

上

THIS IS HOW THEY TELL ME
THE WORLD ENDS

The Cyberweapons Arms Race

by

Nicole Perlroth

Japanese edition supervised by

Yushi Okajima

Translated by

Taiko Eguchi

First published 2022 in Japan by

Hayakawa Publishing, Inc.

This book is published in Japan by

arrangement with

Bloomsbury Publishing Inc.

through Tuttle-Mori Agency, Inc., Tokyo.

装幀／國枝達也

いつも私を秘密の隠れ家から引っ張りあげてくれたトリスタンに。
私の隠れ場所を教えられなくても、私と結婚してくれたヒースに。
私のお腹に隠れていたホームズに。

ここで何かが起きている。
それが何か、はっきりとはわからない。
あそこに銃を持った男がいる。
私に注意しろという。
もうやめる時だと思う。子どもたち、あの音は何だ？
みんな、何が起きているか見てみろ。

バッファロー・スプリングフィールド「For What It's Worth」の歌詞

目次

※訳者による注は小さめの（　）で示した。

下巻目次

はしがき

本書は、七年以上にわたる取材の末に生まれた。インタビューした相手は三〇〇人以上。機密のサイバー兵器産業に携わる人たちだけではない。その産業を追跡調査するか、その産業から直接、影響を受けた人たちも含まれている。ハッカー、活動家、反体制派、専門家、コンピュータ科学者、アメリカ政府及び海外政府の当局者、フォレンジック調査員もいれば、政府や企業の〝傭兵〟もいた。

本書に記したのは、多くの人が何時間も、場合によっては何日もかけて詳しく話してくれた、さまざまな出来事と会話だ。情報源には、可能な限り証拠書類の提出を求めた。契約書、メール、テキストメッセージ。あるいは機密扱いとされる、多くの場合、機密保持契約によって守られたデジタル情報の断片。可能であれば、録音やカレンダーを用い、メモをとって、出来事に対する私自身の記憶と情報源の記憶とを擦り合わせた。

国家機密につながるテーマであるため、多くの人は身元を明らかにしないという条件でインタビューに応じてくれた。偽名という条件で話してくれた人がふたり。彼らの話は、可能な限り、別の人の話で裏づけをとった。ほかの人が話した内容を確認するという条件でのみ、インタビューに応じてくれた人たちもたくさんいる。

本書に登場する個人の名前が、必ずしもその出来事や会話の情報源とは限らない。個人から直接聞いた話もあるが、目撃者や第三者から聞いた場合もあり、できるだけ文書からも情報を得ている。そして私が話を聞いた時でさえ、サイバー兵器売買の話となると、ハッカー、買い手、売り手、政府はいかなる記録も残さないように細心の注意を払っていた。割愛した物語やエピソードも多い。彼らの話の裏づけが取れなかったという、ただそれだけの理由だ。その点については、納得していただきたい。

私は最善を尽くした。だが今日に至るまで、サイバー兵器売買の全容は摑《つか》めておらず、その世界を知り尽くし、正しく理解したと主張するほど私も愚かではない。本書の記載に誤りがあれば、それはもちろん私の責任である。

私の望みは、機密主義で外部からは窺い知れないサイバー兵器産業に、たとえわずかでも本書が光を当てることであり、それによって「モノのインターネット」と呼ばれるデジタルツナミの最先端で生きる私たちが、必要とされる議論をいま——手遅れになる前に——始めるきっかけとなることである。

ニコール・パーロース

二〇二〇年一一月

プロローグ——ウクライナ、首都キーウ

二〇一九年真冬。私を乗せた飛行機がウクライナの首都キーウの空港に到着した頃には、攻撃はもう終わったのか、それともこれから始まるドラマの幕開けにすぎないのか、誰にもわからなかった。

飛行機がウクライナ領空に入った瞬間から、かすかなパニックと張り詰めたパラノイアが機内を支配していた。乱気流によってとつぜん躰《からだ》が突き上げられると、機内の後方から一斉に悲鳴が上がった。隣に座っていたウクライナ人の華奢なモデルが、私の腕を強く摑んで目を閉じ、祈り始めた。

九〇メートル眼下では、ウクライナが「オレンジの警戒レベル」に入っていた（五段階のうちの赤に次ぐ、上から二番目に高いテロ警戒レベル）。暴風がとつぜんアパートメントの屋根を剝《は》ぎ取り、吹き飛んだ屋根の断片が、行き交う車を直撃した。キーウ郊外とウクライナ西部の村々は停電していた。初めてのことではない。私たち乗客が滑走路に降り立ち、ボルィースピリ国際空港のなかを通り抜けようとした時には、若くてひょろ長いウクライナ人の国境警備隊員でさえ、心配そうに訊《き》き合っていた。ただの暴風か。これもロシアのサイバー攻撃じゃないのか。このところ、誰もが疑心暗鬼に陥っていた。

その数日前、私はまだ生まれて半年ほどの我が子に別れを告げてキーウへ向かった。一種の陰鬱な

巡礼であり、世界がこれまで目撃した最も破壊的なサイバー攻撃の爆心地で、その瓦礫《がれき》を確かめるためだった。ロシアが前回、ウクライナにサイバー攻撃を仕掛けてから二年足らず。私が訪れた時、ロシアのサイバー攻撃がウクライナの政府機関、鉄道、ATM、ガソリンスタンド、郵便事業に及ぼした影響に、世界はいまだ動揺していた。あの時、ロシアの攻撃は古いチョルノービリ（チェルノブイリ）原子力発電所（ウクライナのキーウ州にある）の放射線モニターにまで及んだ。マルウェアはじわじわとウクライナ全土に広まり、手当たり次第に世界へと拡散し、やがて地球の裏側まで到達して、オーストラリアの南に浮かぶタスマニア島の工場を麻痺させた。製薬大手のワクチン生産を中断させ、フェデックスのコンピュータに侵入した。世界最大の海運コングロマリットを機能停止に追い込んだ。あっという間の出来事だった。

二〇一七年、ロシア政府はわざわざウクライナの憲法記念日――アメリカの七月四日の独立記念日にあたる日――を選んでサイバー攻撃を仕掛け、不吉な合図を送った。ウクライナ市民がロシアからの独立を盛大に祝うはずだった日に、母なるロシアは決してお前たちを手放しはしないと知らしめたのである。

徐々にエスカレートし、二〇一七年の攻撃で一気に頂点に達したロシアの陰湿なサイバー攻撃は、二〇一四年のウクライナ騒乱に対するロシア側の報復だった。あの時の騒乱では、数十万人のウクライナ市民がキーウ市内の独立広場を占拠し、ロシア政府の傀儡《かいらい》であるウクライナ政権に反旗を翻し、ウラジーミル・プーチンの操り人形にすぎないヴィクトル・ヤヌコーヴィチ大統領を失脚させたのである。

ウクライナ政府が崩壊すると、プーチンはヤヌコーヴィチをモスクワに亡命させ、クリミア半島に部隊を送り込んだ。二〇一四年の前、クリミア半島は黒海のパラダイスと謳《うた》われ、ウクライナの南岸から突き出たダイヤモンドだった。英国の元首相ウィンストン・チャーチルはかつて、クリミア半島を「冥界のリヴィエラ」と呼んだ。いまはその地をロシアが実効支配し、プーチンとウクライナとが睨《にら》み合う地獄の中心と化した。

プーチンのデジタル部隊はそれ以来、ウクライナにサイバー攻撃を仕掛けてきた。ロシアのハッカーは、ウクライナ国内でデジタル機器を持つ相手なら誰であろうと、何であろうとハッキングするという血腥《なまぐさ》い狩りを楽しんだ。五年ものあいだ、ウクライナ相手に一日数千回ものサイバー攻撃を仕掛け、ネットワークのなかを執拗に徘徊して弱点を探し出した。弱いパスワード、コードの間違い、海賊版ソフトウェアや修正パッチを当てていないソフトウェア、間に合わせのファイアウォールなど。不和のタネをまき、欧米寄りのウクライナ政権の弱体化につながるものは何であれ、攻撃対象になった。

プーチンがロシアのハッカーに課したルールはふたつだけだった。ひとつは、母なる祖国に対してハッキング行為は行なわないこと。ふたつ目として、ロシア政府から何かを頼まれた時には、その命令に必ず従うこと。それ以外は何をしても構わない。そして、もちろん、プーチンはハッカーをこよなく愛した。

ロシアのハッカーは「朝、機嫌よく目覚めて、絵の制作に取り掛かる画家のよう」だ。二〇一七年六月、プーチンはガチョウのように騒がしい記者の質問に答えている。プーチンのハッカーが、ウクライナのシステムを破壊する三週間前のことである。「彼らに愛国心があるならば、ロシアを貶《おとし》める者に戦いを仕掛けて、役に立とうとするかもしれない」

ウクライナは彼らにとって、デジタル版のテストキッチンになった。ロシアのデジタル兵器庫にあるさまざまなハッキング手段やツールを試す、地獄の業火くすぶる実験室である。しかも報復される心配もない。ウクライナに初めてサイバー攻撃を仕掛けた二〇一四年だけでも、ロシアの国営メディアとトロール（ネットスラングで「荒らし」「荒らす人」。個人の荒らしのほか、プロパガンダやフェイクニュースをインターネットで拡散する組織を「トロール工場」と呼ぶ）は、ウクライナの大統領選に伴って、ディスインフォメーション（「悪意のある偽情報」。外国勢力による情報操作などを指す。ミスインフォメーション「悪意のない誤情報」とは区別される）をまき散らした。欧米寄りの市民の暴動を、違法なクーデターや「軍事政権」、あるいは欧米の「ディープステート」（闇の国家。政治指導者を陰で操る軍や情報機関などの国家内国家）のせいにした。ウクライナの大統領選に干渉して、ロシアのハッカーはメールを盗み出し、有権者データを探しまわり、選挙管理当局のシステムに不正侵入してファイルを削除した。選挙結果の報告システムにマルウェアを埋め込んで、極右の候補者が勝ったように細工しようとした。ウクライナの当局者がその陰謀に気づいたのは、選挙結果が国内メディアに報告される直前のことである。インターネット選挙のセキュリティ専門家は、その時の陰謀を、国政選挙を不正操作しようとした歴史上最も恥知らずな企てと呼んだ。

いまになってみると、この時の攻撃にアメリカはもっと大きな警鐘を鳴らすべきだった。ところが、二〇一四年にアメリカが注視していたのは別の事件だった。ミズーリ州ファーガソンで、白人の警官が黒人の少年を射殺した事件。ＩＳＩＳ（イスラム国）の恐怖とその唐突な台頭。サイバー分野で言えば、一二月に起きた北朝鮮によるソニー・ピクチャーズのハッキング事件。親愛なる指導者、金《キム》正恩《ジョンウン》の暗殺を描いた、セス・ローゲンとジェームズ・フランコ主演のコメディ映画に、北朝鮮のハッカー集団が報復したのだ。彼らはソニー・ピクチャーズのサーバーをコードで攻撃し、ソニーの重役の顔に泥を塗るようなメールをわざわざ選んで流出させた。この時の攻撃がプーチンにとって、二〇一六年のアメリカ大統領選にサイバー攻撃を仕掛ける際の完璧なお手本になった。

ほとんどのアメリカ人にとって、ウクライナは依然、遠い国だった。独立広場で抗議デモに参加するウクライナ市民の姿や、プーチンの傀儡政権を倒して欧米寄りの新政権を打ち立て、盛大に祝う様子をしばし目にした。ウクライナ東部の紛争を熱心に見守った者もいる。おおぜいのオランダ人を乗せたマレーシア航空一七便が、ウクライナ上空でロシア人分離主義者に撃墜された事件を、ほとんどの人は忘れていない。

それでも、もし私たちがもっとよく注意していれば、赤い光を毒々しく放つ警告灯に気づいていたかもしれない。シンガポールとオランダでサーバーが不正侵入された事件。大規模停電。攻撃コードが世界中に拡散する事件にも、もっと警戒していたかもしれない。

だが、私たちは気づいてはいなかった。最終的な標的がウクライナではないことに。ロシアの最終的な攻撃目標がアメリカだったことに。

二〇一四年にロシアがウクライナの大統領選に介入した事件は、その後に続く一連の出来事の先制の一撃にすぎなかった。あの攻撃は、それまで世界が見たことのないサイバー侵略と破壊だった。

ロシアは冷戦時代の作戦帳のページを流用していた。ボルィースピリ空港からキーウの市街地へ、独立広場へ、ウクライナ革命の血を流した中心地へと向かうタクシーのなかで、私はロシアが次はどの作戦を使うのだろうかと考えていた。果たして私たちは先まわりして、ロシアの攻撃を阻止することができるのだろうか。

プーチンにとって外交政策の核心は、グローバルな問題に対する西洋の支配力を弱めることだった。プーチンのデジタル部隊は、執拗なハッキングとディスインフォメーションの拡散を通して、ロシアの敵をそれぞれの国の政治問題にかかりきりにさせようとした。そうすれば、民主主義に対する西洋の支持を、そして最終的には北大西洋条約機構（ＮＡＴＯ）に対する信頼を粉々に打ち砕いてしまうという、プーチンの真の意図から目を逸《そ》らせられる。ＮＡＴＯさえ弱体化してしまえば、プーチンを牽制するものは何もなくなる。

自分たちを守ってくれるはずの欧米の庇護者はいったい何をしているのか。ウクライナがそう幻滅すればするほど、彼らが欧米に背を向け、母なるロシアの冷たい懐に戻ってくる可能性が高くなる。

しかも、凍てつく冬に電力の供給を止めること以上にウクライナを苛立《いらだ》たせ、新政権に対する疑念を抱かせる方法があるだろうか。二〇一五年一二月二三日、クリスマスイブの前日、ロシアはデジタルのルビコン川を渡った。何カ月にもわたってウクライナの報道機関や政府機関のネットワークにバックドア（ユーザーに知られることなく、システムに不正侵入するために仕込まれた接続経路。裏口）を設置して、バーチャルの爆薬を仕込んできたロシアのハッカー集団は、同じ爆薬をウクライナの発電所にもひそかに埋め込んでいた。そして二〇一五年一二月、ウクライナの送電網を制御するコンピュータに不正侵入し、回路遮断機を次々と抜かりなく止め、数十万のウクライナ市民を暗闇に置いた。そのうえ、市民が電力会社に停電の発生を報告する緊急用の電話回線まで切断してしまった。さらに打撃だったのは、配電センターのバックアップ電源まで遮断してしまったために、センターのオペレーターが、暗闇のなかであたふたと慌てるはめになったことである。

停電はそう長くは続かなかった。六時間足らずといったところだったが、その日、ウクライナ西部を襲ったのは、歴史的に前例のない惨事だった。デジタルのカサンドラ（ギリシャ神話に登場するトロイの悲劇の女王。予知能力を持つが、誰にも予言を信じてもらえない）も、アルミ箔《はく》の電磁波除け帽子を被《かぶ》るような一般市民も、いまに送電網がサイバー攻撃に遭うことにかなり前から警戒してきた。ところが、二〇一五年一二月二三日にその予言が現実になるまで、惨事を阻止する手段がありながら、その手段を実行しようという国はひとつもなかったのだ。

ウクライナを襲ったハッカーは、ロシアの仕業であることを慎重に隠そうとし、シンガポール、オランダ、ルーマニアのサーバーに不正アクセスし、それらを経由してサイバー攻撃を仕掛け、フォレンジック調査員（フォレンジックとは、電子機器やネットワークを対象に犯罪の法的証拠を探し出す鑑識・科学捜査。デジタル鑑識）も見たことのないような難読化を図った。一見、害のなさそうなサイバー兵器を少しずつ、ウクライナのネットワークにダウンロードし、侵入検知器をうまく回避した。細心の注意を払ってランダム化した不正コードは、ウイルス対策ソフトウェアに検出されなかった。それでいて、ウクライナ当局はサイバー攻撃の背後にいる国家に即座に気づいた。送電網にあれほど高度な攻撃を仕掛けられる手間や資源を考えると、ベッドに寝そべった体重一八〇キログラムのハッカーの仕業とはとても思えないからだ。

停電を起こして、手に入る経済的な利益はない。これは政治的な打撃を狙った攻撃だ。数カ月後、セキュリティ・リサーチャーも同じ結論に達した。先の攻撃を追跡調査したところ、ロシアの悪名高い諜報部隊にたどり着き、動機も明らかになった。攻撃の意図は、「ウクライナ政府は弱いが、いっぽうのロシア政府は強く堂々として、プーチンのデジタル部隊がウクライナのデジタル空間の奥深く、隅々にまで入り込み、ロシアはウクライナに意のままに停電を起こせるのだ」と知らしめることだった。

そして、それでもまだそのメッセージが充分に伝わっていない場合に備えて、同じハッカー集団は一年後の二〇一六年一二月にも、ウクライナに再び停電を起こしたのである。ただし今回、ロシアのハッカー集団がウクライナの首都キーウの熱源供給システムを遮断させた大胆さと高度な技術には、アメリカのメリーランド州フォート・ミード陸軍基地にある米国家安全保障局（ＮＳＡ）の精鋭ハッカーでさえ、顔をしかめたほどだった。

何年ものあいだ、「国家情報評価」（大統領の諮問機関「国家情報会議」による短期的な評価）は、サイバー領域においてアメリカの最大の難敵はロシアと中国だとみなしてきた。中国はほとんどの情報を吸い取ってしまうが、中国が難敵であるのは高度な手法のためではなく、ハッカーがアメリカ企業の夥《おびただ》しい量の企業秘密を窃取してきたからだ。NSAの元長官キース・アレクサンダーが、中国のサイバースパイ活動を「史上最大の富の移転」と呼んだという話は有名だ。中国は、盗む価値のあるアメリカの知的財産をことごとく窃取して国営企業に手渡し、アメリカ企業を真似るように促してきた。

イランと北朝鮮も、サイバー脅威のリストにおいて上位を占めている。どちらの国もアメリカに損害をもたらす意志を明らかにしている。カジノ「ラスベガス・サンズ」のCEOシェルドン・アデルソン（ユダヤ系アメリカ人の大富豪）が、イランを爆撃するようアメリカ政府に公的に圧力をかけると、イランはアメリカの金融機関に大規模なサイバー攻撃を仕掛け、ラスベガス・サンズのコンピュータのデータを消去してしまった。またイランのサイバー犯罪者は、ランサムウェア（身代金を要求するマルウェア）の波状攻撃を仕掛け、アメリカ国内の病院、企業、あちこちの町を丸ごと、不正コードで人質にとっている。いっぽうの北朝鮮がアメリカのサーバーを攻撃したのは、ハリウッドがただ金正恩の映画の好みをけなしたからだった。その後、金正恩の〝デジタルミニオンたち〟は、バングラデシュの中央銀行から八一〇〇万ドルをまんまと盗み出している。

高度な手法という点で見れば、ロシアがトップであることは間違いない。ロシアのハッカーは、アメリカの国防総省やホワイトハウス、統合参謀本部、国務省のネットワークに潜入している。ロシアの若者の親政府運動「ナーシ」（ロシア語で「我々のもの」という意味）の活動家は、ロシア政府からの直接の命令か愛国心からかはともかく、エストニアが首都タリンに立っていた旧ソ連兵の像を撤去した一件に腹を立て、エストニア相手に大規模なサイバー攻撃を繰り広げ、国家機能を麻痺させた。ロシアのハッカーがイスラム原理主義者になりすまし、フランスの十局余りのテレビ放送局を放送不能の状態に追い込んだこともある。また、サウジアラビアの石油化学工場の安全計装システムを乗っ取り、危うく工場を爆破させるところだった。ロシア人ハッカーは、英国の「EU離脱の是非を問う国民投票」にもサイバー攻撃を浴びせかけ、アメリカの送電網をハッキングし、二〇一六年のアメリカ大統領選、フランスの大統領選、世界アンチ・ドーピング機関、さらにはあろうことか神聖なオリンピックにまでサイバー攻撃を仕掛けた。

だが大部分において、アメリカのインテリジェンス・コミュニティ（アメリカではNSA、CIA、FBIなど、多数の諜報機関の活動を調整し、情報を一元化する体制）は二〇一六年頃まで、みずからの能力がロシアの能力を大きく上まわるものとみなしていた。ロシア政府はウクライナで最高水準のサイバー兵器を試していたが、アメリカの対諜報活動の専門家の見るところ、ロシアはいまなお、アメリカのサイバー技術には遠く及ばなかった。

そして、しばらくはその状態が続いたかもしれない。それがどのくらい続くか、誰にもわからなかった。ところが二〇一六年から一七年のあいだに、アメリカのサイバー能力と、世界中の国や悪意ある行為者のサイバー能力との差が大きく縮まった。アメリカがサイバー空間で攻撃的な優位を維持していたのは、一にも二にもNSAが備蓄していたサイバー兵器のおかげだったが、二〇一六年にそのサイバー兵器がインターネット上に流出するという大事件が起きたのだ。今日に至るまで、犯人の正体はわからないままである。謎のハッカー、あるいはハッカー集団かもしれないが、NSAに地獄の責め苦を与え、いまも特定されていない犯人は、みずからを「シャドー・ブローカーズ」と名乗った。そして、どの国家でも、どんなサイバー犯罪者やテロリストでも、それぞれの大義や運動のために使えるように、九カ月をかけて、NSAのハッキングツールやコードを少しずつリークしたのである。

シャドー・ブローカーズによるリークは世間を騒がせたが、二〇一六年と一七年に起きたほとんどの事件と同じように、このニュースもアメリカ人の意識にそう長くは訴えなかった。目の前で起きている出来事について、大衆は控えめに言っても、状況の深刻さを理解しているとは言いがたく、リークの影響がNSAに、アメリカの同盟国に、アメリカの一部の大手企業や都市や小さな町に、即座に及ぼす影響がまったくわかっていなかった。

シャドー・ブローカーズのリークは、最も強力で機密のサイバー兵器庫を、世界が初めて垣間見た瞬間だった。謎のハッカーが暴露したのは、それまで耳にしたことのないアメリカ政府の世界最大のプログラムだった。そのサイバー兵器やスパイ作戦は極秘とされ、何十年ものあいだ一切の記録はなく、世間からも隠されてきた。そのために利用されたのは、ダミー会社や傭兵（雇われハッカー）や請負業者、機密予算、機密保持契約、そして当初は大量の現金を詰めた特大のダッフルバッグだった。

シャドー・ブローカーズが、NSAのサイバー兵器を少しずつインターネットにリークし始めたのは、私がNSAの攻撃型プログラムを詳細に追跡するようになって、すでに四年が過ぎた頃だった。NSAの元契約社員エドワード・J・スノーデンが暴露した文書のなかで、NSAの攻撃型プログラムを目にする機会に恵まれたあとである。私は、三〇年に及ぶ攻撃型プログラムの歴史を追っていた。その生みの親にも会った。NSAのハッカーにも、ハッキングツールの売却者や傭兵や請負業者にも会っている。そして、世界中に出現した攻撃の模倣者とも連絡をとり合うようになっていた。NSAのツールを使ったサイバー攻撃で、人生をめちゃくちゃにされた被害者の男女に遭遇する機会も増えていた。

実際、私が――間近で――目撃していないのは、NSAの最も強力なサイバー兵器がアメリカの敵の手に渡った時の出来事だけだった。

そういうわけで、二〇一九年三月、私はウクライナに飛んで、その破壊のあとを自分自身の目で確かめることにしたのだった。


二〇一五年、ロシアがウクライナの送電網にサイバー攻撃を仕掛けた事件によって、世界はサイバー戦争の新たな章を迎えた。だがその時の攻撃も、機密中の機密だったNSAのハッキングツールを手に入れたロシアが、その二年後に起こした事件の衝撃と比べれば、大したことではなかった。

二〇一七年六月二七日、NSAのサイバー兵器を使ったロシアのウクライナ攻撃は、史上最悪の破壊と被害をもたらした。その日の午後、あちこちのウクライナ市民は真っ黒なパソコン画面を目にした。ATMから現金を引き出せず、ガソリンスタンドで支払いができなかった。メールの送受信もできなければ、電車の切符も買えない。食料品を買えず、公共料金も支払えない。何より市民を恐怖に陥れたのは、チョルノービリ原発の放射線レベルの計測システムが作動しなくなったことだろう。ウクライナ国内だけでも、これだけの被害が起きていた。

ロシアのサイバー攻撃は、ウクライナ国内で事業を展開しているすべての企業を襲った。従業員がたったひとり、欧米の本社から遠く離れたウクライナの街で働いているだけでも、その企業のネットワーク全体が停止した。世界的な製薬会社である、アメリカのファイザーやドイツのメルクのコンピュータも乗っ取られた。コペンハーゲンに本拠を置く海運コングロマリットのA・P・モラー・マースク。物流大手のフェデックス。あるいは英国の菓子メーカー、キャドバリーがタスマニア島で操業するチョコレート工場のコンピュータも停止した。サイバー攻撃はブーメランとなってロシアに里帰りし、ロシア最大の国営石油会社ロスネフチと、ふたつの新興財閥《オリガルヒ》が所有する鉄鋼大手エブラズのデータも破壊した。ロシアはNSAから盗まれたコードを使って、マルウェアを世界中にまき散らした。この時、世界を襲ったサイバー攻撃の被害は、メルクとフェデックスだけで一〇億ドルに及んだという。

二〇一九年に私がキーウを訪れた時にはすでに、そのたった一回の攻撃がもたらした被害額は一〇〇億ドルを超え、さらに増えるものと思われた。輸送や鉄道システムはいまだ本来の稼働率を回復していなかった。ウクライナ全土で配送追跡システムがダウンしたことから、追跡不能になった荷物を市民はいまも捜していた。年金の小切手も配布されず、未払いのまま。誰がいくら融資を受けたのかという金融機関の記録も、きれいさっぱり消えてしまった。

セキュリティ・リサーチャーは、この攻撃に使われたウイルスに不運な名前をつけた。「ノットペーチャ」（ペーチャ／ペトヤ。ピョートルの愛称）。当初、リサーチャーはこのウイルスを「ペーチャ」と呼ばれるランサムウェアとみなしていた。ところがのちにロシアのハッカーが、このマルウェア（ノットペーチャ）を、ありきたりのランサムウェアに見せかけて設計していたことが発覚した。これはランサムウェアではなかった。たとえランサム（身代金）を支払ったところでデータが戻ってくる可能性はなく、大量破壊を目的とした、国家主導で開発されたサイバー兵器だったのだ。

私はそれからの二週間、極寒のシベリアから吹きつける暴風に躰を縮こめながら、ウクライナで過ごした。ジャーナリストに会った。当時、抗議デモに参加した市民と一緒に独立広場を歩き、革命の最も激しかった日々について教えてもらった。工業地帯まで足を延ばし、デジタル犯罪を追う探偵に会い、ノットペーチャが破壊した残骸を案内してもらった。家族経営の会社を営んでいるウクライナ人の話を聞いた。ウクライナのおもな機関や大手企業がこぞって使っている、税務報告のソフトウェアを販売しているというその会社は、今回のサイバー攻撃の〝ゼロ号患者〟、すなわち感染源だった。ロシアのハッカーは巧妙にも、その会社の会計ソフトのアップデートを装って、ユーザーのコンピュータをマルウェアに感染させたのだ。いま、その会計ソフトを販売する家族経営の会社は、国家規模のサイバー戦争で自分たちが演じた役割に、半泣き半笑いといったところだった。私はウクライナのサイバー警察部隊の責任者にも会った。さらには、誰であれ、私のためにわざわざ時間を割いてくれた大臣とも面会した。

私はキーウのアメリカ大使館を訪れ、アメリカ人外交官にも話を聞いた。トランプ大統領の「ウクライナ疑惑」（二〇一九年七月に、トランプがウクライナのゼレンスキー大統領と電話会談を行なった際、ウクライナへの軍事支援と引き換えに、当時、民主党の大統領候補だったバイデンに不利となる情報を探るよう圧力をかけたとされる疑惑）をめぐって弾劾裁判が行なわれ、ウクライナの大使館員らが、その騒ぎに巻き込まれる直前のことである。私が大使館を訪問した日、彼らはロシアのディスインフォメーション攻撃にすっかり頭を抱え込んでいた。ロシアのトロールは、ウクライナの若い母親がよく訪れるフェイスブックのページに、ワクチン接種反対プロパガンダを大量に送りつけていた。この時、ウクライナは近代で最悪のはしかの流行に見舞われていた。ウクライナは世界でもワクチン接種率が極めて低く、ロシア政府はその混乱に乗じた。ウクライナのはしかの流行はすでにアメリカにも飛び火し、ロシアのトロールは反ワクチンのミーム（インターネット上でバズる画像や動画）をアメリカにも送りつけていた。アメリカの当局者は、ミームの拡大をどう封じ込めればいいのか、途方に暮れている様子だった（あれから一年が経ち、ロシアがパンデミックの混乱に乗じて、「新型コロナウイルス感染症はアメリカが開発した生物兵器だ」とか、「ワクチンでひと儲けを目論んだビル・ゲイツの不吉な策略だ」という陰謀論をまき散らした時、アメリカの当局者はやはり為す術がなかった）。分断と勝利のために、ロシアは手段を選ばないようだった。

ところが二〇一九年冬、たいていの者が思ったのは、ノットペーチャはロシア政府によるこれまで最も大胆な攻撃だということだった。私がキーウに滞在した二週間に会った人のなかで、あの攻撃を忘れた者はただのひとりもいなかった。コンピュータ画面が真っ黒になった時、自分がどこにいて何をしていたかを誰もが覚えていた。彼らにとって、あれは二一世紀のチョルノービリだった。そして、キーウから北に一五〇キロメートルほど離れたその古い原子力発電所で、コンピュータ画面は「黒く、黒く、黒く」なった。チョルノービリの技術管理者である、ぶっきらぼうなセルゲイ・ゴンチャロフは当時の体験を教えてくれた。

ゴンチャロフがちょうど昼食から戻り、時計の針が午後一時一二分を指した時だった。二五〇〇台のコンピュータ画面が、七分間にわたって一斉に真っ黒になったのだ。あちこちから次々と連絡が入り始める。何もかもがダウンしていた。ゴンチャロフがチョルノービリのネットワークを躍起になって回復させようとしていた時、放射線レベルを監視するコンピュータ画面が真っ黒になったという連絡が入った。三〇年以上も前の一九八六年に爆発した原子炉の放射線量をセンサーするコンピュータ画面のことである。放射線量レベルが安全域にあるのか、それともいままさに不吉な破壊攻撃を受けているのか、誰にもわからなかった。

「あの時はコンピュータを回復させることに必死で、どこから攻撃を受けているのか考える余裕はなかった」ゴンチャロフが続ける。「だが、いったん頭を落ち着かせて、ウイルスが広まっていく速さを見た時に、いま見ているものはもっとずっと大きなものだ、自分たちは攻撃されているんだとわかった」

ゴンチャロフはメガフォンを使い、自分の声がまだ聞こえる者に向かって、コンピュータのコンセントを壁から引き抜けと叫んだ。それ以外の者には、外へ出て、立入禁止区域の放射線レベルを手動で観測するように命じた。

ゴンチャロフは寡黙な男だ。人生最悪の日の話をする時でさえ、淡々とした口調だ。感情を露悪的に表したりしない。しかしながら、ノットペーチャ攻撃を受けた日のことはこう言った。「精神的なショックに陥ったよ」あれから二年が経ち、彼がそのショックから立ち直ったのかどうか、私にはわからなかった。

「私たちはいま、まったく違う時代に生きている」ゴンチャロフが言った。「いまとなっては、ノットペーチャ前とノットペーチャ後の生活だけだ」

私がウクライナで過ごした二週間、どこへ行っても、ウクライナ人はみな同じように感じていた。バスの停留所で出会った男性は言った。ちょうど車を買おうとしていたんですが、販売店の店員に断られてしまったんです。ウクライナの中古車販売で、そんなことは初めてだったのではないでしょうか。でも、登録システムがダウンしてしまったんです。コーヒーショップで知り合った女性は、オンラインで小さな編み物用品の店を開いていたが、顧客に発送した荷物が追跡できなくなり、破産に追い込まれてしまったという。みな、現金やガソリンがなくなった時の話をした。だが、ほとんどの人が覚えていたのは、ゴンチャロフが語ったように、何もかもが停止した時のあまりのスピードだった。

攻撃を受けた日が、ウクライナの憲法記念日だったというタイミングを考えれば、点と点をつなぐのに時間はかからなかった。あのろくでもない悪党、母なるロシアが、またしても嫌がらせに出たのである。だが、ウクライナ人はすぐにへこたれるような人たちではない。旧ソ連から独立して二七年間の悲劇と危機を、ダークユーモアで乗り越えてきたのだ。何もかもがダウンしたことを、こんなジヨークで笑い飛ばす者もいた。ヴォーヴァ（ウラジーミルの愛称。プーチンのニックネーム）は、ウクライナの憲法記念日の休暇を数日、余分にくれたんだ。あるいはこんなふうに言う者もいた。あの攻撃のおかげで、ウクライナ人は数年ぶりにフェイスブックから解放されたよ。

この時の攻撃で、あれほどの精神的ショックと経済的な打撃を受けたにもかかわらず、ウクライナの人たちはもっと最悪の事態を覚悟していたらしい。企業の営業部門や顧客サポート部門のシステムは大きな被害を受けた。重要なデータは二度と復元できない。それでも致命的な惨事は免れた。旅客機や軍用機を墜落させるか、恐ろしい爆発を起こすこともできたのだ。チョルノービリの放射線レベルの監視システムだけではない。ウクライナには、フル稼働している原子力発電所がほかにもあるのだ。

ロシア政府も最後には手心を加えた。二年前に送電網にサイバー攻撃を仕掛けた時にも、ロシアのメッセージをウクライナに思い知らせるという目的を遂げたあとは、すぐに停電を終わらせたように、ノットペーチャの被害もかなり穏便な程度にとどめた。もっとやり放題にウクライナに被害を与えることもできたのだ。ロシアはウクライナのネットワークにいくらでも侵入でき、自由に使えるアメリカのサイバー兵器も手に入れていたのだから。

そのNSAのサイバー兵器を使って、ロシアはNSAを嘲笑《あざわら》ったのではないかと考える者もいた。だが、私がインタビューしたウクライナのセキュリティ専門家が教えてくれたのは、それ以上に不安を掻《か》き立てる仮説だった――今回のノットペーチャも二年前の送電網攻撃も、単なるリハーサルだよ。

それが、サイバーセキュリティ起業家オレフ・デレヴィアンコの意見だった。このブロンドのウクライナ人はある夜、ヴァレニキと呼ばれるウクライナの水餃子と、茹でた肉と野菜をゼリーで固めたアスピックを食べながら、私にそう話してくれた。デレヴィアンコの会社は、サイバー攻撃の最前線にあった。彼の会社がフォレンジック調査を繰り返すたびに、ロシアが単に実験を重ねているだけだとわかった。ロシアは、容赦ない科学的手法を用いていた。こっちでひとつの性能を試し、あっちで別の方法を試し、ウクライナを舞台にスキルに磨きをかけ、自分たちにはどんなことができるのかをロシアの権力者に実践して見せ、点数を稼いでいたのだ。

ノットペーチャが破壊的な威力を発揮して、ウクライナにあるコンピュータの八〇パーセントのデータを消去したことには理由がある、とデレヴィアンコは言った。「ヤツらは自分たちの失敗から学んでるんだ。新しい戦争の新しい兵器だ。ウクライナはヤツらの実験場にすぎん。ヤツらが今後、あの兵器をどう使うつもりなのか、我々にはわからんよ」

だがウクライナはこの二年というもの、あれほど大規模なサイバー攻撃は受けていない。あと二週間足らずに迫った二〇一九年のウクライナ大統領選で、ロシアが介入を企てているという証拠があるにせよ、サイバー攻撃の間隔が開くようになっていた。

「ヤツらが次の段階に移ったという意味だ」デレヴィアンコが言った。

私たちは黙って肉のアスピックをつつき、支払いを済ませて、凍てつく外へ出た。身を切るような暴風は、ようやく収まったようだった。それでも、普段は観光客で賑わう古キーウの丸石敷きの通りに人影はなかった。私たちはキーウのモンマルトルと呼ばれる、石畳の続く細く曲がりくねったアンドリーイ坂をのぼり、画廊やアンティークショップ、アートスタジオの前を通り過ぎ、聖アンドリーイ教会のほうへ向かった。白と淡いブルーの壁や緑の屋根に、金色の縁取りが美しいこの教会は、もともと一七〇〇年代にロシアの女帝エリザベータ一世の夏の宮殿として建てられたものである。

聖アンドリーイ教会の前でデレヴィアンコが立ち止まり、街灯の黄色い灯りを見上げた。

「もしヤツらが」彼が口を開いた。「ここの街灯を消したら、数時間は電力が使えなくなるかもしれない。だけどもしヤツらが、同じことを君たちに……」

彼は最後までは言わなかった。だが、その必要はなかった。その問いなら、もう何度も繰り返し、ウクライナ人からもアメリカの情報源からも聞かされてきたからだ。

次に何が起こるか、みなわかっていた。


ウクライナを救った要因。それこそが、アメリカを地球上で最も脆弱な国にしていた。ウクライナは完全には自動化されていない。何もかもインターネットにつなぐ競争で、ウクライナは大きく後れをとっている。この一〇年ほど、アメリカを呑み込んできた「モノのインターネット」のツナミは、ウクライナにはまだ打ち寄せていなかった。原子力発電所、病院、化学工場、石油精製所、石油や天然ガスのパイプライン、工場、農場、都市、車、信号機、家庭、サーモスタット、電球、冷蔵庫、コンロ、ベビーモニター、ペースメーカー、インスリンポンプ。これらはまだ、ウクライナでは「インターネット対応」ではない。

いっぽうのアメリカでは利便性がすべてだった。それはいまも変わらない。インターネットにつなぐことのできるものは何でも、一秒にデバイス一二七個の割合でつないだ。シリコンバレーが約束する「フリクション（摩擦）のない社会」を受け入れた。アメリカ人の生活において、インターネットと関係のない領域はひとつとしてない。生活も経済も。送電網はすべてウェブの遠隔操作で制御できる。しかもこれまでに、自分たちが世界最大の「アタック・サーフェス」（攻撃対象領域。攻撃される可能性のある領域。これをできるだけ減らすことが、サイバーセキュリティ対策の基本となる）をつくり上げてきたことについて、そしてその弊害について、真剣には考えてこなかった。

NSAにはふたつの使命がある。ひとつは世界中の情報の収集であり、もうひとつはアメリカの機密情報の保護である。NSAにおいて、攻撃面が防衛面を上まわって久しい。攻撃を担っているサイバー戦士一〇〇人に対し、防衛を担っている分析官の割合はひとりにすぎない。シャドー・ブローカーズのリークほど、アメリカの諜報活動に決定的な打撃をもたらした事件はない。エドワード・スノーデンがパワーポイントのブレット・ポイント（箇条書き）をリークしたにしろ、シャドー・ブローカーズがアメリカの敵に渡したのは、実際のブレット（銃弾）、すなわちコードだったからである。

サイバー戦争の最大の秘密は、攻撃面で世界最大の優位を維持しているアメリカが、最も脆弱な国であることだ。この点は、私たちの敵もすでに嫌と言うほど理解している。

ウクライナには、アメリカにはない優位点がほかにもある。危機感である。世界最大の天敵と言えるロシアに痛い目に遭わされ、停電を引き起こされてから五年が経ち、自分たちの将来が油断のないサイバー防衛の上に成り立つことを、ウクライナは痛感していた。ノットペーチャは、いろいろな意味でウクライナに再出発のチャンスを与えた。新たなシステムを一から築きあげ、ウクライナの最も重要なシステムを、ウェブ上で二度と好き勝手にされないようにするための好機だった。私がウクライナを去った数週間後、ウクライナは大統領選を紙の投票で行なうことにした。最先端の電子投票マシンが使われることはない。手書きの投票になる。投票用紙は一枚一枚手で数えられる。だからといってもちろん、票の買収が行なわれたという申し立てがなくなるわけではない。だが、今後ウクライナでは、投票をコンピュータで行なうという考えを、私がウクライナで出会った人たち全員が、狂気の沙汰と考えていた。

その厳然たる結論に達する機会が何度もあったにもかかわらず、アメリカには結局、そのことがわからなかった。戦争の領域がもはや陸から海へ、空へと広がり、さらにはデジタル世界へと移ったことに、アメリカ人は気づかなかった。私がウクライナをあとにした数カ月後、アメリカ人の心を占めていたのは、ウクライナを襲ったロシアのサイバー攻撃ではなく、目の前に迫ったトランプの弾劾裁判で果たすロシアの役割だった。アメリカ人は忘れてしまったようだが、ロシアは二〇一六年のアメリカ大統領選で、ディスインフォメーションをまき散らした。民主党幹部のメールを流出させ、テキサス州の分離独立主義者やブラック・ライブズ・マター運動の活動家になりすまし、不和のタネをまこうとした。それだけではない。彼らはアメリカの五〇州すべてにおいて、選挙のバックエンドシステムと有権者登録データも探っていたのだ。ロシア人は、最終的な得票数をハッキングできたかもしれない。それなのにその時点まで彼らがしたことについて、アメリカの当局者はこう言ったのだ。すべては、アメリカの将来の選挙に向けた攻撃の予行練習にすぎない、と。

それでいて、二〇一六年のアメリカ大統領選でロシアが介入したことを、トランプはいまだにロシアではなく、ベッドに寝そべる一八〇キログラムの巨漢のハッカーと中国の仕業にしている。二〇一八年、フィンランドの首都ヘルシンキで開かれた米露首脳会談後の共同記者会見で、プーチンはトランプの横に並んで、満足そうにしかめ面をして見せ、トランプは自国のインテリジェンス・コミュニティの結論を公然と否定した。「私はプーチン大統領と話をした。彼はロシアではないと言っている。ロシアである理由が見当たらない」それどころか、二〇一六年の選挙介入の捜査に協力したいというプーチンの提案を歓迎した。そして四年後の大統領選が近づくなか、プーチンとトランプは、二〇一九年六月に大阪で開かれたG20サミット（主要20カ国・地域首脳会議）で再び会談し、大学時代の旧友のように楽しげに笑い合った。ある記者がトランプに、次の選挙は介入しないでくれとロシアに釘を刺すのかと質問すると、トランプは冷笑を浮かべ、おどけた様子でその友人を人差し指で指してこう言ったのだ。「選挙介入しないでくれ、大統領」

そしていま、本書を執筆している時点でさまざまなことが起きている。二〇二〇年の大統領選で不正行為があったと訴え、トランプが訴訟を起こした。外国勢力がアメリカの混乱に乗じている。NSAのサイバー兵器が流出した。ロシア人ハッカーがアメリカの病院のネットワークに不正侵入した。ロシア政府の諜報員がアメリカの送電網の奥深くに潜入している。強い動機を持つハッカーが、一日に数百万回もコンピュータ・ネットワークを探っている。パンデミックとの戦いによって、以前は想像もつかなかったほど私たちの暮らしは可視化された。激動の七年ほどのあいだに、アメリカは〝サイバー版真珠湾攻撃〟にますます脆弱になったと、セキュリティ専門家が私に警告した。

キーウでは、ウクライナ人は常にロシアのサイバー攻撃の話をした。まるで私の耳を摑んで、叫んでいるかのようだった。「次はあんたたちの番だ！」警告灯が再び真っ赤に点滅していた。それにもかかわらず、私たちは前回の教訓からまったく何も学んでいなかった。

それどころか、アメリカはますます危険に曝《さら》されている。状況はさらに悪化した。アメリカのサイバー兵器が、私たちアメリカ市民を狙っているのだ。ウクライナはその恐ろしさを知っている。アメリカの敵ももちろん気づいている。ハッカーはずっと前から理解していた。

そうやって世界は終わるのだ、と彼らは私に教えてくれた。

第一部：ミッション・インポッシブル

気をつけろ。ジャーナリズムはクラック・コカインより依存性が強い。人生のバランスが失われかねない。

——ダン・ラザー（ジャーナリスト、ニュースキャスター）

第一章：極秘のクローゼット――マンハッタン、タイムズ・スクエア

抵抗はやめるように、と担当の編集者に諭されて秘密厳守を誓い、《ニューヨーク・タイムズ》紙の発行人、A・G・サルツバーガーのストレージ・クローゼットに足を踏み入れた時、私はまだ砂ぼこりを被ったままだった。二〇一三年七月のことである。

ほんの数日前、私は三週間に及ぶケニア旅行の最後に、マサイマラ国立保護区でオープン仕様のジープを走らせていた。数週間、慌ただしい都会の生活を離れれば、二年にわたるサイバーテロの取材で擦《す》り減った神経を癒してくれると思ったのだ。私の情報源は言い続けた。これはまだ始まりにすぎない。状況は悪くなるばかりだ、と。

当時の私はまだ三〇歳だったが、受け持ったテーマがすでに大きな負担となってのしかかっていた。二〇一〇年、うちで働かないかと《ニューヨーク・タイムズ》紙から連絡が入った時、私は雑誌にシリコンバレーの特集記事を書いていた。まったくの幸運か特殊なスキルによって、早くからフェイスブックやインスタグラム、ウーバーに投資し、現在はセレブな地位を謳歌するベンチャーキャピタリストの紹介記事である。《ニューヨーク・タイムズ》紙はその記事に目を留め、私を雇おうとしたが、彼らが考えていたのはまったく別の分野だった。「《タイムズ》紙ですから」私は答えた。「何でも

ご希望のテーマを取材します。それほどひどい分野のはずがありません」そして、君にはサイバーセキュリティの取材を頼みたい、と言われた時、私はジョークに違いないと思った。サイバーセキュリティについて、何の知識もなかっただけではない。あえて避けてきた分野だったからだ。サイバーセキュリティの記者なら、もちろんもっと適任の人材がいくらでも見つかるはずだ。

「彼らのことも面接したんだ」その担当者は言った。「彼らの言っていることが、さっぱりわからなかったよ」

それからほんの二、三カ月後、《ニューヨーク・タイムズ》紙の本社で、シニアエディターによる半時間の面接を十数回も繰り返し、私は必死でパニックを抑えていた。面接が終わったその夜、私は通りを横切ってすぐ近くのヒスパニック系の食料雑貨店に入ると、いちばん安い金属キャップのワインを買って、紙バッグのままラッパ飲みした。いつか自分の孫に向かって、こんな思い出話を聞かせることもできるはずだ。おばあちゃんは《ニューヨーク・タイムズ》紙に招かれて、あの立派なビルで面接を受けたこともあるのよ。

ところが、採用が決まった時には私も驚いた。そして三年が経っても、私はやはりパニックを悟られまいと必死で抑えていた。その三年のあいだに、サーモスタット、プリンター、テイクアウトメニューに不正侵入した中国人ハッカーを取材した。世界で最も裕福な石油会社のデータを消去して、燃え上がる星条旗の画像をコンピュータ画面に映し出した、イランのサイバー攻撃も記事にした。中国サイバー軍のハッカーとその請負業者が、数千ものアメリカのシステムに忍び込み、最新のステルス爆撃機の設計図からコカ・コーラの製法まで、ありとあらゆる企業秘密を盗み取ったことも目撃した。ロシアのサイバー攻撃がエスカレートし、アメリカのエネルギー企業や公益事業を標的にする様子も報道した。私が《ニューヨーク・タイムズ》紙のＩＴセキュリティチームで働いていたあいだ、私たちが「サマーインターン」と呼ぶようになる中国人ハッカーは、毎日、北京時間の午前一〇時にネットワークに出没して私たちの情報源を探り、決まって午後五時に退出した。

そのあいだも、私は普通の生活が送れるはずだという望みに必死にしがみついていた。だが、この世界に深く足を踏み入れれば踏み入れるほど、私は流されていった。サイバー攻撃は二四時間ひっきりなしに起きる。数週間、ろくに眠れない日が続く。私は不健康そうに見えたに違いない。約束が守れずに大切な関係が壊れたことも一度や二度ではない。やがてパラノイアになってしまった。コンセントを見るたびに、中国のスパイに狙われているのではないかと不安になって、じろじろ見てしまうのだ。

二〇一三年も半ばになる頃には、コンピュータと関係のあるものからできるだけ遠く離れることを決めていた。アフリカがぴったりの場所に思えた。テントで眠り、キリンの脇を車で走り抜けた。夕暮れ時にグラスを傾け、ゆっくりと歩く象の群れの向こうに沈みゆく夕陽を眺めた。夜が深まると、焚き火を囲んでくつろぎながら、サファリガイドのナイジェルがそれぞれのライオンの唸《うな》り声を教えてくれた。そんな生活を三週間ばかり続けたあと、私は遠く離れた地の果てで、ようやく慰めを感じ始めていた。

ところが、ケニアの首都ナイロビに戻った時、スマートフォンが執拗に鳴り始めた。ナイロビ郊外のカレン地区にある、象の孤児院の外に立ち、私は大きく深呼吸をしてから受信トレーをスクロールした。未読のメッセージが大量に溜まっている。そのうちのひとつが、とりわけ大きな悲鳴をあげていた。「緊急。電話待つ」《ニューヨーク・タイムズ》紙の編集者である。彼の声は途切れ途切れだったが、編集室の騒音に混じって囁《ささや》くような声が聞こえた。「最短でいつニューヨークに戻れる？……電話じゃ言えない……会って話したいと言っている……とにかく戻ってきてくれ」

二日後、私はエレベータを降りて、タイムズ本社ビルの上階にある役員フロアに立った。マサイ族の戦士から買った、部族のサンダルを履いたままである。二〇一三年七月、当時、編集主幹だったジル・エイブラムソンと、その翌年、あとを継ぐことになるディーン・バケットが待っていた。調査編集者のレベッカ・コーベットと、国家安全保障担当のベテラン記者スコット・シェーンも呼び出されていた。初対面の相手も三人いたが、すぐに打ち解けた。英国の《ガーディアン》紙のジェームズ・ボールとユエン・マカスキル、そして独立系の報道機関「プロパブリカ」のジェフ・ラーソンである。

ボールとマカスキルが、このところの出来事を説明した。英国の諜報機関の当局者がロンドンの《ガーディアン》紙の本社を家宅捜索し、エドワード・スノーデンが機密情報を持ち出した時のハードディスクを、ドリルやブレードで破損するように強要したが、コピーはすでに《ニューヨーク・タイムズ》本社にひそかに運び込まれたあとだった。ジル・エイブラムソンとディーン・バケットは、私とシェーンに《ガーディアン》紙と「プロパブリカ」と協力して、スノーデンが暴露した内容をもとに記事を二本書くように言った。NSAの契約社員だったスノーデンは、NSAのコンピュータから大量の機密文書を持ち出して香港に飛び、モスクワに亡命した。スノーデンは膨大な量の機密情報を、《ガーディアン》紙のコラムニストであるグレン・グリーンウォルドに託した。だがその日、私たちが念を押されたのは、英国ではアメリカのように言論の自由が保障されていないことだった。《ニューヨーク・タイムズ》紙は、表現や報道の自由(合衆国憲法修正第一条)について、トップクラスの法律の専門家を揃えている。そのため、《ガーディアン》紙にとって、アメリカの新聞、特に《ニューヨーク・タイムズ》紙との協力はかなりの援護になる。

だが、まず《ガーディアン》紙はルールを提示した。このプロジェクトについて、誰にもひとことも漏らしてはならない。「フィッシング禁止」すなわち、この機密文書を調べる時には、今回の仕事に直接関係のないキーワードを探ってはならない。電話もインターネットも禁止。そして、ああ、何たることか、窓のある部屋も禁止だった。

特に問題なのは、窓のある部屋うんぬんだった。イタリア人建築家のレンツォ・ピアノが設計したタイムズの本社ビルは、透明感ある空間を演出していた。どのフロアもどの会議室も、どのオフィスもすべてビル全体を、フロアから天井に至るまで大量のガラスで構成していたのだ。ただし、ひとつだけ例外があった。それが、A・G・サルツバーガーの小さなストレージ・クローゼットだったのだ。

窓のある部屋が禁止とは、馬鹿げたパラノイアのルールではないのか。ところが、英国人はこの点について頑として譲らなかった。NSAか英国の諜報機関「政府通信本部（GCHQ）」、はたまたどこか外国の諜報機関が、この本社ビルの窓を狙ってレーザー光線を照射し、私たちの会話を傍受する恐れがあるらしい。《ガーディアン》紙がスノーデンのハードドライブを破壊する光景を見届けたGCHQの技術者が、彼らにそう告げたのだという。

こうして、スノーデン事件後の現実を初めて味わう日々が始まった。

それからの六週間というもの、私は来る日も来る日も、スマートフォンやコンピュータに別れを告げ、安全なような安全でないような、ちょっと変わった秘密のクローゼットに潜り込んで、スコット・シェーンとジェフ・ラーソンと英国人に挟まれて座り、NSAの極秘文書を詳細に読み込み、誰にもひとことも漏らさなかった。

正直に言って、スノーデンが暴露したNSAの機密文書に対する私の反応は、ほとんどのアメリカ人の反応とはかなり違っていたと思う。たいていのアメリカ市民は、国家のスパイ機関が本当にスパイ行為を働いていたと知ってショックを受けた。中国による執拗なスパイ行為を三年にわたって取材したあと、私の大部分は安心していた。中国人ハッカーがアメリカのネットワークに不正侵入するために使う、スペルの間違ったフィッシングメールを考えれば、アメリカのハッキング能力が断然上まわっていたからだ。

シェーンは、NSAの能力について全般的な記事を書くことになった。私はもっと直接的な、とはいえ、とてつもなく退屈な記事を書くことになった。電話もインターネットも使えず、情報源には一切連絡を取れないのだから、記事が退屈になるのも致し方ない。そうして私は、世界トップクラスの諜報機関がデジタル暗号をどの程度まで解読できるようになったのかについて調査することになった。

結局わかったのは、解読はさほど進んでいないということだった。数週間、機密文書を徹底的に読み込んだあとで明らかになったのは、世界のデジタル暗号化アルゴリズムは、大部分がかなり有効なことだった。とはいえ、NSAが暗号アルゴリズムをうまく操作する方法がたくさんあった時代には、解読の必要がなかったことも確かである。

NSAと国際機関が裏でつながり、その国際機関が設定した暗号基準を、セキュリティ企業やクライアントが採用したケースもあった。少なくともひとつの例において、NSAがカナダの官僚をうまく説得し、暗号化方式において、乱数の生成に欠陥のあるフォーミュラを推薦させていたことがある。これによって、NSAのコンピュータがその暗号をなんなく解読できたわけだ。さらには、NSAがRSAのようなアメリカの大手セキュリティ企業に多額の裏金を支払っていたこともある。そして、乱数の生成に欠陥のあるフォーミュラを、幅広いセキュリティ製品の初期設定に採用させたのだ。セキュリティ企業にカネを摑ませる方法がうまくいかない時には、CIA内のNSAの協力者が、世界有数の暗号化チップ製造企業の工場に潜入して、データにスクランブルをかけるチップにバックドアを仕込んだ。さらに別のケースでは、NSAがグーグルやヤフーのようなテクノロジー企業の内部サーバーをハッキングして、暗号化前のデータを窃取していた。

スノーデンはのちに、NSAのデータをリークしたのは、彼が過度の監視とみなす実態に対して、世間に警鐘を鳴らすためだったと述べている。スノーデンが暴露した文書のなかで特に不安を掻き立てたのは、NSAが通話記録のメタデータを収集していた件だろう。誰が、誰に、いつ、どのくらい長く電話で話したのか。そして合法的な介入プログラムとして、NSAはマイクロソフトやグーグルなどに、裏で顧客データの提出を求めていた。だが、それらの活動がケーブルテレビ局や連邦議会で激しい衝撃や怒りを引き出したものの、アメリカ市民はもっと重大な事実を見落としていた。

漏洩した機密文書は、NSAが市販のハードウェアやソフトウェアのほぼすべてに、バックドアを仕込んでいたことについて言及していた。その膨大なライブラリは、おもなアプリケーションからソーシャルメディアのプラットフォーム、サーバー、ルーター、ファイアウォール、ウイルス対策ソフトウェア、アイフォン、アンドロイド、ブラックベリー、ラップトップ、デスクトップ、OSまで多岐にわたった。

ハッキングの世界では、見えないバックドアにはSFの名前がある。「ゼロデイズ」だ（あるいはo daysと表記し、オーデイズと発音する）。ゼロデイは、「インフォセック（情報セキュリティ）」や「中間者攻撃」と同じように、セキュリティ専門家が乱造し、私たち素人には馴染みがないサイバー用語のひとつである。

サイバー用語にあまり詳しくない人のために、ちょっと説明しよう。ゼロデイはデジタル世界で強大な力を発揮する魔法のマントだ。その魔法のマントをまとって姿を隠せれば隠せるほど、スパイやサイバー犯罪者はますます大きな力を手に入れる。最も基本的なレベルにおいて、ゼロデイとは、修正パッチが存在しないソフトウェアやハードウェアの欠陥を指す。感染症において、感染源や患者第一号を「ゼロ号患者（ペイシェント・ゼロ）」と呼ぶのと同じように、ゼロデイという名前の由来は、欠陥が発見された時に、ソフトウェアやハードウェアの会社がまだ修正パッチを考え出していない（ゼロ日）からだ（修正パッチが公開された日が「ワンデイ」）。ベンダーがシステムの欠陥に気づいて解決手段を考え出し、パッチを世界中のユーザーに配布して、ユーザーがソフトウェアを更新する――「各位：ソフトウェアをアップデートしよう！」――か、脆弱なハードウェアを交換するか、別の方法でリスクを軽減するまで、感染したシステムは脆弱なままである。

ゼロデイは、ハッカーの兵器庫のなかでもとりわけ重要なツールだ。ゼロデイを発見することは、世界中のデータにアクセスする秘密のパスワードを発見するようなものだ。アイフォンの第一級のゼロデイについて言えば、そのバグを悪用できる優れた技術を持つスパイやハッカーが悪用すると、検知されずにアイフォンに遠隔操作で侵入でき、ユーザーのデジタル生活のすべてにアクセスできてしまう。マイクロソフトのウィンドウズやシーメンスの産業用ソフトウェアの七つのゼロデイ・エクスプロイト（エクスプロイトは、脆弱性を攻撃するコードやプログラム）を利用して、アメリカとイスラエルのスパイは、イランの核開発計画を妨害した。中国のスパイは、マイクロソフトのゼロデイをひとつ使って、非常に堅牢に守られていたシリコンバレーのソースコードを盗み取った。

ゼロデイを発見することは、ビデオゲームで〝神モード〟に入ることにちょっと似ている。ひとたびハッカーがコマンドを見つけ出すか、脆弱性を突くコードを作成すると、世界中のコンピュータ・ネットワークのなかを検知されずに動きまわれる。その状態は、脆弱性が正規に発見されるまで続く。ゼロデイの悪用には「知識は力なり。ただし、その使い方を知っている限りは」という使い古された言葉が、もっともよく当てはまる。

ゼロデイを悪用すれば、ハッカーは企業であろうと政府機関や金融機関であろうと、感染したソフトウェアかハードウェアを利用しているどんなシステムにも侵入できる。そしてペイロード（悪意あるコード）を投下して、何であろうと、みずからの目的を達成できる。その目的は、情報の不正な収集、金銭的な窃取、選挙妨害や干渉かもしれない。システムに完璧なパッチが施されていようと関係ない。発見されるまで、修正パッチがないのがゼロデイだからだ。ゼロデイは、鍵のかかったビルに押し入るためのスペアキーのようなものだ。あなたが、たとえ地球上で最も用心深いIT管理者であろうと関係ない。もし誰かが、あなたのコンピュータシステムを走らせているソフトウェアのゼロデイを発見し、その欠陥を悪用する方法を知っていれば、あなたの知らないうちに、その方法を使ってコンピュータに不正侵入でき、ゼロデイをスパイやサイバー犯罪者の誰もが欲しがるツールに変えられるのだ。

この数十年のあいだ、アップル、グーグル、フェイスブック、マイクロソフトなどのテクノロジー企業は、データセンターやカスタマーコミュニケーションにおいて、積極的に暗号化を導入してきた。そのため、暗号化されていないデータを窃取するためには、データがスクランブルされる前にデバイスに侵入するほかなかった。このプロセスにおいて「ゼロデイ・エクスプロイト」は、セキュリティ商売のブラッド・ダイヤモンド（もとは、労働力を搾取し、紛争の資金源として取引される血塗られた宝石の意味）になる。そして、いっぽうでは国家や防衛関連企業、サイバー犯罪者が、もういっぽうではサイバーセキュリティ企業が、そのブラッド・ダイヤモンドを手に入れようとする。脆弱性が発見された箇所によって、ゼロデイ・エクスプロイトは、世界中のアイフォンユーザーを秘密裏に監視したり、化学工場の安全制御を破壊したり、あるいは宇宙探査機を落下させたりできる。こんな有名な例がある。プログラミングの欠陥によって――「オーバーライン」（強調の意味で文字や文字列の上に引く線。上線とも）がたったひとつ抜け落ちていただけで――、アメリカ初の金星探査機「マリナー1号」の軌道が大きく逸れてしまい、NASAは発射後すぐに決断を迫られることになった。一億五〇〇〇万ドルの金星探査機を爆破するのか。それともそのまま飛行を続けて、探査機が北大西洋の海上輸送路の上か、最悪の場合には大都市に墜落するリスクを冒すのか。結局、マリナー1号は打ち上げから四分五四秒後に爆破された。私たちが暮らしているバーチャル世界では、オーバーラインがひとつ抜け落ちていたというエラーは至るところで見られる。そして私は、それらのエラーが、国家のスパイ機関にとって極めて重要であることを目撃していた。暴露されて私の目の前に置かれた機密文書のあちこちの記述によれば、NSAが所有する多彩なゼロデイを使えば、オフラインのデバイスにも、それどころか電源の入っていないデバイスにさえ不正侵入して、そのなかを嗅ぎまわれるのだ。NSAはほとんどの侵入検知システムを回避し、ウイルス対策製品——まさに、スパイやサイバー犯罪者から防衛するために設計されたソフトウェア——を、強力な監視ツールに変えてしまう。スノーデンの機密文書は、これらのハッキングツールの存在を仄《ほの》めかしていただけだった。ツールそのもの、実際のコードやアルゴリズムは含まれていなかった。

テクノロジー企業は、彼らのシステムに侵入する違法なバックドアの設置を、NSAに許可していなかった。スノーデンの機密文書が最初にリークされた時、アップル、グーグル、マイクロソフト、フェイスブックの私の情報源は強く否定した。機密文書にある通り、特定の顧客情報に対するNSAの合法的な要求に応じたことは確かである。だが、いいや、NSAに、あるいはそれを言うなら、いかなる政府機関にも、我が社のアプリケーション、製品、あるいはソフトウェアに対するバックドアの設置を許可したことはない（ヤフーをはじめとする一部の企業が、合法的な要求をはるかに超えてNSAに協力していたことが、のちに発覚した）。

NSAの内部では、精鋭のハッカー集団「テイラード・アクセス・オペレーションズ（TAO）」が、ゼロデイを探し出すとともに、みずから開発したエクスプロイトに磨きをかけていた。だが、スノーデンの機密文書を熟読したところ、NSAが保有するゼロデイとエクスプロイトの多くが、外部からの持ち込みであることも明らかになった。スノーデン文書が暗示していたのは、外部委託先である「商業的パートナー」や「セキュリティパートナー」とNSAとの活発な取引だった。とはいえ、外部委託先の名前は記載されておらず、関係性も詳しく説明されていない。ゼロデイやエクスプロイトの闇市場は古くから存在し、サイバー犯罪者はハッキングツールをダークウェブで手に入れようとした。ところがこの数年というもの、ハッカー、政府機関、ゼロデイ・ブローカー、請負業者が参加する、うさんくさいとはいえ、合法的なグレー市場の報告が増えていた。それらの報告はほんの上っ面を引っ掻いていただけだった。スノーデンの機密文書はNSAの関与を証明していたものの、文書内のほかの暴露と同じように、重要な内容や詳細は伏せてあった。

私は、その核心を成す問いに何度も突き当たった。筋の通る説明はふたつしかない。すなわち、スノーデンは契約社員だったために、政府システムの奥深くに入り込んで重要な情報にアクセスできなかった。あるいは、ゼロデイを入手する際の政府の情報源と手段の一部は極秘か、物議を醸《かも》す恐れがあるために、NSAは一切記録に残さなかった。

A・G・サルツバーガーのストレージ・クローゼットのなかで、私はこの世で最も秘密主義で、機密度が高く、目に見えないマーケットについて、初めて垣間見ることになるのだった。

クローゼットのなかで、私はうまく考えることができなかった。アフリカの乾いた風を全身に感じて広大なサバンナで数週間を過ごした私には、窓のない部屋はとりわけつらかった。

そしてもうひとつ、ひどく腹立たしいことが明らかになった。暗号化の記事を書くために必要なメモが、私たちが受け取ったスノーデンの機密文書から抜けていたのだ。この計画の早い時期に、《ガーディアン》紙のジェームズ・ボールとユエン・マカスキルから聞いた話では、NSAが暗号を解読し、暗号化を弱め、回避するためにとった措置の詳細なメモがふたつあるはずだった。ところが、二、三週間かけて探したが見当たらない。《ガーディアン》紙のチームも、そのメモが欠けていることを認め、同紙のコラムニストであるグレン・グリーンウォルドから取り戻すと約束してくれた。ところが、当のグリーンウォルドは当時、ブラジルのジャングルに住んでいた。

私たちの手元には、スノーデンが盗み出した機密文書の一部しかなかった。グリーンウォルドはすべて持っている。暗号化の記事を書くために必要なふたつのメモも彼が持っていたが、どうやらグリーンウォルドはそのメモを一種の人質がわりに使っていたらしい。控えめに言って、グリーンウォルドは《ニューヨーク・タイムズ》紙に好意を持っていない。ボールとマカスキルの話では、《ガーディアン》紙が今回、《ニューヨーク・タイムズ》紙をこの計画に引き入れたことに、激しく腹を立てていたという。

グリーンウォルドは、《ニューヨーク・タイムズ》紙の一〇年前の決定をいまだ根に持っていた。二〇〇四年、NSAが通常の手続きである裁判所の令状なしに、アメリカ市民の通話をひそかに盗聴していた違法行為について、グリーンウォルドは《ニューヨーク・タイムズ》紙に記事を持ち込んだ。ところが、《ニューヨーク・タイムズ》紙は一年にわたって記事の掲載を見送った。そのような記事が出てしまえば、諜報機関の捜査を危機に曝し、テロの容疑者が警戒することになると、当時のブッシュ政権から横槍が入ったからだった。二〇〇四年の件については、グリーンウォルドだけでなくスノーデンも激怒していた。スノーデンは言った。自分がそもそもNSAから持ち出した機密文書を、《ニューヨーク・タイムズ》紙に持ち込まなかったのは、あの時の一件があったからだ。スノーデンはどうやら、私たちが機密文書の上にのんびり座り込んでいるか、政府の公表妨害に手をこまねいているだけだと思い込んでいた。そこで、《ニューヨーク・タイムズ》紙が加わったと知るや、グリーンウォルドとスノーデンが激怒したのだ、とボールとマカスキルが教えてくれた。

ふたりの話では、グリーンウォルドは実のところ、私たちが毎日ツイッターで目にする〝ギーキー騒ぎ立てる面倒なヤツ〟という印象とは違って、もっと理性的な人間だという。だが、ブラジルの彼の根城からふたつのメモを取り戻すという約束を何度聞かされようと、当の本人がその大切なおもちゃを、私たちに手渡す気がないのは明らかだった。

＊＊＊

欠けているメモが手に入るまで、何週間もかかるだろう。そのあいだに、このちょっとしたゲームにもすぐにうんざりしてしまった。狭い空間に閉じ込められ、酸素も充分でなく、蛍光灯のじりじりという音もたまらなく苦痛になり始めた。

《ニューヨーク・タイムズ》紙がうまく利用されていることは、痛々しいほど明らかになった。英国の諜報機関に睨まれている《ガーディアン》紙にとって、私たちは保険だった。《ニューヨーク・タイムズ》紙は、彼らに安全な隠れ家を与え、毎日無料のランチもふるまっている。それなのに、彼らは私たちを真のパートナーにはしたくない。私たちのほうは、彼らと協力し合い、ともに仕事をしていると思っているが、英国側はこちら側にひとことの相談もなく、勝手に記事を掲載し始めた。ある時、この秘密の共同プロジェクトを、オンラインメディアの「バズフィード」に詳しくリークした者がいた。すでにその事実が明るみに出てしまったというのに、それでもまだ窓のないストレージ・クローゼットに身を隠していること自体が、ほとほと馬鹿げたことに思えてしまった。

《ガーディアン》紙とジャーナリズム。このふたつに対する私の信頼が、厳しく試されていた。アフリカ大陸の象が懐かしかった。

毎晩、私はホテルの部屋に戻り、ホテルのキーカードや、廊下をうろつく人影を疑り深く見つめた。私はパラノイアに取り憑《つ》かれ始めた。

一年前、私はホテルの部屋に押し入るハッカーの実演を見ていた。彼は五〇ドルで作成したエクスプロイトを使って、デジタルのキーロックを不正に開けていた。それ以来、その方法を使って、ホテルの部屋に侵入してラップトップを盗む窃盗犯が増えた。このところ、自分が置かれた状況を考えると、私はとても気が休まらなかった。愛想のいいフロント係に、このホテルはロックの脆弱性に修正パッチを施したのかと訊ねた時、その女性はまるで私を火星人か何かのように見つめ、お客さまのお部屋はまったく問題なく安全です、と請け合った。それでも毎晩、デバイスを必ずカウチの下に押し込んでからでなければ、シューズの紐を結んで、新鮮な空気を求めて部屋を飛び出す気にはなれなかった。

マンハッタンの真夏の空気は爽やかで、タイムズスクエアは観光客でごった返していた。私は思いっきり酸素を肺に吸い込みたかった。正気を保つために、毎晩、ウエストサイド・ハイウェイ（マンハッタン南部をハドソン川に沿って走る高速道路）を何度も自転車で往復し、その日、目にした文書を理解しようとした。私の頭はNSAの頭字語（頭文字をつなげてつくった略語。North Atlantic Treaty Organization＝NATOなど）とコードネームでこんがらがっていた。めまいがし、混乱し、夜にハドソン川沿いでペダルを漕ぐ時にしか、まともにものが考えられなかった。

私の頭のなかは、NSAの機密文書の数百カ所に登場するが、詳しく説明されていないゼロデイのことでいっぱいだった。ゼロデイはどこで手に入れるのか。どう使われるのか。ゼロデイが流出したらどうなるのか。ロシア、中国、北朝鮮やイランのシステムに侵入するバックドアだけではない。二〇年前、世界はそれぞれ異なる技術を使っていた。だが、そんな時代はとうに過ぎ去った。アップル、アンドロイド、フェイスブック、ウィンドウズ、シスコのファイアウォールに不正侵入するバックドアはどうなのか。ほとんどのアメリカ人の暮らしは、これらの技術の上に成り立っている。電話やメールだけの話ではない。スマートフォンのない生活は考えられない。ベビーモニターもこれらのデバイスを使っている。カルテはすべてデジタル化された。イランの原子力発電所を制御するコンピュータはウィンドウズだ。アイフォンやアイパッドを使えば、数百キロメートル沖合の石油掘削装置の圧力計や温度計も調節できる。便利だから。安心だから。爆発を回避でき、エンジニアの身の安全を守れるから。だが、もっと恐ろしい目的のために悪用することもできるのだ。

ＮＳＡによる通話記録のメタデータの収集活動よりも、はるかに重要なことを私たちは見逃しているのではないか。私はその思いを、振り払うことができなかった。社会全体で話し合うべき、もっと大きな議論があるのではないか。サイバー攻撃のプログラムによって、私たちはどうなるのか。ほかにどの国が、アメリカと同じような能力を備えているのか。彼らは、その能力をどこから手に入れたのか。

もちろん、いまになってみれば、なぜこれらの答えがもっと早くわからなかったのか、と我ながら驚く。

結局のところ、あのストレージ・クローゼットに足を踏み入れる半年前に、ハッカーは私のすぐ目の前にその答えをぶら下げていたのである。

第二章：ファ＊キン・サーモン――フロリダ州マイアミ

エドワード・ジョセフ・スノーデンが一躍有名になる半年前、私はマイアミ南端のサウスビーチのレストランで、産業セキュリティの第一人者であるドイツ人と、ふたりのイタリア人ハッカーに挟まれてテーブルに着いていた。

私たち四人は、マイアミで開かれたちょっと変わったカンファレンスに参加していた。産業制御セキュリティ業界の精鋭五〇人余りが参加する、毎年恒例の招待者限定の大会である。石油や水道のパイプライン、送電網、核施設にハッカーが侵入するさまざまな方法について、産業界の優秀な頭脳が最新情報や意見を交換し合う。

その夜、NSAの元暗号解読者であるカンファレンスのオーガナイザーにディナーに誘われた。いま振り返ってみれば、あの時、誘われた顔ぶれはまったくの悪いジョークだったとしか思えない。NSAの元暗号解読者、ドイツ人がひとり、イタリア人ハッカーがふたり、そしてジャーナリストという計五人が一緒にバーに入っていく……。サイバー攻撃の取材を始めてたった一年しか経っていない私は、自分を取り巻く新たな常態を理解しようと、いまだ努力していた。誰がいいヤツで、誰が悪いヤツで、その両方を演じているのは誰か。

私は浮いた存在だった、とだけ言っておこう。ひとつは、サイバーセキュリティ業界に、ブロンドの小柄な女性は少ないからだ。テクノロジー業界には女性が圧倒的に少ない、という悩みを訴えてきた女性たちに言おう。ハッキング・カンファレンスに出かけてみるといい。数少ない例外を除いて、私が出会ったほとんどのハッカーは男性で、たいていコードと――柔術――以外に興味はなかった。ハッカーは柔術が好きだ。あれは〝肉体版パズルを解くこと〟なんだそうだ。私は男ではなく、コード好きでもなく、マットに押しつけられて戦いたいわけでもない。というわけで、お察しの通り、私は問題児だった。

子どもの頃、《ニューヨーク・タイムズ》紙は我が家のバイブルだった。私は署名入りの記事を暗記し、《ニューヨーク・タイムズ》紙の記者が、まるで天にまします神の使者のように歓迎される場面を思い描いていた。ところが、サイバーセキュリティの世界ではまるで勝手が違った。ほとんどの人は私を子ども扱いした。君は何も知らないほうがいい。多くの男性にツイッターで繰り返し指摘された。サイバーセキュリティの世界では、誰も「サイバー」なんて言葉は使わないよ。「インフォメーションセキュリティ」か「インフォセック」だ、と。ハッキング・カンファレンスで、私がサイバーセキュリティの記者だと自己紹介すると、「GTFO」と嘆かれたことも一度や二度ではない（「Get the F**k Out」の略だが、読者のみなさんには一部伏字にしておく）。「サイバー何とか」と自己紹介すると、すぐに「とっとと失せろ！」扱いされるのだ。

ここはエキセントリックな人たちが入り交じる、常軌を逸した小さな業界なのだと、私は学んでいた。どのカンファレンスのどのバーに入っても、映画「スター・ウォーズ」に登場する「モス・アイズリー・カンティーナ」が思い浮かんだ（砂漠の惑星タトゥイーンのモス・アイズリー宇宙港にある酒場）。ポニーテールのハッカー、弁護士、テック企業の重役、官僚、諜報員、革命論者、暗号解読者。

覆面捜査官の姿もちらほら。

「ＦＢＩを探せ」は、参加者お気に入りのゲームだ。毎年、ラスベガスで開かれるハッカーの国際大会「デフコン」（アメリカで開催される、二大情報セキュリティ・カンファレンスのひとつ）で、ＦＢＩ捜査官をうまく見つけ出すと、Ｔシャツがもらえる。ほとんどの場合、参加者はお互いに顔見知りのようだ。少なくとも評判は知っている。嫌悪し合っている場合もあるが、お互い驚くほどリスペクトし合っている。たとえ立場は違っても、優れた技術を持つ相手には敬意を払う。記者や、デジタル版マウストラップ（閲覧者が閉じようとしても、また同じウェブページが開いてしまう仕組み）を売って生計を立てているようなヤツらから「無能」呼ばわりされることは、許し難い侮辱である。

だがこの夜、マイアミで、オーダーメイドのスーツを着込み、ダチョウ革のローファーを履いて、丁寧に髪を梳《と》かしつけたドイツ人と、ぼさぼさのアフロヘアにＴシャツ姿という、ふたりのイタリア人に挟まれて座り、私はそれまでにない緊張感を味わっていた。

ドイツ人の肩書は、産業セキュリティ専門家。だが、そんな肩書では彼の優れた功績はとても正しく伝え切れない。彼の名前はラルフ・ラングナー。破滅的なサイバーメルトダウンの阻止に人生を捧げてきた。列車の脱線事故を起こしたり、世界貿易のハブをオフラインにしたり、化学工場を爆発させたり、ダムの水門を開いて洪水を引き起こしたりといった、甚大な被害を与えるサイバー攻撃を阻止してきたのだ。

そのラングナーの前に立ちはだかるのが、ふたりのイタリア人や、近年増加しつつある彼らのようなハッカーだ。ふたりのイタリア人は、地中海に浮かぶ小さなマルタ共和国からマイアミまでやってきた。ふたりはマルタで毎日、世界の産業制御システムをしらみつぶしに調べてゼロデイを探し出し、スパイ活動や物理的な被害を引き起こすために利用できるよう、エクスプロイトに兵器化して、いちばん高値をつけた相手に売る。ふたりは「友は近くに置いておけ、敵はもっと近くに置いておけ」という旗印の下に、今回のカンファレンスに招待されたのだろう（映画「ゴッド・ファーザーPARTⅡ」の主人公マイケル・コルレオーネの台詞）。

その夜、私には心に決めていたことがあった。ふたりのイタリア人は、彼らのデジタル兵器を誰に売ったのか。そして、絶対に売らないと決めている国家やアルファベット三文字の諜報機関、犯罪グループはあるのか。それをどうしても聞き出したい。同じ質問はこれまで何度もしてきた。

私はテーブルにボジョレのボトルが二本並ぶまで待った。

「それでルイージ、ドナート。ええっと、あなたたちのビジネスモデルは、その、とても興味深いけど」私は言葉がつっかえた。

私はルイージ・アウリエンマに話しかけた。ふたりのうち、彼のほうが英語が得意なのだ。私はできるだけ軽い口調を心がけ、株式市場について訊ねる時のように、何気ない質問を装った。「それで結局、どこに売るの？　アメリカ？　どこには売らないの？　イラン、中国、ロシアとか？」

フォークで刺した食べ物を口に入れたまま喋《しゃべ》り、何でもない質問を装ったが、誰も騙《だま》されなかった。ゼロデイ市場の第一のルール。「誰もゼロデイ市場について話さないこと」。第二のルール。「誰もゼロデイ市場について話さないこと」。これまで何度も同じ質問をしてきたが、それがこの業界の誰も答えない質問であることは、私にもわかっていた。

世界中のルイージとドナートたちは、とっくの昔に自分たちのビジネスを正当化していた。マイクロソフトのような企業が自社のソフトウェアのゼロデイを、ルイージたちに探し出されたくないのなら、そもそも脆弱性のあるコードを書かなければいいのだ。ゼロデイは、国家の機密情報収集にとって不可欠である。しかも、暗号化によって世界の通信が秘密に覆われたいま、ゼロデイの重要性はますます高まった。最近、増えたのは、政府の機密情報収集が困難になる、いわゆる「ゴーイング・ダーク問題」を解決する方法が、結局のところ、ゼロデイしかないというケースだ（ゴーイング・ダーク問題については、第一三章を参照）。

だがそのような正当化は、彼らのビジネスの負の側面に目をつぶっている場合が多い。誰も進んで認めたくはないが、ある日、それらのツールが誰かの命を脅かす攻撃に使われるかもしれないのだ。抑圧的な政権が反体制派を黙らせて罰するために使ったり、化学工場や石油精製所の産業制御に不正侵入したりする事件も増えている。そして、ゼロデイを売買する者はいつか、自分の手が血で汚れていることに気づくのだろう。いや、気づかないはずはない。

私がふたりのイタリア人に、彼らのビジネスの後ろ暗い面も見るように伝えたことを、同じテーブルに座っていた全員がわかった。しばらくのあいだ、ナイフとフォークが止まった。誰も何も言わない。みなの視線がルイージに集まり、ルイージはただ皿に目を落としていた。私はゆっくりとグラスのワインを飲み、無性にタバコが吸いたくなった。ドナートも私の質問がわかったようだったが、彼に口を開くつもりはなかった。

緊張の数秒間のあと、ルイージがもごもごと言った。「質問には答えられるけど、このサーモン料理について話すほうがずっといい」

私の右側で、ラルフ・ラングナーがそわそわし始めたのがわかった。二年前、ラングナーは「スタックスネット」のコードをいち早く解読し、当時、世界が見たこともない、極めて高度で破壊的なサイバー兵器の企みを暴いていた。

のちにスタックスネットと呼ばれることになるワームが、あちこちで見つかったのは二〇一〇年。前例のない数の――正確に言えば七つの――ゼロデイ・エクスプロイトを利用したこのワームは、世界中のコンピュータにするすると拡散していった。この時、一部のエクスプロイトがオフラインのコンピュータにも感染するように設計されていたことは明らかだ。マイクロソフトのゼロデイのひとつによって、ワームは、感染したUSBメモリを介して、検知されず、誰にも気づかれずに、あるコンピュータに到達した。そして、また別のゼロデイによって、ワームはネットワークのなかを這いまわり、デジタルの指揮系統を上へ上へとのぼって、最終目的地にたどり着いた。イランのナタンズ核燃料施設である。その最終目的地において、ワームはオフラインの、つまり「エアギャップ」（外部のネットワークに直接接続していないこと。エアギャップは、「ネットワークの周囲に空間を空ける」という意味）のコンピュータの奥深くへと潜入した。ウランを濃縮する遠心分離機の回転部を制御するコンピュータである。そして遠隔操作によって、スタックスネットはナタンズの遠心分離機の一部をひそかに制御不能にし、残りを完全に停止させた。原因がワームだとイランの原子核科学者が突き止めた時にはすでに、スタックスネットはナタンズの遠心分離機の五分の一を破壊し、イランの核開発計画を数年も遅らせていた。

ラングナーは、スタックスネットのコードを解析したことと、そのサイバー兵器の設計者がアメリカとイスラエルだ、と大胆にも最初に名指ししたことで有名になった。だが最近、ラングナーが絶えず懸念していることがあった。もし同じ能力が悪の手に渡ったらどうなるか。スタックスネットのコードは、イランの核燃料施設だけでなく、アメリカ国内の発電所や原子力発電所、水処理施設の攻撃にも同じように有効である。実際、ラングナーが「標的の多い環境」、すなわちスタックスネットのコードにいまだ脆弱な産業システムを、世界地図に落とし込んだところ、そのほとんどは中東ではなかった。アメリカだったのである。

アメリカのサイバー兵器がアメリカを攻撃するのも、時間の問題だった。「アメリカはサイバー版大量破壊兵器で終わりを迎えるのです」ラングナーはその日、数百人の聴衆にそう述べた。「それが、私たちが直面しなければならない結末です。そしてその準備を、いますぐ始めるのがいいでしょう」

スタックスネットの解読以来、ラングナーは世界中をまわって、大手公益事業会社や化学工場、石油会社や天然ガス会社にコンサルティングを行なっている。ラングナーや専門家は、サイバー攻撃による大量破壊が差し迫っており、しかも必ず起きると考え、その準備を始めるように助言している。彼の目に映るルイージとドナートは冷血なサイバー傭兵であり、やがて起こりうる破滅を促す者である。

ルイージが皿のサーモンを黙って見つめれば見つめるほど、ラングナーが歯を食いしばって怒りを抑えているのが伝わってきた。緊張の数秒が流れたあと、ついにラングナーがふたりのイタリア人のほうから尻をずらして、私を真正面から見据えた。

「ニコール」ラングナーが口を開いた。周囲にも聞こえる大きな声だった。「彼らは若い。自分たちが何をしているのか、わかっていない。カネのことしか考えていない。自分たちのツールがどう使われるのか、それがどんな恐ろしい結果を招くのか、そんなことには何の関心もないんだ」

そして、再びルイージに視線を戻すとラングナーが言った。「ああ、続けたまえ。是非とも聞きたいね。そのファ＊キン・サーモンの話とやらを」

二〇一三年夏にストレージ・クローゼットに閉じ込められていた六週間と、「ファ＊キン・サーモン」の場面が、私の頭のなかで繰り返し甦っては再生された。ラングナーの言葉は、サイバー兵器売買に手を染めている者が誰ひとりとして、私に話そうとしなかったすべてのことを表す、私自身の隠語となった。

あの夜、サウスビーチのイタリア人が、私に話すのを拒んだのは何だったのか。

彼らはゼロデイを誰に売ったのか。

誰には売らないのか。

ふたりのイタリア人は、そして彼らのようなたくさんのフリーランスのハッカーこそ、スノーデンの機密文書に欠けていたミッシングリンクなのか。

彼らの取引には、何かのルールや掟があるのか。

あるいは、ハッカー自身の強い道徳性を信じるべきなのか。

彼らが売却しているのは、彼ら自身、彼らの母親、そして子どもたち——私たち社会の最も重要なインフラではないか——が使う技術のゼロデイであることを、いったいどう正当化しているのか。

敵対国に、あるいは甚だしい人権侵害の問題を抱える政府にゼロデイを売ることを、どう正当化するのか。

アメリカはハッカーからゼロデイ・エクスプロイトを購入したのか。

海外のハッカーからも買うのか。

アメリカ国民の税金を使って？

国民の税金を使って、世界の民間技術やインフラを破壊する行為を、アメリカ政府はどう正当化するのか。

私たちは、アメリカ市民をサイバー諜報活動に対して脆弱な状態に曝しているのではないか。あるいは、すでにもっとひどい状態なのか。

聖域のある標的はあるのか。

ゼロデイは使われているのか。それともどこかの兵器庫で朽ち果てているのか。

どんな条件でゼロデイを使うのか。

どんな条件ならば使わないのか。

どうやってゼロデイを守っているのか。

もしゼロデイが流出したら？

ゼロデイについて、ほかに誰が知っているのか。

ハッカーはどのくらい稼いでいるのか。

彼らは稼いだカネを何に使っているのか。

彼らを止めようとした者はいるのか。

ほかに誰が、このような質問をしているのか。

どうしたら、誰もが夜よく眠れるのか。

どうしたら、私はよく眠れるだろうか。

これらの問いに対する答えを見つけ出すために、七年かかった。だが、その時にはもう手遅れだった。世界のサイバー超大国はハッキングされ、流出したツールを誰でも自由に手に入れ、使えるようになってしまったのだ。アメリカの優位は消滅したのだ。

本当の攻撃は、まだ始まったばかりだった。

第二部：資本主義者

最良の時代に、間違った側で戦ってしまったようだ。

――ラリー・マクマートリー著『ロンサム・ダブ』

第三章：カウボーイ——アメリカ、バージニア州

無駄な努力だよ、ゼロデイ市場の真相を探ろうなんて。彼らにはそう諭された。ゼロデイについて言えば、政府は規制当局ではない。クライアントだ。極秘のツールを売買する極秘のプログラムについて、政府関係者が私のような記者に秘密を漏らす気などさらさらない。

「あちこちで壁に突き当たることになるよ、ニコール」国防長官時代のレオン・パネッタにはそう警告された。

デジタル監視が大々的に行なわれるようになったのは、CIA長官とNSA長官の両方を務めたマイケル・ヘイデンが、NSA長官を務めていた時代のことである。私の企みを伝えると、ヘイデンは笑った。「まあ、頑張って」そう言って、私の背中をぽんと叩いた。

私がゼロデイ売買の真相を突き止めようとしているという噂は、すぐに広まった。ライバルの記者仲間は、私の使命を少しも羨《うらや》ましくはないと言った。ゼロデイ・ブローカーと売り手は、虫除けスプレーを手に私に備えた。電話をかけても、誰も折り返してくれない。ハッキング・カンファレンスの招待も取り消された。一時期、私のメールアドレスか電話番号をハッキングした者には謝礼を弾む、というサイバー犯罪者まで現れた。だが、ある地点まで来た時、このまま突き進むよりもここで引き

下がったほうが、もっと後悔すると思った。すでに充分目撃し、話の行き着く先もわかったからだ。世界中のインフラが、競うようにしてインターネットに接続されていた。世界中のデータも同じである。インフラのシステムやデータに最も確実にアクセスする方法は、ゼロデイだった。アメリカでは、政府のハッカーとスパイが諜報活動のためにゼロデイを買い上げていた。あるいは、いつか戦争が起きた時に敵対国の重要インフラを狙って、国防総省の呼ぶ「5つのD」――Deny, Degrade, Disrupt, Deceive, Destroy「否定する」「おとしめる」「混乱させる」「欺く」「破壊する」――を実行するために、ゼロデイを買い込んでいた。

ゼロデイは、アメリカの諜報活動と戦争立案にとってすでに不可欠な要素だった。スノーデンの機密文書は、サイバー空間でアメリカが最大のプレイヤーであることを明らかにしたが、アメリカが唯一のプレイヤーではないことは、私も取材を通して知っていた。圧政的な国が、アメリカとの差を縮めつつあった。そして、そのような国の要求を満たす市場も出現していた。脆弱性は至るところにあり、その多くをみずからつくり出していた。そして、アメリカを含めた強大な国家勢力は、脆弱性をそのままにしておこうとしていた。この話が世間に出ることを好まない者や機関はたくさんあった。世界で最も秘密主義で、世間からは見えない市場の拡大を食い止める唯一の方法は、煌々《こうこう》と光を当ててその市場を照らし出すことだ、と私は考えるようになった。

多くのジャーナリストたちと同じように、私も自分の企てをスタートさせることが最も大変だった。私は自分の知る方法で前へ進んだ。スタート地点では、私も公表されたことくらいしか知識がなかったが、一枚いちまい玉ねぎの皮を剝くようにして真相に迫っていった。そのために、一〇年以上も前、ゼロデイ市場が微《かす》かな光とともに誕生した頃まで遡《さかのぼ》ることになった。自分たちこそゼロデイ市場の先駆者だと思い込んでいた、男たちの姿を追うことになったのだ。

どんな市場も小さな賭けから始まる。ゼロデイ市場が立ち上がった時の価格は、少なくとも表向きの話では一〇ドルだった。

それが二〇〇二年晩夏に、ジョン・P・ワターズが最初のサイバーセキュリティ会社を買収した時の価格だった。何か目ぼしいものがないか見極めるために、その夜、ワターズはバージニア州シャンティリーにある「アイディフェンス」の本社を訪れていた。そして一〇ドルという額は、ワターズが威勢よく乗り込んで行った時に履いていたワニ革のカウボーイブーツに、自分のイニシャルである「J.P.W.」を名入れするために使った額よりもはるかに少なかった。だが、ワターズにとって一〇ドルは、月に一〇〇万ドルの赤字を流し続けたあげく、確たる挽回策もない会社の買収額としては適正な価格だった。

それでいて、会社を辞めずに残り、八月のその日、本社に集まっていた二十数人の従業員には何ひとつ合点がいかなかった。まず、ワターズが彼らとはまったく違っていたからだ。身長一八〇センチメートル超で、体重一一五キログラムという堂々たる体軀《たいく》のワターズと、シャンティリーでコンピュータ画面にかじりついている、痩《や》せこけたハッカーや元諜報員とは似ても似つかなかったのだ。

テキサスの謎の億万長者が彼らの会社を買収すると聞いた時、スーツ姿の男性が現れるものと思い込んでいた。ところが、スーツ姿ではなかった。ワターズの普段の服装は、「トミー・バハマ」のカラフルでカジュアルなシャツとカウボーイブーツ。陽が照っている時にはブレード・サングラス。ワターズのいでたちは、黒いTシャツを着て窓のない地下室で働くのが好きなハッカーには、少々派手すぎた。彼らは、サンドイッチとレッド・ブルで生きている。いっぽうのワターズが好むのは、テキサス風リブアイステーキとミラーライト。ワターズはバージニアに住んでもおらず、いまのところ移り住む予定もない。しかも、ますます不可解なのは、ワターズがコンピュータ業界にまったく何の経験もないことだった。くぼんでぎらついた目をした若いハッカーたちの生きがいは、コンピュータだというのに。

ワターズは投資家だった。まだ駆け出しの頃に、テキサスのある裕福な家族に何億ドルも投資した。その資産家の当主が亡くなったあとに商売が失速し、当主の息子であるシェフに、共同CEOにならないかと誘われた。だが、自分の会社を切り盛りする独立心旺盛なカウボーイにとって、その選択肢はなかった。そこで、ワターズはその資産家から資金コミットメントを取りつけ、自分自身の未公開株式投資会社を立ち上げて、絶好の資金運用先を探し始めた。

ワターズは、コンピュータ・セキュリティ分野に狙いを定めた。時は一九九九年。それまでの三〇年間に、インターネットは飛躍的な進歩を遂げていた。現在のインターネットの原型となる国防総省の発明「ARPANET《アーパネット》」（一九六九年に現在の国防高等研究計画局が開発した、パケット交換方式の通信ネットワーク）から、ダイヤルアップ接続による回線速度の遅い商用ウェブへとインターネットは発展し、さらに「ネットスケープ」ブラウザを通して、アメリカ人はウェブを体験するようになっていた。当時、ヤフーやイーベイのようなインターネット企業の時価総額は、天文学的な数字だった。

これらのシステムをダウンさせるために、大枚をはたきたがる人がいることにワターズは気づいた。だが、サイバーセキュリティ企業はまったく何の役にも立たない。いたちごっこなのだ。顧客にウイルス対策を講じた時には「時すでに遅し」である。悪者は充分楽しんだあとなのだ。パスワードとクレジットカードのデータは、すでに流出してしまっている。ワターズがそもそもこの業界に惹《ひ》かれた理由は、その〝警官と泥棒ごっこ〟の要素だった。そしてこう考えた。その要素がすぐになくなることはない。サイバーセキュリティ産業には、新たなモデルが必要だ。

一九九九年から二〇〇一年にかけて、ドットコムバブルが起こって弾けるのを、ワターズは辛抱強く待った。そのあいだも、あちこちのサイバーセキュリティ企業の動きを注意深く見守った。ベンチャーキャピタリストがつけた馬鹿げた時価総額でなくとも存続可能な企業を、見極めたかったのだ。ある時など、一〇歳の娘を小学校まで迎えに行って早退させ、プライベートジェットをチャーターして、シャンティリーにあるアイディフェンスの本社に現れた。そして、古き良き時代のデュー・デリジェンス（意思決定や判断のために実施する、企業価値の査定や資産調査など）をきちんと行なった。アイディフェンスは、シティグループのような大手金融機関に向けて、サイバー脅威の先端的警報システムを謳っていた。とはいえ、クライアントのほとんどは国防総省、海軍、沿岸警備隊などの政府機関である。だが、ワターズが帳簿を詳しく調べたところ、アイディフェンスにはこれと言った具体的な商品もなければ、商品をつくり出す具体的な計画もない、サイバー脅威をただ大袈裟に煽《あお》るだけのノイズメーカーにすぎなかった。

ワターズの睨んだ通りだった。二年後、アイディフェンスが破産を申請する。そして、どういう運命のいたずらか、破産裁判所のヒヤリングは二〇〇一年九月一一日に予定されていた。もしあの日、テロリストが旅客機を乗っ取らなければ、判事がアイディフェンスに破産を命じていた可能性は高い。ところがヒヤリングは延期になった。一カ月後、同時多発テロ後のアメリカでは、アイディフェンスのようなセキュリティ企業がこれまで以上に重要になる、というのが判事の判断だった。下ったのは解散ではなく、米連邦破産法一一条を適用して企業の再建を目指すようにという命令だった。

英国の投資家が六〇〇万ドルの資金提供を申し出た。それだけあれば、アイディフェンスを再建する充分な時間を稼げ、売却して利益が出るはずだと踏んだのである。そして、ワターズに電話をかけ、アイディフェンスを五〇〇万ドルで買わないかと持ちかけた。

ワターズは、まったく興味を示さなかった。

「いらんね」そして続けた。「あんたたちもわかってるはずだ。すぐに資金が尽きる。その時に電話してくれ」

その時まで一〇カ月しかかからなかった。英国の投資家はワターズにこう伝えた。もしワターズが清算して株式を買い取らないなら、アイディフェンスを明日にでも廃業する。ワターズは一〇ドルなら買うと伝えた。

英国側は承知した。ワターズは妻に、二年で経営を立て直すと約束した。


二〇〇二年八月のある火曜日の夕方、ワターズがシャンティリーにあるアイディフェンスの本社を二度目に訪れた時、外の駐車場はほとんど空っぽだった。三分の二以上の従業員が解雇されていた。残った従業員は六週間、給料が未払いだった。残った二十数人の従業員は、このクマのような体軀にワニ革のブーツを履いて、ぶらりと立ち寄ったワターズをじろじろ眺めた。彼らの第一印象はこうだった。このダサい田舎っぺは、いったい誰なんだ?

彼らの次の反応は圧倒的な安堵に変わった。ワターズは確かに派手だ。だがワターズには、いかにも未公開株式投資会社の人間らしいところはなかった。六週間も無給だった彼らのためにワターズが最初にしたことは、会社のキッチンに直行して全額分の小切手を書くことだった。ワターズは経営陣に選択肢を与えた。紙幣ではなく株式で受け取ることもできる。その場合、いまに大きな利益を生むだろう。あるいはいま、現金で受け取ることも可能だ。

全員が現金を選んだ。ワターズが望んでいた信任投票というわけではなかった。彼らはアイディフェンスがあと数カ月はもつと考えていたが、まさかいまに上場セレモニーで鐘の音を聞くことになるか、八桁で売却されることになるとは想像もしていなかったのだ。アイディフェンスの企業文化は、窮乏が当たり前になってしまっていた。近所の会社をまわって、簡単に顧客を開拓できる状況ではなかった。ドットコムバブルの崩壊によって、翌月、ナスダック総合指数が最安値を記録する。五兆ドルの金融資産が泡と消えた。それからの二年間で、ドットコム企業の半数以上が破綻した。

アイディフェンスの競合の先行きも、あまり明るいようには見えなかった。アイディフェンスと互角の戦いを繰り広げていた競合は、スタートアップの「セキュリティフォーカス」だった。ワターズがアイディフェンスを訪れた日、セキュリティ大手のシマンテックが、そのスタートアップを七五〇〇万ドルの現金で買収した。アイディフェンスと同じように、セキュリティフォーカスもサイバー脅威に対する早期警報システムを、「バグトラック」と呼ばれるハッカーのメーリングリストのかたちで、クライアントに提供していた。

とはいえ、メーリングリストという呼び方はバグトラックを正確に言い表していない。どちらかといえば、初期の掲示板型ソーシャルニュースサイト「レディット」や、世界最大規模の画像掲示板「4ちゃんねる（4chan）」に近い。つまり好奇心旺盛な者や独善的な正義感に燃える人間、初期のトラブルメーカーが勢い込んで集まるような場所だった。バグトラックのコンセプトは明快だ。世界中のハッカーが、バグとエクスプロイトを投稿するリスト。投稿理由はさまざまだ。面白半分に。好奇心から。仲間の承認や称賛を求めて。あるいは、コードにバグがあると伝えようとするたびに、ハッカーを無視するか脅し文句を吐くベンダーを嘲笑うために。

最初の頃、マイクロソフトやヒューレット・パッカードに電話をかけて、「こんちは。さっき、おたくのサーバーをスゲー監視ツールに変えちゃったんです。NASAにも侵入できたりしそうなヤツなんですが」と伝えるフリーダイヤルはなかった。とつぜん電話をかけて、バグがあると告げると、企業の担当者かソフトウェアエンジニアは押し黙るか、辛辣な言葉を吐くか、法務顧問から厳しい文言の書面が送られてくるのがオチだった。ベンダーはいちいち構っていられないし、すぐに修正パッチを施せるわけではない。バグトラックや「フル・ディスクロージャー」のようなメーリングリストは、ハッカーが毎日、自分の自慢の発見を投稿したり、コードに地雷を残したままだといって企業を糾弾したりする、事実上のフォーラムになった。

アイディフェンスの「アイアラート」製品のほとんどは、ハッカーの発見をもとにしていた。ハッカーがバグをひとつ見つけると、たいていひとつでは済まなかった。アイアラートのシステムは顧客に、ハードウェアとソフトウェアのセキュリティホールの情報を提供し、応急処置を提案した。もしシマンテックの買収によって、アイディフェンスが今後、バグトラックにアクセスできなくなってしまえば、アイディフェンスがクライアントに提供できるものは何もなくなってしまう。しかも、シマンテックの豊富な資金力にはとても太刀打ちできない。

ワターズがアイディフェンスを買収したあとの数カ月は、困難続きだった。事業に深く関われば関わるほど、ワターズは事業の未熟さを痛感した。警報システムは、アイディフェンスの顧客が会員登録して受け取る配信内容とさほど違いがなかった。そのほとんどは無料だった。

この会社にもまだ打てる手はあるはずだ。ワターズは思った。それが何か、まだわからないだけだ。ワターズは従業員をランチに誘い、気の利いたアイデアからうまい敗者復活策が聞けないかと思った。だが、従業員たちも同じ意見だった。うちの会社に打てる手は、もう何もありませんね。

「あなたがお買いになったんです。あなたの会社なんです」古株のひとりがワターズに言った。

「ああ、そうだ。その通りだ」ワターズはそう答えるのが精一杯だった。「くそっ」

一一月になる頃にはワターズは妻に、あの会社を清算するか、自分がバージニアに引っ越して本気で取り組むか、そのどちらかになるだろうと話した。そして相談の末、最後にもう一度だけ、あの会社に賭けてみることにした。ワターズは、シャンティリー郊外にベッドルームがふたつのアパートを購入し、「ハッカー小屋《ハット》」と名づけて腰を据えた。

ワターズは従業員が新たな生活リズムで仕事に取り掛かるよう、毎朝五時一五分にメールを送信した。心臓に電気ショックを与えるかのように、あらゆる部署に喝を入れた。新たなモットーは「スリー・トゥ・ワン（Three to one）」。「三年かかる仕事を一年でやり遂げる」そう告げると、従業員はたいてい呆れぎみに目を剥いたが、やる気のない者はクビにして、仕事をきちんとやり遂げる者に替えた。そして、新製品のアイデアを社内で募るようになった。

その頃、アイディフェンスのリサーチラボを率いていたのは、二〇代のふたりのハッカーだった。NSAで働いた経験のあるデイヴィッド・エンドラーと、大学を二、三年前に卒業したばかりのスニール・ジェームズである。ジェームズがアイディフェンスに入社したのは、同時多発テロ事件の数日後だった。国防総省から立ちのぼる煙が、いまだ彼のアパートの部屋まで漂っていた。そのため、入社後の数日間、ジェームズはリサーチラボで寝泊まりしていた。

エンドラーとジェームズの仕事は、ソフトウェアとハードウェアのゼロデイを徹底的に探しまわり、バグトラックをはじめとするハッカーのフォーラムを頻繁にチェックして、悪の手に渡ればクライアントに被害を与えそうな脆弱性を見つけ出すことだった。

「脆弱性を理解して、普通の人に簡単な言葉でうまく説明できる人は、いまでもそれほど多くありません」ジェームズがそう教えてくれた。

エンドラーとジェームズはたいてい、明かりがコンピュータ画面だけという薄暗い部屋にこもってバグを探した。だが、ふたりで探し出せるバグの数に限りがあることは、どちらもわかっていた。バグトラックから借用したバグが、圧倒的に多かった。そして、そのバグトラックはシマンテックに買収されてしまった。サイバー脅威の重要な情報源がいまにも断たれようとしている。ジェームズがエンドラーに言った。脆弱性の新たな情報源を見つけ出さない限り「俺たち、そろそろヤバいぜ」。

地球上には、昼も夜も脆弱性を探している、いまだ発掘されていないハッカーがごまんといることは、ふたりとも知っていた。ベンダーがそのようなハッカーのタダ働きを搾取し、彼らの発見を勝手に流用して自社製品の安全性を高めていることは、さほど頭がよくなくても誰にでもわかる。もしシマンテックがバグトラックを閉鎖してしまえば、テクノロジー企業とその顧客は、サイバー脅威の貴重な生の情報源を失ってしまうことになる。ジェームズはエンドラーに言った。こんな考えがあるんだ。こっちのほうからハッカーに直接あたって、バグを買い取ったらどうだろうか。

テクノロジー製品を解剖して欠陥を探すよう、こちらからハッカーに呼びかけることは、この業界において必ずしも正統なやり方でないことは、ジェームズも承知していた。当時、ヒューレット・パッカード、マイクロソフト、オラクル、サン・マイクロシステムズなどほとんどの大手企業は、まったく別の態度をとっていた。すなわち、我が社の製品の欠陥を探し出した者は誰でも、その製品に不正に手を加えたかどで告訴されるか起訴されるべきだ、というわけである。マイクロソフトの経営陣は、ハッカーの行為を「インフォメーション・アナーキー（情報の無政府状態）」と呼び、バグトラックやハッカーのコンベンションでバグを暴露するハッカーを、「子どもの遊び場にパイプ爆弾を投げ込む」テロリストになぞらえたこともある。二〇〇二年、ラスベガスで開かれたデフコンに集まった大手テクノロジー企業の代表はルールを定めた。デフコンは一九九三年に初めて開催されて以降、ハッカーが各企業の製品に不正侵入する、あらゆる方法をプレゼンテーションするフォーラムになってきた。だが近年、企業はハッカーが少々やりすぎだと感じていた。大声で名前を呼ばれて、ステージ上で恥をかかされることに、企業はうんざりしていたのだ。その年、ラスベガスに集結したテクノロジー企業は、ハッカーと彼らが見つけたバグに対する新たなアプローチを考え出した。簡単に言えばこういうことだ。「とっととバグをこっちに寄越せ。さもなければ訴えてやる」

ソフトウェアのバグを見つけたハッカーに支払うというアイディフェンスの考えを、世界中のマイクロソフトやオラクル、サン・マイクロシステムズのような企業が好意的に受け取る見込みはなかった。だが、アロハシャツとカウボーイブーツのせいか、ワターズにはエンドラーとジェームズに「ちょっと変わったアイデアにも耳を傾けてくれるかもしれない」と思わせるところがあった。

ワターズの説得にあたったのはエンドラーだった。脆弱性はあちこちにあります、とエンドラーは切り出した。マイクロソフト、オラクル、あるいは大手テクノロジー企業のプログラマーは毎日、うっかりバグ入りのコードを書いてしまう。あるバグが見つかって修正パッチが当てられた時には、ソフトウェアの開発者はすでに、新しいバグ入りの新しいコードを組み込んだソフトウェアを発売し、世界中のアイディフェンスの顧客がそのソフトウェアを使っている。セキュリティ業界は、次の攻撃から顧客を守るための努力を、ほとんど何もしていない。彼らが焦点を合わせているのは、古いソフトウェアに対する攻撃の被害を軽減することだからだ。エンドラーがワターズに念を押した。しかも、ウイルス対策ソフトウェアそのものがバグだらけなんです。

「ブラックハット」と呼ばれる悪質なハッカーは、バグを使って私利を得たり、スパイ行為を働いたり、デジタル世界で騒ぎを起こそうとしたりする。いっぽう、「ホワイトハット」と呼ばれる善意のハッカーは、高度な知識や技術を善良な目的のために使おうとする。とはいえ、彼らはベンダーにバグを報告する意欲を失いかけていた。ベンダーは、地下室に引きこもっているような輩とは取引したくない。しかも自社製品に欠陥があるという考えそのものが気に食わない。ベンダーが好んだのは、システムのバグを修正することよりも、訴訟をちらつかせてハッカーを脅しつけることのほうだった。ベンダーはその高圧的な態度のせいで、ホワイトハットにブラックハットへと転向する動機を与えてしまった。もし誰もバグを修正しないのなら、ハッカーはバグを悪用するか、「スクリプトキディ」と呼ばれる技術力の低いハッカーにバグを公開したほうがましである。そうすれば、スクリプトキディはバグを使って企業のウェブサイトを改竄《かいざん》したり、サーバーをダウンさせてサービスを停止させたりできる。最近では、地下には一種のグレー市場があり、ハッカーからバグと沈黙を買い取っているという噂だった。最近では、訴えられるより、カネを受け取ることのほうがずっと魅力的だった。

結局のところ、このゲームで被害を被るのは、アイディフェンスのクライアントなんです。エンドラーは言った。金融機関や政府機関のシステムは、セキュリティホールだらけです。攻撃の扉は大きく開かれたままなんです。

「プログラムをスタートできるかもしれません」エンドラーは熱心に提案した。「ハッカーにおカネを払って、バグを持ち込んでもらうんです」

受け取ったバグを、アイディフェンスからベンダーに渡すこともできます。エンドラーは続けた。だが、ベンダーが修正パッチを配布する準備ができるまで、アイアラート製品は会員に対して、正規の早期警報システムとして機能する。アイアラートはクライアントに、早期の情報と応急処置とを提供する。そうすれば、たとえ修正パッチがなくとも、攻撃者はその欠陥を悪用できなくなる。何もハッカーに大金を支払う必要はありません。エンドラーは説得した。ハッカーのほうでも、刑務所にぶち込まれずにバグを差し出す方法が欲しいだけなんですから。「そのプログラムを、我が社の競争優位に使えます」エンドラーがワターズに言った。

たいていのＣＥＯなら躊躇しただろう。取り立てて言うほどの利益もない会社が、それでなくても減少している資金をハッカーに――実家の地下室に引きこもったニキビだらけの一三歳や、ウェブの暗部に精通したポニーテールのコーダーに――支払って、よその会社のシステムのバグを探し出す。そう聞けば、たいていの経営陣はよく言ってもリスキーだと思うに違いない。ほとんどの法務責任者なら、その場で却下したに違いない。

だが、ワターズは違った。第一にワターズをアイディフェンスに引き寄せたのは、西部開拓時代を思わせるこの業界のフロンティア精神だった。それに、エンドラーの提案もビジネスとして理にかなっている。脆弱性の合法的な市場を創設することによって、ソフトウェアの技術的な欠陥やセキュリティホールを、アイディフェンスが最初に検査して、具体的で独自の情報や応急処置をクライアントに提供できる。アイディフェンスはもはや、サイバー脅威を大袈裟に煽るだけのノイズメーカーではなくなる。

ワターズにとっては、早期警告システムの会費を値上げする格好の口実になるかもしれない。

というわけで二〇〇三年、アイディフェンスは、ハッカーに広く扉を開けて、ゼロデイのバグに報奨金を支払い始めた最初の企業になった。

報奨金プログラムは、バグひとつにつき、わずか七五ドルから始まった。エンドラーとジェームズは、手探りで行動していた。参考になる市場もなければ、競合するプログラムもない。少なくともふたりの知る限りはなかった。

何もかもが危険な賭けだった。最初の数カ月は、ハッカーが「うまくアイディフェンスを騙せるか」、エンドラーたちを試していることはふたりにもわかっていた。ハッカーは自慢のエクスプロイトを、すぐには引き渡そうとはしなかった。まずはランクの低いものから試したのである。最初の一年半でハッカーが持ち込んだたくさんのバグのうち、半数はクズだった。「クロスサイトスクリプティング脆弱性」もあった。これは、ウェブアプリケーションの脆弱性を突いて、新米ハッカーがウェブサイトに罠を仕掛け、ユーザーの個人情報を盗むために使うありふれたバグである。ほかにも、マイクロソフトの新しいワード文書を開くたびにワードがクラッシュするバグもあった。これらのバグは厄介には違いない。だが、ブラックハットが知的財産や顧客データを盗み取るために使うことはない。エンドラーとジェームズは、これらのバグの買い取りは考えていなかった。だが、ハッカーとのあいだで信頼関係を結ぶ重要性も理解していた。より大物の、より優れた獲物を携えてハッカーに戻ってきてもらうためだ。当時、アイディフェンスのチームはプライドを捨て、がらくたにもカネを支払った。

その戦略は功を奏した。だが、しばらくすると様子が変わり始めた。最初に重大なゼロデイを持ち込み始めたのは、タマー・シャヒンという名前のトルコ人ハッカーだった。一九九九年、シャヒンは、トルコのインターネットプロバイダーをハッキングして逮捕された。司法取引の一環として、シャヒンは、トルコ政府が堅牢なインターネットシステムを築く手伝いをすることになった。すなわち、絶えずウェブを検索して、マイクロソフト、ヒューレット・パッカード、AOLなどが販売するソフトウェアの脆弱性を探し出し、「セキュリティアドバイザリ」(脆弱性が発見された時点でリリースされるセキュリティ情報や警告)を公表することになったのだ。シャヒンは、ハッカーのコミュニティで名前が知られるようになったが、一セントも報酬を受け取っていなかった。

二〇〇二年にアイディフェンスが報奨金プログラムを発表した時、シャヒンが持ち込んだ最初のバグは、インターネットプロトコルの欠陥だった。ユーザーとブラウザとのあいだでパスワードやデータを攻撃者に窃取される恐れがあった。そのバグでシャヒンは七五ドルを手に入れた。トルコの一カ月分の家賃に相当する額だ。シャヒンは彼ひとりでバグ量産工場になり、二年間でバグとエクスプロイトを合わせて五〇個以上も持ち込んだ。本業をやめるのには充分である。

ミズーリ州カンザスシティでは、一三歳のマシュー・マーフィーがバグ探しに夢中になっていた。マーフィーは年齢のせいで合法的に働くことができなかったが、AOLとウイルス対策ソフトウェアに見つけたバグで、アイディフェンスから四桁の小切手を受け取った。マーフィーは自分が稼いだお金で、母親に二台目のコンピュータと、ダイヤルアップ接続用の二本目の電話回線をプレゼントした。最終的に、マシューは警官である母親に、どうやってそのお金を稼いだのかを打ち明けなければならなかった。簡単な会話ではなかった。母親は、息子の発見が悪用されて、誰かを苦しめることになるのではないかと心配した。「ぼくはママに説明したんだ。もしベンダーが、自分たちの顧客に痛い目に遭って欲しくないんだったら、ベンダーは最初から自分たちのソフトウェアを安全にしておくべきだって」

アイディフェンスは、見つけたバグで手っ取り早く報酬を得たいハッカーに人気の会社になった。「デフコン」と「ブラックハット」（デフコンと並んで、ラスベガスで開催される国際的な情報セキュリティ・カンファレンス）で、ワターズは毎年、必ず盛大なパーティを催し、おおぜいのハッカーに報奨金プログラムへの参加を呼びかけ、最も重大なバグを発見したハッカーに賞を贈った。めったに地下室から出ようとしないハッカーも、アイディフェンスのパーティでは酔っ払い、アルコールの力を借りてブラックジャックのテーブルに着いたりするのだった。

報奨金プログラムが始まって一年が過ぎた頃、アイディフェンスのトップバグハンターは、セザール・セルードというアルゼンチン人と、ゼニス・パーセクというニックネームのニュージーランド人のふたりだった。パーセクはオフラインでは本名をグレッグ・マクマナスといい、羊の毛を刈るよりも、ソフトウェアのバグを見つけるほうがずっと好きな、ニュージーランドの牧羊業者だった。やがて、アイディフェンスのバグ報奨金の半分は、マクマナスが手にすることになった。

マクマナスの仕事には、アイディフェンスが見たこともない高度な知識が垣間見られた。ワターズは思った。国際送金サービスのウエスタンユニオンを使って、ニュージーランドに数千ドルを送金し続けるよりも、いっそのことマクマナスをバージニア州に呼び寄せたほうが安くつくのではないか。そこでワターズはマクマナスに仕事を与え、郊外に購入したハッカー小屋の部屋をひとつマクマナスに与えた。
二、三週間後、バックパックにコンピュータとルービックキューブを詰め込んで、マクマナスがアイディフェンスに姿を表した。黒いTシャツには「誰かが行動を起こすべきだ」という文字がプリントされている。ハッカー小屋の同居人である、社交的でミラーライト好きのワターズと、ルービックキューブを手にした物静かなニュージーランド人は、どう見ても凸凹コンビだった。だが、ふたりは気が合った。夜の空き時間を利用して、マクマナスはワターズにハッキング技術を教えた。
ワターズはこれまでの人生を、カネを稼ぐために働いてきた。マクマナスによれば、ハッカーはカネが欲しくてハッキングするのではないという。少なくとも最初のうちは。彼らは、隠れていた情報を発見した時に覚える、あの高揚感を味わいたいのだ。なかには権力や知識、言論の自由、無政府主義、人権、〝ウケ狙い〟、プライバシー、海賊行為、パズル感覚、帰属、つながり、自分に合っている、などの理由でハッキングする者もいる。だが、ほとんどの者は純粋な好奇心でハッキングする。共通点は、ハッキングせずにはいられないことだ。根本的に、ハッカーは生まれながらにあれこれ試すのが好きなのだ。システムを見ると、徹底的に分解せずにはいられない。仕組みはどうなっているのか。そして仕組みを理解すると、今度は別の使い方を探して組み立て直す。ワターズの目にコンピュータ、機械、ツールと映るものは、マクマナスにとっては「ポータル」だった。

ハッカーが登場したのは、一世紀以上も前のことである。一八七〇年代、数人のティーンエイジャーが、初期の電話システムに手を加えたことで逮捕された。ハッカーというレッテルはたびたび歴史に登場する。称賛された者もいれば、非難された者もいる。だが、歴史を彩り、最も崇められた起業家、科学者、シェフ、音楽家、政治家はみなそれぞれの才能においてハッカーだった。

スティーブ・ジョブズはハッカーだった。ビル・ゲイツもまたしかり。ありとあらゆるハッカーの専門用語を集めた『ハッカーズ大辞典』（アスキー刊）は、ハッカーを次のように定義している。「創造力を発揮して限界を打破するか回避する、知的な難問を楽しむ人たち」。

ピカソは芸術をハックした、という者もいる。アラン・チューリングはナチスドイツのコードをハックした（チューリングは英国人の数学者。ドイツの暗号機「エニグマ」を解読した）。ベンジャミン・フランクリンは電気をハックした。一五〜一六世紀、レオナルド・ダ・ヴィンチは解剖学、機械装置、彫刻をハックしていた。ダ・ヴィンチはみずからをラテン語で「センツァ・レッテレ」――「文字がない」すなわち「教養なき者」――と呼んだ。ルネッサンスのほかの知識人と違って、ラテン語が読めなかったからだ。そのかわりに、自分の手を動かすことで物事を理解した。その習慣によって、現代の多くのハッカーは、ダ・ヴィンチをハッカーの仲間だと主張する。社会がハッカーを、ブラックハットや犯罪者とひと括《くく》りにするようになったにもかかわらず、実のところ、社会の進歩はハッカーに多くを負っており、皮肉にも、デジタルのセキュリティが発達したのもハッカーのおかげなのだ。

マクマナスはワターズに話した。どんなものでも――たとえ世界で最も安全なシステムでさえ――、不正侵入されないものはない。そして、マクマナスはワターズにハッキングの方法を説明し始めた。まずは、標的のシステムをスキャンして公開ウェブサーバーかアプリケーションを探す。たいていこの時に何かを発見する。もし発見できなければ、辛抱が重要だ。数年後にセキュリティ専門家が、国家を後ろ盾とするハッカー集団を「APT」＝「Advanced（高度で）Persistent（持続的な／執拗な）Threats（脅威）」と呼ぶようになったことには訳がある。もしハッカーが辛抱強く執拗であれば、不正に侵入して、システムに潜伏する方法を必ず見つけ出すからだ。

企業や組織のなかで、誰かひとりは必ず便宜のためにアプリケーションをインストールする。そのアプリケーションを、不正侵入のために悪用できるかもしれない。秘訣はじっと待って、標的の周囲で起きる出来事に目を光らせることだ。重役のひとりが、職場の固定電話番号を発信、着信できるアプリケーションをインストールするかもしれない。それがインストールされるとすぐに、ハッカーはいろいろ突きまわし、詮索し、自分のブラウザをそのアプリケーションにつなげ、アプリケーションをウェブトラフィックで一杯にして、その動作を調べる。そして、アプリケーションのどこか変わった点や、品質、弱点などを探す。うまく行かない時には、サポートフォーラムを訪れる。そのアプリケーションはどのようにしてつくられたのか。どんな問題が報告されているのか。ソフトウェアかハードウェアにアップデートか修正パッチはあるのかなど、どんな手がかりでも探し出すためだ。アップデートが見つかり、たとえアップデートコードのごく一部でも手に入った時には、コードを分解し、リバースエンジニアし、逆コンパイル（機械語で書かれたプログラムを、開発時に使われたプログラミング言語による記述に戻す変換処理）する。

外国語を習う時と同じように、コードを簡単に解読できる者もいれば、解読の習得に時間がかかる者もいる。コードが充分読めるからといって、一からコードが書けるわけではないが、それでも基本的なところは理解できる。そのうち、パターンに気づくようになりますよ。マクマナスはワターズにそう請け合った。目的は、本来とまったく違う意図のために利用できる、機能と変数を見つけ出すことだ。

ソフトウェアアップデートの小さな断片が手に入った時点で、コードをウェブサーバーに注入する。そうすると、ソースコードがボイスメールのアプリケーションに反応するかもしれない。そして一からやり直す。アプリケーションのソースコードを分析し、何かおかしなところを探す。何も見つからなければ、振り出しに戻る。あるいは、金鉱脈を発見するかもしれない。それがリモートコード実行のバグだった場合、ハッカーはそのバグを使って、自分が選んだコードを遠隔地からアプリケーション上で実行できる。そのためには、パスワードが必要になるかもしれない。問題ない。ダークウェブのレポジトリでは、盗まれたメールアドレス、ユーザーネーム、パスワードが探し出せる。標的である企業や組織の従業員のものも見つかる。もし見つからない時には、標的のログイン・インフラストラクチャにもっと深く潜って、ほかの脆弱なサインを探せばいい。誰かがログイン・ソフトウェアをインストールした時に、サーバーのログファイルに、プレーンテキストでユーザーネームとパスワードを保存したかもしれない。ほら、ビンゴ！　そのログファイルを引き出したところで、「サイバー・キルチェーン」の全ステップが揃ったことになる（サイバー・キルチェーンとは、標的型攻撃を行なう際の七つのステップ。「偵察」「武器化」「配送」「攻撃」「インストール」「遠隔操作」「目的実行」）。

ハッカーは複数のゼロデイをまとめて利用する。プレーンテキストのユーザーネームとパスワードを入力し、遠隔実行のバグを使って、ボイスメールのアプリケーションに不正侵入する。こうして、ハッカーは標的の電話システムに侵入しただけでなく、標的の電話システムにつながったあらゆるものに侵入する。標的のコンピュータ。ローカルネットワークにつながったコンピュータ。IT管理者のコンピュータ。そのコンピュータには特別なネットワークがあり、さらに多くのコンピュータにアクセスできる。このレベルのアクセスが手に入れば、サイバー世界で際限なく窃取を繰り返すことができ、混乱も起こせる。インサイダー取引のデータにアクセスできる。重役の経歴や人物証明書を闇市場で売り払って、かなりの高額を手に入れることもできる。あるいは正しい行ないをすることも可能だ。ボイスメールのアプリケーション販売会社に連絡を取って、御社のアプリケーションには重大な問題がありますと伝え、真剣に受け取ってもらえるように願うのだ。

毎晩、マクマナスはワターズにサイバー攻撃のさまざまなシナリオについて手ほどきし、コードの異常を指摘し、弱点を特定し、それらが悪用される方法について教えた。恐ろしい話だったが、ニュージーランド訛《なま》りのおかげか、マクマナスの話はどれも楽しかった。昼間のマクマナスはとても幸せそうに見え、ハッカーが持ち込んだバグを念入りに調べ、どのバグには支払う価値がないか、どのキラーバグがエクスプロイトに兵器化できるかを、アイディフェンスの仲間に教えた。夜には、限られた者しか理解できない専門用語の飛び交うまったく新しい世界に、上司のワターズを引き入れた。

マクマナスは多くの見返りを求めなかった。彼はただワターズに、アイディフェンスのラボの壁を黒く塗っても構わないか、と訊ねた。そのほうがずっと落ち着くのだという。ワターズは了解した。このニュージーランド人がもっとくつろげるためなら、何でもすればいい。マクマナスは、バグとエクスプロイトに対してレーザー光線のような集中力を発揮し、それが大きな利益をもたらし始めていた。

アイディフェンスはバグをベンダーに渡したが、ほとんどの場合、ベンダーはそのバグをたいして重要ではないと切り捨てた。マクマナスが活躍するのは、その時だった。マクマナスは「概念実証」（実験的に行なう検証プロセス）用のエクスプロイトをベンダーのために用意し、そのバグが彼らのソフトウェアをいかに簡単に乗っ取り、顧客データを盗み取るかを実演した。どのバグに修正パッチを当て、どのバグには当てないかを決めるのは、長年、ベンダー任せだった。道理に合わない決定も多かった。マクマナスはベンダーにとって、そして彼らの顧客にとって、もはや放っておけないバグがどれかを知らせたのだ。彼はまた、応急処置の必要なバグと、多少は後まわしにできるバグの優先順位についても助言した。

この取り組みは市場にアイディフェンス独自の魅力をもたらし、ワターズが会費の値上げに踏み切る理由にもなった。最初の年、ワターズはそれまで一万八〇〇〇ドルだった年会費を、二倍以上の三万八〇〇〇ドルに引き上げた。値上げに同意しない顧客との契約は打ち切ったが、代わりの顧客はすぐに見つかった。予算の豊富な金融機関や政府機関は、バグの応急処置がついた情報商品に、喜んで高い会費を支払ってくれたのだ。

嬉しかったのは、ワターズが契約を終了した顧客の多くが、値上げにもかかわらず戻ってきてくれたことだった。年会費二万七〇〇〇ドルの時に契約を打ち切ったある顧客は、四五万五〇〇〇ドルで再契約した。年二万五〇〇〇ドルで契約していたある政府機関は、一五〇万ドルで再契約してくれた。二〇〇三年一〇月頃には、ワターズはアイディフェンスの売上げを二倍にし、さらに多くの個人資産を会社に投資し始めた。

いっぽうのソフトウェアベンダーは、アイディフェンスの成功を腹立たしく思うようになった。マイクロソフト、サン・マイクロシステムズ、オラクルは、アイディフェンスのバグ買い取りプログラムに不満を募らせた。テクノロジー企業の従業員は、彼らの製品に不正侵入するようハッカーをそそのかしているといって、アイディフェンスを槍玉にあげた。報奨金プログラムが軌道に乗ると、アイディフェンスの顧客が、テクノロジー企業に――早急に――修正パッチを当てるよう執拗に要求するようになったからである。世界的な大手テクノロジー企業は、とつぜん自分たち以外の都合にせっつかれて仕事に取り組まざるをえなくなった。そのため、彼らはアイディフェンスを猛烈に批判した。

その年、セキュリティ・カンファレンスの「ブラックハット」で、エンドラーは、マイクロソフトのセキュリティチームのひとりに声をかけられ、アイディフェンスのバグ買い取りプログラムは「恐喝」だとなじられた。会場のあちこちで、ミニのカクテルドレスを着たコンパニオンの女性が呆然と見守るなか、黒いTシャツ姿のオタクが、企業ロゴの入った別のオタクに向かって、バグ買い取りプログラムの倫理について大声で反論する光景が見られた。

その件はワターズの耳にも入った。彼はオラクルの最高セキュリティ責任者（CSO）メアリー・アン・デイヴィッドソンにディナーに誘われた。これは面白い。ワターズは思った。デイヴィッドソンは時間を無駄にしなかった。食前酒が出てくる前に、ワターズにこう告げたのだ。ハッカーからバグを買い取るアイディフェンスの行為は「モラルに反する」、と。

モラルに反する、だと？　おいおい、頼むぜ。オラクルのご立派なコードに欠陥を見つけるな、とおっしゃるなら、そもそもバグのない製品をつくれよ。ワターズはそう思った。あの買い取りプログラムがなければ、ハッカーはいまでもバグを報告せずに、オラクルのバグを悪用していただろう。デイヴィッドソンは、自分が非常に高潔な道徳観念を持ち、自分の判断が絶対に正しいと信じ切っていたため、ワターズはスマートフォンを取り出して、母親に電話をかけるよりほかないと思った。「メアリー・アン。うちの母と話してくれないか」そう言ってスマートフォンを差し出した。「少なくとも、母の反論を聞いてやって欲しい。母は君に、うちの息子はかなり道徳的な人間だと言うはずだ」

ふたりがテーブルに着いて初めて、デイヴィッドソンは口をつぐんだ。

アイディフェンスがバグの安全性を確保すればするほど、会社の売り上げは上がった。契約が間に合わないほど、次々に顧客が現れた。政府機関は毎年、契約を更新した。会社の売り上げが伸びれば伸びるほど、オラクルのようなベンダーは不満を押し殺すようになった。ワターズの会社の景気がいいのは、彼が広大な放牧地のカウボーイだからだが、ワターズの商売がいよいよ上昇気流に乗り始めると、その放牧地の周囲に柵が建てられるようになった。しばらくのあいだはビジネスも活況を呈したが、やがて市場は変化し、ほかのプレイヤーたちが登場して事態は複雑さを増していった。

最初に風向きの変化をもたらしたのは、ビル・ゲイツのメモだった。二〇〇二年、マイクロソフトのソフトウェアと顧客に対する攻撃がエスカレートし始めたのを受け、ゲイツはセキュリティこそマイクロソフトの最優先課題だと述べるメモを発表した。

ハッカーは、ゲイツがメモで述べた「信頼できるコンピューティング計画」に乗り出すという考えを、ジョークだと切り捨てた。マイクロソフトは、セキュリティホールだらけのずさんなソフトウェアを、何年もぞんざいにつくり続けてきたのだ。それなのに、いまになってゲイツが信仰に目覚めたことを信じろ、とでも？　ＰＣ市場では、マイクロソフトはぶっちぎりのナンバーワン企業だったが、イリノイ大学にマーク・アンドリーセンとエリック・バイナというふたりの天才が現れ、世界初のインターネットブラウザ「モザイク」を開発して以来、マイクロソフトは巻き返しを図ろうと躍起になっていた。一九六九年に国防総省がインターネットの原型を構築してから、三〇年が経とうとしていた。そして、そのあいだに、インターネットは飛躍的な進化を遂げてきた。だが、アンドリーセンとバイナが一九九〇年代半ばに開発したモザイクは、インターネットを一般大衆に解放した。モザイクはカラーであり、画像も扱え、写真や動画、音楽も簡単にアップロードできた。インターネットはとつぜん、「ドゥーンズベリー」（ソフトウェア企業の共同経営者であるマイク・ドゥーンズベリーを主人公とする、皮肉っぽいカートゥーン）でも描かれるようになった。また、《ニューヨーカー》誌の一コマ漫画にも登場した。二匹の犬がPCの前で、こんな会話を交わしている。「インターネットじゃ、誰も君が犬だとは気づいてないんだよ!」その時から、インターネット人口は毎年、倍々に増え、マイクロソフトのような世界中の企業は、とてもその動向を無視できなくなった。

PC市場の圧倒的なシェアを重視してきたマイクロソフトは、インターネットにあまり注意を払ってこなかった。だが、アンドリーセンがシリコンバレーに活躍の場を移して、一九九四年にモザイクの商用版「ネットスケープ・ナビゲータ」を市場に投入し、一年後に一日一億ヒットを達成すると、マイクロソフトは完全なパニックに陥った。

その後のネットスケープ対マイクロソフトの戦いはもはや伝説だ。マイクロソフトはそれまで、ウェブは科学実験にすぎないと一蹴し、PCモデルにすべてをかけてきた。〝独立した〟デスクかクローズドネットワーク上で〝独立して〟動作する〝独立した〟コンピュータというモデルである。ところが、ひとたびインターネット市場の可能性に気づくと、自前のウェブブラウザ「インターネットエクスプローラー」をそそくさと書き上げ、ウェブサーバーをやっつけ仕事でつくり上げ、ネットスケープではなくマイクロソフトを選べと、プロバイダーに強く迫った。ゲイツがまだ、慈善事業に勤《いそ》しむ聖人になる前の話だ。AOLの経営陣に頻繁にメールを送りつけて、こう訴えた。「御社にいくら支払えば、ネットスケープを捻《ひね》り潰せる?」

少しでも早くネットスケープを打ち負かすためにマイクロソフトが重視したのは、セキュリティではなくスピードだった。一〇年以上経ってから、マーク・ザッカーバーグがフェイスブックで、この時のアプローチを言葉で表し、彼のモットーとした。「素早く行動し、破壊せよ」

これらのウェブブラウザが市場に出まわるとすぐに、ハッカーたちは大喜びで実験に取り掛かった。インターネットの新たなおもちゃのバグで、どのくらい遠くまで行けるものかを知りたかったのだ。

結局、かなり遠くまで行けることがわかった。ハッカーはマイクロソフトのシステムを通って、ウェブの隅々の顧客に到達できた。ハッカーはマイクロソフトにその弱点を指摘しようとしたが、彼らがその指摘を深刻に受け取ることは——皆無とは言わないまでも——めったになかった。問題の一部がコードにあり、交渉術ではないことが、ハッカーたちの強みだった。

破壊的なサイバー攻撃が続いたあと、ようやく連邦政府が介入して状況が変わり始めた。二〇〇一年に「コードレッド」と呼ばれるコンピュータ・ワームが登場し、マイクロソフトのソフトウェアを走らせる数十万台のコンピュータが、役立たずのペーパーウエイトと化した。ハッカーはのちにコードレッドのバグを使って大規模な攻撃を開始し、マイクロソフトの顧客の数十万台のコンピュータに通信障害を発生させた。そして、とりわけ重要な顧客の公式サイトに攻撃を仕掛けようとした。ホワイトハウスである。

マイクロソフトは、コードレッドの前にも〝決まりが悪い〟攻撃を受けていた。ウイルスの作成者が、フロリダのトップレスダンサーの名前にちなんで名づけた「メリッサ」というウイルスが、マイクロソフトの欠陥を悪用して、三〇〇ほどの企業や政府機関のサーバーをダウンさせ、八〇〇〇万ドルもの被害をもたらしたのである。フィリピン生まれのウイルス「ILOVEYOU」もあった。ファイルを消去して、一日に約四五〇〇万台というペースで感染を引き起こし、フォード・モーターのようなマイクロソフトの大手顧客のメールサーバーをダウンさせたのだ。

あるいは、インターネットの速度を著しく低下させる「ニムダ」。このウイルスは、修正パッチが当てられていないマイクロソフトのバグを悪用して、メール、サーバー、ハードドライブなどあらゆるものを感染させ、何もかもを再感染させた。当時、最悪のサイバー攻撃になるまでに、わずか二二分しかかからなかった。テクノロジー・リサーチ会社「ガートナー」は、マイクロソフトの顧客にこう警告した。マイクロソフトのウェブサーバーソフトウェアから「歩かず、走って逃げてください」。ニムダが登場したのは、二〇〇一年九月一一日のちょうど一週間後だった。そのため、政府当局者はサイバーテロを疑った。このニムダには中国を表す「R.P.China」という著作権表記がついていた。それとも、これはサイバー攻撃の分析官を混乱させるための罠なのか。なぜ、PRC(People's Republic of China=中華人民共和国の英語表記)ではなく、RPCなのか。英語の表記方法をよく知らない中国語を話す人間の仕業か。あるいは、中国人になりすましたテロリストの犯行か。結局、誰にもわからなかった。だが、同時多発テロはサイバーテロリストの仕業ではないか、と人びとを疑心暗鬼に陥れただけでも、マイクロソフトのセキュリティは、アメリカ政府にとって憂慮すべき、無視できない問題だった。

同時多発テロの前、マイクロソフトの製品にはあまりにも多くのセキュリティホールがあるため、エクスプロイトひとつの価値はないも同然だった。同時多発テロのあと、連邦政府はもはやマイクロソフトのセキュリティ問題を放ってはおけなくなった。FBIと国防総省の当局者はマイクロソフトの経営陣に頻繁に電話をかけて、きつく叱責した。

ニムダにとってはどこ吹く風だった。攻撃者が顧客のコンピュータを乗っ取るという、マイクロソフトの新たな種類の欠陥に、当局は懸念を募らせた。そして、マイクロソフトのいったい誰がこの問題に真剣に取り組んでいるのか、と強く問いただし、もし今後もこの問題を見て見ぬ振りをするのならば、マイクロソフトとの契約は打ち切るつもりだと伝えた。

二〇〇二年一月一五日、アイディフェンスが解散を免れた数カ月後、ビル・ゲイツはサイバーセキュリティ業界に「世界に響きわたった銃弾」(もとは、一七七五年のアメリカ独立戦争の開始を指す)

を撃ち込んだ。ゲイツは言った。この時点から、セキュリティをマイクロソフトの「最優先課題」に据えることにする。

「信頼できるコンピューティングは、弊社の事業のどんな分野よりも重要です」ゲイツは、かの有名なメモで述べている。「コンピューティングはすでに、多くの人たちの生活の重要な部分になっています。今後一〇年以内に、コンピューティングは、私たちの行動のほぼすべてにおいて重要で不可欠な分野になるでしょう。マイクロソフトは信頼できるコンピューティングのプラットフォームをつくり上げた、と最高情報責任者や消費者、そしてすべての人たちがみなす世界が実現してはじめて、マイクロソフトとコンピュータ業界が繁栄するのです」

セキュリティ関連のコミュニティがそれまで、単なるポーズにすぎないと切り捨ててきたことが、企業経営の重要な要素になった。マイクロソフトは新製品の開発計画を凍結し、既存製品を丹念に調べ上げてソフトウェアを分解した。ほぼ一万人の開発者をトレーニングして、セキュリティ原則を中心に据えてソフトウェアを再構築した。こうして初めて、ハッカーのコミュニティを受け入れる準備が整った。ハッカー専用のカスタマーサービスを設け、発信者一人ひとりを追跡してその特徴まで記録した。どのハッカーを丁重に扱うべきか。どのハッカーにロックスター並みのステータスがあるのか。誰がただの荒らしなのか。そして、正規のシステムとして毎月第二火曜日を「パッチ・チューズデイ」と名づけ、ソフトウェアの修正パッチを公開し、顧客に無料のセキュリティツールを配布した。

ゼロデイバグはまだたくさん発見されていたものの、マイクロソフトのバグは、その重大性も、発見の頻度も低下し始めた。八年後に私が《ニューヨーク・タイムズ》紙のセキュリティ担当になった頃、私はいつもハッカーにこう訊ねた。「ベンダーのことが嫌いなのは知ってるけど、いちばんマシな会社はどこ？」

答えはいつも同じだった。「マイクロソフトだね」彼らは口を揃えて言った。「ヤツらはあのヒドい態度を改めた」

ゲイツのメモの波及効果は、マイクロソフト本社から遠く離れた場所でも——ダークウェブのフォーラムや、大きなセキュリティ・カンファレンスが開催されているホテルの部屋でも——明らかだった。陰に隠れたそれらの場所で、ますます多くの防衛関連企業や諜報機関の分析官、サイバー犯罪者が、より高値でハッカーからバグを買い取り、バグの発見について口外しないようにという約束を取りつけた。

そのような地下のサークルでは、マイクロソフトのゼロデイ・エクスプロイトに、アイディフェンスよりもはるかに高値をつけるようになった。「二〇〇〇年、市場はマイクロソフトのエクスプロイトで飽和状態でした」初期のハッカーであるジェフ・フォリスタルは、私の取材に応えて言った。「今日、遠隔操作できるウィンドウズのエクスプロイトは、六桁、ひょっとしたら七桁かもしれません。当時はいまよりもずっと安かったんです」

かつてはハッカーが文句も言わずただで差し出すか、オンラインに暴露してベンダーに恥をかかせて修正パッチをリリースさせていたエクスプロイトが、高い金銭的価値を持つようになった。それは、新しく現れた謎の買い手がバグの市場をつくり出すとともに、発見したセキュリティホールをベンダーに渡すよりも秘密裏に売ったほうがいいと思わせる、より多くの——そしてはるかに儲かる——理由を、ハッカーに提供し始めたからだった。

ワターズのところに連絡が入るようになるまで、そう長くはかからなかった。最初はごく少なかったが、二〇〇三〜〇四年にアイディフェンスのバグ買い取りプログラムが軌道に乗り始めると、頻繁に電話がかかってくるようになった。相手の声には切迫感があった。電話の向こうの男たちは、ワタ ーズにこう持ちかけた。もしこちらが高額を提示したら、ハッカーが持ち込んだバグを、ベンダーやクライアントに知らせずにおくことは可能か。

ハッカーに四〇〇ドルを支払うつもりのバグに、いくら出すつもりか。すると電話の向こうの謎の男は、バグひとつに対し、アイディフェンスに一五万ドル払おうと答えた。ただし、取引は秘密裏に行ない、誰にも口外してはならない。

男たちは、政府の請負企業で働いていると言ったが、それはワターズが聞いたこともない名前だった。ゼロデイのグレー市場の噂は聞いたことがあったが、彼らが提示した額にワターズは度肝を抜かれた。

ワターズが断ると、相手は作戦を変え、今度は彼の愛国心に訴えようとした。バグはアメリカの敵やテロリストに対するスパイ活動に使われると言ったのだ。ああ、なんたる皮肉か、とワターズは思った。自分はこれまで、ベンダーに犯罪者呼ばわりされてきた。それがいま、政府の請負業者だという男たちは、アメリカのために奉仕してはどうかとこの私を説得しているのだ。

ワターズは愛国者だった。いっぽうでビジネスマンでもある。「彼らの言う通りにしていたら、大変なことになっていただろう」ワターズは私にそう言った。「顧客が使うコアテクノロジーのセキュリティホールを、政府と共謀して空けたままにしておくのは、本質的に顧客の利益に反して働くことになる」

電話の相手は最後には、ワターズの意志を理解した。だが、アイディフェンスの知らないところで事態は動いていた。市場に別の力が働いていた。ハッカーがアイディフェンスにバグを売りに出さなくなったのだ。バグの持ち込みは激減し、ハッカーは貪欲になった。ハッカーたちは、アイディフェンスが提案する価格よりも、はるかに高い金額を要求するようになった。「ほかの選択肢」を仄めかす者もいた。

新たな競合が出現したことは間違いない。二〇〇五年、「デジタル・アーマメント」という謎の会社が現れ、オラクル、マイクロソフト、ヴィエムウェア（仮想化製品やサービスの開発・販売企業）のシステムで広く使われているバグの場合、五桁の報奨金を支払うと告知し始めた。デジタル・アーマメントについては、東京で登録された素気ないウェブサイト以外、顧客や支援者の情報は一切ない。彼らはバグの「独占権」を要求し、ベンダーには「最終的に」知らせるつもりだ、とだけ書いていた。

エンドラーとジェームズが、自分たちが立ち上げたと考えていた市場は、変容しつつあった。新たなハッカーが登場した。これまでにないタイプのハッカーが、ソフトウェアバグの聖杯を携えて、アイディフェンスにアプローチしてくるようになった。マイクロソフトのインターネットエクスプローラーの欠陥は、悪用されると、遠隔作用でコンピュータを乗っ取られる恐れがあった。ところが、ハッカーは六桁の報奨金と引き換えでなければ、バグを渡そうとしない。アイディフェンスがそれまで同様のバグに支払った最高額は、一万ドル足らずだった。

「それに近い金額を支払うつもりすらなかった」ジェームズが当時を振り返る。

アイディフェンスがバグの買い取りプログラムを始めてちょうど三年目に入ると、当初わずか四〇〇ドルだったバグに、ハッカーが四〇〇〇ドルを要求するようになっていた。あと五年もすれば、バグひとつに五万ドルの高値がつくだろう。アイディフェンスが最初の一年半に一〇〇〇個のバグに支払った二〇万ドルは、今日では一〇〇〇万ドルになるに違いない。ワターズはそう漏らした。

アイディフェンスは、みずからが創出に大きな役目を果たした市場から締め出されつつあった。エンドラーが最初から気づいていたことに、ほかのプレイヤーたちも気づいたのだ。すなわち、セキュリティホールが存在しない振りをするよりも、ハッカーと彼らの発見を受け入れたほうが利益が大きい。だが、新たなプレイヤーが市場に参入したのは、まったく別の理由からだった。しかも、彼らはアイディフェンスよりも、はるかに資金が潤沢だった。

ワターズは事業の行き詰まりを見てとった。二〇〇五年になる頃には、個人資金をすでに七〇〇万ドルも投入していた。経営の立て直しに二年はかかると妻には告げていたが、結局、三年かかった。そしてアイディフェンスを一〇ドルで手に入れた日からほぼ三年が過ぎた二〇〇五年七月、アイディフェンスを四〇〇〇万ドルでベリサインに売却すると、ワターズはダラスに引き上げた。

市場に行方を任せる時だった。

第四章：最初のブローカー——ワシントンDC、ベルトウェイ

「馬鹿デカい取引になってただろうな」ごく初期のゼロデイ・ブローカーのひとりが、ある雨の日にエンチラーダを頬張りながら、ワターズとの接触について教えてくれた。

バグの買い取りプログラムにワターズがゴーサインを出す数年前、ゼロデイバグとエクスプロイトの市場は、すでに秘密裏に存在していた。エンドラーとジェームズがちょっと変わった価格表づくり——このバグには七五ドル、あのバグには五〇〇ドル——にせっせと励んでいたあいだも、彼らのラボから一五キロメートルも離れていない場所にある、ひと握りの防衛関連企業や政府のブローカーは、ハッカーの発見に一五万ドルもの高額を提示していた。ただし、秘密を守るという条件付きである。

実際、誰もが欲しがるようなバグには口の堅さが要求された。ゼロデイにとって、秘密主義は絶対条件である。ゼロデイバグが秘密でなくなると、デジタル関連の当局者はそのバグにわざわざ名前と点数をつけ、「ああ、これはあとまわしで大丈夫」から「何が何でも修正パッチを当てる」までのランクに分けた。公表されたバグは、誰でもアクセス可能な国の脆弱性データベースに加わる。バグにパッチが当てられると、ハッカーはもはやそのバグを使ってデータにアクセスできなくなる。そしてアクセスできなければ、世界中で増え続ける大量のデータも、まったく何の役にも立たないことを謀

報員は学んでいた。

政府機関の諜報員の見るところ、長期にわたってデータにアクセスできる確実かつ最善の方法は、ゼロデイ・エクスプロイトだった。彼らは、アイディフェンスが支払う微々たる額をはるかに凌《しの》ぐ高額を、喜んでハッカーに支払った。しかも、せっかく六桁も支払ったゼロデイの存在を誰かに暴露することで、投資とデータへのアクセスを台無しにするつもりはなかった――とりわけ《ニューヨーク・タイムズ》紙の記者に、秘密を漏らすことなどありえない。

そのせいで、はるかに儲けの大きな政府のゼロデイ市場に潜入するのは、ますます困難を極めた。初期のゼロデイ市場の話を聞かせてくれる、地下のブローカーを見つけるだけで何年もかかった。私の努力が足りなかったせいではない。手がかりを得るたびに電話をかけたのだが、何の連絡も返ってこなかったのだ。多くの者が返事を寄越さなかった。ほとんどの者は、闇のバグ買い取り市場との関わりを否定した。

あの世界からはもう何年も前に足を洗ったからと言い、それ以上は何も語ろうとしない者もいた。いきなり電話を切られたこともある。君とは話さないと言われただけでなく、君と口をきかないよう、すでに仲間には警告しておいたと言われたこともある。その男性は続けた。これ以上嗅ぎまわると、君の身に危険が及ぶことになるだけですよ。

その言葉に私は震え上がったか。もちろんだ。とはいえ、ほとんどはただの脅し文句だとわかっていた。たいていの者が心配していたのは、私の身ではなく自分の身に危険が及ぶほうだった。彼らの業界では、口を閉じておくことが何よりも重要だからだ。

どの取引も信頼と分別を必要とし、ほとんどの取引は機密保持契約で守られていたため、ゼロデイはますます機密扱いだった。稼ぎのいいブローカーは、彼らのゼロデイビジネスを――そのようなビジネスが存在するという紛れもない事実を――秘密にしていた。ブローカーが慎重であればあるほど、そのブローカーのもとに売り手が集まった。ブローカーが経済的に破綻する最短方法は、メディアに喋ること。それはいまでも変わらない。

パラノイアの問題ではない。ゼロデイ市場について地下のブローカーが記者に秘密を漏らすことの危険性については、お手本のようなケーススタディがある。繰り返し語られるのは、南アフリカ共和国出身でバンコクを拠点としていた、通称「グラッグク」という有名なエクスプロイト・ブローカーの話である。グラッグクは自分を抑えられなかった。ほとんどのゼロデイ・ブローカーは、デジタルの痕跡を残すいかなるプラットフォームも避けるが、彼にはツイッターに一〇万人のフォロワーがいた。そして二〇一二年、自分のビジネスについて記者に隠し立てなく話してしまうという、とんでもないへまをやらかしてしまった。

あれはオフレコのつもりだったと、あとになって弁解したが、現金入りの大きなバッグを足元において、満足げにポーズを取る写真が残っている。《フォーブス》誌に記事が掲載されると、グラッグクはすぐに好ましからざる人物《ペルソナノングラータ》になった。タイのセキュリティ当局の訪問を受けた。各国政府が彼との取引を終了する。彼に近い数人から直接聞いた話では、グラッグクの稼ぎは半分以下に激減したという。

名声のために、あるいは透明性のために、財産や評判を捨ててグラッグクに続こうとする者は誰もいなかった。

取材に応じてくれる相手が見つからないまま、二年が過ぎた。そしてようやく二〇一五年秋、初期のブローカーのひとりが、あまりよろしくないことは重々承知しながら、取材に応じてくれることになり、私と向かい合って席に座った。

その年の一〇月、私はバージニア州のワシントン・ダレス国際空港に飛び、ひとりの男性と会った。彼をジミー・セビエンと呼ぼう。一二年前、セビエンは大胆にもワターズに電話をかけていた。アイディフェンスの顧客や大手テクノロジー企業にゼロデイを渡す前に内密に売って欲しいと、ワターズに説得を試みた最初の人間である。セビエンと私は、バージニア州ボールストンにあるメキシコ料理店で会った。彼の元顧客のいくつかは、ここからほんの数キロメートルしか離れていない場所にある。セビエンはエンチラーダを頬張りながら、多くのハッカーや政府機関がはるか昔から知っているが、口を閉ざしてきたことについて教えてくれた。

セビエン自身は、もう何年も前にその仕事を辞めていた。アメリカの諜報機関のために、最初にゼロデイバグを買い取り始めた、政府のブティック系（「規模が小さく専門性の高い」という意味）請負業者は三つあったという。そして、セビエンは一九九〇年代後半に、その三つのうちのひとつに採用された。当時、取引はまだ機密扱いではなかった。つまり、私に話してもルール違反を犯していることにはならない。そうは言っても、セビエンはいま、かつて一緒に働いていた政府のクライアントやセキュリティ・リサーチャーの多くと、当時とは違う立場で働いている。だからこそ、仮名という条件でのみ、私の取材に応じてくれたのだ。

セビエンは、ワターズにサイドビジネスを最初に売り込んだ人間だった。ワターズが了承していれば、莫大な利益を生んだはずだった。「あれ以上の利ざやは思いつけないね」セビエンは私に言った。ワターズがハッカーから四〇〇ドルで買い取ったエクスプロイトに、セビエンは喜んで一五万ドル支払おうと提案したのだ。だがワターズがその申し出を断ると、セビエンは愛国心に訴える作戦に切り替えた。「自分の国に奉仕することになるんですよ」ワターズにそう持ちかけたことを、セビエンは覚えていた。

セビエンとワターズは数カ月にわたって何度か電話で話したが、最終的にワターズがきっぱりと断った。一二年後、セビエンはあの時のワターズの断固たる態度を思い出して、やはり残念そうに首を横に振った。「莫大な利益だったはずだ」

エクスプロイト取引の世界を開拓する前、セビエンは米軍にいて、世界中の軍のコンピュータ・ネットワークを保護し、管理する職に就いていた。セビエンはいかにも軍関係者のように見えたし、その役を立派にこなしていた。背が高く、がっしりした肩幅。髪は「ハイ&タイト」と呼ばれるクルーカット。陽気で早口。時間厳守。彼と会う約束をした雨の日に私が数分遅れて店に着くと、彼は別の男性と雑談していた。その男性を、ある政府機関の元クライアントだと私に紹介し、私を記者だと紹介した。その男性はセビエンに疑り深そうな視線を投げかけた。おい、記者と話すなんて、いったいどういうつもりなんだ？　セビエンと私が別のテーブルに移ると、男性が後ろから大きな声をかけた。

「忘れるな。『議員、先のプログラムはまったく記憶にないから』」

セビエンはちらりと私を見て、神経質そうに笑った。セビエンにも私にもわかった。その男性はセビエンに、記者と話すと窮地に陥りかねないぞ、と警告したかったのだろう。

セビエンは言った。軍のコンピュータ・ネットワークを保護する仕事のおかげで、自分は技術の欠陥に詳しくなった。軍では通信の安全性が生死を左右する。だが、大手テクノロジー企業には、どうやらその点がわかっていなかった。「システム設計で彼らが重視するのは明らかに機能であって、セキュリティではない。システムがいかに不正操作されるか、彼らは考えてなかった」

軍を辞めて民間部門に移った時、セビエンの頭のなかにあったのは、コンピュータシステムの不正操作のことだけだった。彼が参加したブティック系の請負会社は、この時、私たちが座っていたメキシコ料理店の少し北にあった。彼はそこで、サイバー兵器や不正侵入ツールをリサーチして開発する二五人のチームを率いた。クライアントは軍や諜報機関、そして割合は小さいが法の執行機関だった。セビエンがすぐに学んだことがあった。それは、彼らが開発している高度なサイバー兵器も、実際にデプロイ（展開）する方法がなければ、何の役にも立たないことだった。重要なのは、標的のコンピュータシステムにアクセスすることだ。「世界屈指の腕を誇る宝石泥棒であっても、ブルガリの店の警報システムをすり抜ける方法を知らなければ、窃盗の腕を発揮しようがない」セビエンがそう説明した。

「アクセスこそ」彼は続けた。「いちばん重要なんだ」

一九九〇年代半ば、セビエンのチームは不正侵入できるツールの売買に手を染め、顧客のためにバグやエクスプロイトを探した。会社の売上げの八〇パーセント以上を国防総省と諜報機関が占め、あとの二〇パーセント足らずは、法の執行機関とそれ以外の政府機関が占めた。目標は、政府関連の顧客に、敵が使っているあらゆるシステムに不正侵入する、信頼性が高く機密のツールを提供すること。ここでいう敵には、国家やテロリスト、あるいはレベルの低いサイバー犯罪者も含まれた。

彼らの仕事のなかには、偶然の発見を利用して広く儲かる仕事もあった。たとえば一般的なマイクロソフトウィンドウズのシステムでバグを見つけた時には、そのバグからエクスプロイトを作成して、できるだけ多くの顧客に販売した。ところが、彼らの仕事のほとんどには標的があった。政府機関はセビエンのところへやって来て、ウクライナの首都キーウのロシア大使館か、アフガニスタンのジャララバードにあるパキスタン領事館で働く職員を監視する方法を、探して欲しいと依頼する。その場合、セビエンのチームは偵察を行ない、標的がどのコンピュータを使い、どんな動作環境なのかを探り、あらゆるアプリケーションを洗い出す。そして、不正侵入の方法を見つけ出す。

侵入の方法は必ずあった。ああ、人間は完璧ではないのだ。コンピュータコードを書き、デバイスを設計し、製造し、構成するのが人間である限り必ず間違いがあることを、セビエンのチームは知っていた。欠陥を見つけることは、戦いの半分でしかない。残りの半分は、エクスプロイトコードを書いて磨きをかけ、信頼できる完璧な足がかりを政府機関に提供することだ。

しかも、クライアントの政府はただ侵入したいのではない。彼らが望んでいるのは、敵のシステム内を検知されずに這いまわる方法だ。隠れたバックドアを仕込み、不正侵入が発見されたあとでも、繰り返し侵入できる方法だ。警報アラームを鳴らさずに、敵のデータをこちら側のコマンド&コントロール（C&C）サーバーに窃取できる方法である。

「彼らが求めたのは、全サイバー・キルチェーンだ。不正侵入。C&Cサーバーに信号を送る方法。撤収。難読化」セビエンが軍事用語を使って説明した。「特殊部隊や海軍特殊戦開発グループを思い浮かべてもらえば、わかりやすいだろう。それらの部隊には、スナイパー、スイーパー、脱出スペシャリスト、ドア爆破が専門の隊員がいる」

セビエンのチームはそのデジタル版を提供していた。だが、彼らの仕事で重要なのは「衝撃と畏怖」（二〇〇三年のイラク戦争でアメリカが採用した軍事戦略）ではない。その正反対だ。どのステップもひっそりと秘密裏に行ない、誰にも気づかれてはならない。彼らのコードも存在も、敵に発見されにくければされにくいほど、好都合だ。ゼロデイ・エクスプロイトには、「信頼性」「不可視性」「持続性」という三つの重要ポイントがある。この三つが揃うことはめったにない。だが、すべてが揃った時には「カッシャーン」。セビエンは、レジが開いて大金が溢れ出す音で喩《たと》えた。

特定のエクスプロイトについて話して欲しいと私が頼むと、セビエンはまるで初恋の相手を懐かしむ時のような愛情をこめて、いくつか教えてくれた。セビエンのお気に入りは、あるビデオのメモリーカードに仕掛けられた、とりわけ頑固なゼロデイ・エクスプロイトだった。そのメモリーカードは、コンピュータのファームウェア――コンピュータシステムを制御するために内蔵されたソフトウェア――で動作し、エクスプロイトを見つけ出すのはほぼ不可能に近く、削除するのはさらに不可能だった。たとえコンピュータを初期化して、ソフトウェアをすべて再インストールしても、エクスプロイトの効力は失われない。完全に除去するために残された唯一の方法は、そのコンピュータをゴミ箱に投げ込むことだった。「エクスプロイトは最強だ」そう言ったセビエンの目は輝いていた。

不正侵入に成功した諜報員が最初にすることは、ほかの侵入者の気配に耳を澄ますことだ。感染させたコンピュータが、別のＣ＆Ｃセンターに信号を送っている証拠を摑んだら、何であれ、ほかの諜報員が窃取しているデータを抜き取る。「そして、すごく自分勝手な諜報員なら」セビエンが続ける。「そのシステムに修正パッチを当てて、ほかの侵入者を全部追い出してしまう」

セビエンによれば、複数の国家が同じデバイスに侵入していることは、さほど珍しくないという。それも特に外交官や政府のペーパーカンパニー、武器商人など、標的が大物の場合には。セビエンが教えてくれたのは、ヒューレット・パッカード（ＨＰ）のプリンターに仕掛けられ、「世界中の政府機関」に長年、利用されていた有名なエクスプロイトの話だった。そのエクスプロイトの存在を知る者は誰でも、ヒューレット・パッカードのプリンターを通過するいかなるファイルも窃取でき、標的のネットワークに入り込む拠点になった。ヒューレット・パッカードのＩＴ管理者は、そんなことは疑いもしなかった。

セビエンは言った。プリンターのエクスプロイトが発見されて、修正パッチが当てられた日は、「こんなふうに思ったのを覚えてるよ。『今日はたくさんの人にとって最悪の日だ』ってね」。

当初、短かった政府機関のゼロデイ兵器庫の兵器リストは、まもなく充実していった。NSAは、インテリジェンス・コミュニティのなかでも最大かつ最も精鋭のサイバー部隊を抱えていることを誇りにし、外部の支援をほとんど必要としなかった。

ところが一九九〇年代半ばになると、一般市民がインターネットやメールを利用するようになり、日常生活、友人との関係、心の裡《うち》や重大な秘密など、細かな記録を書き込むようになった。インターネットの急速な普及にもかかわらず、情報の金鉱脈を活用する準備がまだできていないことを、ますます多くの諜報機関が懸念するようになった。一九九五年後半、CIAは特別なワーキンググループを立ち上げて、ウェブを情報収集ツールとして活用するCIAの即応能力を評価した。ワーキンググループの基本的な結論は、この〝すばらしい新世界〟に対する準備がCIAには嘆かわしいほどできていない、というものだった。ほかの諜報機関についても同じどころか、CIA以上に遅れており、予算はさらに乏しく、ゼロデイを発見して、信頼性の高いエクスプロイトを作成する技術を持つ職員もほとんどいなかった。いっそう多くの政府機関が、これらの能力をカネの力で手に入れようとした。

ゼロデイ兵器の買いだめは激しい競争を引き起こした。防衛費が削られた一〇年にあって、サイバー分野だけが希望の湧く明るい材料だった。一九九〇年代、国防総省の軍事予算は三分の二に削られてしまったが、サイバー分野だけは別だった。連邦議会は「サイバーセキュリティ」費という曖昧な予算を承認し続けた。だが、その予算が攻撃や防衛にどのようにつぎ込まれるのか、さらにはどんなサイバー紛争を伴うことになるのかさえ、理解していなかった。政策立案者の考えるサイバー紛争は、アメリカ戦略軍の元司令官ジェームズ・O・エリスが述べたように、「リオグランデのようなものだ。川幅は一マイルだが深さは一インチしかない」。とはいえ、どの機関の内部でも、「最善のゼロデイは最善の機密情報を捉え、それがサイバー予算の増額につながる」ことを学んでいた。

そこで、そのあいだを取り持ったのがセビエンたちだった。

セビエンが私に語ったところによれば、彼のチームはエクスプロイトをそう次々には量産できなかった。あちこちの政府機関は同じシステムに不正侵入したがった。それは、セビエンの会社の収支の視点から見ればありがたいことだが、アメリカの納税者の視点から見ればそうとは言えない。セビエンの会社は同じゼロデイ・エクスプロイトを、ふたつ、三つ、四つの政府機関に売却した。セビエンが思い出すのは、あまりの重複と浪費についに我慢し切れなくなったことである。

政府の〝ダブり〟問題はよく知られており、毎年、市民の税金を数百万ドルも無駄遣いしている。だが、デジタル世界でのダブりはなおさら悪い。バグとエクスプロイトの契約は機密保持契約で守られ、機密扱いの場合が多い。諜報機関のあいだの一般的な常識では、ひとたびエクスプロイトの噂が立ってしまえば、修正パッチが当てられるのは時間の問題であり、エクスプロイトの価値は激減する。そのため、諜報機関のあいだでは何も共有せず、ましてや話し合うこともない。

「どこの政府機関も負けたくはない」セビエンが言った。「予算を増やしたい。そうすれば、もっと高度で攻撃的なサイバー作戦が実行できるからだ」

ダブりと無駄遣いは大きな問題になり、セビエンはついに取引のある四つの諜報機関の窓口に連絡した。「私はこう言ったんだよ。いいですか、請負業者として本来、こんな話をすべきではないでしょう。ですが、アメリカ人の納税者として、あなたたちには一緒にランチに出かけていただく必要があります。話し合う共通の話題があるはずです」

重複と浪費は、二〇〇一年の同時多発テロ以降、悪化の一途をたどった。防衛と諜報活動に充てられる費用は、その後の五年間で一・五倍以上に膨らんだ。国防総省とインテリジェンス・コミュニティから、ベルトウェイ（ワシントンＤＣを取り囲むようにして走る環状道路）界隈に集中する、デジタル課報活動に特化した請負業者へと、カネが一斉に流れ出した。

だが、バグを発見し、エクスプロイトを開発するのには時間がかかる。そしてセビエンは、アイディフェンスのワターズのチームと同じ結論にたどり着いた。セビエンが率いる二五人のチームは、午前九時から午後五時までバグを探しまわって、エクスプロイトを作成して、確認することもできる。だが、外注したほうがはるかに手っ取り早い。昼も夜もコンピュータ画面にかじりついているハッカーは、世界中に数千人もいるのだ。

「全員は見つけ出せないことはわかっていた。だけど、参入の障壁が低いこともわかっていた」セビエンはそう振り返る。「二〇〇〇ドルで、デル（コンピュータ）を買える者なら誰でも参入できる」

こうして、ゼロデイバグの闇市場が開かれた。それが、アイディフェンスのビジネスを静かに侵食し、ついには呑み込み、やがて私たちをも呑み込んでいくのだった。


セビエンの初期の物語は、さながらスパイ小説のようだ。陰謀めいた接触。現金の詰まったバッグ。怪しげな仲介者。だがセビエンの場合、どれもお話ではなく、空想の産物でもない。すべて裏づけが取れた。

当初、セビエンのチームは、メーリングリストのバグトラックに詳しく目を通し、ハッカーが発見して無料で投稿したバグに多少の調整を加え、セビエンのチームが作成したエクスプロイトに組み込んでいた。だが、ついにはフォーラムのハッカーに直接連絡を取るようになった。そして、セビエンの顧客の要望に応じる特別なものを開発する気があるか、しかも秘密を守れるかと訊ねた。

セビエンの提示した金額は、ハッカーの意欲を大いに掻き立てた。一九九〇年代中頃、政府機関は請負業者に対して、一〇個のゼロデイ・エクスプロイトにおよそ一〇〇万ドルを支払っていた。セビエンのチームは、その半分の予算でバグを買い、彼ら自身でエクスプロイトを開発した。ウィンドウズのように広く普及しているシステムの〝悪くない〟バグは、五万ドルだった。重要な敵対国が使用している知名度の低いシステムのバグには、その二倍の値がついた。政府機関の諜報員が、敵のシステム深くに入り込み、検知されずに、しばらく潜伏できるバグの場合は？　その場合には、ハッカーの手に一五万ドルが渡ったこともあるだろう。

セビエンのチームは、理想主義者や泣き言を言う人間は避けた。この市場には何のルールもなかったため、供給者の大部分を占めたのは東欧のハッカーたちだった。

「ソ連の崩壊に伴い、技術はあるのに仕事にありつけない人間がたくさん溢れてたんだ」セビエンが言った。だが、最も才能あるハッカーはイスラエル人で、そのほとんどが諜報機関「八二〇〇部隊」（イスラエル参謀本部諜報局情報収集部門の一部署。アメリカのNSAに相当し、世界最高のハッカー技術を誇るとされる）の出身者だったという。私がセビエンに、バグを持ち込んだ最年少のハッカーの年齢を訊ねると、イスラエル人の一六歳と取引したことがあると答えた。

バグの売買は極秘で、信じられないほど複雑である。セビエンのチームはハッカーに表立って電話をかけられない。メールでエクスプロイトを送れと指示することも、エクスプロイトをチェックした結果をメールで送り返すこともできない。バグもエクスプロイトも、複数のコンピュータとさまざまな環境で、入念にテストを繰り返す必要がある。ハッカーが、ビデオでエクスプロイトを実演して終わることもないわけではない。だがほとんどの場合、ハッカーのカンファレンスの開催時期に、たいていホテルの部屋で直接会うことになる。セビエンのチームがエクスプロイトを充分に理解していなければ、エクスプロイトを持ち帰って、政府機関のためにつくり直すことができない。支払いはそのあとだ。エクスプロイトが確実に動作しなければ、誰の手にもカネは渡らない。

セビエンたちはますます、怪しげな仲介者に頼らざるをえなくなった。何年にもわたって、セビエンの上司は、ダッフルバッグに五〇万ドルの現金を詰めたイスラエル人の仲介者を派遣して、東欧のハッカーからゼロデイバグを買い取っていた。この場合も、やはり兵器ではない。ハードウェアやソフトウェアに侵入するために悪用できる、大きく開いたセキュリティホールだ。そして、そのサプライチェーンに〝融資を頼まれていた〟のが、アメリカの納税者というわけである。

順調に運ぶ取引ではなかった。気が変になりそうなほど複雑な取引決定構造の各段階にも、やはり怪しい人物が暗躍し、取引は沈黙の掟《オメルタ》の上に成り立っていた。接触するたびに、ただ相手を信用するほかなかった。政府機関は、サイバー兵器のディーラーを信用しなければならない――彼らから手渡されたゼロデイが、動作しなければならない時にちゃんと動作することを。請負業者はハッカーを信用しなければならない――ハッカーが、エクスプロイトを自分たちで使ったり別の請負業者に二重売りしたりして、そのエクスプロイトを台無しにしないことを。そして、ハッカーのほうでも請負業者を信用しなければならなかった――デモ演出のあとにきちんと支払ってくれ、持ち逃げしたり、勝手に独自のエクスプロイトを開発したりしないことを。

どの取引も秘密のベールに覆われていた。イスラエル人のティーンエイジャーから、六桁でバグを買い取ったとする。だが、その少年がアメリカの最悪の敵対国にも、同じバグを売りつけていないか確かめようにも、確かめようはない。それに支払いの問題もある。当時は、まだビットコインがなかった。一部の支払いは国際送金サービスのウエスタンユニオンを使ったが、エクスプロイトの大部分は現金で支払った。セビエンによれば、このビジネスでは痕跡を残せないために、そうする以外になかったのだという。これ以上、効率の悪い市場はほかに思いつけなかっただろう。

二〇〇三年に、ハッカーからバグをおおっぴらに買い取り始めたアイディフェンスという小さな会社に、セビエンが目を留めたのも、そういうわけだったからだ。セビエンが最初にワターズに電話をかけ、アイディフェンスが三桁で買い取ったエクスプロイトを、六桁で買い取ると持ちかけた時、ワターズの口から出た最初の言葉はこうだった。「なんでまた、そんな大金を支払おうとする？」

市場を公にしようとしているワターズのようなビジネスマンにとって、請負業者の行動は馬鹿げており、危険でさえあった。

「自分たちが何をしているか、オープンに話そうという者は誰もいなかった」ワターズが当時を振り返る。「何もかもが謎に包まれていた。だけど、市場が闇に覆われていればいるほど、効率が悪い。オープンであればあるほど、市場は成熟し、買い手が主導権を握れる。だが、彼らはパンドラの函《はこ》のまま交渉することを選び、価格が上がり続けた」

ワターズのもとには、ますます多くの請負業者から連絡が入るようになり、価格は上昇するいっぽうだった。しかも買い取っているのは、もはやアメリカの政府機関だけではなかった。ほかの国の政府やそのダミー会社からの需要も増え、それらすべてがエクスプロイトの価格を押し上げ、やがてアイディフェンスは競争力を失った。市場が拡大し始めたのに伴い、ワターズを本当に悩ませたのは、市場がアイディフェンスに及ぼす影響ではなかった。全面的なサイバー戦争が勃発する恐れが高まったことだった。

「規制のない市場で、サイバー核兵器を保有するようなものだった。世界のあちこちで、何の分別もなく売買できるサイバー核兵器を」ワターズはそう振り返った。

時の流れとともに、クライアントも変化していた。冷ややかな安定性と明瞭性を備えた冷戦時代の確かさは失われ、茫漠たる未知のデジタル荒野が出現した。その荒野で敵を定義するものはもはや国境ではなく、文化や宗教だった。敵がどこに、あるいはいつ現われるのか定かではなかった。

この新たな世界秩序において、敵は至るところにいるように思えた。アメリカでは、諜報機関がサイバースパイ活動を重視し、できるだけ多くの人間のデータを集め始めた。そしてまた、敵のネットワークかインフラを破壊する必要に迫られた時のために、サイバー兵器を蓄えるようになった。ベルトウェイに集中するどこの請負業者も、デジタル兵器や偵察ツールなどあらゆる必需品を喜んで供給した。

セビエンによれば、彼が知る限り、サイバースパイ活動と兵器売買に従事する請負業者の数は、セビエンの会社も含めて当初、三つだけだった。ところが、より多くの政府機関とあちこちの国がサイバー攻撃計画に着手し始めると、エクスプロイトの価格——と、その取引に必死に加わろうとする請負業者の数——が、毎年二倍に増えていった。

ロッキード・マーティン、レイセオン、BAEシステムズ、ノースロップ・グラマン、ボーイングなどの大手防衛関連企業は、サイバー部門のスペシャリストを早急には雇用できなかった。そこで諜報機関から引き抜き、セビエンが勤めていたようなブティック系の請負業者から確保した。

私と会うことを了承してくれた時には、セビエンがその仕事をやめてすでに一〇年以上が経っていたが、いまの時代、エクスプロイト市場を避けるのは難しかった。

「九〇年代、エクスプロイトを扱い、売っていたのはごく限られた人たちだった。今日、エクスプロイトはコモディティ化している。膨れ上がってるよ。いまの時代」そう言って、セビエンは空中に指で大きな輪を描いてベルトウェイを示した。「みな、取り囲まれてる。この業界には一〇〇を超す請負業者があるが、自分たちが何をしているかわかっているのは、おそらく十数社くらいのものだろう」

麻薬取締局、空軍、海軍、それにほとんどの市民が一度も耳にしたことのない機関が、それぞれの理由によってゼロデイを手に入れている。「アメリカミサイル防衛局」なんて名前、聞いたことがあるかい？　私だって知らなかったよ。アメリカをミサイル攻撃から防衛しているというその機関が、ゼロデイ・エクスプロイトを購入していると、国防総省の元分析官に教えてもらうまでは。「ミサイル防衛局に、エクスプロイトの使い方がわかっている者がいるかさえ、断言できないね」セビエンが言った。

エクスプロイト市場がアメリカの政府機関に広まったことを、セビエンは気にかけていなかった。セビエンがひどく動揺したのは、海外にまで広まったことだった。

「誰にでも敵がいる」セビエンが言った。メキシコ料理店の席に座って初めて、彼の顔から陽気な表情が消えていた。「思ってもみないような国でさえ、万一に備えてエクスプロイトを蓄えている。ほとんどは自分たちを守るためだ」

「だがね、そう遠くない将来に」立ちあがった時に、セビエンがつけ加えた。「エクスプロイトに手を伸ばして、敵に立ち向かわなければならない日が来ることが、彼らにはわかっている」

別れる前に、セビエンは私に見せたいものがあると言った。そして、スマートフォンを差し出した。画面は、ナサニエル・ボレンスタインの言葉とされる引用を映し出していた。私の曖昧な記憶によれば、ボレンスタインは確か、電子メールの添付ファイルを発明したふたりの情報工学者のうちのひとりである。その発明をいま、多くの国家がスパイウェアを添付したメールの送付に利用している。

「ほとんどの専門家も同意するように」引用にはこうあった。「世界が破壊されるとしたら、偶然による可能性が最も高い。その時が私たちの出番だ。私たちコンピュータのプロたちの。私たちがその偶然を起こすのだ」

私はセビエンにスマートフォンを返した。

「続けることだ」セビエンが言った。「君はいい線をいってる。いまの状況がいい結果に終わるはずがない」

そう言うと、彼は去って行った。

第五章：ゼロデイ・チャーリー――ミズーリ州セントルイス

その日の午後、彼はNSAの元上司が五万ドルの現金を携えて、目の前に現れるものと思い込んでいた。そして、もし本当にその通りのことが起きていれば、チャーリーのバグについて、バグとエクスプロイトの闇市場について、アメリカ政府は何もかも不都合な真実を秘密のままにしておけたかもしれない。

実際、二〇〇七年のその日の朝、チャーリー・ミラーが行ってくるよと妻に告げて州間高速道路一七〇号線に乗り、セントルイスの空港近くのホテルに向かった時、家に帰り着く頃には、キッチンのリフォームに必要な現金を手にしているものと確信していた。チャーリーが見つけたバグについて直接話し合う以外に、NSAがわざわざミズーリ州セントルイスまで出向いてくる理由が、ほかにあるだろうか。

チャーリーは高速道路を降りて、ルネッサンス空港ホテルの正面に車を横づけした。黒い外壁と鏡のような窓の威容を誇る建物は、かつてチャーリーが勤めていたフォート・ミード陸軍基地に聳《そび》え立つNSA本部のミニチュア版のように見えた。

だが、NSAのお偉方の頭のなかにあったのは、まったく別のことだった。

チャーリーがNSAを辞めたのはわずか一年前だった。簡単な決断ではなかった。数学の博士号を取得した将来有望な若きチャーリーは、二〇〇一年、NSAに採用され、トップクラスの暗号解読者の仲間に加わった。だが三年間のトレーニングプログラムを終えた時、自分が人生を懸けて取り組みたいのは、数学ではなくハッキングだと気づいた。彼はいろいろなものを、まるで取り憑かれたように分解したり試したりした。車、コンピュータ、スマートフォン。彼の目の前に何かを置いたが最後、彼は分解した。ある目的のためにつくられたものを、自分の思い通りにつくり直すことがたまらなく好きだという、ただそれだけの理由である。

チャーリーは、NSA内でひと握りしかいない「グローバルネットワーク・エクスプロイテーション・脆弱性分析官」に抜擢された。この立派な肩書きにおいて、彼は就業時間のほとんどを費やして脆弱性を探し出し、そのおかげでNSAは世界で最も潜入の難しいネットワークに不正侵入できた。

「ほかの機関にはできないことも、NSAならできるんだ」チャーリーは私に言った。

NSAの外のハッカーの世界で、チャーリーはちょっとしたセレブだった。彼のエクスプロイトはヘッドラインを飾った。ハッキングのコンテストでは何度も優勝している。彼がその名を轟かせたのは、アップルのデバイスにセキュリティホールを発見したためだった。アップルは、自社製品のセキュリティをブラックボックス化しておくことで有名だ。アップルのセキュリティ防衛はトップシークレットとされている。今日に至るまで、アップルの従業員は、セキュリティ部門で働く人数を明かすことすら禁じられている。クパチーノにある本社は、垂直のスラブで囲まれている――トランプがメキシコ国境に建設するために選んだ壁と同じものだ。その理由のひとつは、簡単によじ登れないようにするためである。

アップルは、厳格な調査手法によって、アイチューンズストアからマルウェア、スパイウェア、スパムを防いでいると常に主張してきた。チャーリーが有名になったのは、その神話の誤りを暴いたからである。チャーリーは、明らかなセキュリティホールのある、偽の「株式相場表示アプリ」を作成した。そのアプリを使うと、アイフォンのほかのアプリを感染させることができるのだ。チャーリーはそのアプリの審査を申請し、アップルが脆弱性に気づくかどうかを試した。ところがアップルの審査は、そのセキュリティホールに気づかなかった。そして、チャーリーのアプリが「トロイの木馬」であることを記事で知ると、彼をブラックリストに載せた。このエピソードが、ハッカー仲間のあいだでチャーリーの名声を高め、「ゼロデイ・チャーリー」というニックネームがついた。彼は、その愛称がとても気に入っていた。

二〇一六年二月、私はミズーリ州セントルイスに飛び、チャーリーに会った（彼は二度も、私との約束をキャンセルしなければならなかった。連続テレビドラマ『ＣＳＩ：サイバー』の撮影で忙しかったからだ）。私はずいぶん前にチャーリーに会ったことがあった。ラスベガスで開かれたハッカーの屋上パーティだった。彼は私の記憶にある姿のままだった。背が高く、痩せて、くっきりした顔立ちに鋭い目つき。口元には皮肉っぽさが漂っている。ラスベガスで初めて会った夜、彼はヒップホップの上下真っ白のトラックスーツを着ていた。数学の博士号とは、とても結びつかない格好である。

前回、チャーリーと電話で話したのは、彼ともうひとりのリサーチャーが、ジープ・チェロキーのゼロデイ・エクスプロイトを発見したあとだった。そのエクスプロイトは、ハンドル操作を乗っ取り、ブレーキを無効にし、ヘッドライト、インジケーター、ワイパー、ラジオを自在に操作し、さらには数千キロメートルも離れた遠隔地から、コンピュータを使ってエンジンを切ることもできた。八カ月が経っても、自動車メーカーはまだその解決策を見つけられないままだった。

その凍えそうに寒い日、私はチャーリーの〝オフィス〟で彼に再会した。セントルイス郊外の彼の自宅の地下である。彼は昼も夜も、複数のコンピュータ画面の前に陣取っていた。脇にはハッカーと名づけたペットのハリネズミがいた。分解した車の部品が所狭しと床に散らばり、その残骸を避けながら歩かなければならなかった。当時、チャーリーはウーバーのセキュリティ担当として働き、将来、ロボットカーで配達する際のセキュリティについて助言していた。だが、空いている時間のほとんどを費やして、ジープのハッキングに磨きをかけようとしていた。

セントルイスに着いてレンタカーを借りようとした時、彼のエクスプロイトの話はいまだ記憶に新しかった。「何が何でも、ジープだけはお断りする」私はレンタカーのカウンター係に言った。その話をチャーリーにすると、どこのホテルに部屋をとったのかと訊かれた。私がホテルの名前を伝えると、そのホテルのエレベータは、ハッキングしたジープと同じ脆弱なプラットフォームで動作していると、チャーリーが嬉しそうに教えてくれた。私は二度とエレベータを使わなかった。

チャーリーがNSAを辞めたのは二〇〇五年。私と再会した時には、それから一〇年以上が経っていたが、それでもまだ、コンピュータ・ネットワークを狙った攻撃について曖昧な言葉を使う以外は、NSAで携わった仕事について話すことができなかった。彼の妻でさえ、フォート・ミード陸軍基地で夫がどんな仕事をしていたのか、知らなかった。「同僚とよく出かけたんだが」彼が言った。「彼女の前でどんな話をすればいいのか、誰もわからなかったよ。仕事の話をしてはいけないことになっていたからね」

スノーデン事件でストレージ・クローゼットに閉じ込められたおかげで、エクスプロイトを使ったNSAの攻撃プログラムの話は私にも少しはわかると言うと、チャーリーが答えた。「資料のなかに、僕が関わった仕事がきっといくつかあったはずだ！」

NSAを辞めたあとの一〇年間、チャーリーは紆余曲折を経てきた。アップルとグーグルというアメリカの大手テクノロジー企業を敵にまわし、ツイッターとウーバーのセキュリティチームで働いた。NSAは、定年前に辞めた人間を決してよく思わない。NSAの上層部は、途中で辞めた人間を裏切り者とみなす。もし辞めたあとに、NSAで携わった仕事に少しでも関係のある話を漏らしたりすれば、ベネディクト・アーノルド扱いされた（独立戦争のアメリカ植民地軍将軍。英国に寝返ったことから、売国奴、裏切り者と呼ばれた）。

だがチャーリーがNSAを辞めたのには、ちゃんとした理由があった。妻がふたり目の子どもを妊娠中で、しかもセントルイス・ワシントン大学で人類学の講師の仕事がすでに決まっていたのだ。セントルイスには、妻の家族が住んでいた。NSAを辞めたあと、チャーリーはあるブローカー・トレーダー会社でセキュリティ関連の仕事に就いた。基本的には、パスワードの頻繁な変更を助言するような仕事である。外国政府のネットワークに不正侵入する仕事と違って、死ぬほど退屈だった。だが夜には、薄暗い部屋でコンピュータ画面の前に張りついて、ゼロデイを探した。すぐ脇の壁には、一九九五年公開のアンジェリーナ・ジョリーの主演映画「サイバーネット」の大きなポスターが貼ってあった。

ふたり目が生まれたあと、赤ん坊の面倒を見るために、夜の副業がチャーリーのフルタイムの仕事になった。おむつを替えたり、ミルクを飲ませたりするあいだに、ウェブの奥深くまで潜ってバグを探し出し、思い通りに利用する意外な方法を見つけ出した。「だからヨーロッパの人間は、エクスプロイトを書くのがうまいんだ」チャーリーが言った。「赤ん坊が生まれたあと、ヨーロッパの親は一年ばかりハッキングする時間があるからね」

やがて、バグを探してエクスプロイトを書くことに夢中になり、その面白さが頭から離れなくなった。デジタル版クラックのようなものだ。チャーリーは時間も忘れて、プログラムやアプリケーションをぶっ続けで逆アセンブル（機械語で書かれたプログラムを解析して、アセンブリ言語による表記に復元すること）した。チャーリーにとって、エクスプロイトは数学の証明のようなものだった。チャーリーがバグからエクスプロイトを作成した時には、そのバグは議論の余地なく重大だった。

二〇〇六年のある深夜、チャーリーはバグを発見した。ほとんどの者が一生かけて探しまわっても見つけ出せないようなタイプのバグだった。ＮＡＳＡのコンピュータシステムを介して暴れまわるか、ロシアのオリガルヒの取引口座のパスワードを乗っ取れる類いのゼロデイだったのだ。

それはリナックスのプログラム「サンバ」のバグであり、悪用すれば検知されずに標的のデバイスを乗っ取ることができた。そのバグを発見した瞬間、チャーリーは自分が金鉱を掘り当てたことがわかった。そして、ハイレベルのハッカーと同じように、彼もそこに五つの選択肢を見出した。第一に、ベンダーにこっそりバグの情報を伝えて、脅されるか訴えられないことを願う。第二に、ゼロデイを誰にも秘密にして、その目に見えない力を自分の目的のために使う。第三に、ゼロデイをマスコミに持ち込むか、バグトラックのようなメーリングリストに掲載する。そうすればハッカー仲間から一目置かれ、恥を掻いたベンダーは修正パッチを当てざるを得なくなる。

だが、そのどれもチャーリーに金銭的な利益をもたらさない。しかも、このバグをただで手放すつもりはさらさらない。ひと儲けできるはずだ。

第四の選択肢として、アイディフェンスに売ることもしばらく考えた。そうすれば、自分の手柄も認められ、バグも修正される。だが、このバグはアイディフェンスが支払うケチくさい二〜三〇〇〇ドル以上の価値がある。「ほかの相手だったら、もっと高値がつくことはわかっていた」と、彼が私に言った。

どうしてそう思うのか、と私は訊ねた。

「小さなコミュニティだから、ただそうわかるんだ」チャーリーは言葉を濁した。

となると、残されたのは最後の選択肢だった。そのゼロデイを、闇市場で政府機関に直接売るか、ブローカーを介して間接的に売る。ところが、そのバグについて話すことはできない。発見者として、仲間の称賛も得られない。そのうえ、そのバグがどう使われるのかについて心配することになるかもしれない。

だが、チャーリーはそのバグを、ただ売りたくはなかった。闇市場の存在を世間に公表したかったのだ。

チャーリーは暗号化を捨ててハッキングに没頭するようになって以来、政府と民間部門がハッカーを扱うあまりの態度の違いに、大きな衝撃を受けてきた。NSAでは「エクスプロイトを使ったネットワーク攻撃」は、極めて高く評価されるスキルだ。無限の根気、創造力、さらには何年もかけて蓄えた、コンピュータやネットワークに対する優れた知識が欠かせない。ところがNSAの一歩外では、ハッカーはレベルの低い犯罪者扱いだ。ほとんどのハッカーは気づいていないが、彼らのしていることには正当な価値がある。六桁の値がつくこともあるのだ。ハッカーは訴訟を避けることばかり気にしている。「闇市場の存在を、世間の人も知るべき時期だと思ったんだ」

そして、闇市場の側にも問題があった。もし、効率的な市場には高い透明性と情報の自由な流れが必要だというのなら、ゼロデイ市場ほど効率の悪い市場はほかに思いつかなかっただろう。

売り手は、ゼロデイ売買についてひとことも漏らさないと誓う。データがないため、果たして自分が公正な価格で取引したのかどうか知る術はない。しかもたいていの場合、売り手が買い手を見つけることは不可能である。もちろん、あちこちの利害関係者に売り込み電話をかければ話は別だろうが。

もしゼロデイを口頭で説明するか、評価のために相手に渡してしまえば、興味のない振りをした買い手に無断で使用されてしまうかもしれない。

ハッカーがゼロデイをデモしてから、実際に支払いを受け取るまでの時間は、苛立たしいほど長い。ゼロデイの審査には、何カ月とは言わないまでも何週間もかかる。ほかの誰かに脆弱性を見つけ出され、パッチが当てられてしまうのではないかと思うと、ますますやきもきする。六桁のゼロデイが一瞬で台無しになり、売り手をどん底に突き落とすこともある。

さらには、ブラッド・ダイヤモンドと同じように、良心という極めて重要な問題があった。より多くの買い手——外国政府、フロント企業、怪しげな仲介者、サイバー犯罪者——が市場に出入りするようになればなるほど、自分が発見したゼロデイがどのように使われるのかを、ハッカーが知ることはいっそう不可能になった。彼らのコードは、いまも国家間のスパイ活動に使われるのか。それとも、反体制派や活動家を追いつめ、地獄の苦しみを味わわせるために使われるのか。それを確かめる術はない。

買い手の側からすれば、闇市場は売り手がじりじりするのと同じくらい、もどかしい。政府機関はまさか「レバノンの銀行か、武器商人の電話に侵入する方法求む」などと、おおっぴらに募集するわけにはいかない。実のところ、「標的のシステムに侵入する方法あります」などとおおっぴらに宣伝している者を見つけたら、その売り手が決して裏切らないという保証はない。あまり慎重とはいえない相手に売っている可能性も捨て切れない。二重売りされたあげく、別の買い手にその六桁のエクスプロイトを、ずさんなスパイ工作で無駄にされるリスクは常につきまとう。もし市場が、世界各地の〝知らぬが仏状態〟の納税者の資金によって賄われていなければ、今日のような市場規模か金額に達することはなかったのかもしれない。

リナックスのゼロデイをもとに闇市場について報告書をまとめようとチャーリーが思ったのは、そのアカデミックな教養ゆえだった。だが、自分が実際に市場を利用したことがなければ、誰も自分の話を真剣に受け取ってくれないことは、チャーリーにもわかっていた。「この世界で信用を得るためには、言行が一致していなければならない」

そこで、チャーリーはあちこちに声をかけて、ゼロデイを売ることにした。

だがまずは、自分の発見について元の雇用主に相談する必要がある。NSAには公表前の厳格な審査方針があった。何であれ元職員が公表するためには、生きているあいだは、NSAの担当官の意見を仰がなければならない。NSAの審査委員会が公表を承認しない限り、元職員が公表したいものは機密扱いとなり、公表できない。

そして、担当官はチャーリーの要求を受け入れなかった。ゼロデイを公にしたいというチャーリーの申請は却下されてしまった。

だが、チャーリーはノーという返事を受け入れるような人間ではない。不服を申し立てた。あのゼロデイに機密にするところはない。自分は一般市民として、あのゼロデイを見つけたのだ。高度なハッカーの誰かが、見つけていたとしてもおかしくない。

それから九カ月が過ぎ、NSAは結局、チャーリーの訴えを受け入れた。自分が見つけたゼロデイをどうしようと、チャーリーの自由だった。

チャーリーがまず声をかけたのは、「トランスバーサル・テクノロジーズ」という、いまはなくなってしまった会社に勤めていたチャーリーの親しい友人だった。その会社は、政府関連の諜報機関にたくさんコネがあった。そして、その友人はチャーリーが見つけたゼロデイを、一〇パーセントの手数料であちこちの政府機関に売り込むことに合意した。

チャーリーは決して私にその名前を教えてはくれなかったが、ある政府機関から「一万ドルで」という返事がすぐに戻ってきた。アイディフェンスなどの会社が提示する値を超える悪くない額だったが、高値をつけるという噂のある、ほかの機関と比べるとまだ安かった。次の政府機関が関心を示した時、チャーリーは何の根拠もなく八万ドルと吹っかけた。NSAで稼いでいた年俸の二倍近くだ。その額から始めて、しばらく揉めるだろうと思っていたが、その政府機関はすぐに承諾した。「即決だったよ」チャーリーが言った。「おそらく八万ドルじゃ、まだ安かったってことだろう」

とはいえ、取引にはひとつ条件が付いていた。チャーリーのエクスプロイトが、その政府機関の標的のひとつが使っている、リナックスの特定のディストリビューション（独自のバージョン）に効果がない限り、関心はないということだった。その標的が誰なのかは、チャーリーには知るよしもない。そこに、道徳上のトレードオフがあった。ゼロデイが情報機関の手に渡ってしまえば、誰であれ、彼らが選んだ標的のスパイ活動に使われる。アメリカの標的として可能性が高いのは、テロリスト、敵対国、麻薬カルテルだが、その同じゼロデイがアメリカに向けられ、しっぺ返しを食らわないとは限らない。

チャーリーはゼロデイを渡し、評価を委ねた。返事が戻ってくるまでの一カ月というもの、チャーリーは不安に苛まれた。誰かがこのバグをすでに見つけてしまったに違いない。いや、もっと悪いことに、ゼロデイを渡した相手に手柄を横取りされてしまったのかもしれない。

五週間後、その政府機関から戻ってきたのは悪い報《しら》せだった。チャーリーのエクスプロイトは、その機関が侵入したいシステムには効果がなかったのだ。とはいえ、五万ドルなら買い取ると言ってきた。チャーリーはそれで手を打った。そして二週間後、小切手を受け取った。合意の一環として、その政府機関は彼のゼロデイを二年間のライセンスとし、チャーリーに守秘義務を命じた。

チャーリーは守秘義務の生じる二年間を使って、市場についてさらに詳しく調べ、最終的な報告書のために探し出せる数少ないデータを掻き集めた。自分自身の体験に肉づけするために、ほかのリサーチャーがエクスプロイトを売る手伝いもした。それは、マイクロソフトパワーポイントの古いバージョンの脆弱性を突くエクスプロイトだった。ところが、海外の売り手とのあいだで一万二〇〇〇ドルの取引がまとまった直後に、そのエクスプロイトの価値はゼロに急落した。マイクロソフトがもとのバグに修正パッチを当ててしまったのだ。それこそが、この市場の根本的な効率の悪さと機能不全の証拠だとチャーリーは思った。

チャーリーは調査を続けた。その二年間というもの、空いた時間のほとんどを使って、エクスプロイトの取引価格の設定についてできるだけ多くのことを知ろうとした。結局、価格の設定にはあちこちで大きな開きがあることがわかった。ある政府当局者がチャーリーに話したのは、一部の政府機関では、たったひとつのエクスプロイトに二五万ドルの大金を喜んで支払うということだった。また、あるブローカーから聞いた話によれば、確実性の高いエクスプロイトひとつの相場は一二万五〇〇〇ドルほどだった。一部のハッカーの話では、インターネットエクスプローラーに侵入するエクスプロイトの場合、六〜一二万ドルの値がついたという。価格の設定に明確なルールはないようだった。チャーリーの見るところ、ハッカーはあちこちでいいように扱われていた。エクスプロイト市場が健全性を取り戻すためには、内情を暴露するしかない。

二〇〇七年、ゼロデイについて守秘義務を守るという二年の契約期間が終了すると、チャーリーは報告書の仕上げに取り掛かった。アカデミックなタイトルをつけた。「合法的な脆弱性市場：ゼロデイ・エクスプロイト売却の秘密主義世界の内幕」。そのあとだった。フォート・ミード陸軍基地からチャーリーのもとに電話がかかってきたのは。

電話の向こうの声は、詳しいことはあまり話さなかった。直接顔を合わせて話したいと言った。セントルイスに職員を派遣するから必ず会うように、と電話の声は伝えた。

電話を切ったあと、チャーリーはNSAのお偉方がわざわざセントルイスまで飛んでくる理由を一つひとつあげていった。納得のいく理由はひとつしかない。おそらく杓子定規《しゃくしじょうぎ》な説得では、秘密にするという約束をとりつけられなかったため、NSAがチャーリーの沈黙とエクスプロイトを即金で買い取ろうとしているのだ。カッシャーン！「現金の詰まった大きなバッグを手に、彼らが現れるものと思い込んでたよ」チャーリーが当時のことを語った。

その夜、チャーリーは妻に、憧れのキッチンがもうすぐ手に入るよ、と話した。

二、三日後、チャーリーはルネッサンス空港ホテルに車で乗りつけた。ロビーを抜けてエレベータに乗り、最上階に向かう。この時、チャーリーは何度も繰り返し語られてきた、ハッカーたちの神話を思い出していた。ハッカーがホテルの部屋で政府の当局者と極秘に接触する――ちょうどこんな具合に。そして、ゼロデイの実演を終え、現金の詰まったバッグを手にホテルを去る……。いつ聞いても、その神話は映画のワンシーンのように聞こえて、スパイ映画みたいで現実味がなかった。だがチャーリーがエレベータに乗って一二階のボタンを押すと、思わず笑みがこぼれた。その神話をいま自分が体験しているのだ。

チャーリーがエレベータを降りてホテルの会議室に入ると、何かがおかしかった。秘密の待ち合わせにふさわしい部屋には思えなかったからだ。床から天井まで届く窓から太陽の光が降り注ぎ、窓の外には滑走路が見渡せる。壁には安っぽい水彩画が掛かっている。床一面に敷き詰められた、けばけばしい赤のカーペット。チャーリーを待っていたのは、NSAの四人のスーツ姿の男たちだった。もちろん、現金の詰まったダッフルバッグはない。

金額について交渉が長引きそうだ、とチャーリーは思った。ところが、接触は一五分もかからなかった。スーツ姿の男たちがエクスプロイトを買い取りに来たわけではないことが、すぐに明らかになったからだ。彼らの目的は、チャーリーを黙らせておくことだった。「国のことを考えてもらいたい」ひとりが言った。「この話を公にすることはできない」

彼らはチャーリーに報告書の公表を諦めさせようとした。彼のゼロデイについて、その売却、あるいは市場が存在するという事実すら、誰にもひとことも漏らしてはならない。

チャーリーは聞き流しながら、窓の外で離着陸する飛行機を眺めていた。国のために口を閉じておけ、と言い含めるためだけに、NSAがわざわざ上層部の人間を四人も、セントルイスくんだりまで寄越すとは。チャーリーは、モラルを説く彼らの話には関心がなかった。しかも、自分はすでに愛国者としての義務は果たしている。チャーリーは途中で彼らを完全に無視した。

カネの問題ではなかった。私がチャーリーに、エクスプロイトを政府に売った理由を最初に訊ねたのは、サンフランシスコ中心部の治安の悪いテンダーロイン地区にある、怪しげなバーだった。その時、彼はビールを飲みながら皮肉混じりに答えた。「ドル札のためだよ。マネー、マネー、マネーだよ」だが、その言葉に説得力はなかった。彼も私もそれはわかっていた。私がさらにしつこく訊ねると、仕事に対して公正な金額が支払われるべきだ、という信条の問題であることがわかった。

これまで長いこと、ベンダーはハッカーの仕事にただ乗りしてきた。ハッカーは時間をかけ、製品に大きく空いたセキュリティの脆弱性を発見し、ベンダーに知らせる。すると、ベンダーはほぼ必ずハッカーを脅しつける。しかもアイディフェンスなどの企業が喜んで支払う額は、チャーリーの考えでは、ジョークかと思うほど安い。

そろそろハッカーの手柄をまともに評価すべき時ではないか。そしてそのためには、ハッカーがきちんとした対価を受け取れるようにするほかない。もしそれがゼロデイ市場の存在を暴露することなら、暴露すればいい。

チャーリーは目の前のスーツ姿の男たちに、わざわざそう説明する気にもならなかった。彼らに理解できるはずがない。

その日、現金を受け取ることはないと明らかになった時点で、チャーリーは立ち上がって帰ろうとした。「こんな遠くまで飛んできて何の成果もなく、残念だったな」チャーリーが続けた。「だけど、答えはノーだ。公表する」

スーツ姿の男たちは、憤怒と軽蔑の入り交じった目でチャーリーを見つめた。

巨大なモニュメントのゲートウェイ・アーチは、セントルイスの街のシンボルである。「アーチを楽しんでくれ」そう言い捨てると、チャーリーはドアに向かった。

＊＊＊

数カ月後、チャーリー・ミラーはペンシルベニア州にあるカーネギーメロン大学で書見台に近づいた。頭上の大きなスクリーンは、彼宛てに振り出された五万ドルの小切手を映し出していた。口座名義、住所、銀行名、さらには署名まで――チャーリーがエクスプロイトを売却した政府機関が特定されないように、口座名義人の情報には手が加えられていた。だが、チャーリーは半時間にわたって、経済学者や教授などの聴衆を相手に、自分がアメリカ政府にゼロデイを売却した経緯について語った。

こうして初めて、機密が明るみに出た。アメリカ政府はハッカーに喜んでカネを——それも今回、明らかになったように相当な額を——支払って脆弱性を手に入れ、アメリカ市民を含む顧客を無防備なままに放っておく。しかも、政府はそれを納税者の税金で賄っているのだ。本来なら、納税者を守ることが政府の責任ではないのか。

その日、チャーリーのプレゼンテーションに対する、講義室の聴衆の反応は静かだった。だが、そこから四〇〇キロメートル南東に下った場所では、チャーリーの報告書が激しい怒りを掻き立てていた。フォート・ミード陸軍基地とベルトウェイ界隈では、政府関係者が憤慨していた。沈黙の掟を守るようにという政府の訴えを、チャーリーが無視しただけではない。さまざまな政府機関がハッカーから買い取ったエクスプロイトの価格まで暴露したのだ。最高額は二五万ドルだった。買い取りの正当性を主張するのが難しいだけでなく、チャーリーの報告書がゼロデイの価格を押し上げてしまったことは間違いない。

ワシントン州レドモンドからシリコンバレーまで、マイクロソフト、アドビ、グーグル、オラクル、シスコの最高技術責任者たちは、チャーリーの報告書にくまなく目を通し、激しい驚愕と動揺に襲われた。ずいぶん前からうすうす疑っていたことを、目の前の報告書が裏づけていたのだ。自国の政府が国家安全保障の名の下に、テクノロジー企業を、そしてその顧客を平気で裏切っていたとは。

チャーリーの暴露は、PR活動の悪夢となるあらゆる要素を備えていた。市場シェアに現れる影響を想像して、経営陣は震え上がった。アメリカ政府がハッカーに積極的にカネを支払い、我が社の製品を使ってスパイ活動をしていると知ったら、海外の顧客はどう思うだろうか。しかも、ハッカーの問題もある。彼らがチャーリーの報告書を使って、バグに報奨金を支払えと要求し始めることは間違いない。だが、政府が提示する五桁、いや六桁の支払い額にはとても太刀打ちできない。もし顧客が我が社の製品のセキュリティをもはや信用しなくなったら、どれほどの市場シェアを失うだろうか。そう考えれば、カネを支払わないわけにはいかなくなる。

ハッカーのコミュニティでは、チャーリーの報告書は非難と称賛を巻き起こした。チャーリーを非難したハッカーは、彼を道義に反するリサーチャーとみなした。みずから発見したゼロデイを政府に売り飛ばし、その事実を長いあいだ公表せず、数百万人のリナックスユーザーを危険に曝したというわけだ。サイバーセキュリティというチャーリーのライセンスを剝奪すべきだ、と声を上げる者もいた。

いっぽう、たとえ五万ドルを手に入れたとしても、チャーリーが大変な仕事を成し遂げたと考えるハッカーもいた。二〇年近くものあいだ、ハッカーは報酬も受け取らずに企業の役に立ってきたというのに、その企業から裏社会のいかがわしい人間か詐欺師扱いされてきたのだ。そしていま、ベンダーが蔑《さげす》んできたその仕事で、実入りのいい政府の市場があることが明らかになったのである。

これで、チャーリーの話は終わってもおかしくなかった。彼は堅く守られてきた秘密を明るみに出した。市場の存在は公になった。チャーリーは独り言を漏らした。今後、自分が政府にバグを売ることはないだろう。

だが、チャーリーはまったく別のことで人びとの記憶に刻まれることになる。報告書を公表した一カ月後、遠隔操作によるアイフォンのハッキングに初めて成功し、さらに名声を手にすることになったのだ。

巷では、アイフォンはその高度な設計と厳格に保護されたコードで、ほかのスマートフォンよりもセキュリティが万全だと思われてきた。ところが、チャーリーはその神話を完全に突き崩した。遠隔操作であっという間にアイフォンが乗っ取れることを、数百人の聴衆が見守る前で実演したのだ。相手のブラウザを、チャーリーが作成した悪意あるウェブサイトに誘導するだけでいいのだ。

もしチャーリーがアイフォンのエクスプロイトを売っていれば、闇市場で簡単に六桁の値がついたに違いない。だが、チャーリーはおカネには興味がない。彼にとって重要なのは知的好奇心であり、仲間からの称賛だった。今回、彼は自分が発見したゼロデイをアップルに知らせ、エンジニアが修正パッチを作成するのを手伝った。それから八カ月後、チャーリーはまたもやアップルのマックブックエアを二分とかからずにハッキングした。そして、ツイッターのプロフィールを「アップルのオーデイ・ガイ」に変えた（オーデイはゼロデイのこと。第一章を参照）。

その年、グーグルがアンドロイドOSのベータ版を公表した時、チャーリーは衝動を抑え切れなかった。そして、エクスプロイトを使ってあっさりとベータ版に侵入した。キーボード操作、テキストメッセージ、パスワード、メールなど、アンドロイドユーザーがスマートフォンを使ってすることは何でも遠隔操作で可能だった。

アップルのエクスプロイトの時と同じように、チャーリーはすぐにアンドロイドの開発者に連絡をとってゼロデイについて知らせ、修正パッチの作成を手伝うと持ちかけた。彼の報告書はハッカーとベンダーとの関係を変えたと、チャーリーは純粋に信じていた。だから、グーグルはもちろんチャーリーの発見を喜んでくれるに違いない。

そして、グーグルはチャーリーの発見を喜んだ、とチャーリーは勝手に思っていた。ところが、彼が働いていたセキュリティコンサルティング会社の上司がある日、チャーリーにこう訊ねたのだ。

「グーグルのエクスプロイトの修正はどうなってる？」

「問題ありません！」チャーリーが答えた。「一緒に修正パッチを作成中です」

「ああ、そうらしいな」チャーリーの上司が答えた。「メールは全部、ＢＣＣで送られてくるから」

チャーリーの陰で、グーグルはこそこそ動いていたのだ。グーグルの経営陣は、チャーリーの上司に電話をかけ、おたくの従業員がうちの最新式のスマートフォンのシステムに不正侵入していると訴えたのだ。グーグルとのあいだでチャーリーがやりとりしたメールはすべて、チャーリーの上司にＢＣＣで送信されていた。

チャーリーの上司が、ハッカーとベンダーとのあいだの残酷な力学を知らなければ、チャーリーは解雇されていたかもしれない。だが、上司はチャーリーの味方になってくれ、うちの従業員は何も悪いことはしていないと、グーグルに伝えてくれた。それどころか、アンドロイドのセキュリティホールが悪いヤツらに発見されるのを阻止することで、うちの従業員は貴社の役に立っていると反論してくれたのだ。

チャーリーにとって、これは思い出したくもないエピソードだ。彼の報告書は何の変化ももたらさなかった。大手ベンダーは――まったくグーグルときたら――まだ、なんにもわかっちゃいない。ヤツらはハッカーと協力して自社製品を安全にすることよりも、その頭を砂に突っ込んだまま、ハッカーを脅しつけていたほうがいいと思っているのだ。

チャーリーはグーグルとの連絡を断った。エクスプロイトを《ニューヨーク・タイムズ》紙に持ち込み、その発見は記事になった。チャーリーは誓った。二度とグーグルには、いやそれを言うなら、誰にもただではバグを渡さない。こうして、グーグルのアンドロイド担当責任者は、ハッカーの新たな運動に火をつけることになった。とはいえ、彼らはまだその事実には気づいていなかった。

「ヒデー話があるんだよ」

もう夜も更けていた。チャーリーは、マンハッタンの怪しげなバーで酔っ払っていた。ふたりのセキュリティ・リサーチャーと一緒だった。ディーノ・ダイ・ゾヴィと、アレクサンダー・ソティロフである。彼ら三人で、アップルとマイクロソフトをハッキングしたこともある。三人はサイバーセキュリティ界の超有名人だった。

チャーリーがグーグルとの顚末を話し、アンドロイド担当責任者が裏で必死になってチャーリーをクビにしようとした話をすると、ダイ・ゾヴィとソティロフはビールをゆっくり流し込みながら時々、頷《うなず》いた。何度も聞いた話だが、チャーリーが語る裏表のあるグーグルの態度に、アルコールの勢いも手伝って、三人は何か手が打てないかと考えた。「そりゃあヒドいぜ、まったく」ダイ・ゾヴィがチャーリーの話に相槌を打った。

ハッカーにとって最も道徳的な選択肢はベンダーにすぐに知らせることだが、その方法はいまだに最悪の結果を招いていた。なぜ、そんなことになるのか。なぜベンダーは、製品の欠陥を教えてくれるハッカーの報告を尊重しないのか。この時、チャーリーたちはあまりに頭に血がのぼり、テーブルに近づいてきた売春婦にも気づかなかった。

とりわけバグとエクスプロイトの闇市場に足を踏み入れたあとでは、チャーリーの気持ちは激しく傷ついていた。自分はグーグルのバグを闇市場に持ち込むこともできた。そうすれば、簡単に五桁か六桁で売れていたに違いない。だが自分はそうせずに、あの重要なバグをグーグルに無償で渡したのだ。それなのに自分はいま、こうやって罰を受けている。

三人は夜遅くまで話し込んだ。ベンダーには教訓を学んでもらう必要がある。三人は反撃を誓い、そのキャンペーンをこう名づけた。「二度とただでバグは渡さないぞ」

二〇〇九年三月、バンクーバーで開かれたセキュリティ・カンファレンスで、チャーリーたち三人は、数百人のハッカーを前にステージに立っていた。

三人はともに上下黒の服に身を包み、ダイ・ゾヴィとソティロフが、「二度とただでバグは渡さないぞ」と手書きした大きな段ボールを掲げた。「ミスター・ナイスガイはもうやめた」と宣言したようなものだった。

その日、チャーリーは二年続けてカンファレンスのハッキングコンテストで優勝していた。ブラウザのサファリのエクスプロイトを使って、マックブックプロに——再び——侵入したのである。優勝賞品としてパソコン一台と、五〇〇〇ドルというまずまずの賞金を手に入れた。だが今回、チャーリーはキャンペーンの主張をみずから実行していた。コンテストに参加する前に、セキュリティホールについて伝えるために、アップルに電話をかけていなかったのだ。今回、バグについては一切手伝わず、アップルに対処させることになる。そしてこの時、チャーリーはステージ上で一身に注目を浴び、たったいまから、ほかのハッカーも同じようにすべきだと主張したのである。

「もう終わりだ」ステージの上から聴衆に呼びかける。「これからは、バグを無料で渡すのはやめるんだ。何もかもこっちがしたあげく、結局は脅されて怖い思いをするだけだ」

「いまからだ」チャーリーがけしかける。「もうやめだ。二度とただでバグは渡さないぞ！」

ハッカーは、あまり熱くならないことで知られている。だがチャーリーの話を聞くと、彼らは立ち上がって歓声をあげ、拍手をした。「二度と、ただで、バグは、渡さないぞ」と叫ぶ者もいた。そのスローガンはオンラインで、ぽつぽつと目にするようになった。ツイートする者もいた。#NMFB（ノー・モア・フリー・バグズ）がツイッターのトレンド入りすると、チャーリーたちのキャンペーンは勢いを増した。

カンファレンスホールの裏では、カーキ色の軍のユニフォームを着て、シャツの裾をズボンにたくし込んだクルーカットの男たち——政府関係者たち——が、にこりともせずに座っていた。ステージ裏のテーブルで、立ち上がった者はいない。誰ひとり拍手していない。口元は硬く結ばれている。ひとりがNSAの同僚に目配せした。何年ものあいだ、ハッカーからエクスプロイトを買い上げてきた者たちだ。ゼロデイ市場からベンダーを弾き出したいま、ますます多くのハッカーが闇市場でバグを売ろうとするに違いない。修正パッチは当てられなくなる。スパイ行為を制限するものはなくなる。

ところが、カンファレンスホールの奥でかぶりを振っている男がひとりいた。NSAで長年働いていた男だった。その男はいま、外国人たちの顔に目を走らせた。フランス人、中国人、ロシア人、韓国人、アルジェリア人、アルゼンチン人のハッカーたち。怒りに燃えるこれらの外国人ハッカーは、いったい誰にバグを売るのか。エクスプロイトが全部、アメリカ政府のもとに集まるわけではない。

そして、そのエクスプロイトはどのように使われるのか。

男は独り言を漏らした。この状況がいい結果を生むはずがない。

第三部：スパイ

敵は非常に優れた教師である。

——ダライ・ラマ

第六章：プロジェクト・ガンマン――ロシア、モスクワ

NSAがゼロデイに特別な関心を寄せるようになったのは、一九九〇年代に入ってからではなかった。それはデジタル時代が幕を開ける前に始まった。当時、敵はアメリカのアナログシステムを攻撃していた。あまりに巧みな攻撃だったために、スパイの世界秩序を覆したほどである。これほど長いあいだ機密扱いにされていなければ、機密解除で得た情報を元に何らかの手を打ち、デジタルの深淵に飛び込む前に一息つけていたかもしれない。

冷戦真っ盛りの一九八三年、モスクワのアメリカ大使館で働いていた職員は、自分たちの言動が、慎重に暗号化したメッセージでさえ、ソ連側に漏れていることを疑い始めた。

自分たちが常にソ連の監視下にあることは、職員も承知していた。私生活でさえ例外ではない。アパートメントには盗聴器が仕掛けられていたが、それで済んだわけではない。仕事から家に帰ると、クローゼットから服が持ち去られていた。アルコールを飲んだあとのグラスが、シンクに置きっぱなしになっていた。だが、それらとは違う。大使館のなかの出来事が何もかも、口に出していないやりとりまでが、ソ連側に筒抜けになっているようなのだ。大使館のなかに二重スパイがいると、アメリカ側の諜報員は確信し始めた。

そして、フランス大使館の漠然とした助言がなかったら、アメリカ大使館は〝機械のなかに潜む二重スパイ〟を発見できなかったかもしれない。一九八三年、モスクワのフランス大使館は、テレプリンターのなかに、KGBが仕込んだ特殊な装置を見つけ出した。その装置は六年ものあいだ、フランス大使館が送受信した電報をひとつ残らずソ連側に提供していた。同じくモスクワのイタリア大使館も、同様の仕掛けを発見する。フランスの外交官は、アメリカ政府に強く助言した。ソ連がアメリカ大使館の機器にも、同様の装置を仕掛けていると思ったほうがいい。

アメリカの当局者は、特殊な装置がどこに仕掛けてあってもおかしくないとわかっていた。プリンター。コピー機。タイプライター。コンピュータ。暗号機。壁のコンセントにプラグを差し込む機器なら何でも。情報の窃取にかけて、ソ連は創造力に富んだ天才であることを証明していた。

第二次世界大戦が終結して、ソ連とアメリカの対立が深まるのに伴い、同じ連合国側で戦ったアメリカに対し、ソ連は監視活動を強めていった。一九四五年、モスクワのアメリカ大使館を徹底的に点検したところ、新しく運び込まれたテーブルや椅子の脚、漆喰の壁などの至るところで一二〇個もの隠しマイクが見つかった。驚くような数だったが、アメリカ側に盗聴器を見つけ出され、ソ連はもっと工夫を凝らす必要に迫られた。一九四五年、ソ連の子どもたちが、丁寧に手彫りしたアメリカ合衆国の国章をアメリカ大使にプレゼントした。その手彫りの国章は、大使公邸の仕事部屋に七年間飾ってあったが、ある日ついに、アメリカ当局の関係者が彫刻の奥深くに小さな盗聴器――「ゴールデン・マウス」――を発見した。ソ連は歴代のアメリカ大使を好きなだけ盗聴していたのだ。家具は徐々に取り替えられたものの、国章のなかの盗聴器は壁にかけられたまま、一九五二年まで、四人の大使に気づかれずに生き延びた。当時、在ソ連アメリカ大使だったジョージ・ケナンは、モスクワの大使館の執務室で「目に見えないものの気配を強く感じた」ことを覚えていた。そして一九八〇年代、ホワイトハウスの大統領執務室では、諜報関係の高官がレーガン大統領に数少ない選択肢について説明していた。荷物をまとめてモスクワのアメリカ大使館を出て行くことは、選択肢になかった。四年前から二三〇〇万ドルをかけて、モスクワに新たなアメリカ大使館を建設中だったからだが、そのことで諜報機関の関係者は頭を抱えてしまった。レーガン政権はすでにその数字の二倍以上の額を実験的なエックス線機器に費やし、特別な訓練を受けた職員が毎日、建設現場のコンクリートにますます多くの盗聴マイクを発見していたからだ。新しい大使館は、八階建ての盗聴器と化していた。アメリカ大使館が最終的にその建物に移るという可能性は、日ごとに低くなっていった。

ホワイトハウスにわかっていたのは、アメリカ側が取り得る手段は、ソ連に負けない創造力と才知を発揮して、ソ連が埋め込んだ特殊装置を見つけ出し、新たな設備や機器と取り替えることだった。しかもそれを、敵方の監視のなかでやり遂げなければならない。困難な賭けだが、それ以外に方法はない。こちらの動きがすべて筒抜けになってしまえば、冷戦に勝つ見込みがなくなってしまう。

ということで、一九八四年二月、レーガン大統領はのちに「プロジェクト・ガンマン」と呼ばれる計画を個人的に承認した。モスクワのアメリカ大使館内の電子機器を、NSAがひとつ残らずアメリカに送り返し、フォート・ミード陸軍基地に運び込んで検査を行ない、何の装置も仕込まれていないとNSAがお墨付きを与えた電子機器とすり替えるという、半年がかりの極秘作戦である。

メリーランド州フォート・ミード陸軍基地。不屈の精神を持つウォルター・G・ディーリーは、志願してNSAの通信セキュリティ副部長の職に就いていた。ディーリーは、NSAと国防総省の上司のもとを訪ね、自分をプロジェクト・ガンマンの責任者にするよう、レーガン大統領に掛け合ってほしいと頼み込んだ。

もう何年も前から、ディーリーは情報漏洩の根絶に並々ならぬ関心を——一部の者によれば強迫観念——を抱いていた。NSAに加わってすでに三四年。キャリアのほとんどを海外の通信の傍受に捧げてきたディーリーは、経歴の最終章において、自分が反対の立場に立たされ、アメリカの通信を敵対国のスパイから保護する方法を考え出さなければならないことを知った。

NSAのシステムに侵入することは可能なのか、局内の分析官に試してもらったところ、返ってきた答えにディーリーは激しく動揺した。部下の分析官は、NSAのシステムに侵入する方法を見つけ出していた。そしてそれが部下に可能ならば、すでにソ連がNSAのシステムに侵入していたとしてもおかしくはない。アメリカの職員がソ連の盗聴を見破った時、ディーリーは敵の優れた盗聴技術に思わず感心したことがあった。しかも、ソ連はアメリカよりも著しく有利な立場にある。いちいち上司にお伺いを立てなければならないという官僚主義の制約が、ソ連には一切ないのだ。セキュリティの問題に真剣に取り組まなければ、アメリカは冷戦に負けてしまうだろう。

ディーリーの新たな作戦の成功を疑った者は、NSAには誰もいなかった。ベトナム戦争中に、NSAの二四時間無休の神経センターと謳われた「シギント作戦センター」を創設したのはディーリーだったからだ（シギントはSignals+Intelligence＝SIGINT。シグナル＝通信、電磁波、信号など。インテリジェンス＝諜報。傍受を活用した諜報活動を指す）。その組織が発展して、現在の「国家安全保障作戦センター部（NSOC）」になった。NSAにおいて一刻を争う作戦を扱う部署である。

ディーリーがシギント作戦センターの責任者となった一九六九年、米海軍の偵察機EC121が日本海上空で撃墜されるという事件が起きた。それからの数時間、NSAの分析官はフォート・ミード陸軍基地のあちこちの部署を駆けずりまわり、協調した対応に必要な情報を慌てて収集した。ディーリーはその対応ぶりを、ずさんで非効率、とても容認できるものではないと受け取った。そして、二四時間対応に特化した監視センターを立ち上げた。準リアルタイムの情報を収集し、点と点を結び、世界中で発生する危機の優先順位を判断する組織である。ＮＳＡの長官に毎日、分析官がブリーフィングするよう義務づけたのも、ディーリーだった。

退職を間近に控えて、ディーリーは最後の任務に乗り出した。モスクワのアメリカ大使館の情報漏洩の原因を突き止め、その被害を食い止め、スパイ活動に悪用されない電子機器に取り替えることである。

ディーリーはその任務のために、ＮＳＡきっての優秀な人材を集めた。第一段階の任務完了までに与えられた期間は一〇〇日間。そのあいだに、モスクワのアメリカ大使館の機器をひとつ残らず、新たな機器に取り替えなければならない。

ところが、それ自体がかなり厄介な問題とわかった。新たな機器を揃えることが、ほぼ不可能だったのだ。ＮＳＡはＩＢＭの「セレクトリック」タイプライターを使っていた。当時、タイプライター界の「キャデラック・シュプリーム」と呼ばれていた機種だが、すでに販売店の棚からは消えていた。しかもソ連の電圧で使えるセレクトリックを見つけるのは、さらに至難の業だった。ＮＳＡは商品カタログに目を通し、ＩＢＭに電話をかけて頼み込んだが、結局、掻き集められたのは五〇台にすぎなかった。大使館のなかでも特に機密を扱う部署に必要な二五〇台には、とても足りない。残りは待たなくてはならない。

輸送する新たな機器を揃えるだけで二カ月かかった。どのタイプライターにも盗聴器が仕掛けられていないことを確かめるために、ＮＳＡの分析官はすべての機器を分解し、一台ずつ組み立て直し、Ｘ線装置でスキャンして、いかなる例外も疎《おろそ》かにせずに調べてから、不正開封を防ぐセンサーとタグを、すべてのタイプライターの内側と外側に取りつけた。

タイプライターをモスクワに輸送する前には、ソ連では手に入らない不正開封防止の袋に一台ずつ慎重に梱包した。こうしておけば、ソ連のスパイがその袋を破って、新しいタイプライターにすり替えることはできない。

武装した隊員に守られながら、一〇トンの機器は極秘のトレーラーに搭載されてフォート・ミード陸軍基地を出発し、英国のドーバー空軍基地へ向かい、ドイツのフランクフルトを経由して、最終的にモスクワのアメリカ大使館へと到着した。その後、最初の一トンの荷物をエレベータで大使館の上階に運び入れたところで、ソ連側が大使館のエレベータを、うまい具合に「メンテナンス」と称して停止させた。そのためNSAの職員は残りの九トンの機器を、大使館の階段を使って手で運び上げ、それが終わると今度は一〇トンの機器を手作業で運びおろさなければならなかった。

モスクワのアメリカ大使でさえ、何も知らされてはいなかった。NSAの職員がアメリカ大使館に到着した日、彼らは素っ気ない手書きのメモを一枚、アメリカ大使に手渡した。それには、政府が古い機器を新しいものに気前よく取り替えてくれることを、大使館で働く職員に伝えるよう注意深く指示してあった。

新しいタイプライターに、KGBが特殊な装置を仕掛けようとすることは、まず間違いなかった。そのため、NSAの技術者は、それぞれの箱の不正開封防止センサーから、別のフロアに設置した米海兵隊保安警護隊の詰所まで通信線をつないで、武装した隊員が二四時間体制で監視した。

それからの一〇日間、NSAの技術者は一つひとつ箱を順序よく開けて中身を取り出し、代わりに古いタイプライターをしまって、再び不正開封防止センサーを取りつけた。KGBが盗聴器付きの古いタイプライターの箱を開け、何であれ、仕掛けを取り外して持ち去るのを防ぐためである。武装し連のエクスプロイトを見つけ出すという特別な任務が、こうして始まりを告げたのだった。

モスクワのアメリカ大使館の機器をフォート・ミードに輸送するだけで、一〇〇日もかかった。ソ連の隊員が古い機器に付き添って、モスクワのシェレメーチエヴォ国際空港からフランクフルト、ドーバー空軍基地、そしてメリーランド州のフォート・ミード陸軍基地へと機器を送り届けた。

ディーリーは二五人の精鋭の分析官に、NSAの駐車場の一角に駐まったトレーラーに集合するように命じた。トレーラーの入り口が地面から一二〇センチメートルも高いことは、伝えていなかった。そのため、分析官は駐車場で、軽量コンクリートブロックとワイヤの空《から》のスプールを拾い集めて積み重ね、よじ登ってトレーラーに入った。

ディーリーは上品な言葉は使わなかった。「こんなむさ苦しい肥溜めに集まったのは、OPS3（本館の情報セキュリティ）のお節介な野次馬どもの興味を引きたくないからだ。今回のプロジェクトはVRK（Very Restricted Knowledge＝機密中の機密）だと聞いたはずだ」

分析官は頷き、同意のしるしに低い声で「イエス」と答えた。彼らはすでにそれぞれの監督者から、今回の任務は誰にも、同僚にも、配偶者にも、たとえ飼い犬にも漏らしてはならないと指示されていた。

「VRKの本当の意味はわかってるな？」ディーリーは、いちいち返事を待ったりしなかった。「今回の任務について誰かに、言っておくが誰かひとりにでも、ひとことでも漏らしたら、お前らのタマを切り落としてやるって意味だ」ディーリーはドアのほうを身振りで示した。「それが嫌なら、出ってもらおう」

長年、ディーリーは警鐘を鳴らしてきた。アメリカの通信を保護するために、NSAはもっと対策を講じなければ、ソ連に傍受されてしまう。そしていま、ディーリーはその懸念を証明するめったにない立場にあった。定年を間近に控え、今回のプロジェクトが長い経歴を締めくくる最終章になるだろう。これまで積み上げてきた功績がどうであろうと、国は人の成功をそう長くは覚えていない。ディーリーの名前が優れた遺産として残るかどうかは、今回のプロジェクトに懸かっている。

「いいか、よく聞け」彼が続けた。「機器をふたつのグループに分ける。疑わしい機器（暗号機）はOPS3のラボで調べる。残り（テレプリンター、コピー機、タイプライター）はこっちで調べる。一人ひとり、監督者に特定の仕事を与えられたはずだ。私がここを出て行ったら、すぐに取り掛かれ」

ディーリーはムチだけでなくアメも与えた。「よくも悪くも、NSAの評判は一人ひとりの仕事の成否にかかっている。時間が無限にあるわけじゃない」ディーリーが警告した。「何であれ、敵が忍び込ませたエクスプロイトを見つけ出すのに手間取れば手間取るほど、アメリカか、ラングレー（CIA）か、ソ連のクソったれどもにコケにされる」

ディーリーは、ひと呼吸入れてタバコを深く吸い込み、分析官の顔に向かって煙を吐き出した。そして、さっさとケリをつけるために、動かぬ証拠を最も早く見つけた者に五〇〇〇ドルのボーナスを出すと言った。

この時、初めて分析官たちが活気づいた。五〇〇〇ドル——現在の価値にして一万二〇〇〇ドル——は、彼らの給料のおよそ四分の一に相当する。

「質問は？」

何もなかった。

「いいだろう」ディーリーが言った。「仕事に取り掛かれ」そう言い捨てると出て行った。

分析官は夜も週末も働いた。駐車場のトレーラーのなかで何をしているのかという質問は無視した。ソ連がエクスプロイトを仕掛けそうな場所は、暗号機のなかだった。暗号化した通信を傍受するとしたら、それ以外にどんな方法があるだろうか。分析官はまずそう考えるところから始め、一つひとつの機器を慎重に分解し、パーツを取り外し、エックス線機器を使ってくまなく調べ、不審な点がないか徹底的に探した。何週間もかけて、片っ端から部品を調べ上げ、少しでもおかしな点があれば写真を撮ったが、決定的な証拠は何も見つからなかった。

ディーリーは週に一度は立ち寄ってトレーラーのなかをうろつき、いつも以上に早いペースでタバコを立て続けに吸い、分析官が数トンに及ぶ機器や備品をしらみつぶしに調べる様子を見てまわった。原因は暗号機に違いない。だが、暗号機がシロだとわかると、ディーリーは心穏やかではいられなかった。レーガン大統領に自分を推薦してもらうために、NSAの複数の幹部、国防長官、CIA長官、そして国家安全保障問題担当大統領補佐官のもとへ、何度足を運んだかわからない。それまで何年にもわたって握り拳を机に打ちつけ、NSAの技術はソ連の盗聴技術に到底及ばない、と注意を促してきたのだ。ディーリーには確信があった。レーガンなら、プロジェクト・ガンマンを自分に任せてくれるに違いない。それなのにいま、ディーリーの前には残酷な現実が立ちはだかっていた。このまま何も証拠を見つけ出せないかもしれない。

ディーリーは毎晩、家に帰ってビール瓶を引っ掴み、ひとことも口をきかずに書斎に直行した。ガーシュイン作曲の「ラプソディ・イン・ブルー」を、大音量で何度もかけ続ける。妻と八人の子どもに対する、俺に構うなという合図だった。ディーリーは一介の陸軍軍曹として国防総省に入省し、NSAの通信セキュリティの副部長にまで上り詰めた。だが、そのキャリアもこれで終わりか。一〇週目に入った頃には、検査は残すところあと数台になり、ディーリーはプロジェクト・ガンマンの失敗を覚悟し始めていた。特殊な装置が仕掛けられた機器を、輸送の途中で忌々しいソ連に押収されてしまったのに違いない。アメリカに送り返す途中で、まんまと特殊な装置を取り外されたか、無効にされてしまったのだ。ガーシュインの金管楽器の大音量を聞きながら、ディーリーは消えた装置の重大な結果をひしひしと感じ始めていた。自分の経歴に傷がつくだけではない。アメリカのインテリジェンス・コミュニティに、恐ろしい打撃を与えることになる。

その夏、トレーラーのなかでは分析官がシャツまで汗びっしょりになっていた。ファックス、テレタイプ端末、スキャナーを徹底的に調べ上げた。残るはタイプライターだけである。だが、ロシアのアメリカ大使館の検査官はすでに、タイプライターを入念にスキャンしており、誰も、どこにもおかしな点は見つけていなかった。これまでは、みな希望を持ち続けていた。ところがいま分析官たちは、ディーリーが諦めかけているのではないかと疑っていた。

そして一九八四年七月二三日。夜遅くまで作業していた分析官のひとりが、ＩＢＭのセレクトリックタイプライターの電源スイッチのところに、余分なコイルをひとつ見つけた。特に珍しいわけではない。タイプライターの新しいモデルには、追加のメモリを内蔵したものがあり、余分な電気回路とコイルが付いていたからだ。だが、分析官はそのタイプライターを、念のために隅から隅までエックス線検査にかけることにした。

「エックス線写真を見た時、思わず『くっそー。やられた』と思いましたね。ヤツらは本当に、我々の機器に特殊な装置を仕込んでたんですから」

エックス線のフィルムには、タイプライターの内部に目立たない金属棒が写っていた。タイプライターの幅にわたるその金属棒こそ、分析官が、それどころかＮＳＡの誰も見たことがない、最も洗練されたエクスプロイトだった。金属棒には小さな磁気センサーが組み込まれ、センサーが磁場のわずかな歪《ひず》みを測定した。その磁気センサーは、キー入力によって生じる機械エネルギーを磁気の乱れに変換した。さらに、センサーの隣には小さな電子ユニットが見つかった。磁気の乱れをすべて記録し、その基礎データをひと続きにして、近くに仕込んである受信機に断続的に無線で送信する。全体的な仕掛けはリモートコントロールで制御し、アメリカの検査官がその近くにいる時には、ソ連側がその装置をオフにできるよう特別に設計されていた。

ディーリーのチームは、その優れた仕掛けに思わず唸った。世界中のあらゆる暗号機を使っても、相手がソ連では、アメリカ大使館のメッセージが読まれないように阻止することはできなかっただろう。アメリカがタイプライターのキーを叩くたびに――メッセージにスクランブルをかける前に――、ソ連はその情報を収集する方法を見つけ出したのだ。見事な仕掛けだった。そして、NSAが今回の教訓を忘れることはなかった。数十年後、NSAはアイフォン、コンピュータ、アメリカの大手テクノロジー企業に同じ仕掛けを用いて、グーグルとヤフーの世界中のデータセンター間の通信回線ネットワークに侵入して、暗号化されていないデータを窃取していたのだ。

ソ連が記録装置と特殊な装置を使って、アメリカ大使館の活動を監視しているはずだ、とNSAはかねてから睨んでいた。そして今回初めて、電子機器を使ったソ連の優れた情報収集力が証明されたわけである。

ディーリーにとっては、彼の主張を裏づける動かぬ証拠だった。長年にわたって、ディーリーは暗号化だけでは不充分だと訴えてきた。ソ連政府による情報窃取を徹底的に阻止するためには、壁のコンセントにプラグを差し込む電子機器すべてに、カギをかけなければならない。そしていま、ディーリーはその証拠を摑んだのだ。

ディーリーはNSAのリンカーン・〝リンク〟・ファウラー長官にブリーフィングし、ディーリー自身がレーガン大統領に直接報告するために、一緒にホワイトハウスに向かう部下を選んだ。

今回の発見によって、ディーリーたちの使命の緊急性はかえって増した。当初、情報窃取に使われたことが発覚したタイプライターは六台だったが、それだけでは済まないことはわかっていた。ディーリーのチームは、ソ連に向かう諜報関係の当局者と諜報員に、防音設備を施した反エコー室のなかでブリーフィングを行なった。ソ連のインプラント（埋め込まれたツール）について知った時の彼らの反応は、驚きから称賛、怒りまでさまざまだった。

ディーリーのチームはNSAのほかの諜報員にも研修を行ない、タイプライター攻撃の明らかな証拠である、電源スイッチの細工や金属棒を探す方法や、タイプライターにエックス線をかける方法を教えた。諜報員は結局、あと一〇台のタイプライターにインプラントを見つけ出した。ロシアのアメリカ大使館の高官とその秘書が使っていたタイプライターが七台。レニングラードの領事館で使われていたタイプライターが三台。

ソ連がアナログのエクスプロイトに、相当の資源を投じていたことは疑いない。彼らが電気パルスを傍受する方法は、NSAの作戦帳に書き加えられた。のちにアナログからデジタルに切り替わると、NSAは1と0に変換された情報を同じ手法で窃取した。

最終的にNSAが発見したソ連のインプラントのバリエーションは、六つ以上にのぼった。壁のコンセントにプラグを差し込む電動式タイプライター用のものもあったが、電池式タイプライター用のインプラントは、それ以上に精巧だった。

ディーリーのチームがタイプライターのリストを調べたところ、インプラントが仕込まれていたタイプライターのうち、いちばん早い時期にロシアのアメリカ大使館に発送されたものは、一九七六年のものとわかった。つまり、プロジェクト・ガンマンが終了する頃には、ソ連はアメリカの機密情報を、八年にわたって吸い取っていたことになる。

大使館の定期点検では、インプラントを見つけ出せなかった。ある時、アメリカの検査官がアメリカ大使館の煙突のアンテナに気づき、発見まであと一歩のところまで迫ったものの、結局、アンテナの目的までは見破れなかった。しかもソ連が、自分たちが使うタイプライターに対して、パラノイアかと思うほど神経質な態度を見せる理由を、アメリカの分析官は不思議とは思わなかった。ソ連は自分たちの職員に対し、機密情報の場合には電動式タイプライターの使用を禁じ、必ず機械式のものを使わせていた。そのうえ、ソ連の大使館や領事館がタイプライターを使わない時には、不正開封防止の段ボールにわざわざ保管していたというのに、アメリカ側はその理由を訊ねようともしなかった。「人びとは、あまりに多くの場合、自分たちの敵を軽視するという罠に陥りがちです」NSAのファウラー長官はのちにそう述べている。「科学技術の面で、アメリカは自分たちがソ連よりも優位に立っていると考えてきました。コンピュータにしても、航空エンジンにしても、車にしてもそうです。このところ、私たちは次から次へと驚きに見舞われ、以前よりも敬意を感じています。ソ連がアメリカとの差を大きく縮め、さまざまな分野で私たちに追いついたことを、いまでは多くの仲間が認めることでしょう」

ソ連がどうやってあのインプラントをタイプライターに埋め込んだのかは、結局、わからなかった。輸送の途中に仕込まれたと考える者もいれば、メンテナンスの時だと考える者もいた。アメリカ大使館のなかに二重スパイの存在を疑った者もいる。どんな方法だったにせよ、この時の出来事はスパイ技術のまったく新たな次元を切り拓き、ゲームのやり方を決定的に変えてしまった。あれから約四〇年が経ち、いまではほぼすべてのコンピュータが情報をやりとりする。それぞれのコンピュータはネットワークに接続し、そのネットワークはより大きな、さらに複雑なネットワークにつながり、目に見えない錯綜した網を形成して地球をジグザグに進み、銀河系の果てまでつながろうとする。探査機は荒涼とした火星から、かつてないほど膨大なデータを送ってくる。ガンマンは可能性の扉を開いた。そしていま、目の前の至るところに、スパイ行為の限りない機会と――破壊と――が広がっていた。

第七章：ゴッドファーザー——ネバダ州ラスベガス

「あれは深刻な警鐘だった」二〇一五年後半のある午後、アメリカの〝サイバー戦争のゴッドファーザー〟ことジェームズ・R・ゴスラーは、私のインタビューに応えて言った。「まんまとしてやられていたことに気づいて、本当に運がよかった。そうでなければ、あのとんだタイプライターをあのまま使い続けていたはずだ」

アメリカを緊急発進させ、敵対国に追いつかせ、リードするように駆り立て、世界でも最先端のデジタル超大国をつくり上げた技術者の名前をひとりだけ挙げるならば、それはジェームズ・R・ゴスラーだ。先日、リタイアした六〇代後半。サンタクロースを思わせる風貌で、いまはラスベガス郊外で暮らしている。

その自宅において、彼が築いた長く輝かしいキャリアを物語るのは、箱いっぱいに詰まったメダルや賞品だけである。そのどれもが内輪のセレモニーで授与されたものばかり。実際の彼の功績は、ほとんど世間には知られていない。

プロジェクト・ガンマンの機密指定を早期に解除するように促したのは、ゴスラーだった。

「私は周囲を苛立たせる人間でね」そう言って、ゴスラーは静かに笑った。

それはまた、ずいぶんと控えめな表現だろう。私が「アメリカのサイバー戦争の父は誰か」と訊ねると、世紀の変わり目にCIAとNSAを率いたほぼ全員から、躊躇なく返ってきた答えは「ジム・ゴスラー」だった。

それにもかかわらず、ハッカーの世界でゴスラーの名前は知られていない。

アイフォンやATM、エレベータをハッキングする超大物を見るために、毎年、ラスベガスのブラックハットやデフコンに数千人のハッカーが押し寄せる。だが、その彼らでさえ、ハッキング界の真の天才が、会場からほんの数キロメートルしか離れていない場所で暮らしていることを知らない。私がゴスラーと初めて顔を合わせたのは、ブラックハットの開催期間中に、ラスベガスにあるベネチアンホテルでのことだった。約二〇年に及ぶブラックハットの開催史で、ゴスラーが会場近くに足を運んだのはこの時が初めてだった。

「ここはリクルートには最悪の場所だ」ゴスラーはそう教えてくれた。この国で超一流のハッカーは、カンファレンスで自分の技量をひけらかしたりしない。彼らは大学の研究室やセキュリティが確保された指令センターで、ひっそりと働いている。

社会のデジタル化に伴い、この控えめな男性は、アメリカ政府による脆弱性発見と、エクスプロイテーション（エクスプロイトを使った攻撃）・プログラムにおいて、中心的な触媒の役割を果たしてきた。彼がこれほど謙虚でなければ、ゴスラー自身もその点について異論を唱えなかったに違いない。ところが実際、ゴスラーが褒め称えるのは、諜報世界の同僚や上司であり、ニューエイジのマネジメント分野の第一人者たちである。ゴスラーは《ニューヨーカー》誌の専属ライターであるマルコム・グラッドウェルの言葉を頻繁に引用する。「『天才！　成功する人々の法則』（講談社刊）はすばらしい！」ゴスラーは何度も言った。彼の英雄はインテルの共同創設者のひとりゴードン・ムーアと、元CEOのアンディ・グローブだという。そしてゴスラーのバイブルは、グローブの『パラノイアだけが生き残る――時代の転換点をきみはどう見極め、乗り切るのか』（日経BP刊）だ。だが、ゴスラーのいちばんのお気に入りは、組織マネジメントのグルことプライス・プリチェットである。

長年にわたって、バージニア州ラングレーのCIA本部にあるゴスラーのオフィスを訪ねた課報関係の当局者は、壁にかかったプリチェットの引用に出迎えられた。

組織には世界の変化を止められない。組織にできる最善のことは適応である。賢明な組織は、必要に迫られる前に変化する。運のいい組織は、いざとなったら大急ぎで順応する。残りは敗者であり、彼らが歴史になる。

この引用は、アメリカの諜報機関が技術の進歩に対応し切れずに、エクスプロイト攻撃、スパイ行為、破壊工作を際限なく受け続ける危険性について、ゴスラーの考えを見事に言い表している。

一九五二年の創設以来、アメリカを代表するスパイ機関NSA――古いジョークによれば「No Such Agency（そんな機関はない）」あるいは「Never Say Anything（その口を閉じておけ）」――は、アメリカ随一の盗聴機関であり、暗号解読機関でもあった。創設後の三〇年間、NSAの唯一の使命は、空中を飛ぶ情報を手に入れることだった。フォート・ミード陸軍基地において、ずば抜けた頭脳を持つ数千人の博士号取得者、数学者、暗号解読者がメッセージを取捨選択して暗号を解読し、翻訳し、分析し、重要な情報を取り出して、冷戦時代の次の一手に役立てた。

だが、世界のデータがタイプライターに移行し、やがてメインフレーム・コンピュータ、デスクトップ、ラップトップ、プリンター、クローズドネットワークの時代が幕開け、さらにインターネットの時代を迎えると、ソ連の通信がグローバルなデータ収集システムにうまく引っかかるのを座って待つという、従来の受け身のモデルではもはや充分ではなくなった。かつては鍵のかかったファイルキャビネットに仕舞い込まれていた、想像を絶する量の国家機密が、とつぜん1と0で送信されるようになり、そのデータを見つけ出す創造力とスキルを備えた者なら誰でも、自由に入手できるようになった。ファイルフォルダーの極秘文書を、CIAのスパイが写真に収めるために使った小型カメラは、まったく別のものに変わってしまった。

そして、利用しうるデジタル世界の好機をひとつ残らず摑み取ることに、誰よりも熱心に取り組んだのがゴスラーだった。

ゴスラーの意欲を掻き立てた決定的な出来事は、ソ連のタイプライター事件だった。ゴスラーはあの事件について、私が聞き飽きるほど語った。その理由のひとつは、ゴスラーが関わっていたほかの事件と違って、機密解除されていたからである。だがもうひとつの理由は、あの事件を考えれば、私たちがパラノイアに陥っても不思議ではなかったからだ。アメリカの敵対国がデジタルの機密窃取に熟達しつつあった。いや、それどころかすでに大きくリードを広げていた証拠だった。

アメリカが、みずからの諜報活動の功績を過大評価していたことは間違いない。一九五〇年代中頃、CIAと英国の秘密情報部MI6は「オペレーション・リーガル」という大掛かりな作戦に乗り出した。ソ連が東ベルリンに埋設したケーブルの傍受である。英米はベルリンの地中に約四三〇メートルのトンネルをこっそり掘り、ソ連と東欧間の通信を――ソ連にバレてしまうまで――一年以上にわたって傍受していた。また一九七〇年代には、NSAとCIAが合同作戦「オペレーション・アイビーベル」を展開し、アメリカのダイバーがオホーツク海のソ連の海底ケーブルに盗聴器を仕掛けることに成功した。ソ連は、その海底ケーブルがアメリカには手の出せないところにあると考えて油断し、ほとんど暗号化せずに利用していた。NSAは長年、この盗聴作戦によってソ連の機密情報を盗み取っていたが、ついに一九八一年、二重スパイだったNSAの分析官がKGBにバラしてしまった。

ところが、電動タイプライターを使ったソ連の機密情報窃取は、アメリカのやり方とは違った。

「Aプラスだ。技術的に優れている」ゴスラーは何度も言った。ソ連はアメリカと違って、うまく仕込んだ盗聴器や海底ケーブルの盗聴だけに頼っていたのではない。電動タイプライターにインプラントを埋め込んで、アメリカがメッセージを暗号化する前に、キー入力そのものから情報を盗み取る方法を考え出したのだ。これはのちに、専門用語で「エンドポイント（ネットワーク端末）のハッキング」と呼ばれるようになり、新たな基準を設定した。いまの時代、世界中のアップルやグーグル、フェイスブック、マイクロソフトのような企業が世界の通信を暗号化したことに、NSAは目を留めた。みずからも、エンドポイントのハッキング技術を習得しなければならない。電話やパソコンには、暗号化されていない平文の情報も含まれているのだ。

「この手の技術を使った情報収集は、コンピュータの登場とともに発明されたわけではない。ソ連はすでに一九七〇年代から行なっていた。だが、それを現実のものとして目の前に突きつけたのが、ガンマン事件だった」ゴスラーが教えてくれた。「遠い世界の話だとして、もはや知らない振りはできなかった」

ゴスラーの辞書にはBGとAGという言葉がある。「Before Gunman」と「After Gunman」すなわち「ガンマン前」と「ガンマン後」という意味だ。アメリカ人は「根本的に何もわかっちゃいなかった」ゴスラーが続ける。「現実とはかけ離れた世界で生きてたんだ」

AG三〇年、私たちはデジタルのものには何にでも侵入していた。

一九七九年、二七歳のゴスラーは目を輝かせてサンディア国立研究所に入り、二〇一三年にフェローとして退職した。そのあいだの出来事について、本質的に意味のない肩書きや日付を除いて、ゴスラーは多くを語らない。

その大部分は極秘扱いである。基本的な詳細は、頼み込まないと話してくれない。ディナーパーティで誰かに訊かれても、たいてい連邦政府の機関で働いていたとしか言わない。

「口を開く時には細心の注意を払う必要がある。それも特に海外にいる時には。身を守るためだ」彼は声をひそめて言った。

私とゴスラーはレストランにいた。私が取材を申し込んだ多くの人たちと同じように、ゴスラーも先に到着して出口のそばのテーブルを選び、レストランのなかの一人ひとりを確かめた。ゴスラーは、入口に向かい合うかたちで席に座っていた。生き残るための最善席というわけだ。

二〇一六年から一九年まで、ゴスラーと何度も会話を交わすうちに、アメリカのサイバー戦争の父は自分の経歴を少しずつ明かし始めた。そしてその話を通じて、デジタル領域においてアメリカが世界で最高技術を持つ窃取者に進化していく姿が浮かび上がっていった。ゴスラーは、機密だらけの経歴を慎重に編集した。

その経歴の隙間を埋めるのが、私の仕事だった。

ゴスラーは働き始めて最初の五年間を、ニューメキシコ州のサンディア国立研究所で過ごした。部署は、「ああ、コンピュータ部門とでも言っておくよ」ということだった。最初の仕事は、ホストコンピュータの内部と、バックエンド管理システム——給与支払いなど——を運用するOSを丹念に調べることだった。

ニューメキシコ州には、国立の原子力研究所が二カ所ある。ゴスラーが勤めていたアルバカーキのサンディア国立研究所と、もうひとつはサンタフェ近郊のロスアラモス国立研究所である。後者はアメリカ人の記憶において神聖な場所だ。マンハッタン計画（第二次世界大戦中の原子爆弾製造計画。科学者のオッペンハイマーが中心となって進められた）とともに生まれ、アメリカにおいて核兵器のR&Dの中枢を担ってきた。だが、アメリカの核兵器の兵器化プログラムを真に担ってきたのは、サンディア国立研究所のほうである。ここでは、アメリカの核兵器備蓄を構成する、非核成分の九七パーセントの生産とセキュリティを監督する。そのサンディア国立研究所で五年間〝コンピュータ部門〟の仕事をしたあと、ゴスラーは別のチームに異動になった。アメリカの大統領が正式に核兵器の発射を命じた時には、それぞれの核成分が本来の狙い通りに機能し、さらに重要なことに、それ以外のいかなる状況下でも機能しないことを確実にするチームだった。事故や誤動作は、私たちが考える以上に多い。サンディア国立研究所の調査によれば、一九五〇～六八年に、少なくとも一二〇〇個の核兵器が〝重大な〟事故を起こしていたという。

人類史に汚名を残すことになった原爆でさえ、本来の意図通りには作動しなかった。アメリカが第二次世界大戦で初めて投下したリトルボーイは、広島の一四万人の命を奪った。だが、被害がさらに大きかった可能性は高い。実際に核分裂反応を起こしたのは、積載されたウランの一・三八パーセントに過ぎなかったとされているからだ。その三日後、今度はふたつ目の原爆ファットマンが長崎に投下され、七万人の犠牲者を出したが、この時には目標地点から約一・六キロメートルも外れていた。一九五四年に北太平洋上のビキニ環礁で行なわれた水爆実験では、アメリカの原子核科学者の予想を三倍も上まわる一五メガトンの威力によって、太平洋上の約二万平方キロメートル——とアメリカの原子核科学者の身に——死の灰が降り注いだ。

それこそ、サンディア国立研究所の科学者が避けるように指示されていたシナリオだった。だが、ゴスラーのチームの仕事はそのような事故に対処することではなく、敵対国による意図的な破壊活動に対処することだった。一九八〇年代も半ばになる頃には、アメリカの科学者は、武力衝突が起きた際に、ソ連の通信ネットワークと核兵器システムを確実に無効にし、破壊する方法を模索していた。サンディア国立研究所の科学者は、ソ連が同様の手段に出ることを想定していた。

アメリカの兵器庫がソ連によって破壊されるのを確実に防ぐ唯一の方法は、核成分のセキュリティホールをソ連よりも早く見つけて、修正を施すことだった。ゴスラーはサンディア国立研究所のいかにも官僚的な名前の「敵対者分析グループ」に、一九八四年——プロジェクト・ガンマンがタイプライターのなかに特殊なインプラントを発見した年——に加わった。そしてその時から、核成分とその組み合わせに、さらにその上に重なった層のアプリケーションに重大な脆弱性を発見して、一目置かれる存在になった。

「私は問題を見つけて……修正していた」ある日、ゴスラーが言った。

「つまり、エクスプロイト化して、敵対国に使ったという意味ですか」私は訊ねた。

ゴスラーはぎこちなく笑った。「それについては、誰かほかの人に訊いたほうがいいだろう」

だから、私はそうした。

ほぼ二年を費やしたものの、私は空白だったゴスラーの経歴の一部を埋めることができた。決め手となったのは、文書、サンディア国立研究所の元職員が起こした訴訟、NSAとCIAでゴスラーの上司や部下だった人たちの口述と書面による記録である。誰もが口を揃えて言った。この眼鏡をかけ、ひげを生やした賢明な男性なしには、アメリカの攻撃型サイバープログラムが今日のように実を結ぶことはなかった、と。

一九八五年になる頃には、脆弱性を見つけるという新しい仕事に就いてまだ一年だというのに、ゴスラーは自分の仕事がますます難しく、不可能にすらなろうとしていることに気づいた。ほかの多くのことと同じように、核兵器の設計も、個別の電子制御システムから、いっそう複雑なマイクロチップへと進化していた。これらのチップを解剖しながら、ゴスラーには進歩――とそれに伴う複雑性――が、さらなる誤動作や機能不全をもたらし、結局は敵方の破壊工作と攻撃を招く原因となることがわかった。

その前年、ゴスラーは、ケン・トンプソン（アメリカのコンピュータ科学の先駆者）の有名なスピーチを聞いた。トンプソンは、ユニックスのOSを共同開発した功績を認められて、一九八三年にチューリング賞（アラン・チューリングにちなんで一九六六年に創設された。コンピュータ科学分野のノーベル賞とも）に輝いた。受賞式で登壇したトンプソンは、技術の行き着く先を懸念した。スピーチのタイトルは「信用を信用することについての考え」。そして、次のような結論を披露した。あなたのソースコードをあなた自身が書かない限り、コンピュータプログラムがトロイの木馬ではないと確信できない。

ゴスラーが真実と考えていたことを、トンプソンは見事に言い表していた。だが、受賞スピーチを聞いた時、状況が指数関数的に悪化しつつあることをゴスラーは感じていた。いまに、アメリカの核兵器庫のセキュリティを保証できなくなる日が来るだろう。

「それでも脆弱性は見つかるかもしれない。ああ、間違いない。だがね、それ以外に脆弱性はない、と保証することはできなくなってしまったんだよ」ゴスラーはここでひと呼吸置いて、次の言葉を強調した。「そこが重要なんだ、ニコール。マイクロコントロールのシステムに脆弱性がないとは、もはや断言できないんだ」

ほかの人間なら、お手上げだと諦めたかもしれない。多くの者が敗北を認めた。だが、ゴスラーは決してその問題から目を逸らさなかった。そしてマイクロチップの内部に、自分の人生の目的と、人間の愚かしさとを見出した。すべてが密接につながっていた。

これらのチップはハッカーのパラダイスであり、国家安全保障の悪夢だった。それぞれにエクスプロイト化と破壊工作の、スパイ活動と破滅へと至る道の果てしない可能性が広がっていた。

その後三〇年の経歴を通して、ゴスラーはそれが間違いのない事実であることを証明したのだった。


ゴスラーはまず、ふたつの実験に取り組んだ。一九八五年にサンディア国立研究所の上司を説得し、実験の資金を出してもらった。「シャペロン」と名づけられた実験の前提はシンプルだった。「真に安全なコンピュータアプリケーションは設計できるのか」。そして、「そのアプリケーションを、詳細なフォレンジック調査でも検出されない悪意あるインプラント、つまりはゼロデイによって破壊することはできるのか」。

ゴスラーは実験で、サンディア国立研究所のトップクラスの技術者を「悪人」と「善人」に分けた。「破壊者」と「検査官」というわけである。前者はアプリケーションに脆弱性を埋め込む。後者は、その脆弱性を見つけ出さなければならない。

ゴスラーは当時もまだ、仕事を終えた夜の時間を、お楽しみのためにハードウェアやソフトウェアに不正侵入して過ごした。だが仕事では、検査官の立場しか経験したことがなかった。そして実験では破壊者の立場を楽しみ、ふたつのインプラントを設計して埋め込んだ。検査官役の同僚なら、最初の仕掛けをすぐにでも発見できるに違いない。

「当時、私はファンタジーの世界にどっぷり浸かっていた」ゴスラーが言った。夜、ソフトウェアに侵入していない時には、一九八〇年代のコンピュータゲーム「ゾーク」を楽しんだ。同僚のテッキー（ハイテク技術者）にも人気のアドベンチャーゲームである。

最初の実験のために、ゴスラーはゾークからお馴染みのソースコードを数行、セキュリティアプリケーションのコードに挿入した。ゾークのテキストが、狙い通りにサンディア国立研究所のアプリケーションを騙して秘密の変数が明らかになれば、破壊者はその変数を使ってアプリケーションと、アプリケーションが保護しているデータを乗っ取れるはずだ。ゴスラーには確信があった。同僚は即座に気づくはずだ。

ふたつ目の実験のために、ゴスラーはある脆弱性を仕込んだ。彼や同僚がのちに、「テクノロジーの画期的な功績」と評価することになる脆弱性だった。

検査官は、ゴスラーのどちらのインプラントも発見できなかった。ゾークのほうでさえ、頭が変になりそうなほど見つけ出すのが難しかった。検査官役の者はいまでも、自分の経歴のなかであれほど苛立たしい実験はなかったと評する。ゴスラーのインプラントを何カ月も探しまわったあげく、結局は降参し、答えを教えて欲しいと頼み込んだ。

ゴスラーは八時間に及ぶ説明会を三度も開いて、ホワイトボードの前を行ったり来たりして、猛烈な勢いでメモを書き連ね、インプラントについて熱心に解説した。同僚は頷いて聞いていたが、当惑していたことは間違いない。

ゴスラーは当初、ふたつ目のインプラントは実習に役立つのではないかと考えていたが、みなが苛立つ様子を見て、上司がその考えに真っ向から反対した。その実習のせいで新人が辞めてしまっては困るからだ。

その代わりに、ゴスラーの上司はいちからやり直し、新たな実験に取り掛かった。「シャペロン2」である。今回、彼らは破壊者のリーダーにゴスラーではなく、別の人間を選んだ。サンディア国立研究所の一〇〇人ほどのエンジニアが数週間、数カ月かけて、インプラントを探し出そうとした。あと少しのところまで迫った者もいたが、結局、インプラントを発見して、数時間かけて詳しく解き明かした者はゴスラーひとりだけだった。

この実験とテクノロジーの天才の噂を聞きつけたNSA諜報部門の上層部——ゴスラーによれば「東部のビッグドッグ（大物）」——が、サンディア国立研究所に電話をかけてきて、ゴスラーをスカウトした。


NSAの国立コンピュータ・セキュリティセンターでリサーチ&サイエンス部門の主任研究員だったリック・プロトと、ロバート・モリス・シニアのふたりは、同センターの分析官がゴスラーからいろいろ学べるのではないかと考えた。

それが一九八七年のこと。プロトはNSAの傑出した暗号数学者だった。モリス・シニアは当時、アメリカの政府機関で最も地位の高いコンピュータ科学者だったが、一年後に息子のロバート・タッパン・モリスが起こした事件によって、世間の非難を浴びることになった。コーネル大学の学生だった息子が、「モリス・ワーム」と呼ばれるマルウェアを作成し、母校ではなくわざわざマサチューセッツ工科大学（MIT）からワームを解き放って、数千台のコンピュータを感染させ、数千万ドルもの被害を出してしまったのだ。ゴスラーは、政府機関のトップクラスのコンピュータ科学者と仕事をした経験はあったが、「ザ・フォート」で働く覚悟はできていなかった。フォート・ミード陸軍基地に足を踏み入れた時の印象は、「格が違う」というものだった。

モリス・シニアと初めて顔を合わせた時、ゴスラーはここしばらく彼の頭を悩ませていた質問をぶつけた。「あなたにとって、コード行数がどのくらいまでなら、ソフトウェアの働きを完全に把握できますか」

それが一種の誘導尋問であることは、モリス・シニアにもわかっていた。馬鹿デカいホストコンピュータは徐々に小さく、手頃なコンピュータに変わりつつあり、内部にはマイクロエレクトロニクスとマイクロコントローラーが組み込まれていた。コンピュータのアプリケーションはこの頃、ますます多くのソースコードの行数（LOC）を組み込んでいたために、いっそうエラーを起こしやすくなり、そのコード行数を、より大きく、さらに重大なアタック・サーフェスに組み込んでしまった。しかも、それらのアプリケーションは航空機、軍艦、おそらく最も重要なことにアメリカの核兵器にも搭載されているのだ。

それがセキュリティに深刻な影響を及ぼすのにもかかわらず、コード行数が減少する気配はなかった。リナックスのOSの場合、最初の完全版は一七万六〇〇〇行だったが、五年後には二〇〇万行に増え、二〇一一年には一五〇〇万行に膨れ上がっていた。今日、国防総省の統合打撃戦闘機は、八〇〇万行を超えるコードのソフトウェアを搭載し、マイクロソフトウィンドウズ・ビスタのコード行数は、約五〇〇〇万行と見積もられている。

ソースコードの各行はコンピュータに対する命令を表し、さまざまな方法で破壊される恐れがある。コード行数が多ければ多いほど、エラーや誤植や疑わしい点を探し出すのは難しくなる。プロジェクト・ガンマンでタイプライターに仕掛けられたインプラントを見つけ出せたのは、諜報世界の偉業だった。次世代の戦闘機で、同じようなインプラントを見つけ出すことは？　幸運を祈るしかない。

モリス・シニアは、ゴスラーの先の質問に即答した。コード行数が一万行以下のアプリケーションなら「一〇〇パーセント自信がある」が、一〇万行を超えた場合にはまったく自信がない、と。その答えを聞くと、ゴスラーはモリス・シニアに、「シャペロン1」の実験で自分が開発した、より複雑なインプラント戦術の話をした。あの時のアプリケーションは、コード行数が三〇〇〇行にも満たなかった。

モリス・シニアは、NSAでも精鋭の博士号取得者、暗号解読者、電気工学の専門家を呼び集めて、「シャペロン1」を試してもらった。ゴスラーのインプラントを見つけ出せた者もいなければ、ゴスラーが種明かしをしたあとに、同じ破壊工作を再現できた者もいなかった。アメリカでも最高レベルの機密情報を扱うコンピュータシステムにおいて、NSAは脆弱性を見つけ出すみずからの能力を、明らかに過大評価していた。コード行数二〜三〇〇〇行を超えるものが、とつぜん何もかも疑わしくなった。ゴスラーの実演を見たあとでは、これまで想像もしなかったあらゆる種類の迷惑行為や情報漏洩、国家安全保障上の惨事が、いつ起きてもおかしくないように思えた。

「たとえ何かを見つけ出したとしても、それですべてかどうか、絶対に確信が持てない」ゴスラーは続けた。「それがこの問題の厄介なところだ」

一九八九年になっても、アメリカのインテリジェンス・コミュニティは、ソ連が電動タイプライターで見せつけた創造力にいまなお動揺していた。インターネット時代はすぐ目の前に迫り、まったく新しいアタック・サーフェスが現れようとしていた。タイプライターのインプラントを発見できたNSAは幸運だったが、あとどのくらいのインプラントを見つけ出さなければならないのか、見当もつかない。

NSAにはゴスラーの助けが必要だった。プロトがゴスラーにこのままNSAに残ってもらえないか、と頼んだ。それからの二年間、ゴスラーはNSA初の「客員科学者」として働き、新たな時代のソフトウェアとハードウェアが不正に侵入され、破壊されるあらゆる方法を、NSAの防衛担当の分析官に教授した。アメリカの防衛を担うトップクラスの人材が、ソ連のインプラントのありかを突き止め、アメリカに被害を及ぼそうとする敵対国の攻撃を阻止する一助となること――それこそが、ゴスラーの使命だった。

その敵対国がどこであろうとも。

「キャンディショップに迷い込んだ子どもみたいなものだったよ」NSAで過ごした二年間を、ゴスラーはそう喩えた。

人材、組織の文化、使命。ゴスラーはNSAのすべてに威圧された。知る必要がある人間以外には教えない、という厳格な原則の上に何もかもが成り立ち、誰もかれもがその原則に従って働いていた。「機密のレベルがまるで違う世界だった」ゴスラーが当時を振り返った。「NSAの人間は、じっくり時間をかけて相手を評価する。信頼できる相手か。高い能力を発揮する人間か。それを確かめない限り、何も教えてはくれない。何度も話してからでなければ、信頼して仕事を任せてはもらえない。そして仕事を与えられたら、『その信頼を失わない』ことだけを考える」

ゴスラーが二年間を過ごしたのは、現在、「情報保証（IA）」と呼ばれるNSAの防衛部門である。だが、彼がNSAの〝ダークサイド〟とだけ呼ぶ集団に気づくのに、さほど時間はかからなかった。それは異質な極秘部隊であり、やがて発展してNSA屈指のハッカー集団を形成し、つい最近、世間にその存在が知られるところとなった。「Tailored Access Operations（テイラード・アクセス

・オペレーションズ）」、通称TAOである。
当時、NSAの攻撃型オペレーションはまだ揺籃《ようらん》期にあった。今日、NSAの数千人のハッカー集団が、フォート・ミード陸軍基地やアメリカ国内で行なっている活動にはほど遠い。だが、彼らがその後ますます活用することになる技術が不正侵入と傍受のために悪用されうることは、すでに一九六〇年代後半には警告されていた。

一九六七年、電子メールが初めてインターネットで送られる九年前、コンピュータ開発の先駆者ウィリス・H・ウェアは、現代のコンピュータシステムには無数の脆弱性があると指摘し、脆弱性が機密情報の漏洩かスパイ活動に悪用されるさまざまな方法を描き出した。このいわゆる「ウェア・リポート」をきっかけに、国防総省は「防衛科学委員会」を招集してコンピュータ・セキュリティの調査に乗り出し、不吉な結論を導いた。そのひとつが、「今日の技術は、オープンな環境において安全なシステムを提供できない」という考えだった。

ウェア・リポートは、コンピュータが人間を、そしてそれに伴って国家の諜報機関を危険な方向へ導くという考えを初めて提示した。ところが、その解決法についてはほとんど触れられていなかった。そのため、アメリカ政府はその後数年にわたって、リポートの執筆者のうちの数人と、NSAとCIAの優れた寄稿者を選んで、コンピュータがもたらすセキュリティ上のリスクを分析してもらい、提言を受けた。

報告書は、第一執筆者であるジェームズ・P・アンダーソンの名前にちなんで「アンダーソン・リポート」と呼ばれるようになり、アメリカ政府がその後の数十年に、サイバーセキュリティの調査課題を設定し、サイバー戦争の作戦行動を描く土台となった。

アンダーソン・リポートは次のような結論を下していた。コンピュータは、攻撃者の予備軍に、システムの「破壊」と、基本的データへのアクセスを「試みるまたとないチャンス」を与える。「アプリケーション（データコントロールシステムなど）が一カ所」（コンピュータシステム）に「集中していることもあり」、コンピュータは「悪意（敵意）ある行為にとって、極めて魅力的な攻撃対象になってしまう」。ハードウェアとソフトウェアのシステム設計は、「攻撃に持ちこたえるにはまったく不充分」である。そして、リポートはこう締めくくっていた。もし、悪意あるひとりのユーザーが、コンピュータノードをたったひとつでも制御できれば、「ネットワーク全体が危険に曝されかねない」。攻撃を制限するものは、攻撃者自身の想像力とスキルだけだ。

限りない可能性があった。「不注意な設計や実装によって最初からプログラムされてしまった脆弱性を悪用して」、攻撃者が「機密データに不正アクセス」したり、「コンピュータアプリケーションか、アプリケーションを支援するプログラミングかOSに『バックドア』を仕込んだりできる。

ソフトウェアのアップデートを、コンピュータのOSが何の問題もなく受け入れてしまえば、コンピュータは不正にバックドアを仕込まれる、と報告書は指摘していた。

報告書の執筆者が分析したのは、ハネウェルのコンピュータOSだった。セキュリティを考慮して開発された初期の基本ソフトだが、重大な欠陥がたくさん見つかり、そのOSと接触したどんなコンピュータも、内部のどんなデータも乗っ取ることができた。執筆者が調査した当時のほとんどのコンピュータシステムについても、同じことが言えた。

アンダーソン・リポートはこう断言していた。政府の大掛かりな介入がない限り、国家の重要な機密情報——軍事計画、兵器、諜報活動、スパイ技術など——を、海外の敵対者から守れる「望みは皆無に等しい」。アメリカの政敵が、アメリカ政府のデータベースから国家安全保障上の機密をいくらでも盗めると気づき、その手間がほとんどかからないと知ってしまえば、脅威はさらに高まる。しかもこれはすべて、インターネット時代が幕開けする前の話なのだ。

「おかしなことだと思わんかね。その警告が始まったのは一九六〇年代の後半なんだよ」それから数十年が経ったいま、ゴスラーは何度も私に訊ねた。「それなのに、いまの状況はどうだ。これ以上、どんな警告が必要だと言うんだね？」

NSAの初期のハッカー集団が何を企んでいるのかを一目見るなり、ゴスラーはその集団に加わること以外に人生でやりたいことはないと感じた。

それが一九八九年。一九六九年に導入され、インターネットの原型となった国防総省のアーパネットは、もはや過去の遺物だった。はるかに速くて規模の大きなインターネットと比べて、いかにも遅くて旧式のアーパネットを、国防総省は廃止するタイミングだと判断した。

アーパネットを引き継いだインターネットは、いつの間にかホストマシンが一〇万台に増え、それぞれに複数のユーザーを抱え、ティッピングポイントに近づきつつあった。ネットスケープ・ナビゲーターとインターネットエクスプローラーをインストールして、世界はますますウェブに夢中になった。それはNSAも同じだった。

「ウィリー・サットンはなぜ銀行を強盗したのか」ゴスラーは、かの悪名高き銀行強盗を引き合いに出して、あちこちの諜報機関の上司や部下に繰り返し訊ねた。「なぜなら、そこにカネがあるからだ！」

街角の銀行にはまだ現金があったが、世の趨勢にならって、銀行もインターネット銀行に変わりつつあった。重要な諜報を手に入れるためには、NSAもこれまでのやり方を完全に転換する必要がある。それ以外の選択肢、すなわち現状維持では、プライス・プリチェットの言葉を借りれば、アメリカが「敗者」になることは避けられない。

「ただ時流に乗るだけではダメだった。もっと積極的に手を打たないと」ゴスラーは私にそう打ち明けた。「それ以外に選択肢はなかった」

アメリカはもはや、スパイ技術の古いモデルに胡座《あぐら》をかいてはいられなかった。敵が電波信号で、マイクロ波の送信機で、電話でメッセージを送るのを座って待つゲームはもはや古いのだ。メッセージを発信源まで追いかけなければならない――ハードウェア、ソフトウェア、画像装置、センサー、衛星システム、電子スイッチ、パソコン、メッセージを送受信するネットワークまで。数百万台のデバイスに莫大な量のデータが生まれる時代に、海底ケーブルを盗聴したオペレーション・アイビーベルはあまりにも時代遅れだった。

NSAは外に出て、光ファイバーの海底ケーブルだけでなく、ネットワークと、さらにそのネットワークがつながっている内部のネットワークにも、潜入しなければならない。すべてのネットワークが接続しているデバイスを突き止め、最も重要なデータを保存しているデバイスを探し出すいっぽう、ハードウェア、ソフトウェア、さらには人間の脆弱性を利用して、重要な機密情報を盗み出さなければならない。しかも、一連の作業を莫大な規模で首尾よく成し遂げない限り、何の意味もないのだ。

NSAでの二年の任務は一九九〇年に終わり、ゴスラーはインテリジェンス・コミュニティが直面する困難な状況――と好機と――を目撃した。

インテリジェンス・コミュニティは成長して、適応するのか。それとも、インターネットは人間を呑み込んでしまうのか。

サンディア国立研究所に戻ると約束していなければ、ゴスラーはそのままフォート・ミード陸軍基地に喜んで留まったに違いない。保守的な考えを持ち、自分を育ててくれた相手に忠誠を誓うタイプのゴスラーにとって、その相手とはサンディア国立研究所だった。

だがニューメキシコ州に戻る前に、ゴスラーは当時、NSAの長官だった（やがてCIAの副長官になる）ウィリアム・O・ステューデマンとのあいだで、ある取り決めをした。敵対国が使っているハードウェアとソフトウェアについて、ゴスラーがサンディア国立研究所に帰ったあとに、休暇期間を利用して探るという約束だ。その代わりにステューデマン海軍大将は、NSAでも最も極秘の攻撃型使命のいくつかに、ゴスラーが直接取り組めるように取り計らってくれた。「本当にすばらしい機密プロジェクト」としか、彼は教えてくれなかった。

そのため、公式には一九九〇年にサンディア国立研究所に戻ったあとも、ゴスラーはNSAの非公式の機密仕事を続けた。「仕事に出かけて、ソフトウェアとハードウェアに侵入して、夜、自宅に帰って食事を終えたら、ソフトウェアとハードウェアに侵入する、そんな生活を送っていたよ」ゴスラーは数十年前の日々をそう振り返った。こうして、サンディア国立研究所とNSAとの戦略的関係が始まり、その後数年、数十年にわたって、両者の関係はますます緊密になっていった。

ゴスラーがその期間に、サンディア国立研究所とNSAのために行なったエクスプロイトの仕事について、彼が口を開くことはないだろう。いまなお機密扱いだ。すべてが明らかになるのは、文書が機密解除された時である。今世紀の後半といったところか。

だが、ゴスラーが行なった仕事が、国家の諜報機関にとってどれほど重要な意味を持っていたかを知りたければ、彼の部署の財源を見るだけでいい。一九九〇年、ゴスラーがサンディア国立研究所に戻った時、彼の部署は、エネルギー省国家核安全保障局から受け取る五〇万ドルの予算で運営されていた。五年後、彼の部署は、諜報関係の財源が五〇〇〇万ドルに跳ね上がっていた。デジタル・エクスプロイテーションに対するこの予算増加は、冷戦後に起きた諜報関係の予算削減とは、著しい対照を成す。一九九〇年半ばになる頃には、ＮＳＡは諜報関連の予算から数十億ドルが削られ、新規採用を完全に凍結していたのだ。

ＮＳＡがサンディア国立研究所に外注していた仕事について、世間が垣間見ることができるのは、――漏洩した機密とゴスラーの一般的なコメントを除けば――、彼の元部下が起こした訴訟によってのみである。サンディア国立研究所の彼の部下のひとりが、ゴスラーを含む一五人の職員とラボを相手どって訴訟を起こしたのだ。自分が解雇されたのは、ＮＳＡの「情報戦争」への徴兵を拒否したためだという。訴状によれば、ゴスラーはサンディア国立研究所の職員に、彼のチームがＮＳＡのために「秘密のチャネル」で参加する仕事について、次のように説明していた。その仕事は、基本的に「ソフトウェアとハードウェアをウイルスに感染させ」、海外の敵が使用しているデバイスと暗号化のアルゴリズムを「無効に」して、ハッキングしやすいようにすることだった。いっぽう、くだんの職員を解雇した理由について、サンディア国立研究所の公式の声明は、機密情報に対する職員の怠慢な態度と、「サンディア国立研究所の重要な顧客」、すなわちＮＳＡに対する「目に余る攻撃」だとしている。

その訴訟はあからさまには述べていないが、現代史に残るＮＳＡのすばらしい諜報活動の成果のいくつかに、ゴスラーのチームが貢献していた可能性を匂わせていた。

ゴスラーが「秘密のチャネル」を使って、ＮＳＡのエクスプロイトの仕事を手伝っていることを、サンディア国立研究所の同僚に認めたとされる、その同じ年、スイス国籍のハンス・ビューラーがスパイ容疑によってテヘランで逮捕されるという事件が起きた。

スイスの暗号機製造会社「クリプト」の辣腕セールスマンだったビューラーは、イランの刑務所に九カ月間拘留され、そのほとんどを独房に監禁された。「九カ月にわたって一日五時間、尋問されました」釈放後、ビューラーは記者に答えている。「殴られることはありませんでしたが、木の椅子に縛りつけられ、口を割らなければ殴ると脅されました。クリプトはスパイ活動の本拠だと言われました」

ビューラーの知る限り、イラン政府の主張は真実ではなかったが、ドイツ連邦情報局の所有だったクリプトは、イラン政府に一〇〇万ドルを支払ってビューラーを釈放させた。ところが三年後、イラン政府がクリプトに疑念を抱いた理由を《ボルチモア・サン》紙のふたりの記者が報じると、状況が一変する。記者のひとりは、のちに《ニューヨーク・タイムズ》紙に移るスコット・シェーンであり、もうひとりはNPR（ナショナル・パブリック・ラジオ）に国防総省担当として参加したトム・ボウマンだった。

第二次世界大戦まで遡って何年ものあいだ、NSAは、CIAとクリプトのお墨付きを得て、おそらくサンディア国立研究所随一のエクスプロイテーションの専門家の助けも借りて、クリプトの暗号機に細工を施し、その暗号機を使ったメッセージを解読しやすくしていた。そうすれば、アメリカ側が復号して分析しやすいからだ。

クリプトは、アメリカの諜報機関にとって完璧な隠れ蓑だった。クリプトの大物クライアントには、イランやイラク、リビア、ユーゴスラビアなどアメリカの最大の敵対国が名を連ね、それらの国は、最も重要な軍事機密や外交上の極秘情報の暗号化を、このスイス製の暗号機に委ねていたのだ。まさか機密性と中立性で評価の高いスイスがスパイ活動に加担し、アメリカのスパイが敵対国の機密データを復号できるよう請け合っていたとは、想像もしていなかった。

NSAがその作戦を実行した方法は、部分的にはアメリカ版ガンマンを通してだった。NSAの諜報員がクリプトの経営陣と協力して、暗号機にバックドアを仕掛け、NSAの暗号解読者が敵方のメッセージの内容を簡単に解読できるようにしていたのである。

ゴスラーがそれを認めたことはない。彼がステューデマン海軍大将のために取り組んだ「本当にすばらしい機密プロジェクト」とは、果たしてクリプトのコードの件だったのか、それとも同じようなプロジェクトだったのか。彼に直接訊くと、ゴスラーは笑った。何度も会話を交わすうちに、私には彼の独特の笑い方の意味が徐々にわかるようになった。「その手には乗らないよ」

ゴスラーは、自分が参加していたか、内々に関知していたか、あるいはまったく関知していなかった場合にも、機密のオペレーションについて一切話さなかった。私に話してくれたのは、次のようなことだけだ。ガンマン発見後の数十年間、インテリジェンス・コミュニティはゴスラーの助言をとり入れて、スパイ技術を利用する能力のあるなしに応じて、敵対国をピラミッド型に分類した。アメリカが頂点に君臨することは間違いなかった。

ピラミッドの底辺に位置するのは、監視技術を利用する能力のほとんどない第一層と第二層の敵対国。スクリプトキディの国家である。自分たちの生活がその上に成り立っているのにもかかわらず、ゼロデイを発見できない。そのため、彼らにとって頼りになるのは、バグトラックのようなメーリングリストに投稿するハッカーや闇市場の請負業者から、出来合いのエクスプロイトを購入する経済力だけである。

その上に位置するのが、第三層と第四層の敵対国。ゴスラーによれば、自前のハッカー集団を育てたはいいが、ゼロデイの脆弱性を発見して、エクスプロイトを作成し、標的にデプロイして「好機を逃さず攻撃する」ためには、外部の請負業者に頼らざるを得ない国家である。

さらにその上に位置するのが、ゴスラーの言葉を借りれば「ビッグドッグ」、すなわち第五層と第六層の国家である。重大なゼロデイを見つけ出し、そのゼロデイからエクスプロイトを開発し、グローバルなサプライチェーンに仕込む――称賛に値する偉業だ。そして、そのために長い年月をかけ、莫大な費用をつぎ込んできた。ゴスラーの説明では、第五層と第六層の違いはひとつ。ピラミッドの頂点に君臨する第六層は、これらすべてを莫大なスケールで、ボタンひとつで行なう。当時、少なくともそのようなレベルの破壊工作が可能だった国は、ロシアと中国、そしてゴスラーは決してそうは言わなかったが、アメリカだけだった。

「考えてみればいい」ある日、ゴスラーが言った。「アメリカでつくられたものは、もはや何ひとつない。自分のスマートフォンのなかに、あるいはラップトップのなかに何が入ってるか、君は本当に知ってるか」

私は自分のアイフォンを新たな好奇心を持って見つめた。見知らぬ美しい人を、しげしげと眺める時のように。

「知らないですね」

艶やかな黒のガラスに覆われた〝サンドイッチ〟の内部は、ハードウェアの宇宙だった。電子回路、暗号化チップ、フラッシュメモリー、カメラ、ロジックボード、電池、スピーカー、センサー、謎のチップ。その宇宙を組み立てているのは、私の知らないどこか遠い工場で働く、げっそりとやつれた顔のない労働者たちだ。

それなのに、私たちはここにいて、すべてのデジタル生活――パスワード、テキスト、ラブレター、銀行の取引記録、健康や医療記録、クレジットカード、情報源、それに心の奥底まで――をその不思議なボックスに委ねている。私たちのほとんどは、その内部の電子回路を詳しく調べることはないだろう。そしてそのボックスを動かしているのは、私たちのほとんどが決して完全に理解することのない言語で書かれたコードなのだ。

ゴスラーの言葉を聞きながら、私はアップルの中国工場で働く、げっそりとやつれた顔のない労働者の姿をすぐに思い浮かべた。ところが、私の瞼《まぶた》に浮かんだ、その工場労働者にはいまや顔があった。彼の寮の部屋にはマットレスがあり、外国のスパイが彼に支払ってきた賄賂で大きく膨らんでいる。細工を施した暗号化チップを受け取り、すり替えて得た賄賂だ。弱い暗号のチップを使えば、フォート・ミード陸軍基地かチェルトナム（英国のGCHQ所在地）、モスクワ、北京、テルアビブの暗号解読者は簡単に解読できる。あるいは、その男は工場労働者ではなく監督かもしれない。Cで始まる肩書きのつく経営陣の場合はないだろうか。CEO本人の可能性はどうだろう。あるいはその工場労働者は買収されたのではなく、恐喝されたのかもしれない。ひょっとしたら、その男はそもそもCIAの現地の諜報要員かもしれない。

グローバルなサプライチェーンに破壊工作を仕掛けるチャンスは無限にある、とゴスラーは言った。私の頭には、また《ニューヨーク・タイムズ》紙の本社と、A・G・サルツバーガーのストレージ・クローゼットがすぐさま思い浮かんだ。グレン・グリーンウォルドが手放したがらない、NSAのふたつの機密文書のうちのひとつのことも。その機密文書は、NSAがグローバルなサプライチェーンを無効化していた方法について、諜報世界の専門用語で詳しく説明していた。

その文書は、NSAの二〇一三年の諜報活動予算の要求であり、NSAがウェブ上の暗号化を迂回していたあらゆる方法について述べていた。NSAは、それを「シギント有効化プロジェクト」と呼び、NSAが世界中のデジタル・プライバシーに干渉し、不正侵入する広大な活動範囲を、いつもながらの典型的な言葉遣いでうまく偽装していた。

「シギント有効化プロジェクト」では、アメリカと海外のIT業界に積極的に働きかけて、民生用製品の設計にひそかに影響を与えるか製品の設計を公に活用する、あるいはその両方を行なう。これらの設計変更によって、改良を見越したシギント収集（エンドポイント、ミッドポイントなど）を通して、当該システムの活用を可能とする。しかしながら、消費者及びほかの敵対者にとっては、システムのセキュリティは無傷のままである。このようにしてシギント有効化アプローチは、これまで以上に統合化が進展し、セキュリティを重視するグローバルな通信環境において、民間技術と洞察力とを用いてコストの増大に対処するとともに、情報収集の対象とするシステムを発見し、巧みに活用するという技術的な難問にも対処する。

NSAの予算要求の箇所は、それ以上に露骨だった。予算の増額を要請するために、NSAは「有効化」プロジェクトの一部が「完了、あるいはほぼ完了した」と誇らしげに述べていた。その同じ年、つまり二〇一三年に、NSAは「シギントが、インターネットの音声とテキスト通信のおもなP2Pシステムにアクセスする、完全な工作能力に達する」見込みだ、と主張していた（P2Pとは、サーバーなどの第三者を経由せずに、ユーザーどうしが対等の関係で直接パケットをやりとりする方式）。エドワード・スノーデンの暴露は、それがどのシステムかは明言していない。だが、スカイプの可能性が高いことは間違いない。NSAはまた、「バーチャル・プライベート・ネットワーク（VPN）とウェブの暗号化デバイスに使われている、暗号化チップの製造大手二社に対する完全な有効性」を備えた、とも主張していた。

VPNとは、個人のウェブ活動を暗号化で保護されたトンネルを介して行なう、仮想のプライベートネットワークである。それゆえ言い換えれば、VPNのような既成の暗号化ツールを使ってスパイ活動を阻止できると信じる者を、NSAは嘲笑っていたことになる。VPNを使えば理論上は、スパイ予備軍や詮索好きの人間から個人データを保護できるからだ。

ゴスラーの笑い声が聞こえるようだった。「その手には乗らないよ」

NSAは高度なスパイ技術を、単独で獲得したわけではない。川向こうのラングレーにあるパートナー、CIAの計り知れない協力のおかげだった。そして、そのCIAが大きな飛躍を遂げて、デジタル・エクスプロイテーションの世界で存在感を示すためには、〝サイバー版フォレスト・ガンプ〟のようなゴスラーの超人的活躍があった。

一九九一年一二月、サンディア国立研究所で、ゴスラーのチームがハードウェアとソフトウェアの無効化に没頭していた時、CIAの旧ソ連担当の諜報員は、毎年恒例のクリスマスパーティでシャンパングラスを合わせて乾杯していた。その年は特別なお祭り騒ぎだった。スーツの胸を飾る、鎌と槌《つち》のソ連の赤い旗を描いた缶バッジには「パーティは終わりだ」と書いてあった。

数日後、CIAの職員がまだ二日酔いの頭痛に悩まされていた頃、ロシアの兵士がクレムリンに入り、旧ソ連の旗を、一九一七年以来使われていなかったロシアの旗に換えた。冷戦は終わりを告げた。だが新しい敵が地平線上に迫っており、いつまでもシャンパングラスを重ねているわけにもいかないだろう。一年後、新たにクリントン政権のCIA長官に任命されたジェームズ・ウールジーは、上院議員を前にこう述べている。「ええ、我々は巨大なドラゴンを退治しました。ですが、我々がいま生きているのは、とてつもなく種類の多い毒蛇だらけのジャングルです。しかも、いろいろな意味で、ドラゴンのほうがずっと追跡が簡単でした」
ロシア、中国、北朝鮮、キューバ、イラン、イラクといった積年の敵対国に加えて、アメリカは、新たに増加する国家安全保障上の複雑な脅威に直面していた。核の拡散、生物兵器、化学兵器、犯罪グループ、麻薬カルテル。不安定な中東とアフリカの情勢。予測できない新たなテロリストの脅威。

この時、ウールジーが上院情報委員会で行なった証言は、悲劇的なほど将来を予見していた。ニューヨークの世界貿易センタービルの地下駐車場に、イスラム原理主義組織がバンを置きっぱなしにし、五五〇キログラム近い爆発物を爆発させるという事件が、わずか三週間後に発生したのだ。その八カ月後、今度はアメリカのヘリコプター、ブラックホーク二機が撃墜されたあと、アメリカ兵の遺体がソマリアの首都モガディシュの通りを、住民によって引きずりまわされ、切断されるという事件が起きている。

インターネットがスパイ技術を永遠に変えてしまったのに伴い、NSAの上層部は、大きなうねりを打つ国家安全保障分野において、みずからの立ち位置をなかなか見つけられずにいた。CIAも同じ岐路に立っていた。アメリカのスパイが追跡していた機密情報はいま、コンピュータサーバー、ルーター、ファイアウォール、個人のコンピュータの迷路を高速で駆けめぐっていた。アメリカの諜報機関がみずからの仕事に取り組むためには、デジタル情報をひとつ残らず入手する必要があるだろう。二〇〇五〜一四年にNSA長官を務めたキース・アレクサンダーなら、「干し草の山全体」と呼んだに違いない。そして、その干し草の山を手に入れるためには、ハッキングしなければならない。

一九九三年当時、それはまさに戦意を喪失するような大変な仕事だった。だが、のちにNSAとCIAの両方で長官を務めることになるマイケル・ヘイデンは述べている。「もしその半分でもうまくこなしたら、シギントの黄金時代になることもわかっている」

シギントの黄金時代は必然的に、ＮＳＡの暗号解読者と、そこから六五キロメートルほど離れたＣＩＡの暗号解読者とのあいだで激しい対立を生んだ。

ＮＳＡはその揺籃期、ＣＩＡを常に兄貴分のような存在とみなしていた。ＮＳＡの当局者は予算、収集すべき情報、情報を生み出す方法についてＣＩＡの助言を求めた。ところが予算が二倍、三倍、やがて四倍に膨れ上がると、ＮＳＡは独自の影響力を発揮し始めた。一九七〇年代に入ると、ＮＳＡはもはやＣＩＡという仲介者を通して情報にフィルターをかける必要を感じなくなり、報告書をＣＩＡと同じくらい気軽に、ホワイトハウスや国務長官や国家安全保障会議に直接、提出することが増えた。

ＮＳＡに出し抜かれ、ＣＩＡは苦々しく思うようになった。ＮＳＡとＣＩＡは、すでに数十年前に暫定的な休戦協定を結んでいた。ＮＳＡが「核戦争に備えるという本来の仕事」に専念し、「送信中」のデータを収集するのに対して、ＣＩＡは情報の発信元を標的とする。すなわち、スパイを使って標的の自宅やブリーフケース、コンピュータ、フロッピーディスク、ファイルキャビネットから情報を集める。ところが、ＮＳＡが従来のシギント——何十年も活発に行なってきた、受動的な盗聴や傍受——から活動方法を進化させ、エンドポイント——あるいは、ＮＳＡが巧みな専門用語で言うところの「休眠中のシギント」——に対する積極的なハッキングに転じると、ＮＳＡはＣＩＡの縄張りを荒らし始めた。ＣＩＡは考えた。この新たなデジタル状況のなかで、みずからの役割を即座に定義し直さなければ、永遠に弾き出されてしまうことになる。それでなくてもＣＩＡの上層部は、「ポスト冷戦時代においてＣＩＡはもはや廃止すべきであり、おもな機能は国務省が引き継げばいい」という政策立案者の声に必死で抵抗してきたのだ。

CIAは、決定的な反論をなかなか考え出せずにいた。ワーキンググループを次々に立ち上げ、ファイルキャビネットとダイヤル錠付きの金庫が使われなくなった時代に、CIAの予算を正当化する方法を必死に捻り出そうとした。

一九九五年になる頃には、どのワーキンググループから返ってきた答えも、士気を削ぐものだった。率直に言って、CIAは、インターネットがもたらす新たな情報収集の好機を摑むために設置された組織ではない。そこで、一二人の小さな情報戦争チームが設置された。その半数は防衛型の分析を担当し、残りの半数は攻撃型のゼロデイ・エクスプロイトとハッキングツールに取り組むことになった。エクスプロイトやハッキングツールは、馬鹿デカいフロッピーディスクに保存して、機密の作戦行動のために回覧された。

だが、CIAには臨時のチーム以上の組織が必要なことは明らかだった。「特別プロジェクトスタッフ」のグループが提案したのは、情報テクノロジーの新たな戦場に取り組むまったく新しい局の設置だった。

その新たな局は「秘密情報技術局（CITO）」と呼ばれた。一九九五年、当時のCIA長官ジョン・ドイッチはCITOを率いる候補者を探した。繰り返し候補に上がった名前があった。

その頃には、ゴスラーはすでに伝説だった。少なくとも、高度な機密情報の世界においては。眼鏡をかけたサンディア国立研究所のゴスラーは、アメリカにおいてデジタル・エクスプロイテーションの傑出した専門家と広くみなされていた。彼の部下のひとりはのちに、ゴスラーを「不可能な問題を解決する時に」アメリカ政府が頼りにする男だと称えている。

CIAから電話で誘いを受けた時、ゴスラーは最初、躊躇した。自分が生涯を懸ける仕事はサンディア国立研究所にある、と考えていたからだ。ところが、そのような申し出を断るのは頭がおかしい、とサンディア国立研究所の上司には諭された。そこでゴスラーは一九九六年、「CIA情報運用センター（IOC）」の前身であるCITOの初代長官の職に就き、CIAのスパイ部と科学&技術部門に直接報告することになった。「科学技術局（DS&T）」は、言ってみれば、ジェームズ・ボンド映画に登場する「Q」が所属する課のCIA版である。同局は、飛翔昆虫にヒントを得た監視装置やリチウムヨウ素電池を開発した。CIAが開発した電池は、監視活動に磨きをかけただけでなく、最終的にスマートフォン、電気自動車、ペースメーカーにも使用されるようになった。

ゴスラーは、科学&技術部門の特に優秀な技術者を引き抜き始めた。だが今回の使命を成功に導くためには、スパイを引き入れる必要があることもわかっていた。ゴスラーは、地位の高いベテランから技術に疎《うと》いCIAのスパイまで説得しなければならなかった。将来、すべてとは言わないにせよ、ほとんどのスパイ活動において、デジタル・エクスプロイテーションこそが強力な兵器になるのだ。

ゴスラーはことあるごとに、諜報員にデジタルスパイ行為の重要性を説いた。研修の場で、廊下で、冷水機のある休憩室で。現場で活躍するハイテク恐怖症の多いCIAの諜報員に対し、君たちの協力が必要だと掻き口説いた。私の部署に来れば、君たちをやたらクビにしたりしない。ゴスラーは、彼らのスパイ技術を画期的な方法で役立てたかったのだ。デジタル・エクスプロイテーションは強力なツールになる。相手方のスパイを恐喝したり、リクルートしたり。あるいは、以前には想像もつかなかったような海外の機密情報も暴露できる。それどころか、敵方の武器にそのエクスプロイトを埋め込むこともできるのだ。

ゴスラーが教えたスパイ技術のコツは、彼自身が勧誘したCIAの多くの新入りに受けがよかった。時には、デジタル・エクスプロイテーションと同じくらい簡単なスパイ工作もあった。CIA職員を、テクノロジー企業の大手サプライヤーの経営陣のもとに送り込んで、細工を施したNSAのハードウェアかマイクロチップを、サプライチェーンに組み込むよう単刀直入に頼むのだ。祖国の役に立て、という古いアプローチである。だがたいていの場合、ゴスラーが説明したのは、標的のシステムを秘密裏に無効化するために、CIA職員が伝統的なスパイ技術を使って必要な協力者をリクルートする方法だった。リクルートする相手は、海外のハードウェアメーカーや兵器の製造業者、発送センターなどに勤め、こちら側の目的遂行に都合のいい部署で働いている内部の者たちだった。時にはホテルの従業員のこともあった。オンラインにこれだけ多くの個人情報が溢れているのだから、CIAの協力者を見つけ出すために、そして彼らの弱点を把握するために、かつては数日、数週間、数カ月もかかった時間は、いまはほんの数分で済んだ。彼らの自宅、雇用主、転職パターン、恋愛、借金、旅行パターン、悪癖、行きつけの店……。

ほんの数回クリックするだけで、欲しい情報はすぐに手に入った。

インターネットを使えば、CIAの職員はオンラインのデータベースを頼りにでき、NSAが不正侵入しようとする技術に頻繁にアクセスする者を、ピンポイントで特定できた。一部のデータは脅しに使えた。だが、浪費癖や賭け事などの依存症を抱えるか不倫関係にある者は、秘密を漏らしたり二重スパイになったりするリスクが高いため、協力者の候補から除外する役にも立った。

ある時には、CIAの工作員が、システムエンジニアや設計者、配達人、宅配便業者、メンテナンス係、ホテルのスタッフや清掃係になりすます必要があった。コンピュータの製造メーカーから組立てライン、配送センター、倉庫を経て、敵対国の指導者、原子核科学者、麻薬密売人、テロリストに、罠を仕掛けたコンピュータを手渡すためである。

「いちばんのアクセスポイントは人間だ。資料室のダイヤル錠、暗号化コード、パスワード、ファイアウォールのマニュアルを管理しているのは人間だから」ゴスラーはCIAの訓練生に教えた。「人間がソフトウェアを書く。人間がデータシステムを管理する。ハッカー、システム管理者、光ファイバーの技術者、さらには、もしデータ記憶領域か光ファイバーケーブルに導いてくれるのがビルの管理人ならば、工作員はその管理人をリクルートしなければならない」

一九九六年から二〇〇一年まで、ゴスラーが古巣のサンディア国立研究所に戻っていたあいだ、ゴスラーのチームはNSAやそのほかの諜報機関と連携して、標的にする価値のある技術や兵器システムを洗い出した。専門的な問題についてはCITOの技術者が助言したが、現場の作戦を実行することや、敵方のシステムにハードウェアのインプラントを仕込んだり、ソフトウェアに手を加えたりする最善の方法を見極めることは、CIAの職員に委ねられた。

「さまざまな標的に対するCIAのサイバー攻撃の先駆者になるのだ、とゴスラーには教えられた。敵対国がデジタルデータを入手し、利用する機会が増え、インターネットが拡大するのに伴い、CIAのサイバー作戦も拡大した。私たちがその最前線に立つことになった」ゴスラーの研修を受けたヘンリー・クランプトンは、自叙伝でそう述べている。「私たちを励まそうとして、ゴスラーは強い口調で言った。これは新たな分野だが、私が君たちをサポートする。だから、君たち工作員は作戦に集中しなければならない。コンピュータ科学の学位は必要ない。君たちに必要なのは、デジタル化された海外の情報と人間の特性との関係を理解することだ。その関係を君たちは利用する、と。私は理解した。私には理解できた。サイバー空間でのスパイ行為は、ほぼ即座に出現した。その急速な発達と私たちの活動に与えた影響は驚くべきものであり、革命的とすら言えた」

冷戦のさなかに、CIAの工作員がひとりでソ連軍とポーランド軍の機密文書二万五〇〇〇枚を秘密裏に写真に収めるためには、九年という年月が必要だった。それがとつぜん、インプラントをうまく埋め込むことによって、数時間、場合によってはたったの数分で、何テラバイトにも及ぶ戦利品の機密情報が窃取できるようになったのだ。「好機ばかりじゃない。難しい問題も含まれている」ゴスラーは言った。じっくり考えてみればいい。一テラバイトの情報を紙で積みあげた場合、五〇キロメートルもの高さに相当する。しかも、そのページ一枚一枚にびっしりと情報が詰まっているのだ。

ゴスラーの助けを得て、ひとたびNSAとCIAが開けた蛇口の栓が、再び閉められることはないだろう。五年前、アメリカのインテリジェンス・コミュニティの最大の恐怖は、情報の流れを変えることで何も見えなくなるか何も聞こえなくなることだった。ところがいま、最大の恐怖は情報の海に溺れることだった。

重要で、信頼でき、すぐに役立つ情報を引き出すことは、ほぼ不可能になりつつあった。ノイズまみれの、何の関係もないように見える、かつてないデータの流れは、デジタルパイプの迷路を延々とめぐってフォート・ミード海軍基地に戻って来た。ビッグデータを読み込むために、アメリカの諜報機関は何十年も費やすことになるだろう。

ゴスラーは、CIAをいまも愛情を込めて「世界最高のヒューミント組織」と呼ぶ（ヒューミントは人的情報収集技術。情報源の相手に接触して情報を収集するか、相手を収集手段として利用すること。HUMINT＝「Human」＋「Intelligence」）。CIAで過ごした五年間、ゴスラーは自分が教えるべき知識はすべて教えたと考えていた。

エクスプロイトを使ったアメリカのサイバープログラムを次のレベルに引き上げ、ベルトウェイに還流する莫大な量のデータを正しく読み取るためには、今後、さまざまなスキルを持つ人間が必要になるだろう。CIAでみずからが達成した仕事があったとしても、ゴスラーは多くを打ち明けることができなかった。とはいえ、五年という短い期間に「国家情報業績メダル」「ウィリアム・J・ドノバン賞」「インテリジェンス功績メダル」「CIA長官賞」「機密サービスメダリオン」に輝いている。アメリカのインテリジェンス・コミュニティのサイバー部門で働いたことのある者のなかでも、いまなおずば抜けた経歴の持ち主である。

ゴスラーが教授した方法はいま、CIAのほぼすべての機密作戦に息づいている。デジタルのスパイ行為と、従来型のスパイ技術は共生関係になった。エクスプロイトを使った攻撃はいまや、世界中でテロリストを追跡し、捕獲し、息の根を止めるという、CIAの使命の中心を為している。ビデオカメラ、センサー、傍受装置を備えたドローンをCIAが利用する機会が増えたのに伴い、デジタル領域を利用する機会が指数関数的に増えたことは明らかだった。

別の人間が舵を取る時が来た。ワシントンDCの蒸し暑い夏を五度過ごしたあと、ゴスラーには、ニューメキシコ州の砂漠の乾いた暑さが懐かしかった。CIAで最後の日、メダル、経営学の本、そしてプロジェクト・ガンマンの思い出として手元に置いていた、IBMのセレクトリックタイプライターのバー（活字棒）をバッグに詰め込み、ゴスラーはCIA職員の活躍を祈った。彼らだけが、ゴスラーの功績を知っているのだ。ゴスラーの英雄になった者もいた。彼の家族になった者もいた。ゴスラーがCIAで過ごした五年間に、娘は成長した。自分が家を留守にしていたあいだに、どんな仕事をしていたのか、娘にありのままを告げることはできなかった。

それが二〇〇一年五月。アメリカのサイバー戦争の父が駐車場に向かい、ジープに乗ってラングレーをあとにした時には、アメリカの諜報機関はかつてなく膨大な量のデータを吸い上げていた——イラン、中国、ロシア、北朝鮮、アフガニスタン、パキスタン、イエメン、イラク、ソマリア、そしてテロリストにとって安全な世界中の隠れ場所に、戦略的に埋め込んだ一〇〇以上ものインプラントから。だが二〇〇一年の五月、大量のデータがNSAに流れ込んだにもかかわらず、アメリカのエクスプロイテーション・プログラムはその時点ではまだ——少なくともいまの基準から言えば——もっとずっと標的を絞っていた。

「ゴスラーが西部に戻った四カ月後、二機の旅客機が高層ビルに激突した。今後、「もっと標的を絞る」ことはもはやないだろう。

第八章：雑食動物——メリーランド州フォート・ミード陸軍基地

二〇〇一年九月一一日、アメリカ同時多発テロ事件が起きた。そしてそのあとの最も暗い時期に、若い候補者で満杯のシャトルバスが、ワシントンDC近郊にある、これといって特徴のないNSAの建物に次々と向かった。

バスのなかでは、誰も口をきかなかった。ここに連れて来られた理由か、何の面接なのかを正確に知る者はいない。バスに乗り込んだ男たち——そのほとんどは、男性のエンジニアかハッカーか暗号解読者だ——は非常に曖昧な言葉でこう告げられていた。君たちはみな、この国の役に立つ特別なスキルを備えている、と。二機の旅客機が一直線に激突して二棟のタワーが崩れ落ちた瞬間や、国防総省からもうもうと立ちのぼる煙、ペンシルベニア州のひと気のない草原で黒焦げになってくすぶる旅客機。これらの映像が深く脳裏に刻まれ、彼らは居ても立ってもいられない気持ちで、バスに乗り込んだのだ。

やがて、彼らを乗せたシャトルバスが停まったのは、フォート・ミード空軍基地から少し離れた何の変哲もない建物の前だった。バスを降りると、ひとりずつ赤いバッジを手渡された。歩くたびにバッジはチカチカと赤い光を放った。保全許可が下りていない（建物に入ったり機密文書にアクセスしたりする資格がない）ことを知らせるためだ。

「作戦行動インタビューへようこそ」コーディネーターが告げる。おそらくアメリカでも技術者に対する評価が最も厳しい組織にしては、妙に温かな歓迎の挨拶だった。

各候補者に手渡された課題には、数時間に及ぶ検査も含まれていた。一人ひとりの信頼性、分別、野心、スキルを評価し、〝脱落ポイント〟——その人間のダークサイドを暴露する特定の言葉——を探るためである。専門家による面接、ポリグラフ検査（嘘発見器）、薬物検査、心理鑑定も行なう。合格者は、メールで正式な採用通知を受け取る。年俸は四万ドルから。元クラスメートのエンジニアが、シリコンバレーで当然のごとく受け取る額の半分にも満たない。ひょっとすると、その秘密の仕事はトイレ掃除かもしれない。彼らが本当の使命を教えてもらえるのは、まだ数カ月も先のことだろう。そしてその時にももちろん、仕事内容を誰にも漏らしてはならない。その点を戒めるために、NSAはカフェテリアに大きなサインを提げていた。「シー！　仕事の話は禁止」

彼らはTAOと呼ばれる、NSAの機密のハッカー集団に加わることになる。同時多発テロ後の機密情報収集において、極めて重要な役割を果たしたとされる精鋭集団であり、アメリカ政府は長年、その存在すら認めてこなかった。

NSAは、同時多発テロの一〇年前から世界中の脆弱性を探し出し、エクスプロイトを作成してきた。そしていま、みずからの黒い影と向き合っていた。これまで以上に多くの標的の、より多くの情報を世界中から収集していたというのに、それでもまだ重要な情報を見落としていたのだ。点と点とを結んでいなかった。

旅客機がタワーに激突する前の状況にテープを巻き戻してみると、アメリカの諜報機関は、あの攻撃を阻止するために必要な情報をすべて手に入れていた。諜報機関の当局者は、毎日行なう機密情報のブリーフィングで、アルカイダの動きについて、ブッシュ大統領にすでに四〇回以上も注意を促していた。乗っ取り犯の一九人全員が、CIAが監視していたアフガニスタンのアルカイダのキャンプで軍事訓練を受けていた。そのうちのふたりが前年、クアラルンプールで開かれたアルカイダ・サミットに参加していた。それにもかかわらず、アメリカへの入国ビザが下りていた。二〇〇一年七月、アリゾナ州フェニックスのFBI捜査官がFBI本部にメールを送信し、ウサマ・ビン・ラディンが部下の新兵をアメリカ国内の飛行訓練学校に入学させて操縦を学ばせており、テロ攻撃の可能性があると警告していた。だが、その警告はうっかり見過ごされた。さらに同時多発テロの数週間前、FBI捜査官は、ザカリアス・ムサウイという三三歳のイスラム過激派――二〇人目の乗っ取り犯と呼ばれる――を逮捕していた。ミネソタの飛行訓練学校で、ムサウイのとった不審な行動がその理由だった。ムサウイの所持品としてナイフ、双眼鏡、携帯用航空無線機、ラップトップ、ノートが見つかった。そのうちのラップトップとノートの中身を検査できるか、裁判所の判断を待っているあいだに、ワールドトレードセンターが崩壊してしまった。

その後に責任のなすり合いが起き、「同時多発テロ調査委員会」が設置された。過去一〇年間、立法者の多くが諜報機関に対する予算の削減に票を投じてきたにもかかわらず、調査委員会のメンバーも立法者もみな、同じ意見だった。情報収集活動に誤りがあった。インテリジェンス・コミュニティにはもっと資源が必要だった。今回のような同時多発テロ事件を二度と起こさないためには、法的な権限も、データも、組織も、人材ももっとたくさん必要である。そして、包括的なテロ対策法である通称「愛国者法」が成立し、続いて「外国情報監視法」が改正されて連邦政府の権限が拡大され、裁判所の令状なしに電子監視が行なえるようになった。予算も、数十億ドルから七五〇億ドルに急増する。「米国家情報長官室（ODNI）」「国家テロ対策センター（NCTC）」「米国土安全保障省（DHS）」が設置された。さまざまな機関から集まった情報を調整して、将来の脅威を阻止するためである。

二〇〇二年、国防総省はできるだけ多くの情報を収集する「全情報認知（TIA）」計画を発表した。一年後に連邦議会が予算を打ち切ったことから、世間はTIAが消滅したものとみなしていた。ところが、NSAは、電話、メール、通話内容、金融取引、ウェブ検索などを、「ステラウインド」というコードネームの極秘の監視プログラムの一部として活用し続けた。アメリカ人を監視対象とするこの監視プログラムが、その後何年にもわたって明るみに出ることはなかった。ステラウインドで得た手がかりが極めて曖昧なうえに、膨大な量に及ぶため、NSAの職員はその情報を「ピザハット・ケース」と呼んでいた。怪しいと睨んだ電話が実のところ、ピザのテイクアウトの注文だったことが少なくなかったからだ。

ステラウインドの目的は、これらの手がかりをひとつ残らず追跡し、すべてのテロリスト、テロリスト予備軍、支援者、国外の敵を監視することだった。アメリカ政府は、次のような情報を把握しようとした。彼らは誰を知っているのか。どこで寝るのか。誰と寝るのか。資金源は誰なのか。何を買ったのか。どこへ移動したのか。いつ、何を食べたのか。何を言ったのか。爆発事件を起こすずっと前、テロ計画に幅広く取り組んでいたあいだに、いったい何を考えていたのか。「もし、ヤツらがどこで髪を切っているのかを知らなければ、我々は仕事をしていないということだ」NSAの元職員は私にそう語った。

同時多発テロ後の三〇カ月、アルカイダの攻撃が勢いを増したのに伴い、NSAの法務責任者は仕事に取り掛かり、アメリカ人の膨大な通話記録を収集すべく、猛烈な勢いで愛国法の再解釈に取り組んだ。やがて外国情報監視法が改正されて、裁判所の令状なしに盗聴することが可能になった。NSAは外国人の電話を盗聴し始めた。そのなかには国外のアメリカ人がかけた長距離電話も含まれていた。NSAの分析官は、イラン、イラク、北朝鮮、アフガニスタン、ロシアの電話を盗聴した。メキシコの麻薬カルテル取り締まり機関の職員がかけた電話の情報を窃取した。イスラエル航空宇宙軍（イスラエル空軍）の職員、あるいはドイツのシュレーダー首相やそのあとを継いだメルケル首相といった、緊密な同盟国の関係者でさえ、NSAの標的リスト入りを免れなかった。NSAは光ファイバーケーブルや電話交換機からのデータを貪《むさぼ》るように手に入れるとともに、アメリカにかかってきた電話、海外にかけられた電話、国内のすべての電話のメタデータを差し出すよう、アメリカの大手通信会社に命じた。世界が電話からウェブコール、電子メール、テキストメッセージ、さらには暗号化されたメッセージングチャネル、たとえばワッツアップやシグナル、あるいはISIS系の通信社「アマーク通信」などに移行すると、NSAも後れを取らなかった。《ニューヨーク・タイムズ》紙の私の同僚であるスコット・シェーンが喩えたように、NSAは〝驚くような能力を持つ電子雑食動物〟と化したのである。

潤沢な資金を持ち、拡大を続けるサイバー諜報機関のNSAにとって、どんな小さな情報も重要だった。情報が多ければ多いほど、次のテロ攻撃からアメリカを守れるという考えが生まれた。毛沢東も述べている。「本当の防御だけが積極的な防御だ」と。もちろん、キーボードを数回叩くだけで、デジタルの監視活動を攻撃に変えられることは、サイバー攻撃に詳しい者なら知っていた。静脈に注射針を刺す時には、規定量を投与することもできれば、致死量の薬剤を投与することもできるのだ。エクスプロイトも同じだ。NSAが見つけ出し、貯蔵し、偵察のために活用していたセキュリティホールには、相手方のデバイスを破壊するペイロードを注入できた。

実際、その時はもうそこまで来ていた。

TAOのメンバーで、フォート・ミード陸軍基地に初めて足を踏み入れた時のことを忘れた者はいない。対戦車バリア、動作感知装置、旋回カメラを装備した電気フェンスを通り抜けて、五〇棟ほどの建物が立ち並ぶ小さな街にたどり着く。どの建物もファラディケージ（導体で囲まれた空間。外部からの電界の影響を遮り、さまざまな周波数の電磁気的影響を阻止する）を備え、どの壁も窓もメッシュ状の銅線で覆われ、いかなる信号も建物の外に漏れ出すことがない。フォート・ミード陸軍基地の中心には銀行、ドラッグストア、郵便局がある。その先にはNSAの警察と消防署がある。さらにその奥に進むと、金属製のドアと武装した隊員に守られた建物群が隔離されたように建っている。そこがTAOのリモート・オペレーションズ・センター、通称「ROC」だ。たくさんの政府機関のなかでも、Tシャツとジーンズ姿がスーツ姿よりも多い、珍しい場所のひとつである。

ROCの内部では、誰もみずからをハッカーとは呼ばない。だがその意図や目的にもかかわらず、やはり彼らのしていることはハッキングにほかならない。この集団が何をしているかを、この建物の壁の外で知る者はほとんどいない。彼らの仕事は非常に機密性が高く、上層部が一時、各ドアの外に虹彩《こうさい》認識システムの設置を考えていたくらいである。だが、彼らはその考えをすぐに捨てた。虹彩認識は安全だという、うわべの安心感を与えるだけだからだ。実のところ、虹彩認識はさらに複雑な事態を招くだけだ。つまり、ハッキングされる方法が増えてしまう。ドアのなかでは、軍と民間の数百人ものコンピュータ専門家が一日二四時間、週七日シフトで働き、デスクにはダイエットコークやレッドブルの缶が転がっている。分析官が夜中に携帯電話で叩き起こされ、こっちからはかけられない一方向の機密電話を使って、重要な使命のために呼び出されることも珍しくない。同時多発テロの直後に数百人だったメンバーは、数千人に膨れ上がった。総当たり攻撃、パスワードやアルゴリズムの解読、ゼロデイの発見、エクスプロイトの作成、あるいはインプラントやマルウェアの開発。これらの方法を組み合わせて、TAOは世界中で不法侵入を加速させ、ハードウェアとソフトウェアを乗っ取っていた。彼らの仕事は、デジタル宇宙のあらゆる層のあらゆる欠陥を見つけ出し、できるだけ長く潜伏することだった。

かつてゴスラーの在職中には、インプラントを埋め込む標的は、中国、ロシア、パキスタン、イラン、アフガニスタンの数百人のテロリストや海外の当局者に限られていた。ところが同時多発テロ後の一〇年のあいだに、標的の数は数万から数百万にも激増した。アイディフェンスはバージニア州シャンティリーで、バグの控えめな価格表を作成した——そのために、ビッグテック企業からは嘲笑された——が、それと同じようにシャンティリーから八〇キロメートル東に離れたTAOのハッカーも、バグトラックでバグを探し出し、あまり知られていないハッカー雑誌をしらみつぶしに調べ、新しいハードウェアとソフトウェアが市場に出まわると、分解し、分析してバグを見つけ出し、NSAのゼロデイ兵器庫に加えた。スノーデンが暴露し、私がA・G・サルツバーガーのクローゼットのなかで初めて目にした機密とは、それらのバックドアだったのだろうか。TAOの元ハッカーたちが、あれは氷山の一角にすぎないと教えてくれた。世間の想像のなかでスノーデンが果たした役割は桁外れに大きいが、それと比べて、NSA内部での実際の彼の役割や権限はかなり限られていた。

「スノーデンは地位の低い職員だ」TAOの元ハッカーのひとりが言う。「NSAの能力は、スノーデンが暴露したよりも、もっとずっと、はるかに大きかった」

エクスプロイトの兵器庫にアクセスできるのは、NSAのなかでも精鋭のハッカー集団TAOだけであり、数段も下の職員であるスノーデンにはとてもアクセスできなかった。その兵器庫のなか、T

AOの〝金庫室〟には、デジタル宇宙の隅々にまで侵入できる莫大な数の脆弱性とエクスプロイトが収められていた。NSAはその自由に使えるハッキングツールを、とても全部は把握し切れなかった。さまざまなエクスプロイトに名前をつけるのには、コンピュータのアルゴリズムに頼るほかなかった

――実際、それ以外の何に頼れただろうか。

「当初はテロリストのチャネルを標的にしていたが、そのうちOSを狙うようになった」そう教えてくれたのは、同時多発テロの頃にNSAで働いていたTAOの元オペレーターである。「そのあと、ブラウザやサードパーティのアプリケーションも追跡し始めた。ついには大きく方向転換して、『カーネル』レベルのエクスプロイトで『メタル』を標的にするようになった」

カーネルとは、コンピュータシステムの中核となるソフトウェアを指し、コンピュータのハードウェアとソフトウェアとを仲立ちする。コンピュータの序列で言えば、まさにトップに位置し、カーネルに秘密裏にアクセスできる者は誰でも、そのコンピュータを完全に乗っ取ることができる。カーネルはまた、ほとんどのセキュリティ・ソフトウェアにとっては強力な盲点であり、カーネルを攻撃する者は誰にも気づかれずに、何でも望むことができ、何カ月も、それどころか何年でも潜伏できる。その標的がどれほど用心深くて、ソフトウェアの修正パッチをインストールし、アップデートしようが関係ない。スパイはこれらの攻撃を「ベアメタル競争」と名づけた（ベアメタルとは、OSやソフトウェアなどがインストールされていない、まっさらな箱状態のハードディスクを指す。原義は「剝き出しの金属」）。TAOのハッカーが掌握したハードウェアがベアメタルに近ければ近いほど、深く強くアクセスできる。NSAは、カーネルのエクスプロイテーションに秀でたハッカーを募集し始めた。一〇年も経たないうちに、TAOのハッカーは、数千台ものコンピュータのカーネルのなかにひっそりと潜んでいた。深い部分にアクセスしていたため、標的のデジタルライフの断片をひとつ残らず摑んで

いた。貪欲な依存症者であるかのように、TAOがどこかの段階で満足することはなかった。

ベアメタルに極めて深く入り込んだことから、TAOのハッカー集団はみずからのロゴを考え出した。インテルの「intel inside（インテル、入ってる）」ロゴのパロディである。かの有名なロゴはコンピュータユーザーに、インテルのプロセッサーが組み込まれていることを伝えたが、TAOが作成した「TAO Inside（タオ、入ってる）」のロゴは、このハッカー集団があちこちのコンピュータ内部に潜んでいることを、皮肉混じりに伝えていた。

TAOは〝サイバー諜報活動版フォード・モーターの生産ライン〟になった。TAO内部のひとつのユニットが脆弱性を見つけ出し、エクスプロイトを開発する。次のユニットが、インプラントとペイロードに磨きをかけ、改良し、不正侵入の足掛かりを得た時点で使用する。テロリスト、イランの司令官、武器の密売人を思うように監視できない時には、TAO内部の別の精鋭チームが標的に不正侵入する方法を編み出す。これには、コードの解読が含まれる場合も、標的の愛人やメイドのデバイスをハッキングして、そこから標的の家庭かオフィスに侵入する場合もある。さらには「トランスグレッション・ブランチ」と呼ばれるTAOの別のユニットが、NSAの〝フォースパーティ（第四者）の情報収集〟の取り組みを監視する。すなわち、ほかの国家によるハッキング活動に便乗する（トランスグレッションは英語で「犯罪」「逸脱」「違反」などの意味）。この部門はとりわけ慎重を要する。なぜなら、日本や韓国といった同盟国のハッキングが頻繁に含まれるからだ。その目的は、侵入が極めて難しい北朝鮮のような標的の情報を手に入れることにある。また、TAOのインプラントからNSAが戦略的に埋め込んだ世界中のサーバーに流れ込む、夥しい量のデータを収集して分析する、バックエンドのインフラを管理する部門もあった。サーバーの多くは、中国、あるいは地理的に絶好の場所に位置する小国キプロスのフロント企業が運用していた。

手の届かないオフラインの標的やネットワークの場合、TAOの個々のユニットは、CIAやFBIと緊密に連携して任務に取り組んだ。アメリカ人のスパイが何カ月もかけて、標的の取り巻きをうまく操り、そのコンピュータにTAOのインプラントを埋め込むこともある。また別の時には、TAOは標的の購入履歴を念入りに監視して、標的宛ての小包を押収するか、運送中にインプラントを埋め込む機会をFBIに知らせる。CIAの職員がヘルメットを被り、建設作業員のユニフォームを着て、標的のオフィスに入り込むだけで任務が完了することもあった。「まったくびっくりするよ。ヘルメットを被っただけで、何でも簡単にはかどってしまうことには」CIAのある元職員はそう教えてくれた。

ひとたび内部に入り込んでしまえば、CIAのスパイは自分でインプラントを仕込むか、インプラントを仕込んだUSBメモリを、秘書の机の上に置いておく。誰かがそのUSBメモリを、標的のネットワークに差し込んだとたん、ビンゴ！　TAOはその建物内のほかのデバイスに信号を送り、ネットワークのなかを標的に向かってゆっくりと進んでいく。この方法を使うのはNSAだけではない。二〇〇八年、国防総省の関係者は、彼らの機密のネットワークにロシア人ハッカーが侵入したことを知って、恐怖におののいた。分析官が追跡したところ、ロシア人スパイが中東のアメリカ軍基地の駐車場に、感染したUSBメモリをばら撒いていたことがわかった。そのうちのひとつを誰かが拾って、マルウェアが埋め込まれていたUSBメモリを、軍、諜報機関、ホワイトハウスの高官が共有する機密のネットワークに差し込んだのだった（国防総省はのちに、USBポートを強力瞬間接着剤で塞いでしまった）。

テロとの戦いや、アフガニスタンやイラクとの戦いによって、TAOにはスパイ活動に必要なノウハウがますます求められた。これもまたNSAの隠語を使えば、NSAの〝顧客〟すなわちホワイトハウス、国防総省、FBI、CIA、国務省、エネルギー省、国土安全保障省、商務省のために、できるだけ多くのデータを収集しようと急ぐあまり、何もかもが機密窃取の格好の対象になった。

同時多発テロ後の一〇年は、スパイ活動の黄金時代でもあった。「ググる」という動詞が一般的になった。グーグルはどこでも便利に使えたことから、スパイはグーグルを駆使して標的の生活を片っ端から探った。俗っぽく不名誉な記録もたくさん入手できた。これらのデータを、世界中のどこからでもアクセスできる恒久的な保管庫に保存し、たいていたったひとつのパスワードで保護していた。TAOのハッカーはとつぜん、彼らの標的がどこを訪れ、何をして、誰と話したのかを把握できるようになった。標的のGPS座標を利用するだけで、薬物依存症か精神疾患で標的が通っているクリニックや、一夜のお楽しみで訪れたモーテルを突き止めることもできた。どれも脅迫の有効なネタになりうる。グーグルの検索履歴は、標的の歪んだ好奇心を探る覗き窓となった。「最終的に起きることのひとつとして……あなたは何も入力する必要がない」二〇一〇年、当時グーグルのCEOだったエリック・シュミットは続けている。「なぜなら、あなたがどこにいるか、私たちは知っているからだ。どこへ行ったかも知っている。何を考えているかも、だいたいのところはわかる」つまり、NSAにもわかるということだ。

二〇〇四年にフェイスブックが誕生すると、そのプラットフォームとNSAの取り組みは大きく重なった。人びとはとつぜん、写真、所在地、つながり、さらには心の裡まで、大量の個人データを嬉々としてウェブに投稿し始めたのだ。NSAは、イスラム原理主義者の心のなかを読み、ロシアのオリガルヒがフランスの高級リゾート地ヴァル＝ディゼールでスキーを楽しみ、スイスのサンモリッツでカジノに興じる写真を手に入れられるようになった。「スナックス」（Social Network Analysis Collaboration Knowledge Services）と呼ばれるNSAの自動プログラムを使えば、標的の社会的ネットワークを完全に視覚化できた。友だち、家族のメンバー、仕事上の知人。これらによって、TAOの標的設定がさらに広がった。

しかしながら、監視ゲームに劇的な変化をもたらしたのは、なんと言っても二〇〇七年にアップルが最初のアイフォンを世に送り出した時だろう。TAOのハッカーは、アイフォンのユーザーがキーを叩き、テキストメッセージやメールを送り、オンラインで買い物をし、友人に連絡を取り、カレンダーに予定を書き込み、位置情報を打ち込み、検索するたびに、その操作を追跡する方法を編み出した。さらには、ユーザーのモバイルカメラを乗っ取ったりマイクをオン状態にしたりすることで、ユーザーの生活の音と映像をライブで窃取することまで行なっていた。NSAは、旅行会社がユーザーに送る通知、たとえば予約の確認、遅延、キャンセルなどの情報をすべて吸い上げ、他の標的の旅行スケジュールと照らし合わせた。「Where's My Node?（私のノードはどこか）」と呼ばれるNSAの自動プログラムは、海外の標的がセルラー基地局から別の基地局へ移動した時には、分析官に随時メールで知らせた。TAOはいま、個人のプライバシーを最小限の努力で即座に、徹底的に侵害していた。そしてスノーデンが暴露するまで、アイフォンのユーザーは幸せなことに、NSAがはめた見えない〝監視用の足輪〟にまったく気づく様子もなかった。

そのあいだも、TAOは小さなユニットの集合する巨大な群島となり、どのユニットも独自の動機によって、できるだけ多くの情報を収集して分析した。TAOの活動は、世界八カ所の大使館と国内の出張所に分散し、分割して行なわれた。コロラド州オーロラでは、空軍と連携して宇宙船や人工衛星をハッキングした。ハワイのオアフ島では、海軍と協力してアメリカの軍艦に対する脅威を封じ込めた。NSAのハブのひとつ、ジョージア州オーガスタ——南部名物の甘いアイスティーにちなんだコードネームは「スイートティー」——では、欧州、中東、北アフリカの通信を傍受した。テキサス州サンアントニオでは、NSAが買収したソニーの旧半導体生産工場を拠点に、メキシコ、キューバ、コロンビア、ベネズエラ、時には中東の麻薬密売カルテルとその当局者を監視した。

どの活動も最大限の機密のベールに覆われていた。NSAの活動について、アメリカ人がその一端を初めて垣間見たのは、サンアントニオの住民が地元の集会で不平を漏らした時だった。自宅のガレージのドアが、とつぜん開いたり閉まったりするというのだ。警察に通報した住民は、窃盗犯の仕業を疑った。とはいえ、警官にも対処のしようがなかった。通報を受けてNSAは珍しく、NSAが使用しているアンテナのせいだと認めざるを得なかった。ガレージのドアを開閉する古いタイプの電動装置が、NSAの信号を勝手に受信して、動作していたのだった。

この仕事に必要なのは、超然とした態度だった。アルゴリズムを解読し、1と0の羅列を読み解き、ハードウェアとソフトウェアをくまなく調べて脆弱性を探し出して、エクスプロイトを兵器化する。これを、たった一日でこなさなければならない。たったひとつのエクスプロイトを作成するために、バグを発見して監視か攻撃のツールとするまでのスケジュールをこなすことが、徐々に困難になった。

そしてまた、同時多発テロ後の数年間、NSAはトップクラスの分析官に、彼らの仕事の成果を見せてきた。私の取材に応じてくれたふたりの元分析官によれば、高官はブリーフィングの機会をつくり、そのブリーフィングに出席したふたりの脳裏に、その後も消えない記憶を焼きつけたという。フォート・ミード陸軍基地にあるセキュリティの確かな部屋で、高官は明るいスクリーンに十数人の顔を映し出した。全員が死亡していた——元分析官たちが開発したデジタル・エクスプロイトによって。その場にいた分析官の半数は、自分の仕事がテロリストの殺害に使われたと知って、強い誇りを感じていた。「残りの半分にはアレルギー反応が出ていた」TAOの元分析官が言った。『さあ、これがお前たちの仕事だ。さあ、これが死亡者数だ。よくやった。その調子だ』と。それまでは、アルゴリズムの解読だけ。数学だけ。ところが、それがとつぜん敵の殺害に結びつく。その時だ、すべてが変わってしまったのは。もう元には戻れなかった」

もしTAOのハッカーが自分の仕事に懸念を覚えたなら、中国人ハッカーの仕事をちらりと考えるだけで、みずからの使命について気が楽になっただろう。中国人ハッカーは、国家間の古い諜報活動に従事していただけではない。彼らは、フォーチュン500に名を連ねる大手企業や研究所、シンクタンクから、アメリカの知的財産を盗み取っていたのだ。「世界の安価な生産拠点」という地位に飽き足らず、中国政府は海外のイノベーターから企業秘密を盗み出すために、国家のハッカーを送り出した。その大部分がアメリカに渡り、数十億の――試算によっては数兆ドルに相当する――アメリカのR&Dを、中国の国営企業に運び出していたのだ。

国家情報長官を務めたマイク・マコーネルは、私にこう語った。「政府や連邦議会、国防総省、航空宇宙部門、貴重な企業秘密を有する企業の重要なコンピュータを調べた結果」、中国によって「感染していないコンピュータは、ひとつとしてなかった」

TAOは、あらゆることに手を突っ込んでいたかもしれない。だが少なくとも、利益を盗み出しはしなかった。NSAは、みずからの使命を〝高貴な天職〟と定義し直した。「シギントのプロは、モラルを高く持たなければならない。たとえテロリストや独裁者が、我々の自由につけこもうとしても」NSAの機密の覚書はそう謳っている。「我々の敵のなかには、みずからの大義のために何でも言い、何でも行なう者があるが、我々はそのようなことはしない」

広大な網が捕らえたアメリカ人のデータについて、TAOのハッカーは即座に私に指摘した。NSAには厳密なプロトコル（決まり）があり、NSAが言うところの〝偶発的な収集によって〟入手したアメリカ人のデータの照会は禁じられている。ＴＡＯのハッカーによる照会を、ＮＳＡの検査チームは念入りに監視し、検査チームは別の監督チーム、検査責任者、法務責任者、法務顧問に報告する。「アメリカ人のデータに首を突っ込むと、刑務所送りになるかもしれない」ＴＡＯの元オペレーターはそう加えた。

ところが、まったくその通りというわけでもなかった。同時多発テロ後の数年間、ＮＳＡの十数人の職員がさまざまな盗聴装置を使って、別れた妻やひそかな恋愛対象を監視していたために捕まったのである。頻繁に起こる不祥事ではないにしろ、ＮＳＡはこんな言葉をつくり出した。シギントやヒューミントならぬ、ラブイント（Love＋Intelligence）である。どのケースにおいても、ＮＳＡの検査チームは違反者を数日のうちに発見して降格させ、給料もカットし、入室証を取り消した。そうなると多くの場合、ＮＳＡを辞めるしかない。とはいえ、誰も犯罪者として起訴され、刑務所送りになることはなかった。

のちにＮＳＡの関係者が、我々は「外国情報監視裁判所（ＦＩＳＣ）」の監督を受けており、アメリカ人を対象に監視活動を行なう際には、令状を取得する必要があると指摘したが、当の裁判所はすでに、ＮＳＡに言われるがままに令状を発行する機関に成り下がっていた。相手側の弁護士がいなくてもＮＳＡは意見を主張できた。スノーデンの暴露後に世間の圧力に屈して、裁判所がようやく公開した数字によれば、アメリカ人を監視するために、二〇一二年に裁判所が受け取った一七八九件の申請数のうち、一七四八件がそのまま承認されている。申請を取り下げざるを得なかったのはたったの一件にすぎなかった。

ＮＳＡの諜報活動が即座に結果に結びついたこともある。イスラム教の開祖ムハンマドの風刺画を描いた、スウェーデン人アーティストの殺害計画を阻止したのである。また、ニューヨークのジョン

・F・ケネディ国際空港の職員に、中国の密入国斡旋組織の名前と便名を知らせることもできた。国防総省の飛行機に設置されていた盗聴器が、コロンビアの一八キロメートル上空で、コロンビア革命軍の隠れ家と計画を突き止めたこともある。

「理解してもらいたいが」TAOの分析官が私に言った。「我々が収集していたのは常軌を逸した情報ばかりだ。中身を見たら、とてもじゃないが信じられないはずだ。我々の仕事は大統領のブリーフィングに直結していた。数え切れないほど多くの命を救っていると感じたものだ」

二〇〇八年になる頃には、NSAは人間による意思決定を、そしてそれに伴い、複雑な道徳の問題を必死に排除し始めた。「ジーニー」というコードネームの極秘のソフトウェアプログラムが、インプラントを積極的に埋め込むようになったのだ。国外の敵対者のシステムに対してだけではない。その対象は、市場に出まわっているほぼすべてのおもな製造者と型式のルーター、スイッチ、ファイアウォール、暗号化装置、コンピュータにまで及んだ。

二〇一三年頃には、ジーニーは八万五〇〇〇ものインプラントを埋め込んでいた。これは五年前の四倍の数字である。アメリカの諜報予算によれば、その数を数百万に増加させる計画だという。インプラントの四分の三がいまも、イラン、ロシア、中国、北朝鮮の標的に優先的に埋め込まれていたが、TAOは標的の範囲を広く捉え始めていた。

スノーデンが暴露したNSA内部の掲示板に投稿された秘密のメッセージのなかで、NSAのある諜報員は、優先度の高い新たな標的について述べていた。海外のITシステム管理者である。彼らはその資格のおかげで、さらに多くの――数百万とは言わないまでも――数十万もの標的に広くアクセスできたからだ。NSAのそれぞれのインプラントは、テキストメッセージ、メール、音声記録のかたちで、海外の夥しい量の機密情報を抜き取り始めた。ゴスラーのようなデジタル・エクスプロイテーションの先駆者には、想像もつかない量だった。

私がすぐ間近で目撃することになったNSAの大掛かりなシギント作戦は、「オペレーション・ショットジャイアント」だった。アメリカ政府当局は長年、中国の通信機器大手ファーウェイ（華為技術）を、アメリカの国内市場から排除しようとしてきた。もっと最近では、ファーウェイと中国共産党との疑わしいつながりを引き合いに出して、5Gワイヤレスネットワークからファーウェイの設備や機器を締め出すよう、同盟国に圧力をかけていた。トランプ政権は、もし同盟国がファーウェイとの関係を断ち切らなければ、重要な情報を流さないと脅しをかけるまでになった。

アメリカ政府当局は、〝中国のスティーブ・ジョブズ〟ことファーウェイの創業者任正非《じんせいひ》が、中国人民解放軍工兵部隊の出身だと、ことあるごとに指摘し、ファーウェイの機器はバックドアだらけだと警鐘を鳴らした。中国の諜報機関は、そのバックドアを利用してハイレベルの通信を傍受し、情報を吸い取り、サイバー戦争を仕掛けたり、国家の緊急事態に乗じて重要な公共サービスを停止させたりできる。

その可能性は極めて高かった。だが、その逆の可能性もまた高い。中国はファーウェイ製品にバックドアを仕込んでいるとアメリカ政府当局が公然と非難しようと、《ニューヨーク・タイムズ》紙の同僚であるデイヴィッド・サンガーと私がスノーデンの機密文書から学んだのは、NSAが数年前、深圳《しんせん》市にあるファーウェイ本社のネットワークに不正侵入して、ソースコードを盗み出し、ファーウェイのルーター、スイッチ、スマートフォンにバックドアを仕掛けたことである。

オペレーション・ショットジャイアントが二〇〇七年に考え出された時、そもそもの目的は、ファーウェイと人民解放軍との関係を探り出すことだった。人民解放軍は何年にもわたって、アメリカの企業や政府機関を好き勝手にハッキングしてきた。だが、まもなくNSAはみずから仕込んだバックドアを足掛かりに使って、ファーウェイの顧客、すなわちアメリカの技術を故意に避けたイラン、キューバ、スーダン、シリア、北朝鮮のような特定の国家に潜入し始めた。

「我々の標的の多くは、ファーウェイ製品を利用している」NSAの機密文書はそう述べている。「ファーウェイ製品をうまく利用する方法を、確実に押さえておきたい」さらには「関心のあるネットワークにアクセスする」ためだともあった。

だが、NSAが標的としたのはファーウェイだけではない。オペレーション・ショットジャイアントの標的を拡大して、NSAは中国で最大規模の移動体通信ネットワークのふたつをハッキングした。そのどちらにも、いまはNSAのインプラントがたくさん仕掛けてある。二〇一四年に同僚のサンガーと私の記事が紙面を飾った時、スノーデンの機密文書が明らかにしたのは、NSAが当時もまだ、新たなインプラントとマルウェアの開発に取り組んでいたことだ。そのツールを使えば、NSAが関心を寄せる標的の声を、中国の移動体通信ネットワークから嗅ぎ分け、会話の一部を記録してフォート・ミード陸軍基地に送信し、NSAの翻訳者、暗号解読者、分析官のチームがその記録から重大な情報を取り出せる。要するに、中国がアメリカに仕掛けている、とNSAが非難していることのすべてを、そしてそれ以上のことを、NSAも中国に仕掛けていたのだ。

二〇一七年になる頃には、NSAの音声認識と選択ツールはすでに、中国のモバイルネットワーク上に広くデプロイされていた。しかも、アメリカがハッキングしていたのは中国だけではなかった。NSAの数十万のインプラントは、世界中のネットワーク、ルーター、スイッチ、ファイアウォール、コンピュータ、電話に深く埋め込まれていたのだ。毎日、それらがテキストメッセージ、メール、会話を積極的に吸い上げ、NSAのサーバー群に送り込んでいた。

それ以外の多くはスリーパーセル（潜伏工作員）であり、緊急事態が発生するか、将来に重要なサービスが停止するか、全面的なサイバー戦争が起きるまでは潜伏を続ける。

人間の手で収集し得る少しでも多くのデータを入手して分析するという、同時多発テロ事件後の切迫した状況のなかで、スノーデンの機密文書と、諜報機関の関係者に私自身が行なったインタビューから、明らかになったことがある。それは、もし彼らの逸脱行為が明るみに出た時には、どのような影響を及ぼすかについて、じっくり問いかけた者がほとんど誰もいなかったことだ。

そのことがいつか、NSAが不正侵入しているアメリカのテクノロジー企業にとってどんな意味を持つか、誰も訊かなかった。アメリカのテクノロジー企業がサービスを提供している相手は、すでに国内よりも海外の顧客のほうが多い。冷戦時代のNSAには、考慮する必要のなかったジレンマである。かつてアメリカはソ連の技術をスパイし、ソ連はアメリカ製のタイプライターにバックドアを仕込んだ。だが、もはや時代は変わった。いまはマイクロソフトのOSを、オラクルのデータベースを、Gメールを、アイフォンを、同じマイクロプロセッサを使って、私たちは毎日を生きている。NSAの仕事は、利害の衝突とモラルハザードを抱えるいっぽうだ。NSAに資金を提供しているアメリカの納税者にとって、不正侵入とデジタル・エクスプロイテーションがどんな意味を持つのか、誰も疑問に思っていないらしい。いまの時代、納税者は通信のみならず、銀行取引、商業活動、交通、医療においても、NSAがインプラントを埋め込んだ技術に頼って生活している。そして、明らかに誰も訊こうとしない問いがあった。すなわち、NSAは熱心に世界のデジタルシステムにセキュリティホールを開け、インプラントを仕込んでいるが、彼らはアメリカの重要なインフラ、たとえば病院、都市、交通、農業、製造、原油や天然ガス、防衛など、言ってみれば現代の生活を支えるすべてを、海外からアメリカを狙った攻撃に対して脆弱なものにしているのではないか、という点だ。脆弱性、エクスプロイト、マルウェアに特許はない。もしNSAがデジタルシステムをエクスプロイトする方法を見つけたならば、数ヵ月後か数年後には、ならず者国家が同じ脆弱性を見つけ出して、悪用する可能性が高いという意味だ。

このモラルハザードに対するNSAの答えは、さらなる秘密主義だった。スパイ活動のノウハウが高度な機密であり世間には見えない限り、NSAは対応を先送りできた。NSAに批判的な者は、機密レベルが高いからといって、アメリカ人の安全をより確保できるわけではないと指摘する。ただNSAを説明責任から守るだけであり、NSAのプログラムやスパイ活動のノウハウが世間の知るところになれば、リスクはさらに高まり、トップに君臨するサイバー大国以外にも、ゲームに参加しようと目論む国が出てきてしまう。

「NSAの致命的な欠陥は、自分たちが世界でいちばん優れている、と勘違いしてしまったことだ」ある日、私にそう語ったのは、アメリカのサイバーセキュリティ界の英雄のひとり、ピーター・G・ノイマンである。

ノイマンはすでに八〇代後半だ。国家が内包する脆弱性について、アルベルト・アインシュタインと議論したと誇れる——たったひとりではないにしろ——数少ないコンピュータ科学者である。そしてこのところ、ノイマンは荒野に叫ぶ声(聖書マタイ伝より。「世に受け入れられない改革者などの叫び」)となり、NSA当局や国防総省に、そしてセキュリティ上の欠陥がいつか破滅的な結果を招く、その連鎖に連なるすべての人たちに警鐘を鳴らした。

NSAのやり方は傲慢だよ、とノイマンは漏らした。手に入れた技術にバックドアを仕込むことで、NSAはこう思い込んだ。世界のコンピュータシステムでみずからが発見している欠陥が、ほかの国に発見されることはない、と。だが、その考えはアメリカにとって有害だ。「自分たちが不正侵入できるよう、彼らは何もかもレベルを下げてしまった。NSAはこう考えた。『我々だけがバックドアを持ち、我々だけが扱える』とね。そのバックドアを、世界中のあらゆる国が欲しがっていたことに気づかなかった」

「軍拡競争がまた一から始まるってわけだ」ノイマンが続けた。「その競争では、利用できるものは何から何まで利用する。自分で自分の首を締めてるんだ。アメリカ全土で破壊が起きてしまう」

TAOのハッカーが諜報活動に使ったインプラントは、将来のサイバー攻撃に使われるかもしれない。それらはまた、スリーパーセルとしても機能し、もはや無害ではなくなり、破滅を引き起こす。監視活動に使われたマルウェアは、機能を変えられるか改良されてデータの破壊に使われる。キーをひとつ叩くだけで、海外のネットワークを停止させ、重要インフラを破壊することもできる。敵対国の産業システムは、たとえアメリカと同じシステムであっても、万が一の場合に備えて標的となった。

スパイ技術のルールによれば、これは完全なフェアプレイだ。アメリカがスパイし、中国がスパイし、ロシアもスパイする。だが二〇〇九年、まったく何の議論もないまま、フォート・ミード陸軍基地の銅線に覆われた壁の奥で、アメリカはサイバー戦争の新たなルールを設定した。

その年から、アメリカ以外の国の重要インフラに、コードを埋め込むことを容認しただけではない。国境を越えて、よその国の核開発計画を無力化することを、アメリカは完全に問題ないとしたのである。

それについて、誰も何も漏らさない限りは問題なかった。そして、コードで核開発計画を無力化している限りは問題なかった。

第九章：ルビコン川——イラン、ナタンズ核燃料施設

「第三のオプションを教えてほしい」その年の六月、ブッシュ大統領が側近に命じた。

二〇〇七年、イスラエルに圧力をかけられ、アメリカはイランとその兵器級のウランに対処しなければならなかった。ほぼ一〇年というもの、イランはテヘラン南郊のナタンズに核燃料施設を建設したことを隠していた。岩、土、コンクリートで覆われた、その大きなふたつの空間は地下約九メートルのところにあり、国防総省の半分ほどの規模だった。

外交ルートでは、ウラン濃縮作業を止められなかった。こうして、外交ルートという第一のオプションは頓挫した。イスラエルが攻撃すれば、イラン政府はどう反応するのか。この地域に駐留する米軍にどんな影響を及ぼすのか。このふたつについて、国防総省の分析官が戦闘作戦を練り始めた。軍事作戦に出れば、原油価格の高騰を招くことはまず避けられない。米軍が参戦するにしても、すでにイランとイスラエル以外の中東の国に、米軍は最大限に展開している。となると、軍事作戦という第二のオプションの可能性も消える。

ジョージ・W・ブッシュ大統領はイスラエルの介入を防ぎたかった。さもなければ、第三次世界大戦が勃発してしまう。

第三のオプション「ヘイル・メアリー作戦」（ヘイル・メアリーは「アヴェマリア」の意味。あるいは、アメリカン・フットボールで試合終了直前に、運任せで投げる成功率の低いロングパスを指す）を提案したのは、テック系の天才でNSA長官のキース・アレクサンダーだった。アレクサンダー将軍はかねてから、ちょっとした変わり種だった。NSAの歴代長官と違って、将軍自身が優れたハッカーだったのである。陸軍士官学校時代に、電気工学部と物理学部で熱心にコンピュータを学んだ。一九八〇年代、カリフォルニア州モントレー海軍大学時代に、自力でコンピュータを組み立て、自力でプログラムを開発した。

海軍の扱いにくいインデックスカードシステムを、自律型データベース上で動かすためである。最初に配属されたアリゾナ州のフォート・ワチューカ陸軍諜報センターでは、軍の一つひとつのコンピュータの技術仕様書をすべて暗記し、陸軍諜報センター初となる諜報・デジタル戦争のデータプログラムを作成した。指揮系統の梯子《はしご》をのぼるのに伴い、電子戦争、物理学、国家安全保障戦略、経営の修士号も取得した。

NSAの一六代長官に選ばれる前、アレクサンダーはバージニア州フォート・ベルヴォアにある、陸軍情報組織の長官を経て司令官を務めていた。そして、「スター・トレック」に登場する宇宙船エンタープライズ号を模した部屋で指揮を執った。船長の椅子をしつらえ、開閉するたびに自動ドアが立てる「シューワッ」という、独特の音まで再現した。彼を「アレクサンダー皇帝」と呼ぶ者もいた。あまりの「スター・トレック」好きがその理由だが、自分のオタク的な魅力を発揮して望みを叶えていたことも、理由のひとつだった。いっぽう、陸軍タイプの者は彼を「オタクのアレクサンダー」と呼んだ（「アレクサンダー・ザ・グレート」は「アレクサンダー大王」だが、彼は「アレクサンダー・ザ・ギーク」と呼ばれていた。ギークは「マニア」「オタク」などの意味）。だが前任者のマイケル・ヘイデン元長官は、彼を「カウボーイ」と呼んだ。まずは行動して、あとで謝るという評判からだ。

ンがアレクサンダーにつけた、少々小馬鹿にした別のあだ名は、「スウッシュ」だった。ナイキのロゴ「スウッシュ」と「ジャスト・ドゥ・イット！」（とにかくやってみろ）のスローガンからである。

ブッシュ大統領が第三のオプションを求めた時、NSAとエネルギー関連の国立研究所は数年がかりで、イランの核関連施設を地図に落とし込んでいた。TAOのハッカーは一日二四時間偵察を続け、あちこちの核関連施設の設計図を窃取した。彼らはオートキャドファイル――ウラン濃縮施設のコンピュータ・ネットワークを記したソフトウェア――を探し出すために、ウイルスを送り込んでいた。そして、イランの一般的なOS、アプリケーション、機能、特徴、コードを記録した。さらに、イランの核関連施設で働く作業員や請負業者が利用する、ほぼすべての製造者と型式のデバイスのゼロデイを集め始めた。より多くのデータを探し出すためである。アレクサンダー長官が承知していたように、かつては諜報活動のために行なわれていたこれらの攻撃も、まったく性質の異なるサイバー攻撃に利用できた。敵のインフラに破壊工作を仕掛けられるのだ。それらの「コンピュータ・ネットワーク攻撃」、情報関連の専門用語によればCNAには、法に基づいて大統領の特別な承認を必要とした。そして二〇〇八年まで、CNAはかなり基本的で制限も守っていた。たとえば、国防総省はある時、イラクのアルカイダの通信を完全に無力化しようとしたことがあった――だが、そんなことはアレクサンダー長官が次に提案したことに比べれば、子どものお遊びのようなものだった。

叙事詩のような壮大な物語をわかりやすく翻訳して、アレクサンダー長官はブッシュ大統領に、イランの核燃料施設に破壊的なサイバー攻撃を仕掛けた時には、どんなことが起こるかについて説明した。

エネルギー省が管轄するテネシー州のオークリッジ国立研究所では、エンジニアと原子力の専門家が、イランのナタンズ核燃料施設のほぼ完璧なレプリカを建設し、P1型遠心分離機も備えた。遠心分離機は、一分間に一〇万回以上という超音速で回転する。イランの核開発プログラムを停止させるためには、核爆発を起こす同位元素を分離するために使われる遠心分離機を、制御不能にする必要があり、そのことはエンジニアも理解していた。

エンジニアはまた、遠心分離機の弱点が、脆弱で不安定な回転ローターにあることも理解していた。ローターは軽くなければならない。だがそのいっぽう、頑丈でバランスがとれていなければ、回転時にボール軸受が摩擦を軽減できない。ローターを超高速回転させると、遠心分離機が破損する恐れがある。あまりとつぜんブレーキをかけると、長さ一八〇センチメートルもある遠心分離機が回転軸から外れてしまい、その道筋にあるものを竜巻のように破壊してしまいかねない。たとえ正常運転の場合でも、遠心分離機が壊れるか爆発することは珍しくない。アメリカでも長年のあいだに、遠心分離機の破損は何件も起きている。イランのエンジニアは毎年、遠心分離機の一〇パーセントを、自然に起きる故障のせいで定期的に交換していた。

二〇〇八年に、アレクサンダー長官がブッシュ大統領に提案したのは、兵器化したコードを使って自然な故障を装い、遠心分離機の機能不良を加速させるサイバー攻撃だった。ナタンズで使われている遠心分離機のローターは、PLC（プログラマブル・ロジック・コントローラ）と呼ばれる特別なコンピュータで制御されている。PLCを使えば、ナタンズの核技術者は遠隔操作で遠心分離機を監視でき、回転速度を確認でき、問題を見つけ出せる。アレクサンダー長官は大統領に説明した。PLCにアクセスしているナタンズのコンピュータ内部に、NSAはこの距離からでも充分、侵入できます。侵入したあとは、NSAのハッカーがローターの回転速度を制御して、遠心分離機を制御不能にするか、その回転を完全に止めることが可能です。

NSAの思惑通りにことが運んだ場合、遠心分離機は徐々に制御不能に陥り、イランの技術者はその制御不能を、いつもの技術的な機能不良とみなすだろう。そして、イランの核開発を数年も遅らせることができる。アメリカにとっても、サイバー領域で最もリスクの高い賭けになることは間違いない。だが、もしうまくいけば、イラン政府を交渉のテーブルに引きずり出せるかもしれない。

初期のゼロデイ・ブローカー、セビエンを覚えているだろうか(第四章を参照)。この時、アレクサンダー長官が大統領を掻き口説いた文句は、その数年後にセビエンが私に教えてくれた、ナサニエル・ボレンスタインの言葉を思い出させる。「ほとんどの専門家も同意するように、世界が破壊されるとしたら、偶然による可能性が最も高い。その時が私たちの出番だ。私たちコンピュータのプロたちの。私たちがその偶然を起こすのだ」

保証はなかった。だが二〇〇八年、イスラエルはブッシュ政権に次のふたつの選択肢のうち、どちらかをとるように、最大限の圧力をかけ始めていた。イランの核関連施設を全滅できる地中貫通爆弾《バンカーバスター》を引き渡すか、さもなければ引っ込んでいるか。同じ年の六月、イスラエル航空宇宙軍は一〇〇機を超えるF15及びF16戦闘機を急派し、燃料補給用のタンカーとヘリも合わせてギリシャに送り込んだ。ホワイトハウスはその理由を推測する必要がなかった。イスラエルのテルアビブからギリシャのアクロポリスまでの距離は、テルアビブからナタンズまでの距離とほぼ同じだったからだ。「あれは、我々に対するイスラエル流の脅しだった。どっちにするのか、そろそろ決めろ、と」。国防総省の高官は、のちにそう私に教えてくれた。

イスラエルのはったりではなかった。一年前、イスラエルは単独の軍事行動に踏み切っていた。そしてその時には、イスラエルの戦闘機が闇に乗じて、ユーフラテス川近くに位置するシリアの原子炉を破壊していたのだ。攻撃には参加しないと、ブッシュ政権が明らかにしたあとのことである。イスラエルは一九八一年にも、イラクのオシラク原子炉を空爆している。そしていま、ナタンズの緊急攻撃を計画していた。米国防総省のシミュレーションによれば、もしイスラエルが爆撃すれば、アメリカは第三次世界大戦に引きずり込まれてしまう。その前の年、記録的な数のアメリカ人兵士がイラクで命を落とし、ブッシュ大統領の政治的資本と支持率はどん底に落ちていた。

それ以外に決定的な選択肢も考え出せず、ブッシュ大統領はアレクサンダー長官の「ヘイル・メアリー作戦」に賭けることにした。

事前通告しておくべき国がひとつだけあった。イスラエルを巻き込まなければならないだろう。爆撃以外にも方法があることを伝えておく必要がある。イスラエルもまた、イランの核関連システムの仕組みを、誰よりも明確に知っていたからだ。しかも、イスラエルのサイバー技術は、TAOのサイバー技術にも匹敵するほど高度になりつつあった。

その後数週間にわたって、コードネーム「オリンピック・ゲームズ」というサイバー攻撃が計画された。

コードネームの由来は、NSAのコンピュータ・アルゴリズムだという者もいれば、「NSA」「イスラエル国防軍の諜報組織八二〇〇部隊」（第四章を参照）「CIA」「モサド」「アメリカ国立エネルギー研究所」の五つによる前例のない協力体制を、わざわざ五輪のマークになぞらえたのだという者もいた。数カ月のあいだ、ハッカー、スパイ、原子核物理学者のチームが、NSA、CIA、テルアビブ、オークリッジ国立研究所、イスラエルの都市ディモナにある核実験場を慌ただしく行ったり来たりした。イスラエルはディモナの核実験場に、ナタンズそっくりの巨大模型を建設していたのだ。彼らは使命全体を、「チーム6」（米海軍特殊部隊「シールズ」から独立した対テロユニット）の作戦のように、ナビゲーション、侵入戦略、脱出戦略、運搬手段、カスタマイズされた兵器装備に分けて、入念に計画した。

イランの指導者は迂闊《うかつ》にも、オリンピック・ゲームズに華々しい幕開けの機会を与えていた。二〇〇八年四月八日、イランの「全国原子力技術の日」に、当時の大統領マフムード・アフマディネジャドが、記者やカメラマンをナタンズに招待し、みずから内部を案内していたのだ。三〇〇〇本に及ぶP1型遠心分離機が回転する脇を、アフマディネジャドは記者を引き連れて歩き、カメラマンがあちこちを写真に収めた。そして、子どもが生まれたばかりの誇らしげな父親のように、ピカピカに光る新しい第二世代の遠心分離機を披露した。アフマディネジャド自身が自慢げに語ったところによれば、第二世代は第一世代のP1型と比べて「五倍以上」も早く濃縮ウランを製造できるという。その時の写真は、それまで彼らと数少ない核査察官しか知らなかったナタンズ内部の光景を、世界にはっきりと垣間見せたのだった。

「諜報機関が死ぬほど欲しがっていた情報だったよ」当時、英国のある核拡散防止関係の専門家はそう漏らしたが、ちょうど同じ頃、NSAの分析官がナタンズのシステムに侵入するために、それらの写真を一枚残らず精査していたとは思いも寄らなかった。

これらの画像、設計図、ナタンズと同じ型の遠心分離機を手に入れて、アメリカとイスラエルは、サイバー攻撃に必要なあらゆるリストを作成した。ナタンズに出入りするすべての人員、契約作業員、メンテナンス係のリスト。ナタンズで使われているウイルス対策ソフトウェアやセキュリティ保護を回避する方法。ナタンズ内部で使われている個々のコンピュータのOS、仕様、プリンター、コンピュータどうしの接続。それも特に、どのコンピュータがPLCにどう接続されているか。デバイスからデバイスへとコードを秘密裏に拡散させる方法。そして、NSAの法務責任者が執拗に念を押した点があった。それは、ペイロードを投下する際に標的を絞り込んで、付随的な被害を最小限に抑えることだった。その懸念ももっともだった。なぜならPLCは、綿菓子機からローラーコースターのブレーキシステム、自動車製造工場や化学工場まで、世界中のさまざまな場所で使われていたからだ。今回の攻撃が、ナタンズの遠心分離機の回転を制御するPLC以外に作用してはならない。その上でアメリカとイスラエルは、ローターが回転異常を起こし、遠心分離機を不安定化するよう指示を与えるペイロードを設計しなければならない。しかもナタンズの技術者には、遠心分離機が乗っ取られたまま回転していても、何の問題もないと確信させる必要がある。指紋は残さない。不発に終わってはならない。衝動的な攻撃は行なわない。コードは検知されないまま、しばらくのあいだ潜伏状態に置く。さもなければ、計画がバレてしまう。

これらの条件をひとつでも満たせば偉業だった。数カ月、数年をかけてすべての条件を誰にも悟られずに満たせば、諜報活動の大成功だった。デジタル世界の前例のない偉業として、のちに「マンハッタン計画」と並び称されるに違いない。

八カ月後、壊れたP1型遠心分離機が、テネシー州オークリッジ国立研究所からプライベート機で、ホワイトハウス西棟地下のシチュエーションルーム（状況分析室）に運び込まれた。

ブッシュ大統領は、オリンピック・ゲームズに最終的なゴーサインを出した。

実際、ワームが誰によってナタンズ内部に持ち込まれたのか、詳しいことはいまもわかっていない。モサドのスパイ、CIAの諜報員、オランダ人の潜入スパイ、あるいは、賄賂をたっぷり受け取った内部関係者かもしれない。それとも、オリンピック・ゲームズの最初の標的になったイランの企業五社のうちの、何も知らない契約作業員だったのかもしれない。それが明らかになるとすれば、二〇三九年のことだ。その時にようやく、機密解除される。いまは、感染したＵＳＢメモリを使って、人的な方法でワームが送り込こまれたに違いない、としか言えない。

ナタンズのコンピュータは外部のネットワークに直接接続せず、特にアメリカやイスラエルとのあいだで「エアギャップ」（第二章を参照）を保っていた。すでにその数年前、アメリカはもっと初歩的な攻撃によって遠心分離機の破壊を目論んでいたとされる。トルコからイランに送電される途中で、ナタンズの電力供給をアメリカの諜報員が遮断した。そして、ナタンズで装置をプラグに差し込んだとたんに電圧が急上昇し、遠心分離機のモーターを制御していた周波数変換器を直撃し、爆発するという事故が起きた。サージ電圧（高い電圧が瞬間的に発生する現象）が外部からの攻撃だったことは、誰の目にも明らかだったため、その後、イランは電力供給者を変え、施設内の機器をインターネットに直接接続しないようになった。

つまり、この三〇年間、デジタル・エクスプロイテーションは進化したにもかかわらず、技術を使ってできることには限度があった。

だが今回、いったん人間の手で攻撃を始動させたあとは、七つのゼロデイ・エクスプロイトの魔術によって、作戦を遂行することになる。七つのうちの四つがマイクロソフト製ソフトウェアのエクスプロイトで、残りの三つがＰＬＣ内部で使われていたドイツのシーメンス製ソフトウェアのエクスプロイトだった。

その七つのゼロデイをどこから入手したのか――ふたつの明らかな例外を除けば――いまもわかっていない。ＴＡＯか八二〇〇部隊の「内部」で開発したのか。それとも闇市場で調達したのか。いまの時点でわかっているのは、五〇〇キロバイトのワームが、それ以前に発見されたどんなワームよりも五〇倍も大きかったことだ。これは、アポロ一一号を月に送るために必要なデータ量の一〇〇倍にも及ぶ。しかも、高価で優に数百万ドルはする。ところが一機二〇億ドルというB2ステルス戦略爆撃機に比べれば、コストコで買い物をするようなものだ。七つのゼロデイはそれぞれ重要な役割を果たし、ワームはナタンズのコンピュータに侵入し、遠心分離機まで這うようにして進んだ。

第一のゼロデイはマイクロソフト製ソフトウェアのゼロデイであり、これによって、感染したUSBメモリからナタンズのコンピュータへとワームが飛び移った。このエクスプロイトは、害のない「LNKファイル」を巧みに装っていた。これは、MP3やマイクロソフトワードファイルのような、USBメモリのコンテンツの小さなアイコンを表示するために使われる。USBメモリをコンピュータに差し込むたびに、マイクロソフトのツールは、USB内にLNKファイルがないか自動的に探す。この走査プロセスを攻撃することで、ナタンズの最初のコンピュータにワームが飛び移って潜伏する。クリックすら必要ない。

こうしてワームがナタンズの最初のコンピュータに侵入すると、マイクロソフトウィンドウズのふたつ目のゼロデイとエクスプロイトが活動を開始する。ちなみに専門的に言えば、このふたつ目のエクスプロイトはゼロデイではない。そのエクスプロイトは、ポーランドのぱっとしないサイバーセキュリティ誌《Hakin9》《ハッキング》に、詳しく説明してあった。TAOと八二〇〇部隊のハッカーがこの雑誌を念入りにチェックしていたことは間違いないが、マイクロソフトとイランの関係者には興味がなかったらしい。

《Hakin9》誌が詳しく説明していた欠陥は、次のような内容だった。ウィンドウズのコンピュータを使ってプリントアウトするたびに、コンテンツと制御コードのファイルがつくられ、印刷は最初のページから最後までなのか、モノクロなのか、それともカラーなのかをプリンターに指定する。プリンターのその機能を攻撃することで、そのプリンターがアクセスするローカルネットワークにつながった、どのコンピュータにも侵入できる。大学や研究室が、スプレッドシートや音楽ファイル、データベースを共有するために、オープンなファイル共有ネットワークを使うように、ナタンズにも独自のファイル共有ネットワークがあった。ワームは最終的な目的地を探して、コンピュータからコンピュータへと拡散できた。目的地を探すために、プリンター・スプーリング（印刷データを一時的に保存する記憶装置、あるいは一時的に保存しておく機能や仕組み）のエクスプロイトを使うこともあれば、イランの技術者が修正パッチを当てずに放っておいた、有名なリモートコード実行のエクスプロイトを使うこともあった。

ワームがひとたびナタンズのローカルネットワークに侵入したら、ウィンドウズのあとふたつのゼロデイを使って、感染した個々のコンピュータを乗っ取り、そこからナタンズのPLCを制御するコンピュータを探し出す。ウィンドウズの防御を回避するためにワームが使ったのは、盗まれたデジタル版のパスポートだった。台湾に実在するふたつの企業が発行したセキュリティ証明書を利用することで、インストールされた内容が、台湾企業の正式な製品だと保証したのだ。これ自体がすでに簡単なことではない。ウェブサイトが安全か、この場合で言えば、ワームが新しいコンピュータにインストールしたドライバーを、ウィンドウズのOSが、信頼できるものだとして受け入れるデジタル証明書を発行できるのは、ごく一部の選ばれた多国籍企業だけだからだ。企業は、ケンタッキー州フォート・ノックス軍保留地（連邦政府の金塊の保管所が設置され、金塊が厳重に保管されている）のデジタル版に、プライベートキーを保管している。そしてそのプライベートキーを、今回のセキュリティ証明書のために不正利用する必要があった。プライベートキーを保管する金庫室はたいてい、監視カメラや生体認証センサーでセキュリティが保証され、多くの場合、信頼の置けるふたりの従業員が二段階認証をクリアしない限りアクセスできない。部内者がキーを盗めば、闇市でまず間違いなく相当の報酬が稼げるからだ（ナタンズの場合、ふたつの台湾企業の認証機関は、同じビジネスパークを本拠としていたことから、窃盗は実際、内部者の仕業と考える者が多かった）。

ワームはコンピュータからコンピュータへと移動しながら、PLC用のシーメンスの「ステップ7」ソフトウェアをインストールしている者を探した。そのソフトウェアは、遠心分離機の回転速度だけでなく、遠心分離機が停止あるいは中断している状態かどうかについても教えてくれた。そして、ハッカーは絶対ハズレのないハッキング技術を使った。製造元が発行したデフォルトのパスワード（「admin」か「password」がお決まりだ）を打ち込むのだ。そして、まんまと侵入に成功した。

ワームはステップ7のデータベースに侵入して、データファイルに悪質なコードを埋め込むことができるようになった。次の手として、ワームはただナタンズの従業員がデータベースに接続するのを待つ。接続によって、次のエクスプロイトを作動させ、従業員のコンピュータを感染させる。そして、ひとたび彼らのコンピュータに侵入すると、PLCと、PLCが制御する遠心分離機のローターにアクセスできた。付随的な被害を最小限に抑えるようにという、法務責任者の意見をとり入れて設計されたワームは、極めて慎重に振る舞い、厳しい条件に合ったPLCにだけペイロードを投下した。ワームは、〝きっちり一六四基でひとまとまり〟の遠心分離機を制御するPLCだけを探していたのである。その数字は思いつきやデタラメではない。ナタンズの遠心分離機は一六四基でひとまとまりだったからだ。

ワームがその条件に合うPLCを見つけ出した時、ワームはそのPLCにペイロードを投下した。このステップはそれだけで、現実とは思えないほど恐ろしい。その時点まで、ワームはコンピュータにもPLCにも作動しなかった。コンピュータとPLCとはまったく違うマシンであり、それぞれ言語もマイクロプロセッサも違う。そして、ペイロードを投下したワームがPLCに最初にしたことは、ただじっと待機することだった。最初の一三日間、ワームはただ遠心分離機のローターの回転速度を測定した。ローターが八〇〇から一一〇〇ヘルツの速度で、すなわちナタンズの遠心分離機の正常な周波数帯域で動作しているかどうかを確認した（一〇〇〇ヘルツを超えて動作する周波数変換器は、実際、アメリカの貿易管理で規制されている。おもにウラン濃縮のために使われるからだ）。一三日の待機期間が終わると、ついにペイロードが仕事に取り掛かる。設計されたコードに従って、ローターがきっかり一五分間だけ、一四〇〇ヘルツの高速で回転し、その後二七日間、通常の回転速度に戻る。その後、二ヘルツで五〇分間だけ低速回転させ、再び二七日間、正常運転に戻す。この一連のプロセスをもう一度最初から繰り返す。

ナタンズのエンジニアに異常を勘づかれないよう、オリンピック・ゲームズ作戦の設計者は、「ミッション・インポッシブル」な妙技を成し遂げた。銀行強盗が犯行のあいだ、監視カメラの映像を録画映像にすり替えるように、PLCを監視するステップ7のコンピュータに、事前に記録してあった正常なデータをワームが送ったのである。そうすれば、遠心分離機が制御不能に陥ったり回転が止まったりしているあいだにも、ナタンズの技術者はまったく異変に気づかないはずである。

二〇〇八年も後半になる頃には、オリンピック・ゲームズ作戦と呼ばれる共同作戦はナタンズのPLCに潜入していたが、誰ひとり、サイバー攻撃に気づいた様子はなかった。ワームが拡散し始めると、ブッシュ大統領とアレクサンダー長官は喜んだ。イスラエルも満足だった。イスラエルはいまだ空爆を強く要請していたが、差し迫った脅威はここしばらく去っていた。だがオリンピック・ゲームズ作戦は、二〇〇八年一一月のアメリカ大統領選挙戦が近づくにつれ、より緊急性を帯びるようになった。

どうやら、ブッシュ大統領を継ぐのは、同じ共和党のジョン・マケイン候補ではなく、民主党のバラク・オバマ候補になりそうだった。そして、イスラエルはオバマがワイルドカード（予測不可能な要素、カギを握る人物などの意味）になると睨んでいた。

二〇〇九年が明け、大統領執務室をバラク・オバマに譲る日を直前に控え、ブッシュ大統領はホワイトハウスにオバマを招待して、一対一で話し合った。《ニューヨーク・タイムズ》紙の私の同僚デイヴィッド・サンガーがのちに報告するように、ブッシュはこの時の会談で、オバマにふたつの機密プログラムを続けるように要請した。ひとつは、アメリカがパキスタンで実施していたドローン攻撃で、もうひとつがオリンピック・ゲームズ作戦だった。

特に技術に詳しいわけではなかったが、オバマはオリンピック・ゲームズ作戦に深く関与するようになった。大統領に正式に就任してから一カ月もしないうちに、ナタンズのワームは最初の大きな成功を収めていた。遠心分離機の回転が制御不能になり、破損したものもあった。オバマ大統領はブッシュに電話をかけ、彼の「第三のオプション」が成果を収め始めたことを伝えた。

対するイランのアフマディネジャド大統領は、最終的に五万基以上の遠心分離機を設置する計画だと発言していたが、二〇〇七〜〇九年に着実にその数を増やしたあと、国際原子力機関（ＩＡＥＡ）の記録によれば、二〇〇九年六月を境に、その後一年にわたって遠心分離機の数は徐々に減少していった。

オリンピック・ゲームズ作戦は、アレクサンダー長官が意図した通りの成果をあげていた。二〇一〇年初めになる頃には、ナタンズの八七〇〇基の遠心分離機のうち、二〇〇〇基が使いものにならなくなっていた。ローターを攻撃するたびに、オバマ大統領はホワイトハウスのシチュエーションルームで、大統領補佐官や諜報関係の高官からブリーフィングを受けた。ワームは遠心分離機を破壊していただけではない。核開発計画に対するイランの自信も挫《くじ》いていたのだ。ナタンズの検査官は原因を見つけ出すことができず、高官らは激しく罵り合い、相手が責任逃れをしているに違いないと疑った。クビになった技術者もいる。解雇を免れた者は、文字通り命懸けで遠心分離機を守るように命じられた。そのあいだも、コンピュータ画面は、すべてが正常に機能しているというデータを表示していた。

満足であるいっぽう、オバマ大統領は今回のサイバー攻撃が前例となることを危惧した。これは、世界初のサイバー版大量破壊兵器なのだ。もしワームが外部に漏れてしまえば、現在の武力衝突のかたちを変えてしまう。これまで戦闘機と爆弾にしかできなかったことを、アメリカは史上初めて、国境を越え、コードを使って成し遂げたのだ。もしイランが、あるいはどこか別の敵対国が、この新たな兵器の存在を知ったら、同じ手段に訴えようと目論んだとしても不思議ではない。

アメリカの企業も市や町も極めて脆弱である。当時、アメリカを襲ったサイバー攻撃は、まだ数えるほどで済んでいた。たとえば、二〇〇八年にロシアが、米国防総省の機密と機密ではない両方のネットワークに不正侵入した。二〇〇九年には、北朝鮮が米財務省、シークレットサービス、連邦取引委員会、運輸省、ナスダック、ニューヨーク証券取引所のウェブサイトに大量のデータや不正データを送りつけて、ウェブサイトをダウンさせた。中国はアメリカの軍事機密や企業秘密を窃取し続けている。だが、これらの短いリストからも問題が浮かび上がってきた。サイバー領域でアメリカの国益に害を及ぼそうとするどの敵対者も、その目的を果たしていたのだ。アメリカの脆弱性は多方面に及び、防衛は不充分で、コンピュータ、電話、PLCが新たにオンラインに接続されるたびに、アタック・サーフェスは拡大するいっぽうである。敵対国がアメリカに深刻な被害をもたらすことができる可能性に気づくまで、あとどのくらい残されているだろうか。アメリカと同じサイバー能力を手に入れるまで、あとどのくらいあるのだろうか。アメリカの領土で、彼らがその能力を試すまでに残された時間はあとどのくらいなのか。

二〇〇九年春、オバマ大統領は、サイバーセキュリティを担当する調整官のポストをホワイトハウスに新設すると発表した。サイバー防衛を担当するさまざまな政府機関のあいだに立って調整を図り、攻撃に対して極めて脆弱なアメリカ企業に助言を行なうポストである。この新たな措置を発表する演説で、オバマ大統領はアメリカ市民に、ウェブへの集団移行は「大きな約束であると同時に、大変な危険でもあります」と述べている。

この時初めて、オバマはサイバー攻撃に遭った自分の体験談を話した。ハッカーは民主党のオバマの選挙事務所だけでなく、二〇〇八年の大統領選を戦った共和党のジョン・マケイン候補の事務所にも侵入していた。「ハッカーはメールや政策方針の書類から遊説計画に至るまでの、さまざまなキャンペーンファイルにアクセスしていました」オバマは続けた。「それは強烈な警告でした。この情報時代において、私たちの最大の強みのひとつは……私たちの最大の弱みのひとつになりかねないのです」

そのあいだも、ワームは遠心分離機をまわし続けていた。

IAEAの査察官が最初に異変に気づいたのは、二〇一〇年一月のことである。ナタンズの遠心分離機室の外に取りつけた監視カメラは、白衣を着て、青いプラスチックカバーで靴を覆ったイラン人技術者が、必死になって遠心分離機を次々に運び出している映像を捉えていた。

ナタンズのイラン人技術者が遠心分離機を廃棄している理由を聞く許可を、IAEAは公式には得ていなかった。イラン側でも、異変の発生を認めようとはしなかった。

アメリカ側から言えば、ワームはすばらしい効果を発揮していた。そう、ワームがナタンズ核燃料施設の外に漏れ出すまでは。

ワームがどうやって外部に漏れ出したのかについては、確かなところは誰にもわからない。だが二〇一〇年六月、当時のCIA長官レオン・パネッタと副長官のマイケル・モレル、米統合参謀本部副議長のジェームズ・〝ホス〟・カートライトの三人が、オバマと当時のバイデン副大統領にブリーフィングした。そして、何らかの理由によってワームがナタンズの核燃料施設から漏れ出したことと、すぐに繰り広げられることになる恐ろしい事態について説明した。

パネッタたちの仮説は、進捗状況に業を煮やしたイスラエルが新たに拡散メカニズムを導入し、それが漏洩につながった、というものだった。だが、今日に至っても、その説の正しさが確認されたわけではない。

私の同僚のデイヴィッド・サンガーはのちに、バイデンが「イスラエルを非難する」仮説に飛びついたという記事を書いている。「ろくでもない野郎ども」バイデン副大統領はそう毒づいたという。「イスラエルに違いない。ヤツらならやりかねない」

別の仮説は、ナタンズの技術者かメンテナンス担当の作業員が、感染したコンピュータを、彼らが個人で所有するデバイスにつないだことから、ワームが狭苦しい檻から逃げ出したというものだ。ワームを最初に設計した時にあれほど慎重を期し、ペイロードを送り込む状況を念入りに微調整したにもかかわらず、ワームがエアギャップから漏れ出した時にはどうなるかについて、今回の作戦の設計者はまったく考慮していなかったのである。

彼らが恐れている問題について、オバマがパネッタ長官、モレル副長官、カートライト副議長に訊ねた。「収拾はつくのか?」ブッシュがこの計画をオバマにブリーフィングした最初から、常につきまとってきた最悪のシナリオだった。イランがすべてを理解するまで、あとどのくらいの時間が残されているのか。彼らのコンピュータから漏れ出したコードだと、イランはすぐに気づくのだろうか。ワームはどこまで拡散するのだろうか。それによって、どんな被害が起きてしまうのか。

パネッタたちには、うまく答えられなかった。彼らにとって確かだったのは、追跡者がコードを発見し、攻撃者や標的を特定するのは、まだしばらく先だということだった。それが明らかになるまでのあいだ、オバマは残された時間を使って、ナタンズにできるだけ大きな損害を与えなければならない。オバマ大統領は将軍たちに、オリンピック・ゲームズ計画を加速させるように命じた。

それからの数週間、TAOと八二〇〇部隊は、サイバー攻撃のプロセスを積極的に繰り返し、遠心分離機を破壊した。そのいっぽう、ワームはウェブのなかを縦横無尽に進んで、ほかのPLCをあてどなく探し続けた。どのくらい多くのシステムが感染するかは、わからない。だが、誰かが発見してコードを分析するのに、さほど時間はかからないだろう。

オバマの若き国家安全保障問題担当大統領副補佐官であるベン・ローズが、注意を促した。「《ニューヨーク・タイムズ》の紙面を飾ることになりますよ」彼の言う通りだった。

その夏、ベラルーシのセキュリティ・リサーチャー、モスクワを本拠とするコンピュータ・セキュリティ会社カスペルスキーのロシア人リサーチャー、マイクロソフト本社、カリフォルニアのシマンテックに勤めるふたりのリサーチャー、そして産業セキュリティのドイツ人専門家ラルフ・ラングナーがほぼ同時に、ワームの足跡を追い始めた。イランからインドネシアへ、さらにインド、欧州、アメリカを経由して一〇〇を超える国へと拡散し、ワームは何万台ものコンピュータを感染させていった。同じ頃、マイクロソフトは顧客に緊急のアドバイザリを発していた。コードの最初の数文字からアナグラムを作成し、マイクロソフトはそのワームを「スタックスネット」と名づけた。

ハンブルクの洒落た事務所のなかで、ラングナーは気を揉んでいた。ラングナーはもう何年も前から、荒野に叫ぶ声として、ドイツ国内のクライアントに対してだけでなく、世界中に向けて警鐘を鳴らしてきた。彼らが自動車工場や化学工場、発電所、ダム、病院、ウラン濃縮施設に接続している、あの小さな灰色のPLCボックスはある日、破壊工作の標的になる。それどころか、爆発し、デジタルのツナミとなってあちこちで停電を引き起こす。だが、これまではそのような懸念も仮説の域を出なかった。スタックスネットのコードとペイロードに注目が集まるようになるにつれ、ラングナーは長らく恐れてきた攻撃が、自分をじっと見つめ返していることに気づいた。

ラングナーのチームはラボのなかで、コンピュータをスタックスネットに感染させ、ワームの動作を観察した。「すると、とてもおかしなことが起こりました」ラングナーはTEDで聴衆を前に語った。「スタックスネットは実験用のラットのように振る舞ったのです。私たちが与えたチーズが気に入らなかったように。匂いは嗅いだけれど、食べたがらなかったのです」

ラングナーのチームは、PLCの条件をいろいろ変えてワームを試した。それでも、ワームは食いつかなかった。そのワームが特定の設定構成を探していることと、ワームの作成者が標的の内部情報を使ってコードを設計したことは間違いなかった。

「彼らは攻撃対象のことは、何でも知っていました」ラングナーは聴衆に語りかけた。「オペレーターの靴のサイズまで、把握していたのではないでしょうか」ワームが拡散するメカニズムは優れていたが、ラングナーを本気で感嘆させたのは、ワームのペイロードだった。ラングナーの言葉を借りるならば「弾頭」である。「あのペイロードは、ロケットサイエンスばりに高度で洗練されていました」

それが示唆していたのは、今回の攻撃が、そこらのタチの悪いサイバー犯罪者の仕業ではないことだった。潤沢な資源を持つ国家の為せる業に違いない。そして、ラングナーは次のような結論に達した。このコードは「保守エンジニアを激しく苛立たせる」ために設計されたものだ。

ラングナーはまた、ペイロードに必ず現れる一六四という数字に注目した。アシスタントに命じて、遠心分離機の専門家のリストを用意させ、この数字に心当たりがないか、専門家に訊ねた。読みは当たった。ナタンズのウラン濃縮施設では、オペレーターが一六四基の遠心分離機を、カスケードという、ひとまとめに連結したかたちにしていたのだった。ビンゴ！

《ニューヨーク・タイムズ》紙では、同僚のデイヴィッド・サンガー、ウィリアム・ブロード、ジョン・マルコフの三人も、スタックスネットコードの謎を解く作業に取り掛かった。二〇一一年一月、三人は《ニューヨーク・タイムズ》紙に、ワームにまつわる長い記事を書き、イスラエルの関与についても詳しく指摘した。

二カ月後の二〇一一年三月、ラングナーはカリフォルニア州ロングビーチにいた。毎年恒例のTEDトークで、スタックスネットのコードについて、一〇分でわかりやすく講演してほしいと頼まれたのだ。ラングナーはTEDトークの名前は聞いたこともなかった。その開催コンセプトは、ドイツの価値観とはまったく相容れなかった。ドイツ人は世間話はしないし、たわごとも言わない。ドイツでは、人をいい気分にさせるメッセージや、露骨な自己宣伝は好まれない。自分の仕事をうまくこなしたからといって、それがそのまま、みずからを美化するような長い演説をする理由にはならない。ちょうど苦い離婚劇の真っただなかにあったラングナーは、旅費付きの旅行でカリフォルニアを訪れ、海岸でも散歩すれば、気が晴れるのでないかと考えた。だが、その日曜日にカリフォルニアに来てみると、そこらへんのサイバーセキュリティ・カンファレンスではないことに気づいた。講演者や聴衆は錚々たる顔ぶれだった。ビル・ゲイツやグーグルの共同創業者セルゲイ・ブリン。ペプシコのCE

Oインドラ・ヌーイ。アフガニスタンで米軍の司令官を務めたスタンリー・マクリスタル。初日の講演者のなかには、宇宙からロングビーチに笑顔を送り、国際宇宙ステーションでの生活について講演する宇宙飛行士の姿もあった。

ラングナーは海岸を散歩する時間がとれなかった。専門的な話はやめにし、数日間、ホテルの部屋に缶詰になってプレゼン用のスライドを作成し、PLCについて一般人にもわかるような説明を考え出した。講演者ディナーのような招待者限定の社交的な集まりには顔を出したものの、ビュッフェ用の皿に料理を盛り、近くのテーブルに座って静かに食事を済ませた。近づいてきたのはセルゲイ・ブリンだけだった。スタックスネットの彼の分析に、感銘を受けたのだろう。ブリンはいろいろ聞きたがったが、ラングナーにとってはストレスが増すだけだった。

三日後にステージに立ったラングナーが、世界初のサイバー大量破壊兵器について行なった講演は、まず間違いなく最もわかりやすい説明だった。ラングナーは最後を警告で締めくくった。スタックスネットはナタンズのために設計されたが、汎用でもある。つまり、誰かがこの兵器を悪用して、ウィンドウズとシーメンスの産業制御システムを使うコンピュータを攻撃しようとした時、その攻撃を防ぐものはコードに何も含まれていない——送水ポンプやエアコンのシステム、化学工場、送電網、製造工場を制御する、世界中のコンピュータを攻撃できるのだ。世界は前もって準備しておく必要がある。ラングナーは言った。次のワームはそれほど狭い場所にとどまったままではないかもしれない。

「このような攻撃の標的が多いのは、中東ではありません」ラングナーは指摘した。「アメリカ、欧州、日本なのです。それが意味する重大性に立ち向かわなければならないでしょう。そして、たったいまから備えておくべきでしょう」

「ラルフ、ひとつ質問があります」ラングナーがプレゼンテーションを終えるとすぐに、TEDの代表者クリス・アンダーソンが問いかけた。「あちこちで言われているのは、今回の件の首謀者はモサドだ、と。それはあなたの意見でしょうか」

記者やリサーチャーがイスラエルの名前を挙げていることから、その瞬間まで、オバマ政権には、今回の攻撃でみずからが果たした役割が取り沙汰されることはないと高を括る理由があった。あるいは、ラングナーのようなリサーチャーが別の国家の存在にうすうす気づいていたとしても、まさか名前を出すとは思ってもいなかった。

だがドイツ人相手に、そううまくはいかなかった。「本当に聞きたいんですか」ラングナーがアンダーソンに訊ねた。

会場で笑いが起きた。ラングナーは大きく息を吸うと、着ていたスーツを直した。「私の意見ではモサドは関与していますが、首謀者はイスラエルではありません」そして、こう続けた。「今回の首謀者は、世界のサイバー大国です。ひとつしかありません。アメリカ合衆国です」

そして「幸運にも。ええ、幸運でした」と付け加えた。「なぜなら、もしアメリカでなければ、問題はこの程度では済まないでしょうから」

スタックスネットによってウラン濃縮計画が破壊されたことを、イランは決して認めようとはしなかった。イラン原子力庁長官のアリー・アクバル・サーレヒーは、「ウイルスが潜入しようとしたまさにその瞬間に、警戒していた」彼のチームが「ウイルスを見つけ出し、ウイルスが（我々の装置に）害を及ぼすのを未然に防いだ」と主張している。

実際、イラン側はすでに具体的な報復方法を探していた。そして、そのすばらしく手っ取り早い報復方法をイランに教えたのは、アメリカとイスラエルだった。アメリカは通常戦争の勃発を防いだかもしれない。だが、スタックスネットを世界に解き放つことで、まったく新しい戦線を切り拓いてしまったのだ。ワームはルビコン川を渡って、防衛型のスパイ活動から攻撃型のサイバー兵器へと変化した。ほんの数年後には、ブーメランのようにアメリカに戻ってくるだろう。

元ＮＳＡ長官のマイケル・ヘイデンの次の言葉が、最も的を射ているのかもしれない。「一九四五年八月と同じ匂いがする」アメリカが広島に世界で初めて原爆を投下した時である。「いままさに誰かが新たな兵器を使った。もうこの兵器が函にしまわれることはないだろう」

第一〇章：ファクトリー――バージニア州レストン

スタックスネットは、アジアでふたつ、三つ悪さをしたあと、アメリカに里帰りした。コンピュータシステムが感染したことを最初に認めたアメリカ企業は、国内第二のエネルギー関連企業シェブロンだった。コードが慎重に設計されていたために、ワームが企業のコンピュータに害をもたらすことはなかったにせよ、企業の最高情報責任者（CIO）にとって警鐘となった。彼らは、エスカレートする世界のサイバー戦争の巻き添えを食っていた。

「どこまで拡散したか、アメリカ政府は把握すらしていなかったんじゃないかと思いますね」シェブロンの幹部は報道陣に答えている。「政府が実際に為し遂げたことより、その否定的な側面のほうが、はるかに大きな影響が出ると思います」

ワームがパンドラの函から逃げ出したことで、イランはアメリカとイスラエルの策略に気づいた。アメリカ国内のインフラは依然、脆弱なままである。となると、攻撃と防衛の両方を担うNSAは国内に目を向け、その脆弱性を把握したと思うかもしれない。そして、多くの問題を抱えた王国を閉鎖するという過酷な仕事に、ゆっくり取り掛かったに違いない、と。

ところが、何もかも加速する時代だった。アナログだったものはすべてデジタル化されていた。デジタル化されたものは保存されていた。そして、保存されたものは分析され、監視と攻撃のまったく新たな次元を開いた。スマートフォンはリアルタイムの追跡ツールとして、個人のあらゆる行動、交友関係、購買、検索、ノイズをデジタル化した。スマートホームは、サーモスタット、電球、監視カメラを調節でき、楽曲を鳴らしたり音声を記録したりでき、さらには帰りの通勤列車に乗りながら、オーブンを温めることまでできた。電車のセンサーは車輪の故障を見つけ出し、輸送サービスの停止時間を削減する。レーダー、カメラ、センサー機能を搭載したスマート信号機は交通の流れを管理し、荒天に合わせて信号を調節し、信号無視をする車両を見逃さない。小売店は顧客の購入の動機が、その顧客が数日前に通った「スマート」な広告板にあることを突き止められる。牛でさえ、見栄えのいい歩数計を取りつけられ、病気か発情期の時には、センサーが酪農家に注意を促す仕組みである。

データを記録、保存、拡散、分析する費用は、クラウドやストレージ、光ファイバーの接続、コンピュータのデータ処理能力の飛躍的な進歩のおかげで、ほぼ無料になりつつあった。二〇一一年二月、ワトソンと名づけられたIBMのコンピュータが、テレビの人気クイズ番組「ジョパディ!」に初登場し、史上最強と謳われた人間のチャンピオンふたりを打ち負かした。コンピュータはもはや自然言語で質問を理解し、問いに答えられることを証明したのである。それからわずか八カ月後、今度は、アップルが音声アシスタント「シリ」を発表する。シリの質の高い音声認識と自然言語処理機能を使えば、メールやテキストメッセージを送信したり、リマインダーやプレイリストを設定したりできた。

大量移動、接続性、ストレージ、処理、データ処理能力によってNSAが手に入れたのは、地球上のすべての人間とセンサーを追跡する、これまでにない好機と能力だった。それからの一〇年間、NSAはエクスプロイト化、監視活動、将来の攻撃のために、デジタルの新たな次元のあらゆる可能性を探り続けた。ひとたび開いたパンドラの函が、再び閉まることはなかった。

二〇〇九年六月、スタックスネットの作戦が進行中だった頃、オバマ政権はサイバー戦争の攻撃面を担う「アメリカサイバー軍」を国防総省に新設した。「より優れた防衛ではなく、より多くのハッキング」というのが、アメリカの機密ネットワークに侵入したロシアに対する国防総省の答えだった。たとえ短命に終わったとしても、スタックスネットの成功は、もはやあと戻りのできないことを意味していた。二〇一二年に三年目を迎えたアメリカサイバー軍の年間予算は、二七億ドルから三倍近くの七〇億ドルに増加し（さらに、国防総省全体のサイバー活動費として七〇億ドルが追加され）、人員は九〇〇人から四〇〇〇人に、二〇二〇年にはついに一万四〇〇〇人に膨れ上がった。二〇一二年、オバマ大統領は諜報関係の高官に、海外の標的となる「システム、プロセス、インフラ」のリストを作成するように命じた。翌年、その機密の指令をリークしたのがスノーデンだった。指令はそれらの標的の攻撃計画だったのか、それとも国防総省が単に「戦場の準備をしていた」だけなのかについては不明だが、指令は次のことを明らかにしていた。すなわち、それらの標的の攻撃が、「アメリカの目的を世界中で推進する独特で非通常の」方法を提供し、「敵か標的に、ほとんどあるいはまったく警告を与えることなく、わずかから深刻までの幅広い被害を与えられる」ことである。

その頃になると、NSAが抱える問題は、いかに標的に潜入するかではなかった。監視と攻撃を担う拡大する政府機関にどう要員を確保するか、だった。NSAが世界的な展開力を誇り、世界中のコンピュータに数万のデジタルインプラントを埋め込んだとしても、NSAの要員では、その八分の一しかモニターできなかった。NSAの幹部がロビー活動で予算を勝ち取り、インプラントを数百万規模に増やしたとしても、まったく要員が足りないのだ。

NSAは、ゲームのやり方を一新する、革新的な自動データ収集システムの試験運転に着手していた。コードネーム「タービン」と名づけられたその自動システムは、莫大な数のインプラントの管理を引き継いだ。NSA内部ではタービンを「インテリジェントなC&C」と呼び、「産業規模での活用」が可能だった。この自動システムは、「頭脳のように」稼働するよう設計されていた。より広範な「オーニング・ザ・ネット（ネットを支配する）」というNSAの計画の一部であり、もしうまくいけば、NSAの巨大なデジタルの蜘蛛の巣を操作するうえで、最終的に人間に取って代わるものとNSAでは見ていた。

インプラントを使って生のデータを吸い上げるのか、それともNSAが必要とする仕事をほぼ何でも成し遂げてしまう〝デジタル版スイス製アーミーナイフ〟のようなマルウェアを注入するのか。これらの決定権は、もはやこの自動システムが持つのだろう。NSAのさまざまなマルウェアの多くはスノーデン文書で暴露されたが、それ以外にもたくさんあり、電話の会話、テキストのスレッド、メール、産業用機械の設計図も窃取できた。感染したコンピュータのマイクをオンにして、周囲の音声を収集するマルウェアもあった。スクリーンショットを盗み見し、標的が特定のウェブサイトにアクセスするのを妨害し、コンピュータを遠隔操作で終了させ、全データを破壊し、削除した。また、キーボード操作を乗っ取り、検索履歴、ブラウズ履歴、パスワード、暗号化データ解読に必要なカギも窃取できた。一部のツールは、NSAのマルウェアを幅広いシステムに供給し、脆弱なサーバーからサーバーへと、コードを一瞬のうちに自動で拡散できた。それぞれのサーバーをひとつずつ、手作業で感染させるオペレーターは必要なかった。NSAのハッキングツールはすべて、難読化のためだけに開発された。

スノーデンが暴露したNSAのパワーポイントのスライドやメモは、これらのツールについて、どうとでも受けとれる曖昧な言葉で紹介していた。そのスライドやメモだけでも、私を、常軌を逸した今回の使命に駆り立てるのには充分だったが、結局、私たちが詳しく知ることになるのは、二〇一三年後半にドイツのニュース週刊誌《デア・シュピーゲル》が、五〇ページにわたって、NSAの機密カタログをすっぱ抜いた時だった。記事は、NSAのなかでも特に優れたエクスプロイト技術について詳しく解説していた。実際、あまりにも高度な技術ばかり暴露されたために、漏洩者がスノーデンではなく、TAOのツール保管庫にまんまと入り込んだNSA内の二重スパイか、外国のスパイではないかと当局が疑い始めたほどである。

それは、まるでジェームズ・ボンド映画に登場する「Q」のファクトリー（装備開発工場）から抜け出てきたような機密カタログだった。たとえば「モンキーカレンダー（サルのカレンダー）」。これは、目に見えないテキストメッセージを介して、NSAに標的の位置情報を伝えるエクスプロイトだ。あるいは「ピカソ」。モンキーカレンダーと同様の機能を持つとともに、電話をホットマイク状態にして周囲の会話や音声をすべて傍受する。「サーリースポーン（不機嫌な落とし子）」は、"ロシアのタイプライターの現代版"とでも言うべきか。たとえインターネットに接続されていなくとも、コンピュータのキーボード操作を乗っ取ることができた。《デア・シュピーゲル》誌のリークによって、「ドロップアウトジープ（脱落したジープ）」というソフトウェアの存在も明らかになった。TAOがアイフォン用に開発したこのエクスプロイトを使えば、たとえアイフォンがオフラインの時でも通常のテキストや電話操作、位置情報の取得、ホットマイクの起動、スナップ写真の撮影が可能だった。

カタログのなかでもとりわけ興味をそそるツールは、「コットンマウス（ハツカネズミ）I」だろう。見た目は古いUSBメモリだが、小型の無線トランシーバーが組み込まれているため、数キロメートルも離れた、通称「ナイトスタンド」というNSAの別の装置にデータを送信できた。これらのツールが詳しくリークされると、セキュリティ関係のリサーチャーは、そもそもアメリカとイスラエルがスタックスネットをナタンズに送り込んだ方法を明かすカギを、自分たちが握っているのではないかと考えるようになった。

ほとんどにおいて、NSAのゼロデイはやはり人間の手によって発見され、磨きをかけられていた。NSA内部の人間だけではない。ベルトウェイに限らず、いっそう多くの民間のハッカーが関与するようになっていたのだ。

だが、ゼロデイのデプロイについては、ますますスーパーコンピュータ任せになった。二〇一三年頃には、タービンは完全に運用可能であり、TAOの分析官の手を煩わせることがなくなった。NSAのある内部メモの言葉を借りれば、タービンのおかげで「ユーザーが詳細を知る／気にかける必要がなくなった」とある。同じ年の末には、情報収集と「積極的な攻撃」のために、タービンが「数百万のインプラント」を埋め込むことをNSAは期待していた。その年、この新しい攻撃型サイバーツールにNSAが固執したことから、NSAの攻撃面の予算が防衛面の予算を二倍も上まわった。NSAの「不正侵入予算」が六億五二〇〇万ドルに増加したのに対して、「政府機関のネットワークを外国のサイバー攻撃から防衛する予算」はその半分だったのである。NSAが防衛の使命を完全に捨て去った、と非難する声が聞かれ始めた。

ガンマン・プロジェクトから三〇年余りが経ち、世界は変わった。アメリカと敵対国が別々のタイプライターを使っていた時代は終わった。グローバリゼーションのおかげで、私たちは同じ技術を利用している。NSAの兵器庫にあるゼロデイ・エクスプロイトを、パキスタンの諜報員用かアルカイダの工作員用に設計することはできない。もしそれらのゼロデイが外国勢力、サイバー犯罪者、悪質なハッカーの手に渡った時には、アメリカの市民や企業、重要インフラもまた危機に曝される。

そのパラドックスのために、国防総省の高官は夜も眠れなくなった。アメリカのサイバー兵器は、真空地帯に孤立して存在しているわけではない。アメリカは事実上、危険なR&Dに融資しており、それらはいつかブーメランとなって返ってくる恐れがある。NSAがエクスプロイト化しているのは、アメリカの企業、病院、電力会社、原子力発電所、石油や天然ガスのパイプライン、あるいは航空機や電車、自動車などの輸送システムが利用しているアプリケーションやハードウェアなのだ。

そして、その状況はすぐには変わりそうにない。次世代のモバイルネットワークからファーウェイを締め出そうという勝ち目のない戦いで、トランプ政権がのちに学ぶように、どれほど熱心に政府にロビー活動を展開したところで、テクノロジーについて言えば、グローバリゼーションを止めることはできないのだ。

NSAは板挟みに陥った。世界の悪者に対処する解決策は、軍拡競争をエスカレートさせ、サイバー攻撃に対してアメリカをさらに脆弱にしてしまうだけだ。この問題に対するNSAの答えは、「Nobody But US（NOBUS）」すなわち我々以外の誰も、というシステムだった。NOBUSの背後にある前提は、簡単に解決できる問題——容易に見つかり、アメリカの敵対者が悪用するような脆弱性——は、修正のためにベンダーに引き渡してパッチを当ててもらうべきだが、もっと高度なエクスプロイテーション——NSAにしか使いこなす能力、資源、スキルがない高機能のゼロデイ——については、NSAが貯蔵して、敵対国を監視するために使われるか、サイバー戦争が勃発した際には、敵方のシステムに損害を与えるために使われるべきだという考え方だ。

二〇〇五年までNSAの長官を務めていたマイケル・ヘイデンは、NOBUSについて次のように述べている。「もし脆弱性があるとして、それがかなりの計算能力を必要とするか、ほかの特性を必要とする脆弱性であっても、その脆弱性を別のレンズで見て、判断を下さなければならない——すなわち我々のほかに誰がこれを為し得るのか、と。目の前の脆弱性が暗号化を弱めるとする。だが、その脆弱性を効果的に使うためには、地下に一・六ヘクタール（のスーパーコンピュータ）が必要であるならば、NOBUSと考える。その脆弱性については、倫理的にも合法的にも修正パッチを当てる必要はない。それは、アメリカ人の安全を脅威から守るために、倫理的にも合法的にも利用できる脆弱性である」

ところが、二〇一二年に始まったNOBUSの考えは破綻した。「ルーターのハッキングも、しばらくのあいだは、我々とファイブ・アイズ（機密情報共有の枠組み。アングロサクソン系の英語圏五カ国、アメリカ、英国、カナダ、オーストラリア、ニュージーランドを指す）のパートナーにはうまくいった」。スノーデン文書のなかで、NSAのある分析官は指摘している。「だが、ほかの国もスキルを磨いて、ルーターのハッキングに手を出していることが、より明らかになりつつある」

NSAが何年も不正利用してきた同じルーターとスイッチに、ロシアのハッカーも手を出しているという証拠を、NSAは摑み始めていた。中国人ハッカーは、アメリカの通信会社とインターネット企業のネットワークに侵入し、パスワードや設計図、ソースコード、企業秘密を盗み出し、彼ら自身の目的を達成するために不正利用する恐れがあった。

ゴスラーや当時の優れた人材のおかげで、シギントの分野において、NSAは依然として圧倒的なリードを保っていた。とはいえ、その優位性には影が差し始めていた。そうであるならば、NOBUSの破綻と、よりフラット化したインターネット時代の現実を、NSAが考慮せずにいられなくなった、と思うかもしれない。ところが、優位性を維持せんがためにNSAは従来のやり方に固執し、ますます多くのゼロデイを探し出して貯蔵しようとし、ベルトウェイ周辺の民間企業にゼロデイの獲得とツールの開発を外注した。

二〇一三年、NSAは新たに二五一〇億ドルを機密の闇予算に加えた。「民間のマルウェアベンダーからソフトウェア脆弱性を」調達するために、ＮＳＡは毎年、それだけの額を費やす計画だったのだ。ある見積もりによれば、それだけの予算があれば、ＮＳＡが内部で開発している脆弱性に加えて、毎年六二五個のゼロデイを購入できることになる。

　脆弱性とエクスプロイトに対する旺盛な欲求によって、攻撃型サイバー兵器市場は急騰した。もはやＮＳＡだけではなかった。スタックスネットのあと、ゼロデイ・エクスプロイトとマルウェアのツールに、ＣＩＡ、麻薬取締局、米国空軍、海軍、ＦＢＩが大金をつぎ込むようになった。ＴＡＯでは、それらのツールの開発技術を持つ若いハッカーが、外部のほうがはるかに稼げることに気づき始めた。政府機関に残るより、ＴＡＯを辞めて監視用と攻撃用のツールを開発して政府機関に売りつけたほうが、ずっと実入りがいい。ロシアと中国では、サイバー技術を持つ者は誰でも攻撃型ハッキング工作に加わるよう強制され、強要され、脅迫されるが、アメリカ政府にそんな勝手は許されない。最高ランクのハッカーや分析官が次々とＮＳＡを辞めて、高い報酬を約束する民間の防衛関連企業に流出した。コンサル会社のブーズ・アレン。軍需メーカーのノースロップ・グラマンやレイセオン。航空宇宙企業のロッキード。防衛宇宙技術企業のＬ３ハリス。あるいはゼロデイを探し出して開発する、ベルトウェイ近辺のブティック系請負会社に。

　二〇一三年のスノーデンの暴露は、頭脳流出《ブレイン・ドレイン》に拍車をかけた。その年、暴露によってＮＳＡが世間から厳しい批判を浴び、続けざまにプログラムの打ち切りを余儀なくされると、職員の士気が低下し、分析官がぞろぞろ退職した（これについてはＮＳＡも反論するが、深刻なスキル不足は否定していない）。

　ＮＳＡが内部で培った能力を取り戻すためには、その能力をハッカーや請負業者から買い取るしかなかった。そして諜報機関が、ゼロデイ・エクスプロイトと攻撃ツールを民間市場から買い取ることに、より多くの予算を割り当てるなら、ゼロデイの欠陥をベンダーに伝えて、修正パッチを施してもらうという動機はますます働きにくい。NSAはプログラムに対する機密レベルを上げて、秘密主義に徹した。

皮肉なのは、NSAの秘密主義がアメリカの安全性に何の寄与もしなかったことだ。ゼロデイは、いつまでも秘密のままではなかった。「ランド研究所」は、アメリカの防衛計画に特化したリサーチ会社である。そのランド研究所の調査によれば、平均的なゼロデイ・エクスプロイトは発見されるまでに約七年かかるのに対して、およそ四分の一のゼロデイ・エクスプロイトが一年半以内に発見されるという。以前の調査では、ゼロデイの平均寿命を一〇カ月と割り出していた。スタックスネットによって、世間がゼロデイの持つ威力を知るようになると、アメリカの同盟国、敵対国、権威主義体制の国は、独自にゼロデイを見つけ出し、貯蔵し始めた。アメリカの機密レベルも機密保持契約も、その動きを止めることはできなかった。政府にとって都合の悪い秘密を暴こうとする、私のような記者の行く手を阻んだだけだった。

二〇〇八年のある日、NSAでも特に精鋭のハッカー五人がほぼ同時にセキュリティバッジを返却し、メリーランド州フォート・ミード陸軍基地の駐車場を永久にあとにした。

NSA内でその五人は「メリーランド・ファイブ（五人組）」として敬意を集め、必要不可欠な存在であることを幾度も証明していた。ほかの誰にも侵入不可能なシステムに侵入した、TAOのトップ集団のメンバーだった。もし標的がテロリストか武器商人、中国人スパイ、あるいは原子核科学者なら、その五人組が頼りだった。彼らにハッキングできないシステムや標的はまずなかった。

だが、官僚主義や縄張り争い、中間管理職の役割り、秘密主義、煩雑な手続きが、五人の神経を擦り減らしてしまった。彼ら以前のハッカーがそうであったように、年俸は働く意欲をさほど刺激しなかった。まだ二〇代の彼らは、家のローンも子どもの教育費も抱えていない。彼らにとって重要なのは自主性だった。そのいっぽう、嫌でも気づかずにはいられない事実があった。NSAがますますフロント企業を使って、外部のハッカーやブローカー、防衛関連企業に多額の予算をつぎ込んでいたのだ。彼ら五人組もNSAの内部で、まったく同じ仕事をしているというのに。

そこで、五人はNSAを辞めて会社を立ち上げた。フォート・ミード陸軍基地から車で一時間ほどのところにある、ゼロデイ・エクスプロイト専門の小さなブティック系企業である。それ以来、一二年にわたり、彼らはその会社を秘密裏に経営してきた。

二〇一八年三月のある曇った日、私は国防総省の近くでタクシーを拾い、郊外の曲がりくねった道を走ってバージニア州レストンにある、あまり目立たない六階建てのミラーガラス張りのオフィスビルに到着した。デイケアセンターとマッサージ店のあいだにすっぽりと挟まれたそのビルには、普段なら気にも留めなかったに違いない。本当にこのビルで合っているのかどうかも、心もとなかった。ビルのなかにあるはずの、会社の存在を示すサインもない。彼らは広告も出していない。それは、一九九〇年代に建てられたありきたりのオフィスビルに見えた。

その日、私は面会の予約をとっていなかった。予約がとれるとも思っていなかった。何年ものあいだ、このビルのなかで働く人たちの噂は聞いていた。だが、幹部や従業員に接触を試みても、返事はなかった。その日、その本拠に足を踏み入れた時、私はてっきり監視カメラや回転ドアがあり、武装警備員に引き止められるものと思っていた。当時、私は妊娠八カ月。そこで、もし誰かに手荒な真似をされそうになったら、ただトイレを貸して欲しかっただけだと言おうと決めていた。だが、よたよた内部に入り込んだ時、誰にも引き止められなかった。私はエレベータに乗り、三階のボタンを押した。三〇〇号室。アメリカ版「Q」の部屋を覗くためだったが、そこにあったのは映画に出てくるような魅力的な名前ではなかった。「脆弱性リサーチ研究所（VRL）」

口の堅さこそVRL創設の美徳だ、と私は知っていた。その簡素なウェブサイトはこんな問いを投げかけていた。「なぜ、あなたは我が社の名前を聞いたことがないのでしょうか」。そしてこう答えていた。「VRLは宣伝していないからです。我々はあらゆるビジネス関係を極秘にしています」。デジタル宇宙の兵器化において、この会社が何らかの役割を担っていることを暗示する唯一のヒントが、古代中国の軍事思想家、孫子のモットーだった。「敵を知り己を知れば、百戦殆《あや》うからず」

VRLが事業の防衛面にスポットライトを当てようとしても――そして、彼らが実際に防衛面も担っているにしろ――、私がVRLという三つのイニシャルを口にするたびに、ゼロデイハンターとブローカーの顔に浮かぶ明らかな動揺から、ゼロデイ・エクスプロイト、監視ツール、サイバー兵器市場において、VRLが第一級の売り手であり買い手であるとわかった。VRLは、攻撃型の仕事については できるだけ口を閉じておく、という徹底した方針を掲げていた。ガラス張りのドアの外で顧客の名前を漏らした者はクビにした。もしVRLが事業内容について公の場で話しているという噂を、アルファベット三つの諜報機関が聞きつけただけで、契約は消えてしまったに違いない。

だが、リンクトイン（世界最大級のビジネス特化型SNS）はいつも興味深い情報を教えてくれた。元NSAのシギント連絡要員は、いまVRLの「攻撃型ツール&テクノロジーマネジャー」だった。元対テロ作戦のスペシャリストは、VRLのオペレーションマネジャーを務めていた。VRLの一部の従業員は、自分の職務記述書を「編集済み」と記載していた。仕事検索サイトで私が目にしたVRLの求人には、「顧客のサイバーハンティング能力を強化する」ために、「ソフトウェアとハードウェアの重要な脆弱性」を見つけ出すスキルを持ったエンジニアを求む、とあった。VRLは常に、カーネルのエクスプロイテーションのスペシャリストと、モバイル開発者を探していた。エクスプロイトをつなぎ合わせて、ボタンを押すだけで作動するスパイツールを作成できる専門家だ。VRLのウェブサイトのどこを読んでも、増加するゼロデイの調達ビジネスについて書かれていない。それでいて、最高レベルのゼロデイリサーチャーを探し、雇用していた。特にVRLの最上のお得意で経験を積んだスペシャリストを。つまりNSAとCIAで、という意味である。

ある求人サイトで、VRLはみずからのバリュー・プロポジション（価値提案）を次のように謳っていた。「海外の敵対者が貯蔵するサイバー兵器について、そしてまた、彼らのスパイ活動の顕著な特徴について、VRLは独自の知識を有しており、その点について我々は他の追随を許さない地位を築いています」

この業界の大きな特徴は秘密主義だ。ところが、アメリカ国内においてVRLの初期の競合、たとえばバージニア州の「エンドゲーム」（第一六章を参照）や、ボストン郊外の「ネットラガード」（第一二章を参照）、テキサス州オースティンの「エクソダス・インテリジェンス」は、かなり知名度が高い。いっぽうのVRLは知られていない。業界のみながわざわざVRLを秘密の存在にしている理由を嗅ぎまわって、その重い口を開かせるために、私は何年もかかった。

VRLの誰も私と口をきこうとしない。民間企業とはほとんど取引がない。何とか探しあてた民間企業の人間は、あまり私と話そうとはしなかった。政府の調達先データベースで私が突き止めたVRLの契約先には、陸軍、空軍のほかに、海軍があった。海軍から、数百万ドルの報酬を受け取っていた。ある契約によれば、空軍はVRLに「コンピュータ周辺機器」という曖昧な名目で、二九〇万ドルを支払っていた。さらに二〇一〇年、防衛関連企業の最大手「コンピュータ・サイエンシズ・コーポレーション（CSC）」に買収されて数年もすると、VRLの記録の大半は消失した。VRLはオンラインに存在感がなかったが、CSCに買収された時、VRLのCEOは、我が社はサイバーセキュリティ領域で「比類なき可能性」を有していると誇らしげに語っていた。「我々は、これまで民間の事業体には決して存在しなかった、優れた人材プールを取り揃えています」VRLの代表取締役ジム・ミラーは当時、そう述べていた。

だがVRLが買収されたあと、ブエノスアイレス、バンクーバー、シンガポール、ラスベガスで開かれるハッカーの国際的なカンファレンスで、私はVRLを辞めた人間に遭遇するようになった。多くの者が口をつぐんだ。だが、VRLがアメリカ政府にとって、攻撃型スパイツールとサイバー兵器の最も秘密主義の調達先であるという、すでに私が知っている事実について話せば話すほど、彼らのほうでも徐々に沈黙を破り始めた。私が探り出した基本的な情報について、ファクトチェック（事実確認）にだけ応じてくれた者もいた。もっと率直な者もいた。彼らによればその理由のひとつは、世界中のコンピュータシステムやスマートフォン、インフラにセキュリティホールを開け、高度なスパイツールを埋め込み、ツールや兵器を「フェンス越しに」政府機関に投げ込むやり方に、彼らが疑問を持ち始めていたからだった。そのスパイツールがどう使われるのかは、彼らにはまったくわからない。

サイバー兵器の使われ方についてあれこれ考えることは、ドナルド・トランプが大統領選に勝利したことで新たな次元を帯びた。不可解なことに、トランプは独裁者に親近感を抱いており、ロシアが二〇一六年のアメリカ大統領選に介入した件について、トランプは強く非難できなかった。トランプは、アメリカと友好関係にあったクルド民族を裏切った（クルド人勢力は、欧米のためにISIS打倒に大きく貢献したにもかかわらず、トルコがシリアのクルド人勢力を攻撃するとトランプは黙認した）。また、《ワシントン・ポスト》紙のコラムニストであるジャマル・カショギが殺害された陰惨な事件についても、トランプはサウジアラビアを名指しで非難しようとはしなかった。これらの事件によって、アメリカは道徳的権威を失いつつあった（サウジアラビアのムハンマド・ビン・サルマン皇太子みずからカショギ殺害を指示したと、CIAの調査が結論づけたあとでさえ、トランプは「そうかもしれない、そうでないかもしれない」などという声明を出した）。これらの出来事が積み重なり、VRLの元従業員は二〇一九年後半にこう述べている。「私たちがツールを売っている相手がいい者なのか、あるいは、売ることで悪者にしてしまうのか。それを知るのが、だんだん難しくなっています」

あとになってわかったことだが、VRLの数人の元従業員が指摘したように、VRLの契約をめぐる私の調査は、最初からうまくいく見込みがなかったのだ。VRLのツールは、おもにCIAとNSAが設立した「特別契約事業体」を介して調達されていた。請負業者との取引を隠すためである（この頃になってようやく、元国防長官のパネッタが「あちこちで壁に突き当たることになるよ」と言った理由がわかり始めた）。

とはいえ二〇〇八年当時、VRLが重宝がられる基本的な理由について、VRLの元従業員はこんなふうに語っていた。「ゼロデイを探し出すのは面倒だ。ゼロデイを兵器化するのは、それ以上に厄介だ。それを試して、実際に使えるようにすることには、まったくもってうんざりだ」

VRLはそのすべてをやってくれる——カネさえ支払えば。VRLを立ち上げた五人組は、二〇〇八年からトップクラスのゼロデイハンターをNSAから引き抜き、アルゼンチン、マレーシア、イタリア、オーストラリア、フランス、シンガポールなどのハッカーと契約を結び、巨大な「ファズファーム」——無数のコンピュータの仮想サーバーファーム——に莫大なカネをつぎ込み、VRLのツールにテラバイトのジャンクコードを投入した。彼らが諜報機関に売るツールが作戦中にクラッシュしたり、たったいまアメリカにハッキングされているという事実を、標的に悟られたりしないためである。

VRLのツールは、アイディフェンスや「ティッピングポイント」（不正侵入防御システムに特化したソフトウェア会社。現在はトレンドマイクロ傘下）が買い入れていた、質の悪いツールとは段違いのレベルだという評判を築いていた。

「それらは数百万ドル規模のゼロデイだ。一〇〇パーセント信頼できて、慎重に保護されている」そう言うのは、VRLの元従業員だ。「むやみに投入するようなツールじゃない。使うのは、精密で重要な攻撃の時だけだ。なぜならいったんデプロイしたら、発見されるリスクが非常に大きいからだ。『怒りにまかせて』デプロイすることなど、まずありえない。二度と使えなくなっても構わないという、ここぞという緊急事態を狙って使うものだった」

VRLがツールを供給するのは、アメリカ政府にとって最も難しい標的を狙った作戦の時だった。アルカイダの司令官アイマン・アル・ザワヒリの捕獲や、北朝鮮のミサイル発射システムを停止に追い込むような作戦である。VRLはただゼロデイ・エクスプロイトを売るのではない。彼らが売るのは、政府機関が即座に使えるスパイツールやサイバー兵器だ。ある従業員の言葉を借りれば、「どっかーん！　と一発やらかす」ツールや兵器だ。

「バグを買い取ることと、兵器化された信頼性の高いエクスプロイトを買い取ることには、昼と夜ほどの違いがある」そう言った者がいた。「後者は、ボタンを押せばいいだけだ」

一〇年前、もし凄腕のハッカーが午前中にゼロデイを見つけたら、午後にはそれをエクスプロイトに兵器化して使えたかもしれない。だが、マイクロソフトのようなソフトウェアベンダーが強力なセキュリティ措置を講じ、エクスプロイト対策を推し進めたために、信頼性の高いエクスプロイトを開発するためには、もっと時間と手間がかかるようになった。「以前は二、三時間だったが、二、三週間に、そして二、三カ月かかるようになった」ＮＳＡの元分析官が教えてくれた。

ＶＲＬは強力なニッチ市場を見つけ出した。ゼロデイを兵器化して、さまざまなシステムに対応して即座に作動するハッキングツールを政府機関に供給する市場である。

ＶＲＬはまた請負業者として、政府機関には不可能な役割を担うこともできた。市場の陰の部分とでも言うべき役割であり、ゼロデイ、エクスプロイト、攻撃型技術を海外のハッカーから購入することである。ＶＲＬは買い上げた原料から、クリックひとつで使えるスパイツールやサイバー兵器をつくり出す。そのため、彼らの顧客であるＣＩＡや政府機関は、もとになったエクスプロイトの出所を気にする必要がない。

ＶＲＬも時には「飛び込み」を受けつけた。自分で見つけたゼロデイを持ち込んだハッカーから、単発でエクスプロイトを買い取るのだ。だが、ＶＲＬはスパイ装置かサイバー兵器のコンセプトを考え出し、海外のハッカーに開発を依頼することが多かった。私はＶＲＬの従業員に訊ねたことがある。海外のハッカーに仕事を発注して良心の呵責《かしゃく》は感じないのか。あるいはそのハッカーが別の人間にエクスプロイトを売っていないか、疑ったことはないのか。

「気にしませんね」それが彼の答えだった。「商品をつくり出すために、僕たちはただ必要なことをしたまでですから」

二〇一〇年に買収されたあとでさえ、私が二〇一八年三月のその曇った日に、ガラスドアの外で待ち伏せをしていた時まで、ＶＲＬはかなり自由に営業していた。社内にお洒落なカフェテリアも、ロッククライミングのジムも、スタートアップにありがちな特典もなかった。太いリムの眼鏡とスキニージーンズのヒップな若者は見なかった。

それどころか、ここはシリコンバレーの真逆だった。このビルの内部でＶＲＬの従業員は、グーグルやアップルのような企業のセキュリティ・エンジニアの人生を、ひそかに地獄に突き落としていた。彼らの商品にセキュリティホールを開け、彼らのコードを兵器化していた。ＶＲＬが開発しているようなツールがもし発見されれば、グーグルやアップルのセキュリティ・エンジニアは、本社の作戦本部室に即刻、呼び出しを食らい、アメリカ政府がすでに彼らのシステムにどのくらい深く侵入しているのか、そして政府をどうやって追い出すのかを考え出さなければならなかった。

「働いていたヤツらはみな、人生を仕事に僧侶のように捧げてたよ」元従業員が教えてくれた。「グーグルやフェイスブックで見かけるような連中と違って、ＶＲＬのヤツらはテンプル騎士団と言ったほうが近い」

忠誠心の強さを表すために、ＶＲＬの元従業員が繰り返し教えてくれたエピソードがある。ＶＲＬには、海軍特殊部隊シールズのような企業文化があるのだ。こんな逸話である。従業員のひとりが腎不全を患った。すると、ＶＲＬのほぼ全員が組織適合試験を受けて適合者を見つけ出し、ひとりの同僚がその従業員に片方の腎臓を提供した、というのだ。この手の出来事は、グーグルやフェイスブックでは考えられない。

私はＶＲＬのドアの外に立ち、二〇代の男性プログラマーが慌ただしく出たり入ったりする姿を眺めていた。まさに想像通りだった。控えめで、レーザー光線のようにアイフォンの画面に集中し、私の存在にまるで気がつかない。シリコンバレーでよく見かけるような、皮肉めいた文字のＴシャツも着ていなければ、レトロなヘッドフォンもつけていない。私が毎日ツイッターで見かけるような、ヒステリックに持論を叫ぶようなタイプではない。ひょっとしたら、ソーシャルメディアすら利用していないのではないか。

機密のサークルやゼロデイの闇市場の外では、誰も彼らのことを知らない。だが、この壁の内側にあるVRLのサイバー能力は、世界中のほとんどの国の能力をはるかに凌ぐ。それでいて私の知る限り、彼らの責任を問う声はない。大きな政府機関から転職したVRLの従業員は、彼らの開発したツールがどのように利用されるのかについて、ある程度は知っていた。だが、彼らの多くが何らかの作戦に加わってからもう何年も経っている。「いったんフェンスの向こうに投げてしまえば、それがその後、どうなったのか僕には何もわかりませんね」VRLの元従業員のひとりは、私の取材に応えてそう言った。ニュースで何か事件を聞いて、こんなふうに考えることもあるという。それは僕のヤツか、と。「でも、フェンスの向こうはすごく不透明で機密扱いだから、まったくわからないんです」

VRLは、アメリカの政府機関以外には決してハッキングツールを売らなかった。そして、ほとんどの従業員にとっては、それだけがわかっていれば充分だった。

「アメリカ政府がやっていることすべてには、同意しなかったかもしれません。だけど、エクスプロイトを売るのであれば、少なくともアメリカ政府は倫理的により信頼できる相手です。僕たちのほとんどはNSA出身者なんです。NSAの次の転職先としてはいい選択でした。官僚主義に対処しなくてもいい。カネもたくさん稼げる。それに、NSAの使命についてはいまも同じ考えを持っています」

もし彼らがためらいを感じたなら、NSAの元同僚がベルトウェイの向こうで――あまり信頼できない同盟国と――一緒にしている仕事を見るだけでよかった。そうすれば、もっと楽な気持ちになれたからだ。「友だちがしていることを見て、こんなふうに考えますね。『彼らは本当に悪いヤツらだ。もし何かを正当化して自分自身を納得させたいんであれば、その方法は見つかると思います。エクスプロイトについて。人生について』」

優れたゼロデイ・エクスプロイトとスパイツールを、最高額を支払って少しでも多く手に入れたい。その強い意欲によって、アメリカの諜報機関は、実入りがよく規制のないサイバー兵器競争を促し、やがてその競争はアメリカのルールから外れていった。

VRLのような企業は、アメリカの政府機関としか取り引きしない。「アジマス・セキュリティ」（オーストラリア本拠のサイバーセキュリティ企業）や、「リンチピンラボ」（カナダ本拠のソフトウェア開発企業）は、ファイブ・アイズとしか契約を結ばない。そのいっぽう、スタックスネットの最悪の後遺症は、ゼロデイを組み合わせれば何ができるかについて、ほかの国に教えてしまったことだ。二〇一〇年にスタックスネットが発見されたあと、深刻な人権問題を抱える国が、必死になって独自の攻撃的サイバー集団をつくろうとした。だが、NSAやイスラエルの八二〇〇部隊のような精鋭のプログラマーがいないために、ゼロデイ市場にカネをつぎ込み、西洋の政府やフロント企業を凌ぐ高値をつけて、ゼロデイ・エクスプロイトを手に入れようとし始めた。たとえ一時的にでも、スタックスネットがイランで成し遂げたような成果を狙うためである。

「こう言ってもいいだろう。行き着く先がわかっている者は誰もいない、と」アメリカ政府のある高官は私に漏らした。「そして今日、それがどんな終わりを迎えるのか、誰にもわかっていない」

二〇一三年の頃、ゼロデイ市場の最大の買い手はファイブ・アイズだった。だがロシア、インド、ブラジル、さらにはマレーシアやシンガポールのようなアジア太平洋諸国も買い集めている。北朝鮮とイランも市場に参加している。まもなく、中東の諜報機関が最も気前のいい買い手になるだろう。

同じ年、アメリカのハッカーは海外のブローカーから、かなりあからさまな内容の緊急メールを受け取ることが増えた。「緊急。コード実行エクスプロイト求む」あるハッカーが見せてくれたメールの件名はそう謳っていた。「親愛なる友へ」とメールは始まっていた。「ウィンドウズ、マック、たとえばブラウザ、オフィス、アドビのアプリケーションのコード実行エクスプロイトはお持ちですか」

「もしお持ちでしたら」メールは続いていた。「いくらでもお支払いします」

スノーデンの機密文書が待つクローゼットに私が足を踏み入れた二〇一三年、ゼロデイ市場はすでに本格的なゴールドラッシュ状態になっていた。だが、みずからがいまもまだ最大の顧客である市場を規制しようという動機は、アメリカ政府にはほとんど働かなかった。

その年、皮肉にもゼロデイ市場を生み出し、世界をサイバー戦争の時代に送り込んだスタックスネットの設計者、NSAのキース・アレクサンダー長官は、夜も眠れないほど懸念していることは何かと訊かれた。「私の最大の懸念は」、とアレクサンダーは記者に答えた。ゼロデイ・エクスプロイトが敵の手に落ちる危険性が、ますます高まっていることだった。

第四部：傭兵

男はコードを手に入れなければならなかった。

——オマー・リトル、テレビドラマシリーズ「ザ・ワイヤー」の登場人物

第一一章：クルド――カリフォルニア州サンノゼ

ゼロデイの買い手を規制する試みには、かなり前から厄介な問題がつきまとってきた。権威主義国家に対するハッキングツールの売却制限は理論上、優れた考えだ、とほとんどの者が賛成した。米国務省は通常、独裁政権に対する兵器の売却を禁じているのだから、国民を監視するか、恐ろしい爆発を引き起こすために使われるデジタルツールにも、同じ論理が適用されてしかるべきではないか。

だがその意見に否定的な者は、規制は実際、裏目に出るかもしれないと訴えた。ゼロデイの制限は、サイバーセキュリティに不利益をもたらす、とセキュリティ・リサーチャーたちは主張した。脆弱性やマルウェアの情報を、リサーチャーが、国境を超えて共有できなくなってしまうからだ。海外で事業を展開するアメリカ企業にも言い分があった。ゼロデイの規制が選択的起訴につながり、結局のところ、自国にとって都合のいい時だけ規制を適用する、中国やロシアのような国に利益をもたらすことになるという考えだ。別の意見もあった。ゼロデイはコードである。だからコードの交換を規制することは、数学やアイデアに規制をかけ、言論の自由を侵害するようなものだ。イタリア人ハッカーのルイージとドナート（第二章を参照）は言った。「僕たちが売ってるのは兵器じゃない。情報だ」

このような反対の声が働いて、ゼロデイ市場はほとんど規制されないままだった。そのため、アメリカがゼロデイ市場の最大の買い手である限り、状況は変わりそうになかった。

アメリカがハッキングツールと監視技術の輸出管理にいちばん近づいたのは、「ワッセナー・アレンジメント」が結ばれた時だった。一九九六年にこのアレンジメントが結ばれたオランダの町ワッセナーの名前にちなんでつけられ、正式名称を「通常兵器及び関連汎用品・技術の輸出管理に関するワッセナー・アレンジメント」という。冷戦時代には、兵器や軍事技術が西洋の国から中国や旧ソ連やその共産圏諸国に流出するのを防ぐために、旧《ふる》い基準（ココム）が設けられていたが、それに代わる新たな協定として発足した。ワッセナー・アレンジメントの目的は、通常兵器システムと、民生・軍事両用技術――高度なコンピュータ、遠心分離機、ドローン――の売却を管理して、イラン、イラク、リビア、北朝鮮の独裁者の手に渡らないようにすることだった。当初、この協定に署名した国は、アメリカと欧州大陸のほとんどの国に加えて、アルゼンチン、オーストラリア、カナダ、インド、日本、メキシコ、ニュージーランド、ロシア、南アフリカ共和国、韓国、スイス、トルコ、ウクライナ、英国など計四二カ国に及んだ。この国際的な申し合わせに拘束力はないものの、参加国はそれぞれの国で独自の法律を定めて施行し、ワッセナー規制リストに掲載された品目の販売を管理し、リストの品目については毎年一二月に見直すことで合意した。

二〇一二年と一三年、トロント大学ムンク国際問題・公共政策研究所「シチズンラボ」のリサーチャーの協力を得て、私は《ニューヨーク・タイムズ》紙に連載記事を書いた。英国企業のスパイウェアが、バーレーン、ブルネイ、エチオピア、アラブ首長国連邦などに売却されて拡散している現状を追ったのだ。どこの国でも当局がコードを使って、ジャーナリスト、反体制派、人権活動家を監視していた。私の記事をきっかけに、ワッセナー・アレンジメントの参加国は、監視技術を即座に規制リストに加えた。また欧州諸国は、スパイウェアや監視・侵入ツールを海外に輸出する企業に、ライセンスの取得を義務づけたが、アメリカは何もしなかった。

次にアメリカが何らかの手を打とうとしたのは、二〇一五年五月、規制当局がワッセナーの変更点を法に組み込むよう強く求めた時だった。米商務省は「侵入ソフトウェア」のような「サイバーセキュリティ品目」を輸出する際には、セキュリティ・リサーチャーとテクノロジー企業に、ライセンスの取得を義務づけようとした。ところが、「電子フロンティア財団」からグーグルまでの幅広い産業界から激しい反発を受け、商務省の提案は頓挫してしまった。とりわけ声高に抗議したのは、一七億ドル規模の「ペネトレーション・テスト（侵入実験）」業界の企業だった。これは、善意のハッカーが報酬を受け取り、エクスプロイトや侵入ツールを使って、クライアント企業のシステムに実際に侵入して現状の問題点を洗い出し、セキュリティ対策の有効性を強化するために実験的に行なうテストである。このテストを提供する企業は、ワッセナー・アレンジメントによる規制対象の拡大が、ビジネスの妨げになることを恐れ、商務省にかの提案を取り下げるよう圧力をかけるとともに、同アレンジメントの参加国に対して、規制リストに加える品目の範囲を絞るよう猛烈なロビー活動を展開した。最終的に彼らの主張が通った。そして、ワッセナーの文言は「C&C」侵入ソフトウェアのシステムに制限されてしまった。ワッセナー・アレンジメントの参加国が、制限後の文言を各国の法に盛り込んだあとでさえ、アメリカは何の説明もないまま、法には何も盛り込まなかった。

その結果、アメリカのエクスプロイト市場は、ほとんど無法状態のままだった。例外は、古い暗号化輸出の規制を受けるツールだけだった。アメリカは、北朝鮮、イラン、スーダン、シリア、キューバのような禁輸国には侵入ツールを売却できない。だが、ハッカーがエクスプロイトや侵入ツールを「友好」国に売却するのをとめるものは何もない。「友好」国のほとんどは西側の同盟国だったが、なかには人権問題を抱えるトルコのような国も多く含まれている。これらのツールを海外の組織に売却するためには、暗号化の輸出規制に従って、売却側は「商務省産業安全保障局（BIS）」のライセンスを取得しなければならない。取得にはたいてい四年以上かかるが、半年に一度報告を求められるだけである。ペネトレーション・テスト、エクスプロイトのブローカー、スパイウェアの作成者は、暗号化の輸出規制はいまのままで充分だと主張する。デジタル権利の活動家は、そんな主張は馬鹿げていると非難する。

アメリカが欧州のような厳格なルールを採用しないことが明らかになると、スパイウェアの売り手やゼロデイ・ブローカーのなかには、欧州からアメリカへ渡って、ベルトウェア付近のいちばんの顧客の近くにオフィスを構える者も現れた。二〇一三～一六年のあいだに、監視技術を販売するアメリカ国内の企業は二倍に急増した。かつてスパイウェア技術を集めて、『電子監視のリトル・ブラックブック』と銘打ったカタログを販売していた企業は、二〇一六年以降、そのカタログ名を『電子監視のザ・ビッグ・ブラックブック』に変えなければならなかった。一七年版のカタログには、一五〇社もの監視企業が名を連ねた。これらの企業は海外の法の執行機関――なかには人権問題を抱える国の警察権力もあった――と結びつくようになり、まもなく新たな種類のサイバーセキュリティ会社を生んだ。そのうちのひとつは、アメリカの政府機関かファイブ・アイズだけに売るわけではなく、世界でも最も深刻な人権問題を抱える国にも売却した。

元NSAのハッカーが立ち上げた会社のうち、よく知られているのは、マイアミに本拠を置く「イミュニティ」である。創業者はデイヴ・アイテル。日焼けして引き締まった躰に角張った顔立ち。アイテルはNSAの限界に挑戦し、上司を大いに苛立たせたことで有名だ。ある時、彼は重役用の駐車スペースに、自分のトヨタカムリを勝手に駐めるようになった。しかも「ファ＊ク・ユー！」の意味を込めて、カムリの後ろに「フリー・ケヴィン（ケヴィンを釈放しろ）」のステッカーまで貼っていた。ケヴィンとは伝説のハッカー、ケヴィン・ミトニックのことだ。彼はハッキングの罪でFBIに指名手配されていたが逮捕され、当時、刑務所で服役中だった（釈放後、ミトニックは善意のホワイトハットに転身したが、やがてグレーゾーンに落ち、不特定の政府や企業相手にゼロデイ・エクスプロイトを副業で売却したり仲介したりした）。カムリに困った駐車場係が、アイテルの上司に電話をかけて苦情を申し立てたが、アイテルは態度を変えなかった。それどころか、NSA内のメーリングリストで反乱を煽った。NSAの非公式のスローガン「ワンチーム・ワンミッション（使命）」を持ち出し、同僚に「ワンチーム・ワンパーキングロット（駐車場）」と書き送り、NSAの一般の従業員は、どこにでも駐めたい場所に車を駐めるように焚きつけた。

だがアイテルが上司を本気で怒らせたのは、NSAを辞めたあとだった。有名なハッカー仲間と本を出したのである。『シェルコーダーのハンドブック——セキュリティホールの発見と不正利用』（The Shellcoder's Handbook: Discovering and Exploiting Security Holes、未邦訳）は、熱心なハッカー志望者のバイブルになった。そのなかで、アイテルが特定のエクスプロイトと攻撃方法について詳細に明かしたことから、元上司は彼がNSAのスパイ技術をバラしすぎだと感じた。フォート・ミード陸軍基地では、アイテルの顔写真を使ってダーツボードをつくり、アイテルの眉間を狙ってダーツを投げろ、と彼の後任をけしかける始末だった。

二〇〇二年、アイテルはサイバーセキュリティ会社イミュニティを立ち上げた。ニューヨークのハーレムにある自宅アパートメントを本拠とし、大手金融サービス会社を相手にコンサル業を始めた。だが、すぐに「キャンバス」という自動エクスプロイテーションツールを開発した。顧客はキャンバスを使って、真の脅威——有名なものもあれば、アイテル自身が開発したゼロデイ・エクスプロイトもあった――を、彼らのシステム上でテストできた。それらのエクスプロイトは、サイバー先進国やサイバー犯罪者の技術と同じ効果を発揮した。キャンバスは銀行からの需要が大きく、やがてあちこちの政府からも注文が入った。政府はみずからのシステムを攻撃から守ることよりも、ゼロデイを使って敵を、時には自国民をハッキングする方法を学ぶことに関心が高かった。

どこの政府にエクスプロイトのコンサルを行なったのかと訊いても、アイテルは決して答えようとはしなかった。特定の国名を聞き出そうとすると、言葉を濁した。

「ゼロデイ・エクスプロイトを、国内か海外の政府機関に売ったことはある？」私は率直に訊ねた。

「顧客の話はしない主義だ」それがアイテルの答えだった。

ファ＊キン・サーモンだった。

＊＊＊

果たしてアイテルは、ゼロデイ・エクスプロイトを、国内か海外の政府機関に売ったことがあるのか。

エクスプロイト取り引きに伴うその問いを探るために、私はアイテルの会社の従業員第一号に会いに行かなければならなかった。シナン・エレンという名前のクルド人である。

エレンは先祖代々クルド人であり、イスタンブールで生まれ育った。ハッキング技術を身につけた理由のひとつは、レジスタンスのためだった。クルド人活動家だった父は、一九八〇年にトルコで発生した軍事クーデターのあと、一年ほど収監されていた。その時もまだ、父の肩には銃弾が撃ち込まれたままだった。抗議活動に参加していた時、トルコ人の警官に撃たれたのだという。

しかしながら、若いエレンは政治とは距離を置いた生活をしていた。「コンフリクト（衝突）」というインディ系のバンドでベースギターを弾き、官憲とは関わらなかった。母は裕福な大手鉄鋼メーカーの相続人であり、エレンは母親似だった。トルコで暮らす大半のクルド人には、はっきりとわかる訛りがあったが、エレンは経済的に恵まれたイスタンブール人で通った。成長したあとも、警察は彼には手を出さなかった。

だが、トルコがクルド系に対する弾圧を強めると、エレンも標的になった。トルコでは身分証明書を持ち歩くことが法律で義務づけられている。そのため警官に呼び止められ、エレンがクルド系だとわかるとゲームオーバーだった。

「何をされるかわからなかった」ある夏の午後、彼が私に語った。ただクルド系というだけで身柄を拘束し、彼や友だちを一斉にバスに乗せ、連れて行った先で何時間でも彼らを立たせておいた。「小便を漏らすのを見て、喜んでたんだよ」

エレンと友だちは、トルコ人のある警官を恐れるようになった。その警官は六〇センチメートルほどの鞭でクルド人を打ち、主導権を握っているのは誰かを思い知らせようとした。鞭で打たれ、釈放された者は運がよかった。一九九〇年代、クルド人活動家の殺害は珍しくなくなっていった。トルコには、そのような殺害行為を言い表す法的用語があった。「フェイリ・メチュール」。無名の加害者。そして一九九〇年代半ば、数千人ものクルド系トルコ人が姿を消し始めた。

「いつも同じ製造者と型式のルノーが、クルド系を車に乗せるのを見たものだよ。それが秘密警察の車だと、僕たちにもわかっていた。そして、車に乗せられた者は二度と帰って来なかった」エレンが言った。「彼らは自分の名前と肉親の名前、電話番号を車の後ろから叫ぶんだ。そうすれば、少なくとも家族は彼らの身に何が起きたか、わかるからね。僕はそんな時代に多感な少年時代を過ごしたんだ」

エレンは、なぜ自分がハッキングとエクスプロイト開発の世界に足を踏み入れたのか、そしてまた、腐敗したあちこちの政府がエクスプロイト市場に参加し始めると、なぜ自分がその世界を抜け出さなければならなかったのか、その理由を何とか私に理解させようとした。

エレンが大学でハッキングを始めたのは、ひとつには政治的なレジスタンスのためだった。クルド人の記憶にある限り、大学のキャンパスは警察の残虐行為から守られた安全地帯のはずだった。ところが、エレンがイスタンブール工科大学に在籍していた頃に事情が変わり始める。大学の管理当局が驚くほど頻繁に、「些細なことで」構内に秘密警察を招き入れるようになったのだ。クルド人学生自治会のメンバーは、インターネットのチャネル――チャットツール「スラック」のさきがけみたいなもの――を立ち上げ、警察が構内に入ったことを仲間に知らせた。それが、この後に続く小さなレジスタンス活動の第一歩だった。エレンと友だちはまた、アメリカのウェブサイトを改竄していたスクリプトキディのハッカーから、こっそりページを盗んだ。トルコの軍事クーデターの記念日には、トルコ政府のウェブサイトをめちゃくちゃに書き換えた。

エレンはバンドを辞め、ハッキングフォーラムに入り浸るようになり、アルゼンチンやアメリカのハッカーと連絡をとり、彼らからノウハウやゼロデイ技術を学んだ。ハッキングを単なるレジスタンスのツールとはみなさなかった。諜報活動の強力なツールになり得るからだ。ハッキングフォーラムで集めたツールを使って、エレンは大学当局のメールをハッキングし始め、当局が弾圧に加担していることを突き止めた。「すべての情報にアクセスできたわけじゃない。だけど、情報の断片は集められた。議事録、会合の時間、スケジュール。それをマスコミにリークしたんだ」

エレンは初期の「ハクティビスト」（政治的、社会的なメッセージを伝えるためにサイバー攻撃を行なうハッカー、活動家）になった。彼の活動は、家族には理解できなかった。「両親にはよく言われたよ。『こっちは命懸けだというのに、お前のやってることは、ちまちましたお絵描きだ』ってね」

だが、エレンはのめり込んでいた。サイトの改竄と情報の暴露がマスコミに与える直接的影響についても、この新たな仮想世界のムーブメントが持つ威力についても、エレンはよく理解していた。彼とその友だちは、剝ぎ取りやすい紙を使って近所に張り紙をし、無料のインターネットダイヤル番号を知らせた。そして、ユーザーネームとパスワードをハッキングして、みなが無料でインターネットにアクセスできるようにした。そうすれば、この新たなデジタル版レジスタンス運動に参加できるからだ。ハッキングとハクティビズムは、エレンの強い衝動になった。

大学卒業が近づくと、トルコ軍がエレンの家のドアをノックし始めた。トルコの学生は、たとえクルド系であっても、兵役義務があったからだ。

「僕の育ちを知って、ヤツらは僕とクルド系の人たちを敵対させようとしたんだ」

エレンは海外で働く道を探した。イスラエルのセキュリティ会社が、カリフォルニア州サンノゼでエンジニアを募集していた。サンノゼは、シリコンバレーの中心に位置する産業都市である。当時はアメリカ同時多発テロのあとで、サイバーセキュリティ業界は売り手市場だった。エレンは運良く、数少ない外国人のひとりとして、H―1Bビザ（特殊技能職ビザ）を取得できた。これが口実となった。

サンノゼとイスタンブールは、遠く離れた惑星も同然だった。サンノゼに移り住んだあと、エレンは起きている時間の大部分を仕事に費やした。週末にはハッキングフォーラムを訪れた。新たな仕事は、イスタンブールで没頭していたハクティビズムとは似ても似つかなかった。彼は家族が恋しかった。勤めていた会社が、大手セキュリティベンダーのマカフィーに買収されると、エレンは通りの先の本社に異動になった。エレンは辞め時だと思った。マカフィーの企業文化が「砂を噛むように味気なかった」ため、このまま仕事を続けても仕方がないと感じたのだ。

夜、エレンはもはや古いつきあいとなったハッキングフォーラムにどっぷり浸かり、バグトラックでハッカーの投稿を見たり、彼らのツールを分析したりした。エレンは、NSAの元ハッカーであるアイテルと、バグトラックを通じて知り合った。アイテルが新しい侵入検知ツールを投稿すると、エレンがすぐに攻撃に取り掛かり、アイテルのツールを迂回する方法を明らかにした。ふたりは何度か、そのようなことを繰り返し、この生意気なアメリカ人は、クルド人の粘り強さに敬意を払うようになった。アイテルはエレンに、イミュニティの従業員にならないかと持ちかけた。

ふたりは、イミュニティの自動エクスプロイテーションツール「キャンバス」のフレームワークに組み込む、ゼロデイ・エクスプロイトの開発に取り掛かった。マカフィーでの仕事と比べて、エレンはワクワクした気持ちで仕事に臨めた。イミュニティはすぐに、大手セキュリティ企業の注目を集め始めた。マカフィー、シマンテック、クオリスなどが、イミュニティのプラットフォームとスパイ活動のノウハウをライセンス取得したがった。キャンバスとコンサルティング事業は採算がとれたが、本当に利益が出たのは、ゼロデイ・エクスプロイテーションの技術を、セキュリティ関連企業に教える研修だとわかった。

防衛関連企業のブーズ・アレンが、とつぜんイミュニティのドアを叩いた。続いてボーイング、レイセオン、ロッキード・マーティンも。

さらにフランス警察が。ノルウェー政府まで。

イミュニティの最大の顧客はすぐに、海外の企業や政府機関になっていた。

おそらく、それは必然の流れだったのだろう。ウェブ上のあらゆることがそうであるように、エレンの言葉を借りれば「あまり評判のよくない行為者」が現れ始めたのだ。

ある時、研修会のさなかに、エレンは最悪の敵と顔を合わせることになった。トルコ軍の将軍である。その将軍はエレンをクルド系とは気づかなかった。もちろんそうだろう。将軍は、エレンのイスタンブール訛りに気づいただけだった。

「トルコ人の先生がいたとは、知りませんでした！」将軍は大きな声でアイテルに言った。「そう教えてくれればよかったのに」

将軍は、エレンから直接研修を受けたいと訴えた。そのトルコ人がエレンの周りをゆっくりまわり始めると、エレンは息が止まりそうになった。いまもトルコで暮らす父やおじの姿が脳裏をよぎる。トルコ軍がイミュニティのエクスプロイテーション技術を使って、クルド人に地獄の苦しみを味わわせる、ありとあらゆる光景が目に浮かぶ。父の肩に残っていた銃弾のあと。一斉検挙。鞭を手にしたトルコ人警官。バス一台分のクルド人が小便を垂れ流す姿。ルノー「トロス」の排気ガスの臭いまでが甦る。彼の友人や仲間のクルド人はみな、あの車に乗せられ、消息を絶った。エレンは躰が震え始めた。

あれから何年も経つというのに、エレンがこの時の将軍との遭遇を私に語った時、彼の声には怒りがこもっていた。以前にも聞いたことのある声だった。私の祖父母がナチスについて語った時の声だ。自分たちはホロコーストを免れたが、親やきょうだいはみな、アウシュビッツで殺されてしまった……。

将軍はエレンに、同胞のクルド人を裏切れと訴えていたのだ。あらゆる力を総動員して自分を抑えなければ、エレンは将軍の喉を掴んでいたに違いない。エレンは「闘うか逃げるか」を迫られる状況にあった。そして、彼が選んだのは逃走のほうだった。エレンは礼儀正しく断って席を外し、アイテルに相談した。トルコ軍にスパイ活動のノウハウを教えるくらいなら、刑務所に連行されたほうがマシだ。

アイテルがどう答えたのかと私が訊ねると、「彼は骨の髄までアメリカ人だから」と、エレンは答えた。「これはビジネスだ。自分は誰とでも喜んで商売する」

アイテルに訊ねると、その話は覚えていないと言ったが、否定はしなかった。

エレンが母国の人間から仕事の依頼を受けたのは、それが最後ではなかった。トルコ政府のフロント企業は、研修かゼロデイ・エクスプロイトを求めて、定期的にイミュニティのワークショップに現れた。エレンはすぐに、フロント企業を嗅ぎ分けられるようになった。「僕たちは誰かれ構わずハッキングしたわけじゃない」彼はそう漏らした。「僕たちは相手が誰かを嗅ぎ分ける独自の方法を編み出した。そして、僕は完全にフロント企業の臭いがするトルコの会社をたくさん断った」

トルコの企業だけではない。エレンは、ほかの顧客にも躊躇するようになった。たとえクルド系に「友好的な」フランスの政府機関のような顧客であっても、エレンは夜眠れなくなった。彼はアルジェリア国民のことを考えた。スペインでさえ、後ろ暗い目的でエクスプロイトを使う理由がある。「いつもこう思った。『バスクはどうなんだ？　カタルーニャは？　暴動が起きたらどうなる？』この問題はすぐに複雑になる。常にいい答えがあったわけではない」

エレンは徐々に消耗していった。「教えている相手のことを考えると、夜も眠れなくなり、夢にまで見るようになったんだ」

二〇〇九年、エレンは会社を辞めた。イミュニティを辞めた別の人間と一緒にサイバーセキュリティ会社を立ち上げ、顧客を厳しく選別することに決めた。政府を完全に避けられないことはわかっていた。政府の仕事は稼げるからだ。特にイスラエル、英国、ロシア、インド、ブラジル、マレーシア、シンガポールの政府当局は、ゼロデイ・エクスプロイトとツールについて独自の権限とノルマを設定し始めた。スタックスネットがパンドラの函を大きく開けてしまったのだ。通常戦争ではとてもアメリカ相手に勝ち目のない国の政府が、コードを使えば何ができるかにとつぜん気づいてしまった。作戦を実行する自前のサイバー戦士を揃えていなくても、カネを積めば手に入るのだ。

NSAは、これらのツールをアメリカ国民に使うことを明確に禁じている。イミュニティに、エレンの新しい会社に、彼らの競合にアプローチするあちこちの政府は、NSAのような制約を設けていない。確かに多くの政府がエクスプロイトを使って、敵対国や海外のテロリストを監視しているが、自国民を監視するツールを探す政府は増えている。「僕の生い立ちを考えれば、そこがこの市場の不気味なジレンマだ」と、エレンが言った。

エレンは妥協点を見出そうとした。彼とビジネスパートナーは「アムネスティ・インターナショナル」の報告書を読み込み、民主的な基準、それも特に市民の自由と報道の自由を尊重する政府を見つけ出した。その実績で高くランクされている政府の仕事以外は断ることにした。珍しい話ではない。私もハッカーから繰り返し同じ話を聞く。彼らのようなハッカーは、独自の倫理規定を守ることでインターネットの邪悪な力——権威主義、弾圧、警察国家——を、もうしばらくのあいだ食い止めておけると信じている。

「イスラエルから電話がかかってきたことがある」エレンが言う。「僕は電話にも出なかった。旧ソ連構成国の仕事も断っている。北米とカナダの政府機関には協力する。だけど、メキシコは断る。あとは欧州の一部の国だけだ」

時とともに、倫理的葛藤は複雑になるばかりだった。そして、アドレナリンが出なくなった。二〇一五年、エレンは、チェコのウイルス対策ソフトウェア開発大手「アバスト」に会社を売却した。そして〝黄金の手錠〟（有能な従業員の離職を防ぐために約束する、昇給やストックオプションなどの特別待遇）が外れると、会社を去った。

私がエレンと話をした二〇一九年には、彼は正反対の立場で働いていた。政府の監視を検知する、スマートフォンのアプリを開発していたのだ。何て皮肉な展開だろうね、と彼も認めた。エレンはいま、彼の元の顧客から一般市民を守っているのだ。

二〇一九年になる頃には、海外のプレイヤーがたくさん市場に参入していた。だが、業界に真の衝撃を与えたか、少なくとも複数の記者が報道したのは、その年、NSAの精鋭中の精鋭のハッカーたちが海を渡って、湾岸諸国に向かったことだった。表向きの話はこうだった――彼らは、アメリカの同盟国がサイバー脅威とテロリストから自国を防衛する協力をしている、と。ところが、現実はもっと不快で、はるかに悪質だった。

二〇一九年六月、私はNSAの元ハッカーのデイヴィッド・エヴェンデンから、暗号化されたメッセージを受け取った。彼は一切を打ち明けるつもりでいた。エヴェンデンは、ハッキングツールの闇取引について報じた私の記事を読んでいた。「もっと知りたくないかい？」彼はツイッターで私宛てにそう書き込んだ。

エヴェンデンは「サイバーポイント」という、ブティック系のセキュリティ会社にリクルートされた。VRL（第一〇章を参照）の競合である。ふたつの会社の違いは、VRLがアメリカの政府機関の仕事しかしないのに対して、サイバーポイントは〝多角的〟であること。サイバーポイントは、二倍、時には四倍の年俸をちらつかせて、NSAの元ハッカーを釣った。エヴェンデンや彼の親しい仲間の時もそうだった。そしてまた、アラブ首長国連邦のアブダビでの贅沢なライフスタイルも約束されていた。仕事内容はNSAの時と何ら変わらないが、アメリカの友好同盟国のための仕事だ、とエヴェンデンは聞かされていた。

二〇一四年、エヴェンデンが妻を伴ってアブダビに到着すると、行く先々で警告の赤い旗が待っていた。サイバーポイントの本社は、多くの企業が本拠を構えるダウンタウンの摩天楼ではなく、「ヴィラ」と呼ばれる、郊外の要塞のような秘密のマンションにあった。それ自体はさほどおかしなことではない、とエヴェンデンは私に言った。同じようなヴィラを本拠とするアメリカのスタートアップの話を、彼は耳にしたことがあったからだ。

だが、サイバーポイントにはふたつのフォルダーが存在していた。

初めて出社した八月のその日、エヴェンデンの新しい上司は、いっぽうのフォルダーを開いて、彼の新たな職務記述書を丁寧に読み上げた。アラブ首長国連邦のネットワークを、サイバー脅威から防衛するために協力することが仕事である。「わかりましたか。いいでしょう」上司はそう言った。いなぜなら、ひとつ目のフォルダーを閉じるとすぐに、ふたつ目のフォルダーを取り出したからだ。いま読み上げた職務内容は、何もかもが虚偽だった。最初のフォルダーはアリバイづくりだった——

「紫のブリーフィング」と彼らは呼んでいた。エヴェンデンは俳優が台詞を覚える時のように、その内容を一字一句記憶し、何度も暗唱しなければならなかった。アブダビでどんな仕事をしているのか、と訊かれた時には、その虚偽の説明をしなければならない。そしてふたつ目のフォルダーには、彼の本当の役割が記されていた。サイバーポイントは「黒のブリーフィング」と呼んでいた。エヴェンデンの仕事は、クライアントのアラブ首長国連邦のために、テロリストの小集団と海外のネットワークをハッキングすることだった。それでも、まださほどおかしなことではなかった、とエヴェンデンは言った。NSAのハッカーから請負業者に転身し、ベルトウェイか海外で働くエヴェンデンの知り合いはみな、紫と黒のブリーフィングに相当するファイルを手にしていたからだ。彼らはみな、私のような小うるさい記者に対して、仕事の防衛的な要素について積極的に話すように指示されており、クライアントの政府のために行なう攻撃的な仕事については、絶対に話してはならない、と言い含められていた。

それでも、アブダビのふたつのフォルダーは、バージニア州のふたつのフォルダーとは意味が違った。攻撃型ハッキング業界を取り締まる法が曖昧であるにもかかわらず、ＮＳＡには、フォート・ミード陸軍基地を去った元職員に対して、できることとできないことを規定する独自のルールが存在した。何より重要なルールは、ＮＳＡの元職員が機密情報とスパイ活動のノウハウを、特定の機関の承諾を得ずに漏らすことを——生涯にわたって——明白に禁じていたことだ。

ゼロデイ・チャーリー（第五章を参照）が、元の上司の許可を得なければ、エクスプロイトの売却に関する報告書を公表できなかったのも、そういうわけだからだ。

しかしながら、エヴェンデンはこの警告の赤い旗にも注意しなかった。彼の上司は、すべては正当だと請け合った。アラブ首長国連邦のために行なう彼の仕事は、最高レベルで——すなわちアメリカの国務省、商務省、ＮＳＡのレベルで——承認されている。プロジェクトにはコードネームまである。「プロジェクト・レイヴン」（レイヴンは英語で「カラス」あるいは「略奪」などの意味）。アメリカとアラブ首長国連邦のあいだで結ばれた、より大きな国防契約の一部である。ブッシュ政権で対テロを担当し、クリントン政権ではテロ対策担当大統領補佐官を務めたリチャード・クラークが、二〇〇八年に着手したプロジェクトであり、湾岸の君主国が独自のテロ行為追跡技術を開発できるよう、アメリカが協力するという計画だった。包括的な国防契約には不吉な名前がついていた。「プロジェクトＤＲＥＡＤ」——Development Research Exploitation and Analysis Department（ＤＲＥＡＤ《ドレッド》は英語で「恐怖」「不安」などの意味）。そしてそのプロジェクトは、サイバーポイントのような下請けや、エヴェンデンのような元NSAの数十人の凄腕ハッカーに負うところが大きかった。

エヴェンデンは最初の仕事のひとつとして、湾岸諸国で訓練を受けているISIS系テロリストの小集団を追跡した。簡単ではなかった。イスラム過激派のテロリストは、技術に関して言えば「一貫して一貫性がなかった」からだ。洗練されていないと伝えられる敵は、絶えず適応していた。いたちごっこのサイバー競争では自分たちに勝ち目がないことを知っており、彼らはウェブを避け、市民のなかに紛れた。プリペイド式の携帯電話を使い、次々に新たな技術のプラットフォームに乗り換えた。サイバーポイントのエヴェンデンの同僚はゼロデイのブローカーにしきりにアプローチして、ISISが臨機応変に使っている、あまり知られていないプラットフォームのエクスプロイトを手に入れた。それ以外にテロ集団の動きについていく方法はなかったのだ。彼らは、嫌悪を催す残忍さだけでなく、怜悧な頭脳の持ち主であることも証明していた。

だが、ほんの数カ月のうちに、エヴェンデンの上司が方向転換した。「上にはこう聞かれたんだがね。『カタールがムスリム同胞団に資金提供しているという報告がある。証拠を摑めないか』と」（ムスリム同胞団は、アラブの春の混乱に乗じて当時、存在感を高めていたイスラム主義組織）「カタールにアクセスできなくなければ」エヴェンデンは上司に言った。つまり、カタールをハッキングすれば、という意味である。

それで行け、というのが上司の返事だった。

同僚なら、もっと質問したかもしれない。自分は充分に訊かなかったと、エヴェンデンはのちに認めている。

エヴェンデンがいったんカタールのシステムに侵入すると、彼の上司にはその不正侵入を打ち切るつもりがまったくないようだった。通常、このような作戦では、ネットワークに侵入して、仕事が終われればさっさと抜け出すのが定石だ。ところが彼の上司は、エヴェンデンにできるだけ深く、遠くまでカタールのネットワークに侵入させようとした。アラブ首長国連邦とその同盟国のサウジアラビアは、隣国カタールとのあいだで、いまだ決着のつかない問題を抱えている。湾岸地域の覇権を争う差し迫った戦いを、人気ドラマシリーズ「ゲーム・オブ・スローンズ」ならぬ、「ゲーム・オブ・ソーブ」と呼ぶ者もいる。ソーブとは、アラブ諸国で男性が身に着ける、くるぶしまでの白い衣装のことである。湾岸諸国の君主たちの決闘は、外部の者には最も理解しがたく、もちろんこの地域に引き寄せられたNSAの元ハッカーにはほとんどわからない。かいつまんで言えば、かつては真珠の採取と漁業がおもな産業だった僻地のカタールが近隣諸国を怒らせてしまったのは、四〇年前に海岸沖で天然ガスが発見されたことが原因だった。それ以来、この小国は液化天然ガスの世界最大の輸出国になり、時を同じくして、原油産出量の多い隣国はかつてない原油価格の下落に見舞われた。カタールのニュースネットワーク「アルジャジーラ」は強い影響力を誇り、常識に捉われることなく、湾岸地域の隣国を普段から公然と非難してきた。しかも、カタールは二〇一一年のアラブの春を支持した。いっぽうのアラブ首長国連邦とサウジアラビアは国民の蜂起を恐れたが、何とか社会の騒乱は免れた。

「いまになって思えば、自分たちが何をしてるのか、まったくわかっちゃいなかったんだよ」エヴェンデンはそう打ち明けた。「表向きの仕事はテロリストの追跡だった。実際は、カタールがムスリム同胞団を支援しているという報告に乗じて、アラブ首長国連邦がNSAのハッカーを使って、カタールのシステムに不正侵入させてたってわけだ」

エヴェンデンのチームは、カタールがムスリム同胞団に資金をつぎ込んでいる証拠を、どうしても発見できなかった。また、アラブ首長国連邦が熱心に知りたがったにせよ、カタールが賄賂を使って「2022FIFAワールドカップ」の開催を勝ち取った、という証拠も見つけ出せない。それでも、指示が途切れることはなかった。まもなく、エヴェンデンのチームは、FIFA（国際サッカー連盟）傘下の欧州、南米、アフリカのサッカー連盟もハッキングしていた。アラブ首長国連邦がとりわけ強い関心を示したのが、航空機を利用したカタール人の移動だった。エヴェンデンのクライアントは、カタール王族の一人ひとりがどこへ飛び、誰と会い、誰と話したのかを知りたがった。これについても、エヴェンデンのチームは使命の一部だと聞かされた。テロとの戦いと攻撃型サイバー業界においては、たいていどんなことでも正当化された。

そしてエヴェンデンたちは、たいていどんなことでもこなした。そのうち、エヴェンデンのチームは、アラブ首長国連邦の人権活動家とイングランドのジャーナリストを想定した、スピアフィッシングメールを書いていた（スピアフィッシングとは、特定の個人を標的として、偽のメールを送信し、重要な個人情報などを窃取する攻撃。スピアは英語で「槍」を意味し、標的を狙い定めて突き刺すように攻撃を仕掛けることから）。自分たちが「送信」ボタンを押すことはなかった、とエヴェンデンは言った。アラブ首長国連邦の当局者は——もちろん仮定の話として——、彼らに批判的な活動家やジャーナリストがテロリストと関係がないか、調べる方法を知りたかっただけだと説明した。そして、たぶんメールの見本は書けるはずだ、とエヴェンデンたちに持ちかけた。

エヴェンデンは、ロンドン在住のジャーナリスト、ローリー・ドナフィー宛てに、罠を仕掛けたメールを書いた。当時、ドナフィーはアラブ首長国連邦の人権侵害を非難していた。そこでエヴェンデンは、人権侵害のパネルディスカッションをでっち上げ、ドナフィーを招待するメールを書いた。まさか、本当に送信されるとは思っていなかった。

ところが、そのメールはスパイウェアとともに送信され、ドナフィーのあらゆるキーボード操作、パスワード、連絡先、メール、テキストメッセージ、GPSの位置情報をすべて追跡した。リサーチャーがドナフィーのコンピュータにスパイウェアを見つけ出した時には、サイバーポイントはすでに、世界中の約四〇〇人の情報を窃取したあとだった。そのなかには逮捕され、収監され、独房に監禁されたアラブ首長国連邦の市民もいた。ソーシャルメディアで自国を侮辱したか、私的な通信のなかで現在の君主に疑問を投げかけたから、というのがその理由だった。

あとで考えれば、サイバーポイントの捜査網が、アメリカ政府高官のデータまで掻き集めることになるのは、当然の流れだった。だが、NSAの元ハッカーがいつか、アメリカのトップレベルのデータを捕らえることになると予想した者は、ほとんどいなかった。

あらゆる正当化が剝がれ落ちたのは、エヴェンデンがアメリカのファーストレディをハッキングした日だった。

二〇一五年一一月、ミシェル・オバマのチームは一週間の中東訪問という一大イベントに向けて、最後の仕上げに取り掛かっていた。カタールの前首長ハマド・ビン・ハリーファ・アール＝サーニーの第二王妃であり、現首長タミーム・ビン・ハマド・アール＝サーニーの母であるモーザ妃（モーザ・ビント・ナーセル）が、首都ドーハで開かれる王妃主催の毎年恒例の国際教育改革サミットに、ミシェル夫人を個人的に招待したのだった。ミシェル夫人はその招待を、彼女の「レット・ガールズ・ラーン（女子に教育を）」の教育イニシアチブについて話し合う、理想的な機会と受け取った。それはまた、カタールの砂漠にあるアル・ウデイド空軍基地に駐屯する、アメリカ軍を訪れる絶好の機会でもあった。

ミシェル夫人のチームは、コメディアンのコナン・オブライエンと調整して、駐屯地のおよそ二〇〇〇人の兵士に、彼らが必要とする息抜きのお楽しみを提供することにした。そのあとヨルダンに立ち寄り、アメリカが資金提供したシリア難民の学校を訪れる予定である。中東訪問に七〇万ドルかかるとわかった。ミシェル・オバマのチームは、モーザ妃と定期的にメールでやりとりした。

そして、モーザ妃とミシェル夫人、双方のチームが交わしたメールはひとつ残らず、サイバーポイントのサーバーに吸い込まれた。個人的なメモ、ホテルの予約、フライトスケジュール、詳細なセキュリティ計画、さらには旅行スケジュールの変更まで。エヴェンデンたちがハッキングしていたのは、もはやカタール人だけ、あるいはアラブ首長国連邦の活動家や西洋のブロガーだけではなかった。実質的にアメリカ人をハッキングしていたのだ。しかも、一般のアメリカ市民ではない。

もしエヴェンデンが、違法行為に手を染めているか自分が道徳上の指針なしにさまよっている証拠を探していたのなら、コンピュータ画面でアメリカのファーストレディのメールを盗み見ていたことこそ、強烈な平手打ちにも似た厳然たる証拠だった。

「あの瞬間、思わず言ったんだよ。『こんなことをしちゃダメだ。これは普通じゃない。こんなメールは見ちゃいけない。この人たちを標的にすべきじゃない』って」彼は言った。

エヴェンデンは上司に会いに行き、このプログラムにゴーサインを出したという、米国務省の書類を見せて欲しいと要求した。最初の数回、彼の上司は明らかに、エヴェンデンがその要求を引っ込めることを願っていた。だが、エヴェンデンは引き下がらなかった。そしてある日、その書類を直接見せてくれた。書類は確かに本物だった。国務省章も署名もあった。ところが、日付が二〇一一年なのだ。エヴェンデンのチームが二〇一五年のいま取り組んでいる作戦を、国務省がそんな古い日付で承認したとは考えにくい。その時だった。これまで聞かされてきた何もかもほぼすべてが虚偽だったことに、エヴェンデンが気づいたのは。

エヴェンデンと彼の同僚がサイバーポイントの幹部に詰め寄ったところ、これは大きな間違いだったと告げられた。もしエヴェンデンたちがアメリカのデータを見つけたのであれば、彼らは停止の合図を出すべきだったのであり、そうすれば彼らの上司がアメリカのデータを確実に破棄していた、と。そしてそれ以降、エヴェンデンたちは言われた通りにした。ところが、二週間後、三週間後、そして四週間後にも、サイバーポイントのデータベースには、アメリカ関係のデータが保存されたままだった。

エヴェンデンはヴィラの外のアブダビについて、より厳しい見方をするようになった。その人工的な島々と壮麗な美術館にごまかされなければ、ここはほんの些細な批判をしただけで刑務所に放り込まれる国なのだ。エヴェンデンは地元の新聞で、クレジットカードの負債を支払えなかったアメリカ人駐在者が、「債務者刑務所」送りになった記事を読んでいた。ある日、通りでひどい交通事故を目撃した。アラブ首長国連邦の市民が運転する車が信号を無視して、駐在員の車と衝突した。どう考えても非があるのは市民のほうなのに、地元の警察はその場で運転手を逃し、被害者である駐在員の身柄を拘束した。「私たちが恐れるようになったのはテロ組織じゃなく、アブダビ政府のほうだった」エヴェンデンはそう振り返った。

彼の上司は、見て見ぬ振りを決めたようだった。エヴェンデンの直接の上司は、年五〇万ドルの昇給を手にしていた。エヴェンデンと同僚が懸念を口にすると、上司はこう言った。「君たちは、ちょっと大袈裟に考えすぎなんじゃないか」

このような倫理的ごたごたに対するサイバーポイントの解決策は、「今後、反体制派、ジャーナリスト、アメリカ人は標的にしない」というものではなかった。その反対だった。エヴェンデンと彼のチームはこう告げられたのだ。彼らの契約はサイバーポイントから、アラブ首長国連邦の有限責任会社「ダークマター」（天文学で、宇宙を構成する仮説上の「暗黒物質」の意味）に移ることになる。エヴェンデンたちは、米国務省からの出向ではなくなる。今後はアラブ首長国連邦の下で、何の制約もなく働くことになる。エヴェンデンの上司は、サイバーポイントの従業員に選択肢を与えた。ダークマターに参加するのか、それともサイバーポイントの経費でアメリカに帰るのか。そのふたつ以外に、選択肢はない。

従業員の半分はダークマター行きを決めた。エヴェンデンは元同僚に、よく考えたほうがいいと忠告した。「アメリカ人を標的にすることになるんだぞ」

彼らは、現実から目を逸らしたのかもしれない。アラブ首長国連邦の太っ腹な小切手に目が眩んだのかもしれない。エヴェンデンにこう告げた者もいた。アメリカではこんなカネはとても稼げない。「彼らは、だいたいこんなことを言ったんだ。『あと二、三年この仕事をやるだけだから、自分は大丈夫だ』と」

「太い線が引かれたよ」エヴェンデンが漏らした。ダークマターに参加しないと決めた者は、それまでの交友関係から弾き出されてしまったのだ。「いつも一緒に飲みに行き、家を行き来してた仲間が、私たちとのつきあいをやめてしまったんだ」そして、エヴェンデンたちは会社を追い出された。サイバーポイントはキーカードを取り上げ、個人の銀行口座も閉めてしまった。アブダビを去ることにしたエヴェンデンたちは、会社が彼らをアメリカに送り返すスケジュールを決めるまで待たされた。

そしてアメリカに帰り着いたあと、自分たちがあとに残してきたことを考え、エヴェンデンはＦＢＩに足を運んだ。

彼が私に連絡してきた二〇一九年半ばには、ダークマターはＦＢＩの捜査を受けていた。アラブ首長国連邦にとどまると決めたエヴェンデンの元同僚のひとり——ＮＳＡの元分析官ローリー・ストラウド——は、ドバイに戻る途中、ワシントン・ダレス国際空港でＦＢＩ捜査官に連行された。三年後、ストラウドはロイターのインタビューに応えている。「あれは彼女なりの告白の方法だった」エヴェンデンは私にそう答えた。「彼女はこう言いたかったんだ。『あら、私だって善人のひとりよ』。だけど実際、彼女にははっきりと私から忠告した。『ここに残れば、君はアメリカ人を標的にすることになるんだぞ』と。彼女は自分が何をやっているのか、完璧にわかってたよ」

ところで、エヴェンデンはそもそもなぜ私に連絡をとってきたのか。彼なりの言い訳をするために？　FBIの捜査はいまも続いている。もちろん、FBIは彼にジャーナリストに話してもらいたくはなかった。だが、エヴェンデンのもとには、NSAの現役のオペレーターからますます多くの電話がかかってくるようになった。彼らはダークマターから引き抜きの連絡をもらっていた。「彼らはこう訊くんだ。『すごく条件がいいんです。僕はどうしたらいいでしょうか』」

エヴェンデンの答えは明白だ。電話をかけてくる人間が増えるにつれ、エヴェンデンは公式な声明を出すべきだと判断した。「私の考えはこうだ。『NSAの元オペレーターのみなさん。海外で仕事に就く時に避けるべきことは』」彼は続けた。「君を送り込む人間が、そこへ送り込む前に、君の仕事についてきちんと説明しない時には、そこへ行かないことだ。もし行ってしまい、そのあとで、フォルダーをふたつ提示されたら、それは警告の赤い旗だ。大金に釣られて海外で働くことを考えているのなら、君が考えているような仕事を、実際にすることはおそらくないだろう」

私には、いかにもアメリカ人らしい無邪気さに思えた。エヴェンデンは最初、サイバーポイントを信用した。ゆっくりと茹でられ、みずからの危険に気づいた時にはすでに手遅れだという、茹でガエルの話を思い出した。すでに損害は与えられた。エヴェンデンは遅すぎた。カエルはすっかり茹で上がってしまったのだ。

第一二章：ダーティ・ビジネス——マサチューセッツ州ボストン

「僕はいつも言ってきたんだ。このビジネスがダーティになったら、僕は抜けるって」二〇一九年、夏も終わりに近づいたある日の夕方、アドリエル・デザウテルスが私の取材に応えて言った。

見かけこそ牛乳配達人だが、デザウテルスはサイバー兵器の商人だ。好き勝手な方向を向いている巻き毛。リムのない眼鏡をかけ、前歯には隙間がある。好きなのは、天体物理学者のカール・セーガンの言葉を引用すること。当初は「シアン化物」というハッカー名を使っていたが、どうもしっくりこなかった。結局、もっと良識的な「サイモン・スミス」というハッカー名に変えた。だが、顔のない業界において見かけに意味はない。このゲームの重要人物はみな、デザウテルスが国内で異彩を放つゼロデイ・ブローカーであることを知っていた。

私がゼロデイ売買の調査に乗り出した頃、デザウテルスの名前は頻繁に浮かび上がった。とはいえ、不名誉な噂がつきまとっていたわけではない。道徳的指針なき業界において、その指針を持ち合わせた人間のように思えた。私はゼロデイ売買の基本的な仕組みを理解したかったが、それと同時に、真実と透明性に関心の高い人間が、闇に包まれた業界で、どうしたらうまく泳ぎ渡れるのかについても知りたかった。ダースベイダーのような謎めいた評判を楽しんでいるほかのゼロデイ・ブローカーと違って、デザウテルスは明るい光のなかを歩んできた。自分自身の評判について、ゼロデイ市場の新しいプレイヤーが理解していないことを、デザウテルスは理解しているようだった。すなわち、真に受け入れられ、広く流通するものは何か。デザウテルスはその点を理解していた。だからこそ、彼のクライアントであるアメリカのアルファベット三文字の政府機関、ベルトウェイの請負業者、あるいはこれ見よがしの行為や二重取引、内密の行為を容認しないフィクサーは彼を信用した。

クルド人のエレンや、アラブ首長国連邦で働いたエヴェンデン、このゲームに参加している多くの者と同じように、デザウテルスも自分のほうからゼロデイ市場を探し出したわけではなかった。市場のほうが彼を見つけ出したのだ。デザウテルスは、二〇〇二年にヒューレット・パッカード（HP）のソフトウェアのゼロデイを見つけた。いまでは有名な話だが、HPはコンピュータ犯罪と著作権法に基づいて、デザウテルスを訴えるぞと脅した。すんなり引き下がるどころか、デザウテルスは反撃に転じ、電子フロンティア財団の法務責任者を雇って、HPに訴訟を撤回するように迫り、謝罪を求めた。これが、脆弱性のリサーチに企業がアプローチすべき方法の新たな先例となった。この件で自分が有名になるとは、デザウテルスは思ってもいなかった。それが二〇〇二年のこと。アイディフェンスのバグ買い取りプログラム（第三章を参照）が誕生する前である。そして、脆弱性の市場があることすら知らなかったデザウテルスのもとに、ある時、知らない番号から電話がかかってきた。

「何を売れる？」男が訊ねた。その問いにデザウテルスは当惑した。

「何の話か、よくわかりませんが」デザウテルスが答える。「僕のセキュリティサービスをお求めですか」

「いいや、エクスプロイトを買いたい」男が言った。

エクスプロイトを買うという考えは、デザウテルスには馬鹿げて聞こえた。なんで、わざわざカネを出して買わなくちゃならない？　バグトラックでも「フル・ディスクロージャー」でも、ハッカーのあちこちのメーリングリストでダウンロードできるのに？　だが、男は執拗だった。「いま何に取り組んでるか、教えてほしい」

その時たまたまデザウテルスは、MP3の独創的なエクスプロイトに面白半分に取り組んでいた。こんな仕組みです。MP3形式の楽曲ファイルを誰かに送ったとします。それを相手が再生すると、ゼロデイによって相手のデバイスを完全に乗っ取れるんです。エクスプロイトの仕組みを最後まで説明する前に、電話の男が遮った。「買おう。いくらだ」

デザウテルスは、相手が真面目なのかどうか、その時もまだ半信半疑だった。

「一万六〇〇〇ドル！」ジョークのつもりだった。

「いいだろう」

一週間後、郵便で小切手が届いた。彼はその小切手をまじまじと見つめ、ブローカーのセビエン（第四章を参照）や、ベルトウェイ付近の請負業者と同じ結論に達した。これはデカいビジネスになるに違いない。

当時、デザウテルスは、ペネトレーション・テストを実施する「ネットラガード」の立ち上げに動いていた。ネットラガードは、そこらの競合よりもずっと本格的なテストを実施した。「市場に出まわってるテストはポンコツだ」と、彼は私に言った。ネットラガードは、徹底的なハッキングテストを行ない、クライアントが〝彼のような連中〟に決してハッキングされないようにした。彼の会社のモットーは、「あなたを我々のような人間から守ります」。たいていのペネトレーション・テストは、企業のネットワークを簡単に検査し、アップグレードしたり修正したりすべきリストを記した報告書を渡して、それで終わり。企業のほうでも、たいていそれが望みだ。彼らは単に、コンプライアンスのリストにある四角い小さな箱に、チェックマークが入ればそれで安心する。だが、実際にハッカーを遠ざけておくという点について言えば、そんなテストは何の役にも立たない。デザウテルスは、そのようなおざなりなテストを、「防弾チョッキの性能を水鉄砲で試すようなもの」だと喩える。彼は著書のなかで、おざなりなテストをする者を、クライアントから数十ドル、数百ドル、時には数千ドルを巻き上げておきながら、本当にはハッカーを締め出せない詐欺師だと書いている。ネットラガードがペネトレーション・テストを行なう際には、実際にその企業のネットワークに不正侵入する。文書を偽造し、セキュリティ・キーパッドや社員証もハッキングする。確実なはずのデジタル手法が失敗に終わった時には、ハッカーをクライアントの貨物用エレベータに送り込み、秘書のデスクから社員証を盗み出し、清掃作業員の女性にカネを掴ませてCEOの部屋に忍び込む。すべて契約の範囲内だ。彼らはそれを「魔法の刑務所釈放カード」と呼ぶ（ボードゲームの「モノポリー」から）。ネットラガードはすぐに、ラスベガスのカジノや製薬会社、金融機関、規模の大きな国立研究所から声がかかり、それぞれのネットワークに不正侵入して名声を手に入れた。

デザウテルスは、副業でゼロデイ・エクスプロイトを売れば、ネットラガードのビジネスを支えられ、ベンチャーキャピタリストを寄せつけずに済むと考えた。MP3のゼロデイに一万六〇〇〇ドルを支払ったブローカーが、再び電話をかけてきた時、デザウテルスは売値を約二倍に吊り上げた。その次にも二倍に吊り上げ、六万ドルと言った。相手が断わるまで値を上げ続けた。まもなく、ゼロデイひとつを九万ドル以上で売っていた。その頃、アイディフェンスはエクスプロイトひとつを、わずか一〇〇ドルで買い取っていた。デザウテルスには、わざわざアイディフェンスに売ろうとする人間がいる理由がわからなかった。デザウテルスが呼ぶところの「見えない合法的闇市場」を通せば、小切手一枚で何年も暮らせるというのに。

私はデザウテルスに、自分のエクスプロイトがどう使われるのかについて、何の懸念や戸惑いもないのかと訊ねた。彼は決して買い手の名前を教えてはくれなかったが、自分はアメリカの「公共部門と民間部門」の組織にしか売らないと答えた。すなわち、アメリカのアルファベット三文字の政府機関、防衛関連企業に加えて、彼のゼロデイを自社のソフトウェアでテストしたいという、セキュリティ企業という意味だ。同時多発テロの記憶はいまだ生々しく、自分のエクスプロイトはよいことに——テロリストや、子どもを食い物にする悪い大人を追跡するために——使われている、と彼はぼそぼそと言った。デザウテルスは友だちに手伝いを持ちかけるようになった。もし手元にゼロデイ・エクスプロイトがあるなら、売る手伝いができるよ、というわけだ。デザウテルスは友だちに言った。アイディフェンスやほかのバグ報奨金プログラムはゴミのような額を支払っているが、自分の買い手は五桁や六桁の額を持ちかけてくる。すぐにデザウテルスは、自分が開発するよりも、ずっと多くのエクスプロイトを仲介するようになっていた。

デザウテルスは、アイディフェンスの格安価格の一〇倍でエクスプロイトを売却できた。アイディフェンスのところにまわってくるのは、デザウテルスのおこぼれだった。デザウテルスが仲介するゼロデイは「完璧な状態」を求められた。つまり、標的のもとに送り込まれたら、ゼロ・インタラクション（相互作用を必要としない）でなければならない。中国人ハッカーが送る、スパムのようなテキストメッセージやフィッシングメールではダメだ。彼が開発したり仲介したりするエクスプロイトは、ほぼ完璧な確率で動作しなければならない。そして、たとえ失敗した時でも、「その失敗をうまく処理」できる必要がある。つまり、警告メッセージを作動させたり、標的のコンピュータをクラッシュさせたりしてはならない。ハッキング被害に遭っていると、相手に気づかれてはならないのだ。不正侵入はひどく慎重を要する。もし標的が、自分が監視されていることにかすかにでも気づいたならば、その時点でゲームオーバーなのだ。

デザウテルスは、自分の買い手が誠実だと自信を持っていたらしい。デザウテルスから買い取ったエクスプロイトを、その買い手が反体制派やジャーナリスト、別れた恋人の追跡には使っていないと確信していたようだ。

でも、あなたに売った相手はどうなのか、と私は聞いた。売り手は誰なのか。もし彼らが別の人間にも売っていたら？　もしデザウテルスに売ったその同じエクスプロイトを、彼らがアラブ首長国連邦や中国のような権威主義体制の国に売っていたら？　そして、そのエクスプロイトを使って、自国民を監視していたとしたら？

仮定の話ではなかった。デザウテルスがエクスプロイトを売買し始めた二〇一三年頃には、中国のクライアントが市場に溢れていた。かの有名な若きハッカー、ジョージ・ホッツ、別名「ジオホット（George Hotz）」は、初代アイフォンのロックを解除し、ソニー「プレイステーション３」のネットワークに不正侵入して一躍有名になった。彼はアップルのエクスプロイトを、あるブローカーに三五万ドルで売却しようとしたとされる。そのブローカーは、最終クライアントが中国だと示唆していた（のちにグーグルのハッカーチームに参加したホッツは、その取引は成立しなかったと明かし、自分はアメリカ人にしか売らないと主張した。だが自分が誰に売り、誰には売らないかという道徳性については、あまり深く考えないとつけ加えている。「倫理はあまり好きじゃないんだ」）。

その点についても、デザウテルスには対策があった。もし自分以外には売らないと約束するなら、ゼロデイに三倍以上の価格をハッカーに支払ったのだ。機密保持契約を結ぶことで約束を明確にした。だが、ハッカーが同じゼロデイをこっそりほかの誰にも売らないと、なぜ確信できるのか。これらは通常兵器ではない。コードなのだ。すると、デザウテルスが言った。その基盤にあるのは〝武士道〟

だ。サムライの行動規範だ。売ったばかりのゼロデイについて、ハッカーはべらべら喋らない。別の誰かにこっそり売らない。売買のプロセスで、デザウテルスや彼の仕事に大損させたりしない。これらについて、デザウテルスは相手を信用しなければならない。だがハッカーが誰であり、どこの国の人間かを考えると、ただやみくもに信じているだけのように私には思えてしまう。

デザウテルスから直接聞いた話によれば、売り手の大部分はアメリカ、欧州、ルーマニアの人間だ。そのルーマニア人は何でもハッキングできるが、そのことは誰にも秘密にしているという。ルーマニアの人間だって？　私は卒倒しそうになった。あの国は世界の〝ペテン行為の都〟ではないか。だが、デザウテルスがルーマニアの名前を口にする時、まるで七月四日のアメリカ独立記念日を祝う、アイオワ州の話をするような口ぶりなのだ。

「イランにもハッカーがいた。信じられないほど腕がよかった。北朝鮮が仕掛けた攻撃もすごかった。だけど、彼らは僕には声をかけてこないんだ」デザウテルスが言った。

彼はずっと前に、あるロシア人ハッカーから五万ドルでゼロデイを買い取っていた。だが、同じハッカーが再びアプローチしてきた時、何かがおかしかった。そのため、デザウテルスは購入を断った。そのロシア人は、デザウテルスが呼ぶところの、彼の「危険人物嗅ぎ分けテスト」に合格しなかったのだ。

その嗅ぎ分けテストをどこで身につけたのか、と私は訊いた。尋問のハウツー本か何かを読んだのか。行動科学か。人を操る心理学とか？　どうやって相手の心を読むのか。「僕には不思議な能力が備わってるんだ」その言葉には、呑気な傲慢さが表れていた。「子どもの頃から、誰かと二分も話せば、相手がどんな人間かはっきりわかったよ。彼らの態度やわずかな表情の変化、相手が話す時のちょっとした仕草から、すぐに理解できるんだ」私は落ち着かない気持ちになって、もぞもぞと椅子に座り直した。おおぜいの人の命が、彼の嗅ぎ分けテストにかかっているのだ。

一五パーセント。それが、デザウテルスがエクスプロイトを買い取る割合だった。残りの八五パーセントについては断った。理由は、エクスプロイトの出来があまりよくないか、どこかうさんくさい雰囲気を感じとったからだという。そしてデザウテルスは、エクスプロイトを売りにきた相手に、もし機密保持契約を破ったら必ずその報いがある、と必ず念を押した。報いの多くは、デザウテルスが直接コントロールできた。「基本的に僕が相手に話したのは、もし彼らのゼロデイがどこか別の場所に現れたら、購入者にはその出所を調べる手段があるということだ。エクスプロイテーションのパターンを調べて、出所を突き止める。そしてその時には、僕たちは購入者に作成者の情報を躊躇なく教え、彼らが対処することになる。僕は基本的にこう言ったんだ。僕はあなたのために売買の仲介をします。でも、もしあなたが同じものをほかの場所に持ち込んだら、ただでは済みませんからね」

彼の言葉には、冷淡で不合理な響きがあった。大袈裟に聞こえると同時に、さも当たり前のように、まるでそんなことは起きるものだ、というように聞こえた。悪気はないが、それがビジネスというものだ、といった具合に。

デザウテルスの考えは、顧客の信頼を勝ち取った。彼はすぐに数人のクライアントを抱え、毎月、あるいは三カ月ごとに依頼料を受け取り、顧客のためにハッカーと交渉した。ゼロデイの価格は、そのゼロデイが不正侵入するソフトウェア次第で上下した。工作員が直接アクセスして、ルーターかUSBメモリを乗っ取るゼロデイが最も安く、五桁にしかならなかった。その上に位置するのが、アドビのPDFソフトウェア、サファリやファイアーフォックスなどのウェブブラウザ、あるいはワードやエクセルなどのマイクロソフトのアプリケーションに、遠隔操作で侵入できるゼロデイだった。さらにその上のクラスになると、一〇万〜二五万ドルに跳ね上がり、これにはマイクロソフトのメール製品やウィンドウズのソフトウェアを、遠隔操作でハッキングできるエクスプロイトが含まれた。時間的な制約も重要な要素だった。デザウテルスの買い手が、たとえばテロリストの携帯電話、イランの原子核科学者のコンピュータ、キーウのロシア大使館にいますぐ不正侵入する必要がある時には、普段なら二五万ドルで済むゼロデイに、買い手は二倍～四倍の五〇万～一〇〇万ドルを支払った。デザウテルスはたいてい、売値からわずかな手数料しか受け取らなかった。三パーセントの時もある。だが、デザウテルスみずから調達して検査し、クライアントのために緊急でテストしなければならない時には、手数料が六〇パーセントにのぼることもあった。

ビジネスとして、何の問題もなくうまくまわっていた。

売り手か買い手かを問わず、新たなプレイヤーが市場に溢れ始めた。これまでとはまったく異なるタイプだった。たとえば南アフリカ共和国生まれで、タイに住んでいるグラッグク（第四章を参照）。現ナマの詰まったダッフルバッグを足元に置いた写真を、嬉々として《フォーブス》誌に撮らせた男だ。あるいは、ＭＪＭというイニシャルで通っているドイツ人のスパイウェア起業家。彼はインターネットから、自分のデジタル痕跡をすべて消し去っていた。マルタ在住のルイージとドナート（第二章を参照）は、産業制御システムのゼロデイをなんなく売り込み、そのほとんどがアメリカで使われた。シンガポール在住のトーマス・リムと名乗る活気溢れるビジネスマン。潤沢な資金を持つが、自前では充分なエクスプロイテーション技術を持たない国やブローカーに、リムはサイバー軍需品を売り捌《さば》いていた。そして、フランス系アルジェリア人のシャウキ・ベクラー。この男は、定期的にグーグルとアップルを挑発し、自分は彼らの製品の欠陥を発見し、購入し、政府に売りつけていると豪語していたが、どこの政府かは誰も知らなかった。彼のツイッターは、ベクラーの非道ぶりをよく表していた。プロフィールやヘッダーの画像に、ダースベイダーの写真を使っているのだ。そのうえ、批判的な相手に自分が「ウルフ・オブ・ヴォーン（vulnerability＝脆弱性）ストリート」と呼ばれたことを、みなに繰り返し思い出させようとした（レオナルド・ディカプリオの主演映画「ウルフ・オブ・ウォールストリート」がもとにある）。

世間にどう思われようが、彼らは一向にお構いなしのようだった。武士道など何の関係もない。テクノロジー企業が自社製品に大きなセキュリティホールを空けたままにしておいて何の責任も感じないように、新たなプレイヤーもインターネットを兵器化して、何の責任も感じなかった。彼らの振舞いは愛国者というよりも、報酬目当ての傭兵のようだった。デザウテルスは、二〇一〇年のハッカーのカンファレンスで新しい買い手やブローカーが会場をうろつきまわる姿を、初めて見た時のことを覚えていた。危険人物嗅ぎ分けテストの必要もない。彼の嗅覚は、怪しげな匂いを存分に嗅いでいたからだ。「ヤツらにはほんとムカついたよ。ならず者国家が闇市場にたくさん出入りして、満足げにのうのうとしてたのがわかった。あっという間にダーティになってしまったんだ」その声には、恥の意識が潜んでいた。

彼らのような人間にとって儲けの大きい市場があることは、デザウテルスにもよくわかっていた。イスラエルから韓国までの中間業者が、ハッカーのカンファレンスでデザウテルスに積極的にアプローチするようになり、海外との取引にも応じるように強く迫ったのだ。デザウテルスは、旅行スケジュールを公にするのをやめた。中間業者につきまとわれ、売買を強引に持ちかけられたくなかったからだ。彼らはどういうわけか、デザウテルスを見つけた。ある朝、ラスベガスのシーザーズパレスホテルの部屋で鳴り響く、固定電話の呼び出し音で目が覚めた。自分がここに泊まっていることは、誰も知らないはずだ。「降りてきてもらえませんか」聞き覚えのない声だった。「ぜひ会っていただきたい」アジア人の中間業者だった。アメリカの同盟国の人間だったが、それが誰かについてデザウテルスは教えてくれなかった。その男は、もし取引関係を結んでくれるならば、私の国にファーストクラスでご招待し、国内をご案内しましょうと持ちかけた。デザウテルスは必ず断った。

デザウテルスの意向を訊ねようともしない相手もいた。モスクワを訪れた時、彼はわざわざエアビーアンドビーで、金属の重厚なドアと大きな鍵に、スチール製の補助錠までついたアパートメントを借りた。外出前には、ラップトップのネジのところに妻のマニキュアを塗っておいた。パラノイアじみていたかもしれない。だが、その頃にはパラノイアに陥って当然の理由があったのだ。もし怪しいプレイヤーがこの業界に入ってくるとするならば、その最たるものはロシア人だった。案の定、彼がアパートメントに戻ってくると、乾いたマニキュアにはひびが入っていた。何者かが彼のラップトップをいじったのだ。もし海外の人間がこれほど熱心に彼にアプローチしてくるなら、海外との取引に積極的であることを明らかにしている新しいプレイヤーに、海外の人間がアプローチしていることはまず間違いなかった。

私がクローゼットに閉じ込められた二〇一三年頃には、デザウテルスや彼の危険人物嗅ぎ分けテストの信頼性をはるかに超える勢いで、市場は拡大していた。毎年開かれる監視設備やシステムのトレードショーの創設者が、二〇一三年に見積もったところ、市場は「一〇年前の何もなかった頃」から五〇億ドルを超えるまでに成長した。同じ年には、NSAがゼロデイ用の予算を新たに二五〇〇万ドル加え、サイバーポイントがゼロデイを購入して、アラブ首長国連邦の敵対国とアメリカの同盟国をハッキングしていた。デザウテルスのゼロデイ調達ビジネスは二倍に成長したが、彼の競合のビジネスも二倍に成長した。「ウルフ・オブ・ヴォーンストリート」ことシャウキ・ベクラーが所有する、フランスのサイバーセキュリティ会社ヴペンでは、政府相手の売上が毎年倍々に増加した。イスラエル、英国、ロシア、インド、ブラジルの政府が、アメリカ政府に匹敵する金額を提示した。マレーシアとシンガポールも購入していた。実際、南極を除いて、ゼロデイの売買に参加していない国を見つけることは難しかった。

市場は徐々にデザウテルスの手を離れていき、莫大な現金があちこちから流入するようになると、彼の危険人物嗅ぎ分けテストのことなど誰も気に留めなくなった。売り手にはたくさんの選択肢があった。ハッカーはデザウテルスの独占条項を巧みに回避し始めた。デザウテルスは信念を守ろうとしたが、彼のトップクラスのエクスプロイト開発者たちは、もはや彼に選択肢を与えなかった。今後もゼロデイを売って欲しければ例外を認めるよう、デザウテルスを脅したのだ。「僕は買い手のところへ行って、もし独占契約ならば売り手は売らないと言っている、と伝えることになった」買い手のほうでも、その条件を呑まざるを得なくなった。「だから買い手はこう答える。わかった、二、三カ月だけ待ってほしい。そのあとは独占契約でなくても構わない」

デザウテルスの長年のクライアントも、新たな方法に従うようになった。デザウテルスが信頼していた買い手のひとりが、デザウテルスから購入したゼロデイをアメリカ以外の顧客に売りたいと言い出したのだ。彼らはそれまでデザウテルスから買ったツールを、圧政的な政府に売ったことはないと言ったが、彼らは最近、欧州の新たな顧客、具体的に言えばイタリアとのあいだで取引関係を結んだのだった。

「愚かだったよ」デザウテルスは白状した。そのイタリア人が「友好国」すなわち、アメリカや欧州の政府機関と、その友好同盟国にしか売らないものと思い込んでいたのだ。

イタリアでの売買は、ミラノに本拠を置く「ハッキング・チーム」という新たなプレイヤーを通じて行なわれた。そしてそのせいで、デザウテルスは市場から弾き出されることになるのだった。

デザウテルスは自分のパソコンを開き、危うく嘔吐しかけた。

二〇一五年七月五日。イタリア時間の午前三時一五分きっかり。ハッキング・チームのいつもは平穏なツイッターに、不吉なメッセージが投稿された。「何も隠すものはないため、我々のメール、ファイル、ソースコードをここに公表する」

実のところ、ミラノに本拠を置くハッキングツールの調達会社ハッキング・チームは、「フィニアス・フィッシャー」と名乗るハクティビストにハッキングされたのだった。それからの数時間から数日というもの、フィニアス・フィッシャーは四二〇ギガバイトにのぼるハッキング・チームの内部資料をネット上に公開した。契約書、従業員名簿、納品書、法的メモ、顧客サポート記録、重役や従業員の五年分のメールなど。デザウテルスの買い手が保証したにもかかわらず、ハッキング・チームは、「友好国」だけに売却していたのではなかった。彼らは、デザウテルスのゼロデイ・エクスプロイトをスパイウェアに埋め込み、世界でも最悪の人権侵害を抱える国に売りつけていたのだった。

この頃には、果たしてデザウテルスが牛乳配達人なのか、傭兵なのかを見分けるのは難しかった。リークされたデータのなかには、デザウテルスがハッキング・チームに直接送ったメールも含まれていたからだ。「僕たちは国内の顧客方針をひそかに変え、国際的な買い手と仕事をしてきた……。貴社が遠方とアメリカ国内で抱えている顧客が誰なのか、僕たちも理解しているし、貴社と直接、仕事をすることについて何の懸念もない」

この件について私がデザウテルスを追及すると、彼は答えた。「愚かだったよ、払うべき注意をちゃんと払っていなかった」だが、それではとても言い足りない。ほんの少しでも注意していれば、ハッキング・チームの懸念すべき噂はとっくに耳に入っていたはずだ。この三年間、私はトロント大学ムンク国際問題・公共政策研究所のシチズンラボのリサーチャーと協力し、ハッキング・チームのスパイウェアについて報じてきた。彼らのスパイウェアは、メールの添付ファイルに偽装されて、バーレーンの反体制派、モロッコのジャーナリスト、アメリカ在住のエチオピア人ジャーナリストなどに送付された。ハッキング・チームは自社のツールを「追跡不可能」と喧伝していたが、シチズンラボのリサーチャーがリバースエンジニアリングによって、彼らのスパイウェアを世界中の独裁国家のサーバーまで追跡したのだった。

これは、そこらへんのウェブサイトの情報ではなかった。私のその発見は《ニューヨーク・タイムズ》紙の第一面を飾ったのだ。そして、私は必ずハッキング・チームのイタリア人経営陣のコメントを求めた。CEOのダヴィド・ヴィンチェンゼッティは語気を強めた。我が社のスパイウェアが犯罪やテロの捜査においてのみに使用されるように、また「欧州諸国やアメリカ、NATOのブラックリストに記載されている」政府、「あるいはそれを言うなら、どんな圧政的な政権」にも決して売却されないように、我々は「いかなる努力も惜しまない」。我が社では、拒否権を持つエンジニアや人権派の弁護士で構成される委員会を設置して、どの売却についても検討している。だが、ハッキングされた彼のメールを読み込んだところ、あの会社が私に嘘をつき続けてきたことは紛れもなかった。

男性なのか女性なのかもわからない、いまもって正体不明のハッカー、フィニアス・フィッシャーが二〇一五年七月に暴露したハッキング・チームの内部資料は、私の最悪の疑念を裏づけた。それまでの一二年間、ハッキング・チームは世界中の多くの政府機関にスパイウェアを売却してきたのだ。そのなかには、もはや疑わしいという程度ではなく、異様というほかない人権問題を抱えた国も含まれた。ハッキング・チームの顧客のなかには、米国防総省やFBIが名を連ね、麻薬取締局はコロンビアの首都ボゴタにあるアメリカ大使館を拠点に、そのスパイウェアを使って麻薬カルテルを監視していた。ハッキング・チームは、メリーランド州アナポリスにあるフロント企業から、CIAにスパイウェアのサンプルを貸し出していた。フィニアス・フィッシャーの暴露によると、ハッキング・チームは欧州のあちこちの機関と契約を結んでいたという。そのなかにはイタリア、ハンガリー、ルクセンブルク、キプロス、チェコ、スペイン、ポーランド、スイスなどの機関が含まれた。だが、それは滑りやすく歯止めの効かない坂道だった。ハッキング・チームはその「遠隔コントロールシステム（RCS）」を、アラブ首長国連邦のサイバーポイントをはじめ、サウジアラビア、エジプト、ロシアのセキュリティサービスや、モロッコ、バーレーン、エチオピア、ナイジェリア、さらには国名が「ジャン」や「スタン」で終わる中央アジア諸国――アゼルバイジャン、ウズベキスタン、カザフスタン――の当局にも売却し、これらの国ではハッキング・チームのスパイツールを、害のない市民の監視に使っていた。暴露されたメールからは、ハッキング・チームの経営陣が、「欧州最後の独裁国家」として知られるベラルーシや、バングラデシュの〝暗殺部隊〟、それ以上に悪名高い国や組織とも契約を結ぼうとしていたことがわかる。さらには、一〇〇万ドル相当のスパイウェアをスーダンに――数十年にわたって強制退去、殺害、レイプ、手脚切断、誘拐、略奪といった残虐行為の限りを自国民に尽くしてきた諜報サービスに――売却してきた。アメリカの人道支援の活動家はこう述べている。スーダンは「世界で最もむごたらしい人権侵害国のひとつ」であり、デザウテルスは、その行為に重大な責任を負う人びとを武装させた。

「人生であれほど自分が情けなかったことはない」デザウテルスは私にそう漏らした。「自分にうんざりしたよ」

リークされた内部資料を、世界中のジャーナリストが詳しく調べ始めた。韓国のジャーナリストが見つけ出したメールは、ハッキング・チームのスパイウェアを使って、韓国の工作員が選挙を不正操作した可能性を示唆していた（ハッキング・チームのスパイウェアを使った韓国の諜報員が、彼のメールがリークされたあとで自殺した）。エクアドルのジャーナリストは、与党がスパイウェアを使って野党の動きを監視していたことを発見した。何度否定しようとも、今回の暴露によって、ハッキング・チームがスパイウェアを、政権に批判的な者や反体制派を容赦なく取り締まる政府に、売り捌いていたことは明らかだった。

二〇一二年にシチズンラボが報告書や記事を立て続けに発表したあと、ハッキング・チームは一部の顧客との取引について、考え直したようだった。二〇一四年には、ロシアへのサポートを打ち切った。広報担当者によれば、その理由は「プーチン政権が、西洋に好意的とみなされていた政権から、より敵対的な体制へと変化した」からだという。どうやらプーチンがウクライナの領土だったクリミア半島を一方的に併合したことから、ロシアを顧客リストの別のカテゴリーに移し変えたに違いない。ましてや、プーチン政権では長年にわたって、ロシア人ジャーナリストや活動家が謎の失踪を遂げてきたのだ。いっぽう、ハッキング・チームはスーダンとの契約を二〇一四年に打ち切った。その理由は、「ハッキング・チームのシステムを、スーダンが我が社との契約に基づいて利用する能力について懸念がある」からだった。とはいえ、数十万人ものスーダン市民がすでに命を落とし、数百万人を超える人びとが難民になったあとだった。

今回の暴露によって、世間はゼロデイ売買の非効率な面についても知ることとなった。たとえば、製品には保証条項があるにもかかわらず、ゼロデイには修正パッチが当てられていない。市場にはまったく透明性がなく、価格設定のルールはあってないようなものだ。シンガポールの情報セキュリティサービス会社「ＣＯＳＥＩＮＣ」とフランスのヴペンのゼロデイ・ブローカーを、何カ月も待たせてイラつかせたあげく、ようやくエクスプロイトが手に入った時には、すでにそのバグには修正パッチが当てられていた。ハッキング・チームがマイクロソフトの偽のエクスプロイトを、怪しげなインド人ディーラーに摑まされるという、漫画のようなやりとりがあった。

暴露されたメールはまた、製品が悪用される可能性についてハッキング・チームがまったく何の考慮もしていないことが浮き彫りになった。あるメールで、CEOのヴィンチェンゼッティが、将来についてこんなジョークを飛ばしていた。「想像してみろよ。ウィキリークスのサイトで、地球上でいちばん邪悪なテクノロジーについて、君が説明している記事を！☺」

デザウテルスが仲介した「アドビ・フラッシュのソフトウェアのゼロデイ・エクスプロイト」が、ハッキング・チームのスパイウェアに組み込まれたことは、インターネットに接続する者なら誰でもすぐにわかった。デザウテルスのアドビのゼロデイによって、サイバーポイントのような顧客は、標的をハッキングできた。正当な文書に偽装したPDFファイルを、メールに添付して送付し、標的を感染させたのだ。デザウテルスの唯一の慰めは、彼のゼロデイが世間の知るところとなったあとで、いつか修正パッチが当てられ、やがてハッキング・チームのスパイウェアの威力が失われることだった。だが、自分が仲介したゼロデイがすでに使われてしまったかもしれないと考えると、デザウテルスは吐き気が込み上げてきた。

デザウテルスは、道徳心と良心の呵責によって、自分には市場をコントロールできると考えていた。だが私には〝武士道〟どころか〝ブルシット〟に思える（ブルシットは英語で「デタラメ」「たわごと」などの意味）。アドビ・フラッシュのゼロデイは、デザウテルスが初めてアメリカ以外の買い手に売ったゼロデイだった。そこに一〇〇パーセント嘘はないと証明する手立てがないことは、私たちのどちらにもわかっていた。とりわけ、市場の秘密主義と度合いを増す複雑さを考えれば。市場では、怪しげな仲介者がフロント企業として、さまざまなクライアントのために暗躍している。だが、アドビ・フラッシュのゼロデイは、デザウテルスが売却した最後のゼロデイでもあった。「僕はいつも言ってきたんだ。このビジネスがダーティになったら、僕は抜けるって」私もそう聞いてきた。そして今回のリークのあと、デザウテルスはゼロデイビジネスから身を引くと、とつぜん発表したのである。

ハッキング・チームの違反行為によって、新たな買い手の倫理観と目的とを充分に調査できないことが明らかになりました。今回の違反行為があった時まで、私たちの知らないところで、ハッキング・チームが彼らのテクノロジーを疑わしい顧客に売却していたことは明らかであり、そのなかには人権侵害問題で知られる顧客も含まれていました。手に入れた商品を買い手が何に使うかについて、売り手にコントロールする責任はありませんが、暴露されたハッキング・チームの顧客リストは、私たちには容認しがたいものです。その恐ろしい倫理観は、私たちが共有するものではありません。

良心の呵責で知られるわけではない業界において、デザウテルスの考えは注目に値する。とはいえ、やはり遅きに失した(この業界では、手遅れになったあとでようやく自分の立場を明らかにすることを、私は学び始めていた)。ハッキング・チームの暴露は、驚くような実態を垣間見せた。ゼロデイ・エクスプロイトにはどうやって価格がつくのか。どのように取引され、さらに強力な既製品のスパイウェアに組み込まれて、深刻な人権侵害問題を抱える政府に売られるのか。その頃になると、私にとって衝撃的なことは何もなくなってしまっていたが、あの暴露には、私の期待を裏切る要素があった。私はいつも、ハッキング・チームについて書いた私の記事が、怪しげな業界により明るい光を当てる役に立ってきたと考えてきた。欧州の規制当局や人権派の弁護士が私の記事を引用して、捜査に踏み切り、輸出ルールを見直し、サイバー兵器売買により厳しい目を光らせると誓ったこともあった。

だが、今回の暴露を丹念に読み込んだところ、私の記事がまったくの逆効果に働いたことがわかった。宣伝になってしまったのだ。サイバー攻撃の能力を持たない政府に、あのような手もあることを知らしめてしまったのだ。

二〇一五年も後半になる頃には、その手を見逃す諜報機関は地球上のどこにもなかった。

第一三章：プロの殺し屋——メキシコ、アラブ首長国連邦、フィンランド、イスラエル

それは、二〇一六年夏のことだった。世のジャーナリストたちが、いまだハッキング・チームの暴露が及ぼす影響を追っていた頃だった。ひとりの情報源が私の家にやってきて、小一時間ほど話していたかと思うと、いきなりラップトップを開いた。「画面の画像を写真に撮ってプリントし、あなたのスマートフォン、コンピュータ、プリンターからすべての痕跡を完全に削除して、情報源が誰かについて決して口外しないこと。わかりましたか」

唐突な会話の転換だったが、その情報源の信頼性は証明済みだったため、私は彼の言う通りにして、メール、パワーポイント、提案書、契約書の写真を撮り始めた。それをプリントし、スマートフォン、プリンター、クラウドからすべての痕跡を消し去った。その頃には、情報源は私の自宅のドライブウェイから車で走り去るところだった。キッチンカウンターに並べた書類をどう理解するかは、私に委ねられた。それからの数時間、数日間、数週間を費やして、私は詳細な顧客記録、製品説明、価格リストにくまなく目を通した。なかには、スマートフォンを使って秘密裏に、慌てて撮影されたと思われる写真もあった。

どれも極めて機密性の高い、イスラエルのスパイウェア開発会社「ＮＳＯグループ」の情報だった。

その会社の名前は、私もちょっとした噂でしか聞いたことがない。NSOには公式なウェブサイトがない。イスラエル国防省のウェブサイトでたった一カ所、簡単に言及されているだけにすぎず、「我が社は最先端のスパイウェアを開発した」とある。二〇一四年まで遡っても、新聞発表も取引に関する記事もほんの数えるほどしかない。NSOはその年、サンフランシスコ本拠の未公開株式投資ファンド「フランシスコ・パートナーズ」に、支配持分を約一億二〇〇〇万ドルで売却していた。だがそのあと、NSOに関するわずかなデジタルの断片は消えていった。NSOのファイルに最後まで目を通したあと、私は自分の連絡先リストに載せているジャーナリスト、反体制派、ホワイトハット、インターネットの自由の戦士たち全員に連絡をとる必要を感じた。それからでなければ、スマートフォンをトイレに投げ込む気にはなれなかった。

世界がハッキング・チームの話題に明け暮れていた頃、私の情報源が明らかにしたのは、高度な監視技術を持つ国家機関、諜報機関、法執行機関がさらにハッキング・チームの先を進んでいたことである。NSOはコンピュータにこだわらなかった。スマートフォンをハッキングするだけで、クライアントの政府機関が欲しいデータや必要とする情報をすべて入手できた。NSOのプレゼン資料から判断して、彼らは市場に出まわっているありとあらゆるスマートフォンを、遠隔操作で秘密裏にハッキングできた。ブラックベリー。第三世界ではまだよく使われているノキア・シンビアン。アンドロイド。そして、もちろんアイフォンも。

NSOの監視技術はもともと、イスラエル軍の諜報組織八二〇〇部隊を辞めた人間が開発したものだ。二〇〇八年、シャレブ・フリオとオムリ・ラヴィという、高校時代から仲の良かったふたり組が、顧客の抱えるIT問題をオンラインで解決する技術として、携帯電話会社に売り込んだ。絶好のタイミングだった。アイフォンが誕生してから一年と経っておらず、スマートフォンはパソコン以上に、標的の位置情報、写真、連絡先、周囲の音や部屋の様子、通信をリアルタイムで捉えて監視する覗き窓として機能したからだ。実際、スパイにとってそれ以上に必要なことがあるだろうか。NSOの優れた技術力の噂は、西側の諜報機関にも届いた。そして、誰もがその能力を手に入れたがった。

NSOの技術は、スマートフォンをスパイフォンに変えただけではない。暗号化を回避する方法まで政府に与えたのだ。アップルやグーグル、フェイスブックなどのビッグテックは、サーバー間やデバイス間を行き来する顧客のデータを暗号化し始めた。法の執行機関は長年にわたって暗号化の動きを批判し、子どもを食い物にする性犯罪者やテロリスト、麻薬カルテルの大物、さまざまな犯罪者の監視がこれまで以上に難しくなると警告してきた。彼らはその現象を「ゴーイング・ダーク」と呼び、二〇一一年になる頃には、特にFBIが状況のさらなる悪化を恐れるようになった。FBIはそれまで長いあいだ、盗聴器を使って比較的簡単にデータにアクセスできた。ところが、やがて分散通信に変わり、携帯電話、インスタントメッセージ、メール、インターネット電話が使われるようになったことや、暗号化が加わったために、たとえFBI捜査官が容疑者の通信を傍受する捜査令状を取った時でも、多くの場合、大量の判読不能の会話しか手に入らなくなった。

「そのような能力の格差は『ゴーイング・ダーク問題』と呼ばれます」二〇〇一年に当時、FBIの法務顧問だったヴァレリー・カプローニが、連邦議会でそう証言している。「児童の搾取からポルノ、組織犯罪、麻薬密売、テロ行為やスパイ行為に至るまで、事件の重要な証拠を収集することが、ますます難しくなっています。裁判所が正式に政府に承認した証拠が集められないのです」

その後一〇年にわたって、FBIはかなり大きな欠陥のある解決策を強く求めてきた。法の執行機関が盗聴しやすいバックドアを設けるよう、テクノロジー企業に要請したのだ。理論上は実行可能だったが、結局は計画で終わった。国家安全保障当局の関係者なら誰よりもよくわかるが、ひとつの機関のためにバックドアを設けてしまえば、あらゆる機関の標的になり得るからだ。FBIの要求を満たすために、テクノロジー企業が、サイバー犯罪者や悪意ある国家に対して、アメリカ市民をいま以上に脆弱な立場に置くことになってしまう。そのため、この提案は却下された。しかも、ロジスティクスの問題があった。すべてのテクノロジー企業が、必ずしもアメリカ本拠ではない。たとえば、スカイプはもともとルクセンブルクからサービスを提供していた。これらのテクノロジー企業は、どれだけの政府機関のために、どれだけのバックドアを設けるように要求されることになるだろうか。

NSOがFBIに提案したのは強力な次善策だった。「ゴーイング・ブラインド」、すなわち何も見えなくなることを防ぐツールである。NSOの技術を使って、「エンドポイント」――端末機器であるスマートフォン――をハッキングすることで、当局は標的のデバイスで暗号化される前とあとのデータにアクセスできた。法務顧問のカプローニが連邦議会で証言してまもなく、フリオとラヴィは戦略を転換し、NSOのリモートアクセス技術を監視ツールとして売り込み始めた。ふたりはそのツールを「ペガサス」と名づけ、翼を持つギリシャ神話の馬のように、およそ不可能と思われることを可能にした。それまでアクセスできなかった膨大な量のデータ――電話、テキストメッセージ、メール、連絡先、スケジュール表、GPSの位置情報、さらにはフェイスブック、ワッツアップ、スカイプの会話まで――を、何の痕跡も残さず、無線で窃取できるようにしたのである。ペガサスを使えば、NSOが「ルームタップ（部屋の盗聴）」と呼ぶことも可能だった。スマートフォンのマイクとビデオカメラを起動させて、部屋のなかの音声を拾い、スナップショットを撮るのだ。標的が特定のウェブサイトにアクセスしたりアプリケーションを立ち上げたりする邪魔をし、画面のスクリーンショットを撮影して、検索履歴やブラウズ履歴もすべて記録する。最大のセールスポイントのひとつは、このスパイウェアが「バッテリーに優しい」ことだった。バッテリーの減りが早いのは、スパイウェアが入っているからではないか、と疑われる心配もない。監視とデータの抜き取りは、バッテリーを消耗させる。だがその点、ペガサスは非常に優れていた。電源が落ちそうになると、自動的に停止し、それ以上のデータを窃取する前に標的がワイファイに接続するのを待つ。私の知る限り、これほど高度なスパイウェアは市場に出まわっていなかった。

情報源から入手した契約書から明らかだったのは、NSOがすでに数千万ドル相当のハードウェア、ソフトウェア、傍受機能を、メキシコとアラブ首長国連邦という熱心な顧客に売却していたことだ。さらにペガサスについても、欧州と中東の別の顧客に売り込んでいた。私は、ウィキリークスのハッキング・チームのデータベースでNSOについて簡単に検索してみた。すると案の定、ハッキング・チームのCEOヴィンチェンゼッティが送った完全にパニック状態に陥ったメールから、競合のNSOに対する考えが浮かび上がった。ハッキング・チームは、できるだけ多くのクライアントをNSOから必死に守ろうとしていた。メキシコや湾岸地域の長年のクライアントが、NSOへの鞍替えをちらつかせていたのだ。NSOが未公開株式投資ファンド「フランシスコ・パートナーズ」に株を売却すると、ハッキング・チームの経営は急激に悪化し、自分たちも同じような投資ファンドを探そうとした。だが、彼らを最も驚かせたのは、サイバー兵器売買において長くユニコーンの如く幻と考えられてきた、NSOの技術のある特徴だった。

一部の例では、ペガサスはいまだ標的に、悪質なリンクや画像、メッセージをクリックさせてスマートフォンにダウンロードさせる必要があったが、そのような動作はますます不必要になっていた。NSOのプレゼン資料とプロポーザルを詳しく読むと、彼らが売り出したのは、ゼロクリックで――NSOの経営陣の言葉を借りれば「無線によるステルスのインストールで」――感染させる新たな手法だった。どうすればそれが可能なのか、NSOは詳しく説明していなかった。彼らが公共のワイフアイスポットの不正操作を仄めかしたこともあるが、標的のスマートフォンを遠隔操作で乗っ取ることもできたようだ。どんな方法を用いたにせよ、NSOのゼロクリック感染が、彼らの秘密の武器であることは疑いない。いっぽうのハッキング・チームは呆然と立ちすくみ、自分たちの商売もこれで終わりかと嘆いた。

「我々は昼も夜もNSOの問題に取り組んでいる」CEOのヴィンチェンゼッティは二〇一四年の早い時期に、チームにそう書き送っている。「我々が明らかに見落としたとされる特徴について、このまま引き下がることはない」

一年が過ぎても、ハッキング・チームはNSOのゼロクリックに対抗する措置をいまだ生み出せず、あちこちの顧客が大損害を被った。私はほかの情報源に連絡して、NSOのどんな情報でも掻き集めた。だが、NSOのスパイウェアが市場で間違いなくトップであるにもかかわらず、彼らはいまだに目立つ行動を控えていたようだった。価格だけを見ても、NSOのスパイウェアが超一流であることを物語っていた。ハッキング・チームの倍の価格をつけていたのだ。インストール費が五〇万ドル。アイフォンかアンドロイドを一〇台ハッキングする場合は、さらに六五万ドル。追加で八〇万ドルを支払えば、あと一〇〇台の標的をハッキングできた。同じく五〇台なら五〇万ドル。二〇台なら二五万ドル。一〇台なら一五万ドル。だがカネでは買えない価値がある、とNSOは顧客に訴えていた。

「標的がどこにいても、いつでも、その交友関係、位置情報、電話、計画や行動などの情報が、遠隔操作で気づかれずに収集」できたからだ。しかもNSOのカタログは、ペガサスが「幽霊」であり、「いかなる痕跡も残しません」と保証していた。

NSOはメキシコにおいて、国家安全調査局、司法長官局、国防省という三つの政府機関にペガサスを売り込んだ。メキシコは全部合わせて一五〇〇万ドル相当のハードウェアとソフトウェアをNS

Oから購入したうえ、幅広い標的を追跡するために七七〇〇万ドルを支払った。アラブ首長国連邦もNSOと深く関わっていた。NSOの顧客プロポーザル、カタログ、プレゼン資料から明らかなのは、ペガサスに関心を抱く国の順番待ちリストがますます長くなっていることだった。

フィンランドの名前がこの市場に登場したことを考えれば、欧州諸国が軒並み、ペガサスに強い関心を寄せていたことがわかるだろう。流出したNSOのプレゼン資料のなかには、フィンランド宛てのプロポーザルが含まれていた。フィンランドとNSOの営業担当が交わしたメールからは、フィンランド側が喜んで署名したがっていたことがわかった。私は二度見しなければならなかった。フィンランドが？　あのサウナとトナカイの国が、スパイウェアを購入する？

もちろん、フィンランドにはこれと言ったテロの脅威は認められない。だが、フィンランドが一三三〇キロメートル以上にわたって国境を接するのは、世界で最も抜け目のない捕食者のロシアだ。しかも、ロシアのほかの小さな隣国と違って、フィンランドはロシア政府を怒らせたくないばかりに、これまでNATOには参加してこなかった。冷戦時代、フィンランドは旧ソ連と西洋との緩衝材の役割を果たした。内政干渉を逃れる見返りに、フィンランドはロシアを刺激する、いかなる外交政策もとらないという約束を、ロシア政府とのあいだで結んできた。ところが二〇一四年になる頃には、ロシアは少しずつフィンランドに関心を示し始め、戦闘機を飛ばしてフィンランドの領空を侵犯し、インド人とアフガン人の一〇〇〇人あまりの移民を、フィンランドとの国境へ送り込んだ。これらの動きを、映画「スカーフェイス」（反カストロ主義者として追放された犯罪者が、マイアミで麻薬密売に手を染めていく様子を描いた一九八三年のアメリカ映画。主演はアル・パチーノ）やマリエル難民事件にたぞらえる者もいる。後者の事件は、一九八〇年にキューバのフィデル・カストロが、投獄していた犯罪者を難民として、マリエル港からフロリダへ大量に送り込んだ事件である。ロシアの動きに対抗して、フィンランドも軍隊を近代化したり、アメリカやそれ以外のNATO加盟国との合同軍事演習に参加したりした。戦わずして言いなりになることはない、という意志をロシア政府に明確に示したのである。

「我々は境界を高く維持しておかなければならない。そうすれば、もし招待してもいないのに、誰かが無断で入ってこようとした時には、それが高くつくことを知らせておくためだ」二〇一九年、フィンランドのサウリ・ニーニスト大統領は記者にそう述べている。もちろんウラジーミル・プーチンの名前を出すことは慎重に避けた。ニーニストは、記者がヘルシンキの大統領官邸にラップトップを持ち込むことを禁じている。しかも誇らしげに語ったところによれば、窓にかかった特殊なカーテンは、彼らの会話を記録するセンサーをブロックするのだという（私たちがA・G・サルツバーガーのクローゼットに缶詰にされたのにも、もっともな理由があったわけだ）。「壁に耳あり」と、ニーニストはジョークを言ったが、フィンランド政府がみずからの耳に資金を投入していることには言及しなかった。

フィンランド宛てのプロポーザルと、クロアチアやサウジアラビアがNSOに提出した要望リストを見れば、自由に使える資金があり、現実か仮想かに限らず敵のあるどこの国も、すぐに顧客になることは明らかだった。NSO、ハッキング・チーム、そのほかのサイバー兵器ディーラーがほぼ一夜にして成し遂げたのは、監視能力の民主化だった。その能力をかつて保有していたのは、アメリカとその同盟国であるファイブ・アイズ、イスラエルと、最も高度な技術を持つ敵対国の中国とロシアだけだった。ところがいまでは数百万ドルを支払えるどんな国でも、カネの力でこの市場に入ることができ、その多くは法の適正手続きや報道の自由、人権に考慮しない国だった。

情報源から入手したデータを、私は何週間もかけて詳細に読み込んだ。この資料をどう扱ったらいいのか。NSOの事業内容を、いまだ順番待ちリストに名を連ねていない政府機関や権威主義体制の国に知らしめ、宣伝するようなことだけは避けたい。

そこで、私はペガサスがNSOの顧客にどう利用――つまり悪用――されているのか、その証拠をくまなく探した。そして、不正使用の証拠を摑んだ時に、その証拠をすべて公表することに決めた。

結局、その機会はすぐにやってきた。

あの情報源がNSOの内部資料を、私に委ねてからほんの数週間後、私の元に数人のホワイトハットから連絡が入った。NSOのペガサスが「野放し状態」である最初の証拠を見つけたという。

ある時、アラブ首長国連邦の人権活動家アフメド・マンスール――私は彼を非常によく知るようになった――が、不可解なテキストメッセージを受け取った。そのメッセージには、アラブ首長国連邦の市民が拷問されている、という情報が含まれていたとされる。不正な拷問ではないかと怪しんだマンスールは、そのテキストメッセージを、シチズンラボのフェロー、ビル・マークザックに転送した。カリフォルニア大学バークレー校の大学院生でもあるマークザックは、長きにわたって私とも接触を続けてきた。二〇一一年のアラブの春以降、アラブ首長国連邦の圧政を声高に非難してきたマンスールには、疑念を抱く理由があった。その数カ月前、私はマンスールをインタビューしていた。そしてその少し前に、マークザックはマンスールが、ひとつどころか、ふたつの市販のスパイウェアの標的にされていたことを突き止めていた。ひとつはハッキング・チームのスパイウェア。もうひとつは、イングランドの「ガンマグループ」というスパイウェア開発会社の製品。どちらの会社もスパイウェアを政府にしか売却していないと主張したため、マンスールを監視していたのがアラブ首長国連邦であることは、ほぼ疑いなかった。私は《ニューヨーク・タイムズ》紙で、マンスールの監視についてすでに報じていた。もちろん、三つ目のスパイウェアでマンスールを攻撃するほど、あの国も無謀ではないはずだ。

ところが、まさしくその通りのことが起きていた。マークザックがマンスールのテキストメッセージを分析したところ、それまで見たこともない高度なスパイウェアを発見した。コードは何層もの暗号化の階層で守られ、ジャンブル化されていたために、解読はほぼ不可能だった。マークザックは自分のスマートフォンをそのスパイウェアに感染させ、おもなバグを発見した。アップルのモバイルブラウザであるサファリのゼロデイだった。この手のゼロデイは、闇市場で簡単に六桁、下手をすると七桁の値がつく。とても個人がおいそれと手を出せる額ではない。マークザックの同僚が「ルックアウト」に連絡をとってみるように促した。ルックアウトは、サンフランシスコ湾の対岸にあるモバイルセキュリティ企業であり、彼らにコードを調べてもらってはどうか、というわけである。

案の定、マークザックとルックアウトのセキュリティ・リサーチャーがテキストメッセージを分析したところ、マンスールのアイフォンにペガサスを埋め込むために設計された、アップルのゼロデイ・エクスプロイトが三つ続けて見つかった。スパイウェアのウェブドメインはアラブ首長国連邦であり、ペイロードを運んでいた。埋め込まれたファイルには、「ペガサス」と「NSO」が数百回も書き込まれていた。「いかなる痕跡も残さない」はずのNSOのスパイウェアが、標的を感染させようとした初めての証拠だった。リサーチャーはみな、マンスールを〝100万ドルの反体制派〟と呼ぶようになった。アラブ首長国連邦のセキュリティ機関が、マンスールを七桁のスパイウェアに値する人間とみなしていたことは間違いない。

その頃には、マンスールはすでに生き地獄のような生活を送っていた。穏やかな物腰の詩人であるマンスールは、大学で電気工学を専攻し、アメリカに渡ってコロラド大学ボルダー校で電気通信の修士号を取得した。この時、初めて真の自由社会を味わった。二〇一一年にアラブ首長国連邦がほんのわずかな体制批判さえ弾圧し始めると、マンスールにはとても見すごせなくなった。国内の学識者や知識階級のグループと普通選挙を請願するとともに、恣意的な拘禁や逮捕を批判した。マンスールの活動は国際社会で高く評価された。言論統制された国営メディアの国において、人権侵害に立ち向かい、有力な後ろ盾なしに非難の声を上げた信頼できる活動家として、人権擁護家に贈られる賞も受賞した。アラブ首長国連邦にとっては面白くなかった。

やがて〝アラブ首長国連邦ファイブ〟と呼ばれることになるマンスールと四人の男たちは、国家元首を侮辱したかどで二〇一一年に逮捕され、告訴された。国際社会から圧力がかかるなか、そして五人を殉教者にするのではないかと懸念されるなか、当局は五人を解放し、即座に恩赦を与えた。ところが、マンスールにとって真の困難が始まったのはその時だった。二〇一五年後半から翌年初めにかけて、私がまだ電話で彼と連絡がとれていた時にはすでに、マンスールは頻繁に国営メディアの中傷を受けていた。その日によってテロリスト呼ばわりされたり、イラン人スパイに仕立て上げたりされた。仕事を解雇された。年金は打ち切りになり、パスポートは取り上げられ、銀行口座の蓄えはすべて没収された。幽霊会社に振り出されたという、マンスールの名前と署名がある一四万ドルの小切手を、当局は〝捜査〟の末に都合よく見つけ出した。マンスールが出廷した際、判事はその幽霊会社に一年の懲役を言い渡したが、マンスールの口座の蓄えが戻ってくることはなかった。当局は、マンスールに対するあからさまな嫌がらせを隠そうともしなかった。警察に呼び出されて三時間の尋問を受けているあいだに、警察の駐車場からマンスールの車が跡形もなく消えていたこともある。殺害予告は日常茶飯事だった。妻の車のタイヤが切り裂かれる。メールはハッキングされ、位置情報は追跡される。なぜそう確信できるのかと言えば、どこからともなく悪漢が現れ、週に二度も襲撃されたからである。最初の時には、うまく撃退して擦り傷や打撲で済んだが、二度目の時には、後頭部に何度もパンチを浴びせられ、「永久に私を障害者にしようとした」。

「あなたが考えつくような被害にはすべて遭ってきました」マンスールは私の取材に応えて言った。彼と話した日、マンスールは何週間も自宅に閉じこもったままだった。友人、親戚、同僚は当局の報復を恐れて、彼に電話をしなくなり、訪ねてこなくなった。パスポートを無効にされたり、嫌がらせを受けたりした者もいた。その頃には、マンスールは私の取材に応えて言った。知らないうちに、サイバーポイントのチームからハッキングされていた。スイス市民であるマンスールの妻は、四人の子どもを連れて国外に脱出するよう夫に訴えた。数回の電話のなかで、私自身も彼に国外に脱出するよう強く頼み込んでいた。「こんな人生、とてもまともじゃない」私は彼に言った。だがパスポートを没収されたいま、どこへも行くことはできなかった。

そのうえ、彼は私にこう言った。「私は自分の権利のために、そしてほかの人の権利のために戦って、国内で自分の自由を勝ち取りたいんです。簡単ではありません。でも、続けるつもりです。なぜなら、誰にとってもこれが、自分たちの愛国心を表す最も困難な方法だと思うからです」

仕事もなく、お金もなく、将来への希望もなく自宅に閉じ込められ、マンスールは最近また詩を読んだり書いたりするようになったと教えてくれた。孤独を逃れるためにできることは、それしかなかったのだ。それでいて、彼は自分が〝ひとりではない〟こともよくわかっていた。監視者は、すでにマンスールのラップトップのなかに潜んでいたからだ。マンスールと私の会話も盗み聞きされていたのだろう。「知らない人間にリビングに侵入されるようなものです」マンスールが喩えた。「プライバシーの完全な侵害であり、もう誰も信用してはならないと思い知るようになります」

数年後、状況はさらに悪化していた。サイバーポイントのエヴェンデンの同僚がスパイウェアをインストールしたのは、マンスールのデバイスだけではなかった。妻のデバイスまでハッキングしていたのである。マンスールには「シラサギ」、彼の妻には「ムラサキサギ」というコードネームまでついていた。さらに、マンスールのベビーモニターのなかにまで入り込み、子どもが眠る画像を見たり聞いたりしていた。そしてその通り、彼らはマンスールと私の会話も傍受していた。

「ある朝、目覚めたら、自分がテロリスト呼ばわりされていることに気づくんです」二〇一六年、マンスールは言った。「銃に弾丸《たま》を詰める方法すら知らないというのに」

それが、私が彼と交わした最後の会話になった。二年後、アラブ首長国連邦はマンスールを永遠に黙らせる時が来たと考えた。二〇一八年、秘密裏に行なわれた裁判において、国家の「社会的調和と統一」を乱したかどでマンスールに一〇年の懲役刑が下り、二年間のほとんどを独房に監禁された。ベッドもなく、マットレスもなく、太陽の光も届かない。最もこたえたのは本が読めないことだったに違いない。私が最後に聞いたところでは、マンスールの健康状態は悪化していた。狭い独房に長く閉じ込められたせいで、歩けなくなってしまったのだ。それでもなお、彼は戦っていた。とりわけ残忍に殴打されたあと、マンスールはハンガーストライキを続けていた。もう半年も流動食しか口にしていなかった。彼はアラブ首長国連邦にとってだけでなく、世界中の人権活動家、反体制派、ジャーナリストにとって教訓となった。アフメド・マンスールのことを、名前も知らない彼の家族のことを、恐ろしい監視国家のことを思わずに、そして叫びたい気持ちを抱かずに、私の一日が過ぎることはない。

二〇一六年秋、ついにＮＳＯから私の取材に応じるという返事が戻ってきた。もちろん、いくつか条件付きだった。その頃には、NSOは名前が知られるようになっていた。最も収益性の高い「ペガサス」について、私が知っていることはすべて《ニューヨーク・タイムズ》紙で報じていた。アップルはアイフォンの一〇億人のユーザーに注意を促し、NSOのスパイウェアが悪用している三つのゼロデイの修正パッチを緊急リリースした。その頃には、リサーチャーがペガサスを追跡して、約六七台のサーバーを突き止め、四〇〇人を超える人びとが、スマートフォンにスパイウェアをダウンロードさせられていたことを発見した。驚くことでもないが、標的の大部分はアラブ首長国連邦とメキシコだったが、シチズンラボのマークザックが感染経路をたどったところ、著しい人権侵害問題を抱える国を含めて、四五の国と地域のオペレーターにたどり着いた。アルジェリア、バーレーン、バングラデシュ、ブラジル、カナダ、コートジボワール、エジプト、フランス、ギリシャ、インド、イラク、イスラエル、ヨルダン、カザフスタン、ケニア、クウェート、キルギス、ラトビア、レバノン、リビア、モロッコ、オランダ、オマーン、パキスタン、パレスチナ、ポーランド、カタール、ルワンダ、サウジアラビア、シンガポール、南アフリカ共和国、スイス、タジキスタン、タイ、トーゴ、チュニジア、トルコ、ウガンダ、英国、アメリカ、ウズベキスタン、イエメン、ザンビアである。

当然、NSOは何もかも否定した。そしてそれは、私が経験した極めて奇妙なオンラインインタビューのひとつとなった。NSOの重役が一〇人も出席しておきながら、自分の名前も肩書きも私に教えようとせず、自分たちは血も涙もない傭兵ではないと否定する。自分たちはペガサスを、犯罪やテロ行為の捜査に用いると明言している民主主義の政府にしか販売していない。ハッキング・チームの時と同じように、NSOも私に、厳格な内部審査プロセスを踏み、売却する政府としない政府とを判断していると述べた。我が社では従業員と外部の法律顧問から成る倫理委員会を設置しており、世界銀行やほかの国際機関による人権侵害の甚だしい国別ランキングなど、特定の基準にもとづいて、顧客を詳細に審査している。売却の際には必ず、イスラエル国防省の承認が必要であり、今日に至るまで、我が社が輸出ライセンスを取り消されたことはただの一度もない。彼らは私に、顧客の名前を決して認めようとはしなかった。とんだファ＊キン・サーモンだ。そして私が鋭い質問を投げかけると、しばしば長い沈黙に陥った。ミュートボタンを押して音声を消し、慎重に答えを捻り出そうとした。

「トルコは？」私は訊ねた。トルコは私にとって一種の試験台になっていた。トルコ政府はその年、記録にあるほかのどの国よりも多くのジャーナリストを刑務所に送り込んでいたからだ。「トルコには売りますか？」質問を繰り返す。長い沈黙。「しばらくお待ちを」そして五分が経過。「いいえ」ようやく返事が戻ってきた。

NSOは明らかに、その時にもまだ多くの答えを見つけ出そうとしていた。しかしながら、NSOは自分たちのスパイウェアのおかげで、欧州でのテロ計画が未然に防げたことを、必死になって伝えようとした。彼らはまた、メキシコ当局が「エルチャポ」ことメキシコの麻薬王ホアキン・グスマンを、一度ならず二度までも追跡し、逮捕した件にも貢献したと主張した。両方のケースで重要な役割を果たしたにもかかわらず、ヘッドラインを飾らなかったことが、NSOの重役には不満だったようだ。

ところが、アフメド・マンスールの件について、そしてまたメキシコで同じようにペガサスの網に捕らえられた、数十人のジャーナリストや反体制派の話に及ぶと、彼らは口を閉じてしまうのだった。

彼らがメキシコと結んだ契約に関するわずかな情報を含め、NSOについて私が摑んだ情報を報じたあと、数カ月にわたってまさかと思うような標的から、私のスマートフォンに電話がかかってくるようになった。メキシコの栄養学者。肥満対策の活動家。医療や保健衛生の政策立案者。さらにはメキシコ政府の職員まで。彼らはみな、不可解なテキストメッセージを次々と受け取っていた。メッセージの内容は徐々に不穏なものになっていった。リンクが張ってあったが、彼らはそのリンクがNSOのスパイウェアではないかと恐れていた。私はメキシコのデジタル権利の活動家やシチズンラボと話し合い、彼らがそのテキストメッセージを分析した結果、どれもペガサスのスパイウェアをインストールさせるためのものとわかった。

私に連絡してきたメキシコ人の共通点を見つけ出すのは、そう難しくなかった。少し調査をしたあと、私はこんな結論に達した。彼らは全員、メキシコにとって初となるソーダ税（肥満対策として、甘い炭酸飲料などにかけられる税金）に積極的な支持を表明してきた。一見、ソーダ税は大いに理にかなっている。メキシコはコカコーラの最大の消費者市場であるとともに、糖尿病や肥満が原因で命を落とす市民が、凶悪犯罪の犠牲者よりも多い。だが、ソーダ税の導入について炭酸飲料業界には反対の声が多く、メキシコ政府の役人にとっては業界からの賄賂が減ることになって面白くない。そこで彼らは、ソーダ税の成立を願う医師や栄養士、政策立案者、活動家を、何が何でも監視しようとしたらしかった。

テキストメッセージには、その切羽詰まった心情が表れていた。最初の頃は、たいてい当たり障りのないメッセージで始まっていた。「この記事をチェックしてみませんか」。だが、それが失敗に終わると、メッセージは個人的な内容に変わった。「私の父が夜明けに亡くなりました。私たちは精神的に打ちのめされています。通夜の様子を詳しく知らせます」。だがそれすら失敗に終わると、標的の急所を突いた。「あなたの娘は重大な事故に遭い、病院に搬送されました」「あなたの妻は浮気をしています。その証拠写真を送ります」など。どのテキストメッセージも、リンクをクリックするように促していた。どう考えても不可解なメッセージだったため、受け取ったほうは決してクリックしなかった。クリックしてしまった者は不吉にも、メキシコ最大の葬儀場ガヨッソに自動転送され、画面の裏側でペガサスがダウンロードされてしまった。これが、NSOのスパイウェアの悪用であることは間違いない。私がメキシコの炭酸飲料業界のロビイストに連絡をとった時、彼らはこう答えた。

「そんな話はいま初めて聞いた。正直に言って、私たちだって恐ろしいよ」

NSOは調査を行なうと私に約束した。だが、メキシコとの取引を打ち切るどころか、同社のスパイウェアはさらに不穏な事件で登場し続けた。私の記事が出るとほぼ同時に、私のスマートフォンには、世間で高い評価を受けている反汚職活動家から連絡が入るようになった。同じようなテキストメッセージを受け取った者は、ほかにもいた。四三人のメキシコ人学生が行方不明になったままの事件（二〇一四年、抗議デモに向かうためバスに乗っていた学生が、警察に拉致されたあと、麻薬密売組織に殺害されたとされる事件）を調査していた弁護士、メキシコでも最も影響力の強いジャーナリストがふたり、そしてメキシコ警察によって性的虐待を受けた被害者のアメリカ人代理人である。スパイ行為はその家族のメンバーにも及び、メキシコの著名ジャーナリストの一〇代の息子も被害に遭った。《ニューヨーク・タイムズ》紙の同僚でメキシコ支局長だったアザム・アフメドと私は、ひとりでも多くの被害者の話を聞こうとした。アザムは彼らのテキストメッセージに見覚えがあった。半年前に、アザムも同じようなテキストメッセージを受けとっていたのだ。数カ月間、スマートフォンに頻繁にメッセージが届いたあと、アフメドはスマートフォンを買い替えていた。そしていま、あのテキストメッセージの理由をようやく知ったのだった。

その後の数カ月間、私とアザムは協力して、ほかの被害者たちを追跡した。NSOの重役は私に、たとえ世界中のペガサスの標的を掻き集めたところで、せいぜい狭い劇場が満杯になるだけのことだと言った。ところが、メキシコ国内でNSOの標的はぞろぞろ出てきた。その多くがメキシコの当時のエンリケ・ペニャ・ニエト大統領を声高に批判していた者が、大統領に批判的な報道をした記者だった。ジャーナリストのカルメン・アリステギは、容赦ないハッキング攻撃を頻繁に受けた。彼女はいわゆる「カサ・ブランカ」スキャンダルを報道していた。これは、メキシコ政府が公共工事の大手請負会社に便宜を図る見返りに、大統領夫人が〝白い豪邸《カサ・ブランカ》〟を格安で提供されたというスキャンダルである。この告発によって大統領夫人が豪邸を諦めることになった直後に、アリステギは、「行方不明の子どもを見つけるために助けて欲しい」と要請するメッセージを受け取るようになった。あるいは、使ってもいないクレジットカードの料金を請求するメッセージもあった。ビザの件で、アメリカ大使館からメッセージが送られてきたこともあるという。そのクリックベイト（釣りタイトル）が失敗に終わると、メッセージはさらに執拗になっていった。刑務所行きを警告するメッセージもあった。アメリカで暮らす一六歳の息子にまで、メッセージが届き始める。暴漢が彼女の事務所に押し入り、身の安全を脅かし、たびたびあとをつけた。「あの記事に対する報復でした」アリステギはそう述べている。「それ以外には考えられません」ほかの被害者もペニャ・ニエト大統領と関わりがあった。標的のなかには、二〇〇六年に、サンサルバドル・アテンコの街で被害に遭った女性たちの弁護士も含まれていた。この事件では、アテンコの街で抗議デモに参加していた一一人の学生、活動家、市場の売り子が警察に逮捕され、刑務所に連行される途中で恐ろしい性的暴行を受けたのだ。深刻な権力の濫用のほかにも、この事件はとりわけ慎重を要した。その抗議デモを取り締まるよう命じた当時のメキシコ州知事こそ、ペニャ・ニエト大統領だったからだ。

メキシコでは、民間の通信を傍受する許可を与えられるのは、連邦裁判所の判事だけである。しかも、令状を請求するにあたって、当局は確固たる根拠を明示しなければならない。だが、これらの傍受の論拠を、連邦裁判所の判事が承認したとはとても思えない。メキシコでは不法な監視は珍しくなくなり、NSOのスパイウェアを使えばクリックひとつでスパイ行為が行なえた。NSOとの契約が許可していようがいまいが関係ない。スパイウェアが不正利用されたことをNSOが知ったあとも——そしていまでは、製品の不正使用を最も頻繁に示す手がかりは、被害を訴える標的からの電話だった——NSOにできることは限られている。NSOの重役は主張した。諜報機関に乗り込んで、ハードウェアを取り外したりツールを取り戻したりするわけにはいかない。

「カラシニコフを販売し、それが発送センターから出荷されたあと、相手がその自動小銃をどう使うかはコントロールできない」ルックアウトでセキュリティ責任者を務めるケヴィン・マハフィーはそう喩えた。

私たちの記事が掲載されてから数時間のうちに、メキシコシティの通りに市民が繰り出し、ペニャ・ニエト大統領の辞任を要求した。ハッシュタグ#GobiernoEspía（政府のスパイ）が、ツイッターの世界トレンド入りし始めた。メキシコ中が憤慨しているようだった。私たちの記事によって、メキシコがNSOのスパイウェアを使っていることをペニャ・ニエト大統領は認めざるをえなかった。そのことを、世界で初めて認めた政府首脳だった。だが、ペニャ・ニエトは自分に批判的な者やジャーナリストにスパイ行為を行なうよう、政府に命じたことについては否定した。そして、自分の書いたシナリオから逸脱した。我が政権は「政府を不当に非難した者に法を適用する」と脅したのである。大統領の部下はのちにその発言を撤回した。あれは失言であり、大統領にはアザムや私を、あるいは《ニューヨーク・タイムズ》紙を脅迫する意図はなかった、と。

だがその後何カ月も、クリックするように私を誘う、身に覚えのないたくさんのテキストメッセージがスマートフォンに届いた。もちろん、私はクリックしなかった。

第五部：レジスタンス

資本主義のギアは止められない。だけど、目の上のたんこぶにはいつだってなれる。

——ジャレット・コベック著『くたばれインターネット』（Pヴァイン刊）

第一四章：オーロラ作戦——カリフォルニア州マウンテンビュー

二〇〇九年一二月半ば、ある月曜日の午後早い時間。コンピュータ画面を移動するソナーブリップ（輝点）のようなものの正体を、グーグルのインターンが数時間にわたって突き止めようとしていた。誰かアラームを作動させた者がいた。

彼はため息をついた。「どうせほかのインターンだろう」

つい先日、グーグルが社内のネットワークに新たなトリップワイヤ（侵入検知システム）を導入したために、アラームがひっきりなしに鳴り響いていた。グーグルのセキュリティ・エンジニアは、どのブリップが差し迫った攻撃かを、かかりっきりで見極めようとしていた。エンジニアがポーカーゲームのスパムサイトにアクセスしているのか。それとも、インターンが間違ったデジタル通路をよた進んでいるだけなのか。ほとんどの場合、後者のパターンだった。

「戦場の霧はあるが、平和の霧もある」愛想のいいセキュリティ・エンジニアリング部門の責任者、エリック・グロースが私に言った。「作動するシグナルはたくさんある。難しいのはどのアラームを追跡するかを決めることだ」（戦場の霧は、プロイセンの軍事戦略家クラウゼヴィッツの言葉。「戦場での不確定要素や不確実性」を意味する）。

グーグル内部では、ソナーブリップの動きを真珠湾攻撃に喩える者もいた。一九四一年一二月のその日曜日、ホノルルの朝は平和に始まった。中尉たちは、海軍基地の新たなレーダーシステムにいまだ慣れようとしていた。島の端でレーダーを操作していたひとりの中尉が、見たこともない大きなブリップ（機影）がレーダー画面に現れたことを、任務に就いていた別の中尉に伝えた。一六〇キロメートル先から、飛行機の大編隊が猛スピードで近づいてくるサインだ。ところが、連絡を受けた中尉の最初の反応はこうだった。「心配するな」彼はその機影を、サンフランシスコから予定通りに飛来してきた大型戦略爆撃機B17の編隊だと思い込み、奇襲攻撃の第一波とは考えもしなかった。

そういうわけで、二〇〇九年一二月に、グーグルのコンピュータ画面にたくさんのブリップが現れた時にも、デジタルの通路に迷い込んだインターンという、シンプルで善意の説明を信じたがるのが人間の性《さが》だった。いままさにどこかの国家に攻撃されている、と考えた者はいなかった。

「スパイ行為を疑うように、私たちは教えられてはいませんでした」グーグルの情報セキュリティチームを率いる、そばかすのある三〇代のヘザー・アドキンズは、のちにそう述べている。その月曜日の午後、アドキンズは中国について検討する、別の社内会議を終えたばかりだった。三年前、中国市場に恐る恐る参入したグーグルは、中国政府の厳格な検閲ルールを乗り切ろうといまだ四苦八苦していた。テストステロンを燃料とする、おおぜいの男性コーダーのなかで、アドキンズはちょっと異質な存在だった。男性コーダーのほとんどは、権威を毛嫌いしていた。昼はコードに没頭し、夜はバーチャルのロールプレイングゲームのなかで人生を生きている。そんなコーダーたちと違って、歴史マニアのアドキンズは、中世がテーマの書籍を読んで余暇を過ごした。セキュリティという自分の仕事を、〝中世の歴史の世界で侵略者を阻止するデジタル版〟と捉えていた。彼女の仕事はシンプルだった。「悪を追い詰め、捕らえることです」

その日、会議が終わりに近づくと、アドキンズはちらりと時計に目をやった。午後四時。早めに会社を出れば、夕方の交通渋滞に巻き込まれずに済むかもしれない。ところがドアに向かっていた時、ひとりのインターンに呼び止められた。「すみません、ヘザー。ちょっと見てもらえますか」

彼の画面のなかでブリップはあちこち動きまわり、めまぐるしい速度で従業員のコンピュータを出たり入ったりし、グーグルのネットワークを移動していた。画面の向こうにいるのが、インターンでないことは間違いない。「あんな素早いサイバー攻撃は見たことがありませんでした」アドキンズが当時を思い出す。「相手が誰であれ、明らかに手慣れていました。初めてのロデオとは思えませんでした」

夕方が夜になり、ブリップはますます活発に動いた。コンピュータからコンピュータへ勢いよく移動し、グーグルのシステム内を予測不可能なパターンでジグザグに進み、何かを探し出そうとしている。そのインターンはグーグルのカフェでチームに合流したあと、夕食のあいだも画面に釘付けだった。ブリトーを頬張りながら、ブリップの奇妙な動きを中継する。ブリップは思いのままに動きまわっていた。その夜、カフェのテーブルのまわりには、アドキンズの上司のエリック・グロースと、数人のセキュリティ・エンジニアが集まっていた。

眼鏡をかけ、髪に白いものが混じり始めたグロースは、ソクラテスのような学者然とした雰囲気を醸し出している。いつも部下のエンジニアたちと一緒にいられるよう、グーグル内にオフィスをもたない数少ないディレクターのひとりである。カウチに足を投げ出して座り、膝にラップトップを乗せているか、二〇代のエンジニアたちと夜遅く食事をしている光景はお馴染みだ。その夜、グロースはインターンの説明に聞き入り、質問をし、テーブルのほかのメンバーとメモを交換した。共通の意見が浮かび上がった。相手が誰であろうと、その相手は偵察の初期の段階にある。内部の者か。何を探っているのか。給与記録か。その夜、食事を終えてバレーボールコートに集まった時、それが海外の国家の仕業と想像した者はいなかった。

グーグルの本社があるカリフォルニア州マウンテンビューに夜が訪れた頃、チューリヒのスイスアルプスの上に太陽がのぼり始めた。その頃、ドレッドヘアの三〇歳のハッカー、モーガン・マーキー＝ボワールがログインした。グーグルのチューリヒ・オフィスで働くエンジニアたち――自称「ズーグラー（Zooglers）」――は、アルプス山脈を背景とするチューリヒのオフィスを「本当のマウンテンビュー」と称していた（チューリヒは英語で「ズーリック」と発音し、グーグルの従業員は「グーグラー」と呼ばれる）。だが、チューリヒにある大きくてカラフルなロゴのついたグーグルのビルは、由緒あるヒューリマンプラッツ地区では、流し目をした馬鹿デカい道化師のように悪目立ちしすぎだとマーキー＝ボワールは思っていた。

長年にわたり、ヒューリマンプラッツにはスイスの古い醸造所が集まっていた。だが、レンガ造りの建物のなかから泉が湧き出ると、醸造所はそれぞれミネラルウォーターの生産に乗り出した。欧州大陸のあちこちから週末を利用しておおぜいの人が、ミネラルたっぷりの泉が湧き出る広場を訪れ、欧州で味わえる純粋な水を楽しんだ。最近では、かつての建物は温泉やスパに改修されている。その奇妙に〝禅〟な環境のなかで、ブリップがサイバー戦争の始まりであることが徐々に絞り込まれていった。

その朝、マーキー＝ボワールはカリフォルニア州マウンテンビューのインターンのあとを引き継ぎ、グーグルのネットワーク内で、ピンポン球のように行ったり来たりするブリップを追った。その動きはますます不吉さを増した。マーキー＝ボワールは、家の屋根や教会の尖塔にうっすらと積もり始めた雪にも気づかなかった。

インターンの仕業ではなかった。「グーグルはウラン濃縮施設ではない」マーキー＝ボワールは私の取材に応えて言った。「だけど、セキュリティの点で言えばかなりそれに近い」

ブリップが誰の仕業だろうと、マーキー＝ボワールも見たことのないほど強固なセキュリティ対策を、その相手は巧みに回避していた。そしていま、相手はグーグルのネットワークのなかを縦横無尽に動きまわり、手当たり次第にシステムにアクセスしている。一般の従業員のデジタル経路とは思えない。ブリップの特異な動きを説明するリストは徐々に短くなり、残った可能性はひとつだけだった——グーグルは外部からサイバー攻撃を受けている。

「サイバー攻撃の真っ最中だぞ！」マーキー＝ボワールが叫んだ。思わずデスクの上に飛び乗り、胸を叩いて大声を上げる。「クソな目に遭ってるぞ！」

もう何年も前から、マーキー＝ボワールは想像上の幽霊を追いかけ、脆弱なセキュリティの危険性を指摘してきた。そして、彼はついに本物の幽霊に遭遇した。自分の言い分の正しさが証明されたような気がした。

マーキー＝ボワールがみずからの分析をグーグル本社に伝えて、チューリヒのオフィスを出た時にはすでに夜の一一時だった。通りは雪に覆われていた。普段は歓楽街のラング通り——オランダで言えば「飾り窓」の通り——にある自宅アパートまで自転車を漕ぐのだが、その夜は歩いたほうがいいと判断した。頭を整理する時間が必要だった。コンバットブーツを踏み締めて通りを歩きながら、二年前にラスベガスで行なったプレゼンテーションのことを思い出していた。あの時、彼は大胆にも、おおぜいのハッカーの前で「中国人ハッカーの脅威は過大評価されている」と断言したのだ。あの時の自分の言葉を思い出すと、マーキー＝ボワールは苦笑いするしかなかった。「歴史にはやはり、あとで痛い目に遭わせてやろうという力が働くんだな」

マウンテンビューに朝が来た。今回の件が単なる予行練習でないことは明らかだった。午前一〇時には、グーグル本社の全セキュリティチームが、今回の攻撃についてブリーフィングを受けていた。しかしながら、午後になると攻撃は止んだ。画面の向こうにいるのが誰であろうと、数時間、退却していた。だが、夜になるとまたしても猛烈な勢いで戻ってきた。数人のエンジニアが徹夜を買って出て、攻撃者の動きを明け方まで追った。

不正侵入者は明らかに夜型人間だった。あるいはまったく違うタイムゾーンの人間か。翌日、目をしょぼつかせたエンジニアが、さっぱりした顔つきの同僚に説明した時には、グーグルがこれまで経験したことのない、極めて高度なサイバー攻撃を受けていることを疑う者はいなかった。

専門家の手を借りるタイミングだった。グーグルが最初に連絡したのは、バージニア州のサイバーセキュリティ会社「マンディアント」だった。セキュリティが侵害される混乱した世界で、マンディアントはサイバー攻撃に対応するニッチ市場を開拓した。「フォーチュン500」の最高情報責任者（CIO）のほぼ全員が、マンディアントをスマートフォンの短縮番号に登録していた。

映画「パルプ・フィクション」で、俳優のハーヴェイ・カイテルは、ひどく几帳面で早口で喋る〝掃除屋〟のザ・ウルフを演じた。マンディアントの創業者ケヴィン・マンディアはその掃除屋のように、アメリカ企業に呼び出されて、血腥いデジタル侵害、脅迫・恐喝型攻撃、サイバー諜報活動のあと始末をする。グーグルはマンディアントに一刻も早く、マウンテンビューの本社に駆けつけて欲しいと頼んだ。「ひとつ言っておくがね」グーグルの経営陣は釘を刺した。「スーツ姿はやめたほうがいい」

翌日、マンディアントのフォレンジックチームがグーグル本社に到着した。何たることか、彼らは愚かにもクライアントのアドバイスを無視して、ダークスーツとサングラス姿で現れた。そのためフーディ姿（フード付きスウェット。パーカー）のグーグラーたちは彼らを一目見て、FBIのヤツらだと早合点した。

エリック・グロースとヘザー・アドキンズは、マンディアントのフォレンジックチームを、即席の作戦本部室に招き入れた。かつて海軍航空基地だった隣のモフェット・フェデラル飛行場を見下ろす、これといって特徴のない狭い会議室である。遠くにはサンフランシスコ湾の輝きが見えたが、ひとりが窓の日除けを下ろして、ドアにサインを下げた。「この会議室は当面オフライン」

その後の一時間は、ケヴィン・マンディアが愛情を込めて呼ぶ〝ゲロ吐き時間〟になった。マンディアントのチームはグーグルに、洗いざらい吐くように迫った。ファイアウォールのログ、ウェブのログ、メール、チャット。彼らはグロースとアドキンズのチームに、知っていることを何もかも話すように迫り、要約すれば、次のような質問を次々に浴びせかけた。「誰がこんなことをしでかしたと思うか」

何より時間が重要だった。一秒過ぎるごとにブリップはますます多くのデータを、さらに多くのコードを収集する。すぐに戻って来られるよう、攻撃者がすでにバックドアを仕込んだ可能性は高い。グーグルの従業員は実際、情報を吐き出していた。マンディアントの調査員にデータの断片か犯人の特定につながるようなありとあらゆる情報を伝え、攻撃者を突き止め、その意図を読み解くためである。

世界中のグーグルのオフィスでは、内部調査員が従業員を呼び出して質問攻めにしていた。なぜ彼らのデバイスの特定のファイルやシステム、データがアクセスされたのか。攻撃者の狙いは何か。だがその日も終わりに近づく頃には、内部の者の仕業ではないことが明らかになった。攻撃者は外部から彼らのコンピュータに不正侵入したのだ。マンディアントのチームはログに絞り込んで、悪意あるリンクか添付ファイルを探した。従業員がクリックして、攻撃者をうっかりグーグルのシステムに招き入れてしまった可能性がある。

マンディアントのチームにはお馴染みの状況だった。たとえ数百万ドルをかけて、最新式の立派なファイアウォールやウイルス対策ソフトを導入したところで、セキュリティの質を決めるのは実際、〝輪のいちばん弱い部分〟である。しかもたいてい、いちばん弱い部分は人間だった。つまり、単純なフィッシングメールや悪質な内容のテキストメッセージを、人間がクリックしてしまえば終わりなのだ。テキストメッセージは、クリックを促すようにうまくできている。攻撃者はフェデックスの追跡サービスや、人事部門の責任者を装う。組織のどこかの部署の誰かが、重要なメッセージと勘違いしてクリックしてしまう。マンディアントの調査員が、グーグル社内の感染したコンピュータを追跡するうちに、共通の手がかりを掴んだ。北京オフィスの複数の従業員が、外部のマイクロソフトのチャットサービスを使って、同僚やパートナー、クライアントとメッセージのやりとりをしていたのだ。マンディアントのチームが彼らのチャットをふるいにかけたところ、激しくはためく警告の赤い旗が見つかった。恐ろしいメッセージに張ってあったリンクを、全員がクリックしていたのだ。「Go Kill Yourself（死ねよ）」

二〇〇九年一二月のその後の数日間、グーグルの作戦本部室はデータと人材が入り乱れる場所となった。グロースとアドキンズが社内のエンジニアをひとり残らず呼び出して、サイバーセキュリティ分野で働いた経験のある知り合いを、グーグルに勧誘するように伝えた。社内のエンジニアは即座にスカウトに走った。フォート・ミード陸軍基地やオーストラリアの僻地で暮らすデジタル諜報員。国道一〇一号線沿いに集中する、グーグルの競合で働くセキュリティ・エンジニア。一〇万ドルの契約金をその場で、無条件に渡すと約束した。

作戦本部室はすぐに、ほかのグーグラーたちにとって、ちょっとした関心の的になった。精力的な共同創業者のセルゲイ・ブリンは、作戦本部室のある階で頻繁に目撃された。ブリンの姿を見逃すはずはない。彼は、空き時間に空中ブランコをして楽しむ。よくローラーブレードに乗るか、ストリート用のヘンテコなトレーニングバイクを漕いで、猛スピードでオフィスに飛び込んでくる。リュージュ用のフルボディのレーシングスーツか、最低でもネオンカラーのサンダルを履いている。

ユダヤ系ロシア人の移民であるブリンは個人的に、サイバー攻撃に強い関心を抱いていた。彼は錠前をこじ開けるのがうまい。スタンフォード大学時代には、鍵をこじ開けるさまざまな技術を身につけた。データマイニングにおいて世界トップクラスの専門家であり、大量のデータから重要なパターンを抽出する術にも長けている。フォレンジックな手法を用いて何かを突きとめていく作業は、いろいろな意味でブリンの得意技だった。だが彼はまた、サイバー攻撃を彼個人に対する攻撃として受け取るようになった。ブリンのアイデンティティは、そして、おそらくグーグルの企業アイデンティティも、彼が一九七〇年代後半に旧ソ連から家族とともにアメリカへ移住した生い立ちと、分かちがたく結びついている（旧ソ連国内で起きたユダヤ人迫害のために移住した、とされる）。彼は今回のサイバー攻撃を、創業時代からの行動規範に対する直接の攻撃とみなした。ひとことで言えば、グーグルのモットー「邪悪になるな」に対する攻撃と捉えたのである。

作戦本部室に足を運ぶたびに、今回の攻撃が、地下室に引きこもったハッカーの仕業ではないことを、ブリンはますます確信するようになっていた。豊富な資源の後ろ盾を持つ者の攻撃に違いない。「Go Kill Yourself」というクリックベイトに埋め込まれたリンクをクリックすると、台湾でホストされたウェブサイトに飛び、インターネットエクスプローラーのゼロデイ・エクスプロイトを含むスクリプトを実行した。北京オフィスの従業員がそのリンクを不用意にクリックしたために、暗号化されたマルウェアをダウンロードしてしまい、グーグルの攻撃者に拠点を与え、ネットワークに自由に出入りする方法を与えてしまったのだ。若者や子ども――ブリンにとってどれほど優秀であろうと――は、マイクロソフトのゼロデイ・エクスプロイトをグーグル相手に使ったり、好奇心から攻撃コードを暗号化したりしない。今回の攻撃者にはもっと大きな狙いがある。しかも、彼らは異様なほど慎重に痕跡を隠そうとしている。難読化のレベルを見ただけでも、今回の攻撃が極めて高度な訓練を受け、潤沢な資金を持つ敵の仕業だと告げていた。ブリンは、相手を突き止めることをみずからの使命とした。

ますます多くのエンジニアが参加して、捜査はもっと大きな二番目の会議室へと場所を移し、さらに三番目の会議室へと移動した。ついには、それまで使われていなかった敷地内の別の建物へと移動して、約二五〇〇人の従業員が、グーグルのネットワークへの不正侵入者を見つけ出そうとしていた。不正侵入者は誰か。何を、なぜ探していたのか。エンジニアの任務は大きな目的意識を帯び、彼らは家に帰ろうとはしなかった。夜、キャンパス内で眠る者もいた。

「目の前の建物が火に包まれている時に、消防士を現場から無理やり引き剝がすことはできませんね」アドキンズは当時を振り返った。

クリスマスシーズンが近づき、アドキンズは彼女のチームに家に帰って眠り、シャワーを浴びるように促したが、彼女自身がキャンパスで寝泊まりするようになっていた。しかも、少々滑稽な光景が見られた。というのも、アドキンズが清潔な着替えを切らしてしまったからだ。時はちょうど、家族や友人へのクリスマスプレゼントを買うぎりぎりのタイミング。グーグラーが一斉にキャンパス内のショップに詰めかけてしまった。そのため、生涯忘れることのできない今回のデジタル調査を、身長一六〇センチメートルのアドキンズは、ＬＬサイズの蛍光グリーンのグーグルスエットシャツで乗り切ることになってしまったのだ。

休暇旅行はキャンセルになった。従業員は愛する者や家族に、詳しい事情を漏らすことを禁じられていた。アドキンズはクリスマスにラスベガスを訪れて、母親に会うことはできたものの、ずっとコンピュータにかかりっきりだった。上司のエリック・グロースは、クリスマス当日は、カメオ出演のように家族とわずかに顔を合わせただけだった。

「母親にはこう言わなければなりませんでした。『大きな問題で会社が大変なの。私のことを信じて。とても重要なことだから』」アドキンズは言った。

攻撃に対する懸念は、やがてパラノイアの域に達した。ある朝、会社に向かう途中でアドキンズは、マンホールから顔を出した作業員に出くわした。「その時、とっさに思ったんです。『うわあ、グーグルのファイバーにバックドアを仕掛けようとしてる』って。私、誰かに電話を盗聴されてるんじゃないかと疑うようになりました」

チューリヒのエンジニアは、自分たちの身の安全を心配し始めた。今回の攻撃者はとても個人とは思えない。明らかに潤沢な資金を持つ敵であり、その敵を相手に、民間人のエンジニアたちは事実上の防諜活動を展開していたのだ。夜遅く家に帰る時に、つい後ろを振り向いて確かめてしまう者もいた。

数週間が過ぎ、グーグルのセキュリティチームは、懸念するのももっともな理由を掴みかけていた。

今回の攻撃者が洗練された敵対国である証拠が現れ始めたのだ。マンディアントがかつて遭遇したことのある、中国政府の請負業者だった。NSAが「リージョン・ヤンキー」というコードネームで追跡したことのある集団だった。

NSAのハッカーが追跡していた中国のハッカー集団は二十数個に及ぶ。そのなかでも、リージョン・ヤンキーは最も多くの謎に包まれ、最も多くの戦果を上げていた。これまでアメリカの政府機関、シンクタンク、大学の知的財産、軍事機密、重要文書を窃取してきたが、今回新たに、アメリカで最も業績のいいテクノロジー企業も標的に加えたというわけだ。

中国のサイバー窃盗には、ふたつのアプローチがあった。その第一として、重要なハッキング活動のほとんどは、中国人民解放軍の総参謀部第二部と第三部が実行した。標的の違いから、人民解放軍のさまざまな部隊がいろいろな任務を割り当てられていることは明らかだった。彼らは、特定の地域にある外国の政府や省庁をハッキングするか、特定の業界の知的財産を窃取した。後者は、中国の国営企業や経済計画の利益にするためである。

第二のアプローチは、より間接的で一過性のものだった。中国の国家安全部は社会的地位の高い標的に対する攻撃を、ますますアウトソーシングするようになったのだ。ダライ・ラマや、ウイグル族やチベット族など少数民族の反体制派、アメリカの有名な防衛関連企業に対するサイバー攻撃を、中国の大学やインターネット企業のフリーのハッカーに外注したのである。

中国は、ハッカーたちのそれぞれのスキルを把握していた。彼らのスキルは、しばしば人民解放軍のレベルをも凌いだ。さらに、もしサイバー攻撃が個人のハッカーの仕業だと突き止められたとしても、中国政府は無関係を装える。「中国政府はこう言い逃れできる。『我々ではない。ハッカーの行動は政府にはコントロールできない』と。攻撃のほとんどは政府の責任ではなかったかもしれない。だが、ハッカーの存在自体が中国政府に抜け道を与えている」そう指摘したのは、ワシントンDCにある「戦略国際問題研究所（CSIS）」のサイバー諜報分野の専門家ジェームズ・A・ルイスだった。

それはもともと、紛れもなくプーチンの作戦だった。ロシア政府は長年、ロシアのサイバー攻撃を、サイバー犯罪者に巧みにアウトソーシングしてきた。その戦略を中国はそっくりそのまま取り入れた。中国では自由と自由市場の受け入れに制限を設けている。優れたハッキング技術を持つ者は、国家のハッキング機関に採用されたというよりも、徴兵されたと言うほうが近かった。

あるケースで私が見つけたのは、アグリー（醜い）ゴリラというハンドルネームで大きな戦果を上げた、人民解放軍のハッカーの個人ブログである。彼はそのなかで、自分は強制的に徴兵され、報酬は安く、拘束時間は長く、狭苦しい住居をあてがわれ、食事はインスタントラーメンばかりだと嘆いていた。国家安全部がどのようにハッカーをリクルートし、サイバー攻撃のアルバイトをさせていたのか、詳しいところはわからない。アメリカのセキュリティ・リサーチャーが不正侵入を追跡すると、中国の大学生にたどり着く場合が多い。特に上海交通大学だ。ここには、莫大な国家予算がつぎ込まれている。また別のケースでは、中国のインターネットサービス大手「テンセント」の従業員にたどり着いた。多くの場合、中国の攻撃は、最もよく使われるポータルサイトの「163.com」（中国版ヤフー）や「sina.com」を介して行なわれる。後者は、中国版ツイッター「新浪微博（シナ・ウェイボー）」の運営会社だ。いっぽう前者の163.comは株式を公開し、ゲーム会社を創業した中国の大富豪が経営している。ところが、そのメールサーバーは中国政府のドメインによって運用され、中国共産党の検閲官は、そのドメインを通過するあらゆるメッセージやデジタルトラフィックにアクセスできる。そして、中国は攻撃の足場として163.comのサーバーを使い始めた。

中国の学生や従業員は国家のためにハッキングをして小遣いを稼いでいる、と考えるサイバーセキュリティの専門家もいるが、民間のハッカーたちにそのような選択肢は与えられていないと考える専門家もいる。中国政府とハッカーとの関係性について、NSAも私もよく理解しているわけではない。「ハッカーと中国の政府機関との具体的な関係は不明だが、彼らの活動から明らかなのは、諜報活動の要求がおそらく国家安全部から出ているということだ」というのが、暴露されたNSAのメモから、私が見つけ出した最も明確な答えである。

中国のように一見もっともらしく否認して、表面を取り繕う方法をNSAは使わない。アメリカはエンジニアに、政府のためのハッキングを強要しない。NSAがTAOの精鋭ハッカー集団を展開したのは、海外企業に不正侵入して企業秘密を収集させ、その情報をアメリカ企業の利益とするためではない。たとえNSAが貴重な化学式を、あるいはテンセントのソースコードを手に入れたとして、NSAはいったいどの企業にその情報を流すだろうか。化学メーカーのデュポン？　バイオ化学企業のモンサント？　それともグーグルかフェイスブックに？　真の自由市場経済において、そのような考えは馬鹿げている。

このところ、NSAの分析官や民間のセキュリティ・リサーチャーを悩ませるようになったのは、国家安全部とゆるく結びついた中国の請負業者だった。これらの集団がますます多くの標的を攻撃し始めたことは、憂慮すべき事態だった。彼らはアメリカの防衛分野の企業に不正侵入した。ある機密文書によれば、彼らは「航空宇宙、ミサイル、人工衛星、宇宙開発技術」分野に狙いを定めていた。なかでも特に懸念されたのは、「原子力推進と兵器」の分野だろう。

グーグルにサイバー攻撃を仕掛けたリージョン・ヤンキーが、アメリカの諜報関係の分析官の関心を惹くようになったのは、グーグルがコンピュータ画面にブリップを発見する半年前だった。防衛関連企業を標的とした多くのハッキングで、彼らの存在が浮かび上がったのだ。米国務省の高官はのちに、グーグルに対するサイバー攻撃を、周永康《しゅうえいこう》と李長春《りちょうしゅん》が統括したものと結論づけている。周永康は公安部長を務めた経験があり、いっぽうの李長春は序列の高い中央政治局常務委員であり、中国の宣伝工作の主任も務めていた。李長春はどうやらグーグルでエゴサーチをしたらしい。そして――リークされた外交公電によれば――、その結果が気に入らなかったようだ。そこで、李長春はグーグルに意趣返しをしようとし、まずは国営のテレコム企業に、グーグルとのビジネスを打ち切るように圧力をかけ、次に請負業者を使ってグーグルのネットワークを攻撃しようとした。だが、アメリカ側がそこまで突き止めるまでにはかなりの時間がかかった。

その年の一月、マンディアントの調査員は、グーグルのネットワークに中国のハッカーを見つけてもほとんど驚かなかった。中国のハッカーたちはハッキングできるなら、誰かれ構わず、ぬけぬけと攻撃を仕掛けていたからだ。マンディアントの調査員は何があってももはや驚かなかったが、グーグルのエンジニアと経営陣は怒りを爆発させた。

「中国軍にハッキングされるとは、思ってもいませんでした」アドキンズが続ける。「企業が対処するとされる範囲を、はるかに超えていました」

「平時に、軍が民間をハッキングすることが許されるとは」グロースも言う。「そんなことが本当に起きるとは思わなかった。とても深刻な反動が起きるのではないだろうか。もはや、それが世界の新しい基準になってしまった」

グーグルはすぐに、被害者が自分たちだけではなかったことを知った。調査員がさらに追跡し、攻撃者のＣ＆Ｃサーバーを突き止めたところ、数十社ものアメリカ企業にたどり着いたのだ。アドビやインテル、ジュニパーネットワークスなどシリコンバレーの多くの企業が狙われたが、それだけではなかった。被害に遭った企業には、防衛関連企業のノースロップ・グラマン、化学メーカー大手のダウ・ケミカル、投資銀行のモルガン・スタンレーなども含まれたのだ。だが、さらに多くの企業が、今日に至るまで不正侵害された事実を認めていない。

グーグルのセキュリティチームは、それらの企業のセキュリティチームに警告を発しようとしたが、それは多大な労力を要する作業だった。「話を通すのもひと苦労でしたね」アドキンズは当時を思い出す。「私たちはまず、話をする相手を知っている人間を、探し出さなければなりませんでした。それも競合企業だけでなく、いろいろな業界にわたって。被害がこれほど拡大していたとは思いませんでした。そしてようやく、その相手に連絡がついた時、こう忠告したんです。『すみません、あなたの会社に問題があります。このＩＰアドレスを見てください。恐ろしいことが起きているのがわかります』」

「電話の向こうで、相手の顔が青ざめるのがわかるんだよ」グロースが言った。「それきり、沈黙タイムだよ」

ハッカーが狙っていたのは、グーグルのソースコードだった。

たいていの素人は、ハッカーの目的はすぐに手に入る利益だと考える。現金、クレジットカード情報、あるいは賄賂を要求できそうな医療情報など。ところが、最も高度な攻撃者が狙うのはソースコードだ。エンジニアが作成し、仲間の尊敬を集める〝象形文字〟だ。ソースコードは、ソフトウェアとハードウェアの原材料である。どう動作し、いつ目を覚まし、いつ眠り、誰の操作を許し、誰の侵入を許さないかを、デバイスやアプリケーションに命じる。ソースコードの操作は気の長いゲームだ。

コードが盗まれ改竄されたのは、今日かもしれない。だが、ホワイトハウスの大統領執務室の壁に開けられた見えない穴のように、その結果が現れるのは即座かもしれず、何年も先のことかもしれない。

ほとんどの場合、コードはテクノロジー企業にとって最も貴重な資産、王冠を飾る宝石《クラウン・ジュエル》である。それにもかかわらず、二〇〇九年後半に中国政府の請負ハッカーたちが、シリコンバレーの三四社に及ぶ企業のコンピュータに現れ始めた時、誰もその宝石を守ろうとは考えていなかった。顧客情報とクレジットカード情報は断固守るに値するが、圧倒的多数のテクノロジー企業は自社のソースコードのレポジトリ（保管場所）を、大きく開けたままにしておいたのである。

大手セキュリティベンダーのマカフィーのリサーチャーは、中国による大規模なハッキング工作を「オーロラ作戦」と名づけ、その後の調査で、標的になったのはグーグルだけではなかったことを発見した。ハイテク企業にしろ、防衛関連企業にしろ、標的にしたどこの企業においても、中国のハッカーはソースコードのレポジトリを不気味なほどうまくハッキングしていた。不正侵入によって、彼らはコードをこっそり改竄できた。やがてそのコードが商品に組み込まれて市場に出まわった時には、そのソフトウェアを利用した顧客に攻撃を仕掛けることができた。

中国のハッカーが仕込んだバックドアをコードから取り除く作業は、干し草のなかから一本の針を探し出すような究極の作業だった。ソフトウェアをバックアップバージョンと比較するという、極めて骨の折れるプロセスを踏まなければならない。それは、世界一流の検索企業であるグーグルにとっても並大抵のことではない。とりわけ、対処しなければならないソースコードの行数が、莫大な数に及ぶとなれば。

グーグルを狙ったオーロラ作戦は、基本的な問いを投げかけた。コンピュータシステムを、不正侵入から完全に守ることは可能か。二〇年以上も前に、サンディア国立研究所のゴスラーが試した実験が（第七章を参照）思い出される――ゴスラーがほんの二〜三〇〇〇行のコードに仕掛けたインプラントですら、精鋭ハッカー集団は見つけ出せなかったのだ。しかも、それはインプラントが埋め込まれていることがわかっていたコードだった。グーグルのソフトウェアは、グーグル検索からＧメール、グーグルマップまでのあらゆるサービスを動作させる必要があり、コード行数は推定二〇億行にものぼる。それに比べて、マイクロソフトウィンドウズのＯＳは、単体のコンピュータ用につくられた、これまでで最も複雑なソフトウェアツールのひとつだが、コードは約五〇〇〇万行とされる。中国の攻撃者が、どこかの企業のソースコードを改竄したという確たる証拠を、マカフィーが見つけたわけではない。だが、中国のサイバー攻撃の被害者の多くは、ハッキングされたことを否定しており、「確かなことは、不確かということだけだった」。

マンディアントとグーグルの調査担当は、中国人ハッカーの痕跡をとことん追跡することにした。そして明らかになったのは、攻撃者が特別な目的を秘めていたことだった。彼らは中国の反体制派のＧメールアカウントを探していた。中国は、考えうるパスワードを片っ端から試すことで、反体制派のアカウントを簡単にハッキングできたはずだった。ところがパスワードは変更される。間違ったパスワードを何度か入力すると、アクセス禁止になる。そこで、彼らはもっと永続的にアクセスできる方法を探した。グーグルのソースコードを窃取することで、Ｇメールのソフトウェアにバックドアを仕込み、ハッカーの選んだＧメールアカウントに、長期的にアクセスできるようにしようとしたのだ。

彼らがもっと一般的な標的を狙っていたことも明らかになった。「民主化運動の活動家」に加えて、「チベット族」「ウイグル族のイスラム教徒」「独立派の台湾人」「法輪功（気功集団）の修練者」である。中国は、これらを「五毒」すなわち中国共産党支配にとって最大の脅威とみなしている。中国は最高のゼロデイ・エクスプロイトを保有し、トップクラスのハッカーを使って、自国民に脅威を及ぼしていたのだった。

いま振り返ってみれば、グーグルは気配を感じ取っていたのかもしれない。その三年前、グーグルは救世主であるかのように中国市場に参入した。当時、セルゲイ・ブリンと共同創業者のラリー・ペイジは従業員に向かって、たとえ検閲された検索結果であっても、中国人に何の検索結果も与えないよりはましだと伝えた。そうすれば、エイズや環境問題、鳥インフルエンザ、世界市場について、グーグルは中国の市民を啓蒙する役に立てると考えたのだ。そうでなければ、一三億人の市民を暗愚なままに取り残してしまう。

そのような正当化はシリコンバレーでは珍しくなかった。テクノロジー系企業の経営者や創業者はみずからを、言論の自由と自己表現のツールを大衆に届け、それゆえ世界を変える――神とは言わないまでも――預言者のように考えるようになった。たくさんのテクノロジー系企業のCEOがみずからを、スティーブ・ジョブズの正統な継承者と思い始めた。ジョブズの誇大妄想は、夢を実現する能力の副産物として容認された。ところがジョブズは比類なき存在であり、ほかのCEOがジョブズのあとに続こうとした時、彼らはしばしば啓蒙という同じ言語を引用し、たとえ権威主義体制の国であっても、世界最速のスピードで発展を遂げるインターネット市場へと貪欲に勢力を広げようとする、おのれの野望を正当化したのだ。

二〇〇六年に中国に参入した直後、セルゲイ・ブリンはとても妥協できない要求に気づいた。中国当局はグーグルに、「法輪功」「ダライ・ラマ」「一九八九年の天安門事件」のいかなる検索結果についても、不適切な部分を削除するよう圧力をかけたのだ。その程度まではグーグルも予測していた。しかしながら、検閲のリストは徐々に増え、やがて中国共産党の意向と「社会主義の価値観」を損なうようなものすべてを含むようになった。「タイムトラベル」「輪廻」、のちには「クマのプーさん」までもブラックリスト入りした（「タイムトラベル」は歴史の軽視につながり、「輪廻転生」は思想的意義がないなどの理由から。「クマのプーさん」は、体型が国家主席の習近平に似ているためとされる）。グーグル本社が、中国共産党にとって有害なコンテンツを早急に削除しなかったために、中国当局はグーグルを「違法なサイト」と呼ぶようになった。

中国でのグーグルの存在は、ワシントンDCでもよく思われなかった。ブリンとペイジはナチスの協力者に喩えられた。国際関係委員会（現上院外交委員会）は、グーグルを「中国政府の機関」になぞらえ、グーグルの活動を「嫌悪すべきもの」と呼んだ。「グーグルは『邪悪になるな』というモットーを著しく損ねてしまった」共和党のある下員議員は述べている。「グーグルは実際、邪悪な共犯者になってしまった」

グーグルの一部の経営陣も同じように感じ始めていた。だが彼らは、中国当局に全面的に従わなければ危険だとわかっていた。さまざまな話は聞いていた。中国の諜報員はしょっちゅう、グーグルのオフィスに現れ、「問題ある」コンテンツをさっさと削除しないならば、中国オフィスの幹部を刑務所送りにするぞと脅した。

検閲で妥協したからといって、無頓着に中国政府の監視の共犯者になると妥協したわけではない。中国市場に参入した時、ブリンとペイジは、中国人ユーザー用のメールやブログのプラットフォームは提供しない、と意図的に決めていた。ユーザーの個人情報を秘密警察に引き渡すよう、強要されることを恐れたからである。その二年前、ヤフーは中国人ジャーナリストの個人情報を中国に差し出していた。そのジャーナリストは、中国で横行する報道の自由の制限について、中国人亡命者が運営するニューヨークの民主化運動サイトに詳しく暴露していた。その人物はいま、一〇年の刑に服している。

ブリンの考えでは、中国がグーグルをサイバー攻撃したことは、中国がヤフーにしたことと基本的に同じだった。唯一の違いは、中国政府はヤフーに訊いたが、グーグルにはひとことの断りもなくユーザー情報にアクセスしたことだ。今回のハッキングは、ブリンが生まれた旧ソ連の全体主義と同じ匂いがぷんぷんした。そしてそれを、ブリンは個人的な侮辱とみなした。

セルゲイ・ブリンはモスクワで生まれ、圧政的な旧ソ連で幼少期を過ごした。政策的に言えば、旧ソ連は反ユダヤ主義ではない。だが実際は、ユダヤ人は旧ソ連の名門大学に入れず、上級の専門職にも就けなかった。大学入試は「ガス室」と揶揄された別室で受けさせられ、より厳しく採点された。ブリンの父は天文学者になる夢を諦めなければならなかった。ユダヤ人はモスクワの名門大学の物理学部に志願できなかったからだ。旧ソ連はユダヤ人に、原子力ロケット研究を任せるつもりはなく、また天文学を物理学の一部とみなしていた。一九七〇年代後半、ブリンの両親は息子のセルゲイを同じ目に遭わせまいとアメリカに移住した。そして、ブリンは世界で最も成功した起業家となり、金持ちになった。彼は新たな権威主義体制に従うつもりはなかった。

それはまた、二〇一〇年一月にグーグルの作戦本部室に集まった、夜も眠れない者たちの気持ちでもあった。彼らがグーグルに出勤しているのは無料の特典、無料の食事、無料の講習会、無料のジムと、「邪悪になるな」という倫理観のためである。先日、スカウトされ採用されたばかりの者は戦うために参加していた。その一月、作戦本部室に居残り続けた者のなかで、自分の仕事が中国政府の監視、投獄、拷問を幇助することだと考えていた者は誰ひとりいなかった。

「全員の態度が変わった」CEOのエリック・シュミットは私に言った。「こんなことは二度と起こさせない。許せるはずがない。断固たる行動をとる必要があった」

だが、今度は何を？　グーグルは検索ビジネスだ。高度な訓練を受けた国家お抱えのハッカーから反体制派を守ることは、本来の職務記述書にはない。中国人ハッカーをグーグルのシステムから追い出す――そして二度と戻って来させない――ために必要なことに本気で取り組むためには、天文学的な金額と手間が必要だろう。グーグルは自前の諜報機関を設置して、国家お抱えのハッカーやスパイを引き抜き、企業文化も大きく変えなければならない。グーグルの企業文化の中心を成すものが、イノベーションと「従業員の幸せ」であることは有名だ。周知の通り、セキュリティは頭痛のタネだ。「わたし、長いパスワードが大好き」などと言う者はいない。だが、もし従業員がいまでも弱いパスワードを使って、悪意あるリンクを迂闊にクリックしているなら、いくらセキュリティに莫大な資金を投じたところで、それに見合う効果は期待できない。結局のところ、グーグルがあらゆる手を打てたとして、人民解放軍の攻撃を食い止めておけると大胆に断言できるだろうか。ほとんどの経営陣は、単なる無駄な努力と思うことになるだろう。いや、実際、無駄に違いない。

「現実的に必要なコストについて、本音をぶつけ合って、活発な議論を何度も行なったよ。自分たちに、こう問わなければならなかった。『必要な費用を本当に支払う気があるのか』と」グロースはのちに私にそう漏らしている。

「人民解放軍の攻撃を防ぐことは、期待される企業の仕事の範囲を完全に逸脱しているように思いました」アドキンズが当時を振り返る。「こんな問いがありました。『本当に彼らを寄せつけないようにするのか。ただ諦めるのか』。必要なことをしても、ほとんどの企業は割に合わないという結論に至るでしょう」

最終的に、全力で対抗すると決めたのはブリンだった。グーグルの中国撤退を推し進め、世界で最も需要の高い市場の利益を手放したのは、ブリンだった。中国はアメリカの人口の二倍のインターネットユーザーを抱え、世界中のどこの国よりもインターネット市場の成長率が高い。中国の検閲システムに屈するのは、もうたくさんだった。サイバー攻撃を受けたあと、ブリンにはもはや選択肢はなかった。中国市場を手放し、グーグルの持てる力のすべてを使って、オーロラ作戦のような攻撃が二度と起きないようにするのだ。

二〇一〇年一月のある夜、暗闇に紛れ、一切の予告なく、グーグルのセキュリティチームは社内に入り込み、中国にハッキングされたコンピュータを一台残らず持ち出した。翌朝、出社した数百人の従業員は、自分のコンピュータがあった場所にコードやケーブルの束とメモ書きを見つけて呆気に取られた。「セキュリティ上の一大事により」とメモにはあった。「コンピュータを預かった」

セキュリティチームは、グーグルのすべてのシステムから、すべての従業員を一斉にログアウトさせて、パスワードをリセットした。腹を立てた従業員や幹部が説明を求めても、簡単な答えしか戻ってこなかった。「あとで話す。信用して欲しい」

そのあいだも、グーグルの経営陣は攻撃者にどう立ち向かうか、計画を練り始めていた。もうこれ以上、中国政府の検閲には従わない。だが、自社の従業員を危険に曝さない法的アプローチを見つけ出す必要がある。もしグーグルが中国本土版ウェブサイトGoogle.cnの検閲を停止すれば、中国の法律に抵触することになり、非難の矛先が中国人従業員やその家族に向かうことは間違いない。そこで、社内の法務担当チームが捻り出した計画とは、Google.cnを停止して、中国でのインターネットトラフィックを、検閲のない香港版ウェブサイトに自動転送するという妙案だった。英国の植民地だった香港は一九九七年に中国に返還されたが、そのあとも「一国二制度」のもとに運営されてきた。中国本土の当局は、香港のインターネットコンテンツまでは検閲していない。香港版ウェブサイトへの自動転送は、中国の検閲官にとっては悩みのタネだろうが、完全に法の範囲内である。何と言っても、グーグルはGoogle.cnの検閲をやめたわけではないのだ。本土版ウェブサイトはそのまま消滅するだろう。中国政府が何らかの行動を起こすかもしれない。中国は香港版ウェブサイトの検索サービスに、みずから検閲をかけなければならない。グーグルはこれ以上、汚れ仕事はやらないのだ。

中国が報復措置に出ることはわかっていた。最も可能性が高いのは、中国共産党がグーグルを中国市場から追放することだ。サイバー攻撃の犯人は中国政府だ、と名指しで批判したアメリカ企業はこれまでになかった。中国人ハッカーがアメリカの知的財産を盗んでいた時でさえ、アメリカ企業は口をつぐんだ。当時のNSA長官キース・アレクサンダーはのちに、中国のスパイ行為を「歴史上、最大の富の移転」と呼んだ。また、セキュリティ・リサーチャーのドミトリ・アルペロヴィッチが言い出した言葉は、その後、あちこちでアレンジして使われるようになった。「企業には二種類しかない。不正侵入されたことを知っている企業と、知らない企業だ」。のちに、もっと具体的な情報が加わったバリエーションが現れた。グーグルがサイバー攻撃に遭った三年後のこと、当時、FBI長官だったジェームズ・コミー長官は述べている。「アメリカの大企業には二種類ある。中国にハッキングされたことのある企業と、中国にハッキングされたことを知らない企業だ」

被害を受けた企業のほとんどは、ハッキングの事実を認めようとしなかった。公表によって企業の評判を傷つけ、株価の下落を招きたくなかったからだ。だが、仕事で中国に出張するアメリカ政府の高官は、プリペイド式の携帯電話やラップトップを持ち込むか、デジタルデバイスの持ち込みを控えるようになった。アメリカへ帰国する時にはすでに、キーロギング・ソフトウェア（キーボードを使って入力したデータを窃取したり、記録したりするマルウェア）に感染していることを恐れたからだ。あるスターバックスの経営陣から直接聞いた話では、上海に出張した際、嵐のためにホテルが停電になった時にも、なぜか五階だけは停電を免れたという。その階にはうまい具合に、彼とフォード・モーターやペプシコ、そのほか大手企業の経営陣が泊まっていた。「あの階がバックアップ電源とインターネットを使って、私たちの行動をすべて監視していたことは間違いありません」彼は続けた。「スターバックスでは、新店舗を開店させるために、中国の街角で最適な立地を見つけていました。私たちがその場所を訪れたあと、中国の競合がまったく同じ場所にコーヒーショップを開店したんです」

ほとんどのアメリカの企業は、中国のサイバー諜報活動に声を上げなかった。そして、オーロラ作戦の被害に遭った防衛関連企業やテクノロジー企業、金融機関や製造会社と、グーグルとの会話に基づけば、すぐにでも中国を非難するつもりだった企業は一社もなかったという。もしグーグルが積極的で断固たる行動に出ていなければ、どこの企業があのような行動に出ていただろうか。もちろん、グーグルにはそれなりの影響があるだろう。だが、現状維持のほうがはるかに悪かった。

二〇一〇年一月一二日火曜日、北京時間午前三時。グーグルはサイバー攻撃に遭ったことを世界に公表した。従業員の身に及ぶ危険を懸念し、すでに国務省には事態を報告していた。当時の国務長官ヒラリー・クリントンは直接ブリーフィングを受けた。北京のアメリカ大使館のアメリカ人外交官は、グーグルの中国人従業員とその家族の大規模な国外退避に備えた。

そして、公表に至った。「私たちは、これらの攻撃の情報を、幅広いユーザーに発表するという異例の措置に踏み切りました。その理由は、私たちが発見した事実が、セキュリティと人権問題に影響を与えるだけでなく、言論の自由について、はるかに大きな世界的議論の核心に迫るものだからであります」グーグルの最高法務責任者（CLO）であるデイヴィッド・ドラモンドは、ブログに投稿している。「これらの攻撃と監視によって——さらにはこの一年にわたって、ウェブ上の言論の自由をますます制限しようとしてきたことも合わせて――、私たちは中国での事業展開の実行可能性を再検討すべきである、という結論に達しました。そして、Google.cnの検索結果の検閲をこれ以上は継続しないことを決断いたしました」

グーグル内のあらゆる者たちが、ドラモンドの言葉について深く考えてきた。それにもかかわらず、その重みはグーグルの経営陣には充分に届いていなかった。一カ月をかけてエンジニアが追跡した、とてつもなく複雑な経路で移動する小さなブリップは結局、中国政府につながっていた。この数週間に起きたことは、とても現実とは思えなかった。だが、いまは違う。

「私たちが新たな考えに目覚めたのは、あの時でした」アドキンズが振り返る。「ユーザーが危険に曝されていました。あの瞬間に、私たちがまず守らなければならないのはユーザーの安全だと悟りました」

数分のうちに、CNNの画面にサイバー攻撃のヘッドラインが流れる。「グーグル、中国から攻撃と報告。中国市場撤退の可能性を示唆」。グーグルの電話が一斉に鳴り始める。ブルームバーグ、ロイター、《ウォールストリート・ジャーナル》紙、《ニューヨーク・タイムズ》紙、《クリスチャン・サイエンス・モニター》紙、CNN、BBCの記者、さらにはシリコンバレーのさまざまなテック系ブログが取材を申し込んできた。グーグルにとって、サイバーセキュリティにとって、インターネットにとって、この瞬間がどんな意味を持つのかについて、何とかコメントを取ろうとしたのである。アメリカの企業が初めて、サイバー窃盗で中国を名指しで非難したのだ。しかも、グーグルは手加減しなかった。その瞬間まで、もし中国の市民がグーグルで「天安門広場」と検索すると、画面に現れたのは、夜の照明に浮かび上がる天安門広場で、楽しげに笑う中国人カップルや観光旅行の写真だった。二〇一〇年一月一二日、同じ言葉を検索すると、画面に現れたのは、学生が率いた抗議活動の犠牲者の数や、あの象徴的な写真だった――抗議者を轢き殺そうと隊列を組んで向かってくる、二五台の中国製戦車の前に立ちはだかり、抗議者を守ろうとしている、買い物袋を下げた中国人男性の写真。その姿をカメラマンが写真に収めた直後、あの〝戦車男《タンクマン》〟は秘密警察に連行されてしまった。あの男性はその後どうなったのか。それどころか、彼の名前や素性さえわからない。あの男性の姿を表に出せば、国際社会の激しい非難の声を黙らせ、結局は中国の利益になっていたはずだ。ところが、そうはならなかった。ほとんどの人が、彼は処刑されたと考えている。多くの人が戦車男より軽い罪で拷問され、殺されているのだ。そして、グーグルが中国を名指しで非難した日の朝、中国のたくさんの市民がグーグルの北京オフィスに足を運び、建物の外に花を手向けた。グーグルがまもなく追放されることがわかった人たちが、感謝や悲しみの気持ちを表すためである。

中国の検閲官は、インターネットの検閲システムである「グレート・ファイアウォール」を、慌てて香港版ウェブサイトに転送した。「戦車男」の写真を探していた者はすぐに、インターネット接続がリセットされたことを発見した。そして、中国当局は激昂した。新華社通信によれば、中国市場に参入した際に交わした自主検閲の合意をグーグルが破ったとして、中国政府の高官が激しく噛みついたという。政府の関係者は、グーグルのハッキングについていかなる責任も否定し、誹謗中傷に「不満と憤り」を表明した。

当局はグーグルの経営陣に直接、電話をかけた。当時、CEOだったエリック・シュミットはのちに、検閲のない香港についてこんなジョークを飛ばしている。「中国人にはこう言ったんだ。『君たちは一国二制度って言ったじゃないか。僕たちはふたつ目の制度が気に入ってるよ』って。でも、彼らはその発言も気に入らなかった」

それからの二、三週間というもの、今回のグーグルの決断によって、アメリカ政府と中国政府とのあいだで外交的な大騒ぎが勃発した。中国当局は国営報道機関を使って、サイバー攻撃への関与を躍起になって否定し、ホワイトハウスが操る反中国のプロパガンダだと非難した。ワシントンDCでは、オバマ大統領が中国政府に説明を求めた。ヒラリー・クリントン国務長官が、グーグルに対するサイバー攻撃について、中国に徹底解明を要求した。表現の自由について半時間に及ぶ演説のなかで、ヒラリーは中国のインターネット検閲を真正面から批判した。

「新たな情報のカーテンが、世界の至るところで降りています」ヒラリーは聴衆に語りかけた。そして中国のサイバー攻撃について、これまでにないほど明確に牽制したのである。「相互に接続された世界において、一国のネットワークに対する攻撃は、すべての国に対する攻撃になりえます」

ヒラリーが演説していたまさにその時、中国のハッカーは猛烈な勢いでコンセントを引き抜き、ハッキングツールやC&Cサーバーを放棄していた。これで数カ月は、リージョン・ヤンキーが再びアメリカのコンピュータ画面に姿を現すことはないだろう。一年後、彼らは再び姿を現した。そして、アメリカの有名な防衛関連企業に認証キーを売却していたセキュリティ企業「RSA」に高度なサイバー攻撃を仕掛け、RSAからソースコードを盗み出すと、そのコードを使ってロッキード・マーティンのネットワークに不正侵入した。やがて金融機関からNGO、自動車製造、法律事務所、化学薬品までにわたる幅広い業界の数千に及ぶ西洋企業から、莫大な額の軍事機密や企業秘密を吸い取っていく。

グーグルの発表から数カ月後、セルゲイ・ブリンは《ニューヨーク・タイムズ》紙のインタビューに応えて、グーグルがとった措置が「中国において、もっともオープンなインターネット」につながることを願っていると語っている。

「長期的には、彼らはオープンにならざるを得ないだろうね」ブリンは言った。

だが、彼の予想はまったく間違っていた。

中国はグーグルを追放した。そして三年後、習近平という新たな国家主席の下、ウェブを完全に支配した。「国家の団結を損なった」者には誰にでも刑罰を下す、という法律を成文化した。新たなデジタル監視——顔認証ソフトウェア、ハッキングツール、斬新なスパイウェア——の先鞭をつけ、自国民のみならず、増え続ける華僑も監視対象にした。そして、海外にも検閲を輸出するようになった。ある時、中国最大のインターネット検索企業、百度（バイドゥ）に海外からアクセスしようとしたトラフィックを乗っ取って、コードを注入し、バイドゥへのアクセストラフィックをＤＤｏＳ攻撃（複数のコンピュータを踏み台にして、標的のウェブサイトやサーバーに大量の情報を送りつける攻撃）に変えた。標的は、アメリカのウェブサイト——中国で禁止されているコンテンツを含むミラーサイト（複製のウェブサイト）——だった。ＤＤｏＳ攻撃システムを「グレート・キャノン（大砲）」と呼ぶ者もいる。インターネットを完全には支配できなくても、最終的には中国も満足するのではないか、と考える者に対する警告の威嚇射撃だった。

グーグルのような最も公正な企業でさえ、相手が世界最大の市場となると記憶力は心もとない。二〇一〇年に中国市場を撤退して一年も経たないうちに、グーグルの一部の経営陣が再参入をせっつき始めたのだ。

撤退から一〇年が経ち、検索企業だったグーグルもそのあいだに大きく成長し、いまでは多くの事業を展開する。アンドロイド、グーグルプレイ、クロームブック、画像共有サイト、ＮＥＳＴサーモスタット、クラウドコンピューティング、ドローン、創薬、ベンチャーキャピタル、さらには人工衛星までと幅広い。どの事業にもそれぞれ、世界最速の成長を遂げる中国市場に参入したいという独自の理由がある。

二〇一五年、セルゲイ・ブリンとラリー・ペイジは、「アルファベット」という新たな持株会社を設立して、グーグルの幅広い事業をその下に再編成し、実入りのいい事業と、困難な最先端技術事業とを分離した。ふたりは日々の業務から徐々に退き始めた。長年、副司令官を務めてきたサンダー・ピチャイをCEOに据えた。ウォールストリートから新たに最高財務責任者（CFO）を引き抜いた。その女性CFOは、最優先課題を四半期の最高収益に置いた。

中国市場に再参入するという話は、社内で激しい議論を巻き起こした。七億五〇〇〇万超のユーザーを抱える中国のインターネット人口は、アメリカと欧州の人口を足した数よりも多い。グーグル最大の競合であるアップルは、中国に巨額の投資をしている。グーグルの中国の競合であるバイドゥは、シリコンバレーのグーグルの本社敷地のすぐ隣に、R&Dセンターを設立した。アリババやテンセント、ファーウェイなど中国のほかのテクノロジー企業も、シリコンバレーに独自のR&Dセンターを開設し、グーグルの従業員をより高い年俸で引き抜いている。

グーグルが再び最終損益に焦点を定めたのに伴い、人権問題に対する懸念はうやむやになった。マイクロソフト、オラクル、アップル、アマゾン、あるいはバイドゥなどの中国の競合から、市場シェアを必死に獲得しようとするグーグルの経営陣は、人権について高潔な議論を続ける者に容赦なかった。二〇一六年になる頃には、グーグルの新たなCEOがどちらの味方なのかは明らかだった。「私が重視するのは、世界中のあらゆる場所のユーザーにサービスを提供することだ。グーグルは万人のためのものだ」その年、CEOのピチャイは聴衆にそう述べている。「中国に参入して、中国のユーザーにサービスを提供したい」

その時はまだ発表していなかったが、グーグルではすでに再参入の計画が進行していた。結束の固いグーグルの経営陣は、検閲機能を搭載した中国向け検索エンジンの開発に極秘で取り組んでいた。コードネームは「ドラゴンフライ」。その翌年、グーグルは北京にＡＩの研究センターを新たに開設した。その半年後、今度は中国のユーザー向けに、さほど重要そうに見えない製品――最初はアプリケーション、次にモバイルゲーム――を発売し始めた。ドラゴンフライが市場に投入できる準備が整う頃には、グーグル再参入の次の論理的なステップにおいて、すんなり受け入れられることを狙っているかのような製品だった。

中国に対してだけではない。グーグルはサウジアラビアにおいて、男性が家族の女性メンバーの行動を追跡して管理するアプリケーションを提供していた。アメリカでは、国防総省とのあいだで、「メイヴン」というコードネームの極秘計画について契約を交わしていた（メイヴンは英語で「達人」「目利き」などの意味）。軍のドローン攻撃の映像を改善するこの極秘計画に抗議して、数十名の従業員がグーグルを去った。グーグルにとって広告は長年、触れられたくない話題だったが、グーグルがあからさまな偽情報や陰謀論を喧伝するサイトの広告から利益を上げていたことが、二〇一六年の大統領選のあとで明らかになった。グーグルの子会社であるユーチューブの検索アルゴリズムは、アメリカの若者――それも特に怒りを抱える白人の若い男性――の過激化に一役買っていた。子どもに自殺を促す動画がグーグルの検索をすり抜けていたことをジャーナリストが発見したことから、ユーチューブ・キッズのプログラムも激しい非難を浴びた。

さらに、本章の最初に登場したドレッドヘアのハッカー、モーガン・マーキー＝ボワールについても新たな事実が発覚した。グーグルを標的とした二〇一〇年のサイバー攻撃で重要な役割を果たした彼と、私はふたりきりで何時間も、それどころか何日も一緒に過ごした。そのマーキー＝ボワールには、彼が教えてくれた以上にダークな過去が隠されていたのだ。二〇一七年、数人の女性が彼に薬を飲まされ、レイプされたと告発した。ひとりの女性が公表した暴行の様子について容疑を認めたあと、彼は行方をくらました。それ以来、私に連絡はない。

だがオーロラ作戦後の数年間、グーグルのセキュリティチームは新たな決意を抱いて、仕事に取り組んだ。グーグルで、そしてシリコンバレーでも、セキュリティは大きく変わるだろう。

ヘザー・アドキンズのセキュリティチームはそれを、非公式の新たなモットーとして胸に刻んだ。

「ネバー・アゲイン（二度と許さない）」

（下巻に続く）

原　注

本書の資料の大部分は、《ニューヨーク・タイムズ》紙のために行なった取材と私の記事に基づいている。「はしがき」にも記したように、情報源の多くは、サイバー兵器市場内部の仕組みについて話したがらなかった。多くの者が匿名を条件にインタビューに応じてくれた。その場合、私は情報を利用できたが、情報源を明かすことはできなかった。彼らには可能な限り、証拠書類の提示を求めた。メール、テキストメッセージ、カレンダー、契約書、メモ書き。あるいは出来事に対する彼らの記憶を裏づけるデジタル情報の断片など。以下の原注及び参考文献として記されていない資料はすべて、秘密の情報源と、公にしないという理解のもとに彼らから提供された証拠書類をもとにしている。

私はまた、サイバーセキュリティ報道において、私の仲間が報じた貴重な記事や書籍も参考にした。彼らはこの10年というもの、ひっきりなしに発生するサイバー攻撃を詳述するという、すばらしい仕事を成し遂げてきた。私は彼らの功績を、原注のなかできちんと認めようとした。たとえ、何らかの情報を私が独自に確認できた時にも、その情報を私よりも先に記した書籍や報じた記事がないか、見つけ出そうとした。とはいえ、その書籍や記事を私が見過ごしてしまった場合もあるだろう。その点に関しては、心から謝りたい。

私が誇りとするのは、過去10年で最も優れたサイバーセキュリティ報道のいくつかが、《ニューヨーク・タイムズ》紙の私の同僚の記事であることだ。《ニューヨーク・タイムズ》紙の私の前任者であるジョン・マルコフは、本書で言及した多くの記事について、寛大にも時間を割いてくれ、彼の記事を資料として使わせてくれ、協力してくれた。世間が「スタックスネット」としか知らなかったコンピュータ・ワームの本当のコードネームが、「オリンピック・ゲームズ」であることを最初に突き止めたのは、同僚のデイヴィッド・サンガーである。そしてまた、激化する米露のデジタル冷戦の記事を書く仕事に私を引き入れたのも、デイヴィッドだった。この時、トランプ大統領は、私たちの記事を「反逆行為」になぞらえたものである。同じく同僚のスコット・シェーンは、サルツバーガーのストレージ・クローゼットのなかで私の隣に座りながら、NSAのデジタル能力について、最も概括的な記事のひとつを書いている。デイヴィッドとスコットと私はタッグを組み、「シャドー・ブローカーズ」による暴露のあいだも、そのあとにも、いくつか記事を書いている。メキシコ支局長だったアザム・アフメドがいなければ、メキシコがイスラエルのスパイウェア開発会社「NSO」の監視技術を悪用しているという深い事実を、私が突き止めることはなかっただろう。同僚のマーク・マゼッティ、アダム・ゴールドマン、ローネン・バーグ

マンと私は、アラブ首長国連邦の会社「ダークマター」とNSOグループに関する包括的な記事を書いた。その後、マーク、ローネンと私は、中国製の人気アプリ「TikTok」で使える「ToTok」という、広くダウンロードされていたモバイルアプリについて記事を書いた。「ToTok」は実のところ、アラブ首長国連邦が開発し、巧みに偽装された監視ツールだったのだ。マット・ローゼンバーグと私はパートナーを組んで、ロシアがウクライナの天然ガス会社「ブリスマ」に仕掛けた、最近のサイバー攻撃について追跡している。ブリスマは、トランプ大統領の弾劾裁判のカギとなった会社である。さらに、デイヴィッド、マットと私は、2020年のアメリカ大統領選前のサイバーセキュリティ脅威について記事を書き続けた。このところシリコンバレーでは、セキュリティとディスインフォメーション（偽情報）に関する倫理的な議論がよく聞かれる。その議論に関する最も優れた記事のいくつかは、同僚であるシーラ・フランケル、セシリア・カン、マイク・アイザック、ダイスケ・ワカバヤシ、ケビン・ルース、ケイト・コンガーによって書かれたものだ。そのような同僚の共同作業とその成果は私のキャリアを彩る重要な要素であり、本書は彼らの協力なしには完成しなかった。

私はまた、以下の人たちのすばらしい功績も称えたい。《ワイヤード》誌、ロイター、《ワシントン・ポスト》紙、雑誌《ヴァイス》のテクノロジーニュースサイト「マザーボード」で活躍するジャーナリスト仲間の優れた報道。ポール・コッハー、ピーター・ノイマンのような暗号解読者たちのトップレベルの分析。さらに「エリア1」「シチズンラボ」「クラウドストライク」「ファイア・アイ」「グーグル」「ルックアウト」「マイクロソフト」「レコーデッド・フューチャー」「シマンテック」「マカフィー」「トレンドマイクロ」をはじめとするセキュリティ・リサーチャーたちの分析にも。とりわけ、アンディ・グリーンバーグには謝意を伝えたい。「ノットペーチャ」攻撃に関する彼の記事は、今日に至るまで最も包括的な報道であり、ゼロデイ市場を垣間見る最初の機会を《フォーブス》誌で与えてくれた。スタックスネットを追跡して解読する様子を詳しく肉づけする際、以下の書籍は極めて貴重だった。Kim Zetter『*Countdown to Zero Day: Stuxnet and the Launch of the World's First Digital Weapon*』(Broadway Books). シマンテックのエリック・チェン、リアム・オマルチュはいつも私の電話に辛抱強く対応してくれ、スタックスネットのもとになったゼロデイについて、私が書いた原稿に目を通してくれた。以下の書籍もまた、前後関係を知る上で役に立った。Fred Kaplan『*Dark Territory: The Secret History of Cyber War*』(Simon & Schuster, 2016). 気がつくと、私はロイターのジョー・メンの記事を頻繁に引用していた。彼のサイバーセキュリティ関連の記事は一流である。同じくロイターのクリス・ビングとジョエル・シェクトマンが、「プロジェクト・レイブン」について公表した2019年の決定的な記事はスクープであり、私は出し抜かれた。第六章の「プロジェクト・ガンマン」で引用した、ウォルター・G・ディーリーとNSAの分析官との会話は、以下の書籍から引用した。Eric Haseltine『*The Spy in Moscow Station: A Counterspy's Hunt for a Deadly Cold War Threat*』(Thomas Dunne Books,

2019).

情報源の全体的なリストについては、以下の「参考文献」を参照されたい。www.thisishowtheytellmetheworldends.com. 以下の原注はリストとしてすべてを網羅しているわけではないが、私が参考にした記事、セキュリティ分析、学識、統計、情報源であり、もっと詳しく知りたいと願う読者にとって役立つ手引きになるだろう。

プロローグ――ウクライナ、首都キーウ

2017 年に起きたノットペーチャ攻撃の詳細は、私が《ニューヨーク・タイムズ》紙のマーク・スコットとシーラ・フレンケルと共同執筆した記事に基づく。2 年後、同僚のアダム・スタリアーノと私は、ノットペーチャが企業にもたらした損失について、さらに詳しい情報を提供することができた。保険証書にはよく記載されているが、ほとんど行使されたことのない「戦争時の免責事由」に該当するとして、損保会社が保険金の支払いを拒んだために、メルクやモンデリーズなどの企業は損保会社を相手どって訴訟を起こした。以下を参照のこと。Andy Greenberg『*Sandworm: A New Era of Cyberwar and the Hunt for the Kremlin's Most Dangerous Hackers*』(Doubleday, 2019). トランプ政権の国土安全保障・テロ対策担当大統領補佐官トーマス・ボサートは、ノットペーチャ攻撃によって生じた 100 億ドルの損失額の情報源として、前掲書を《ワイヤード》誌に引用している。情報源のなかには、それ以上の損失額を見積もっているものもある。なぜなら、多くの中小企業が損失額を公表しなかったからだ。これらの攻撃にまつわる詳細の大部分は、私がウクライナで行なった取材をもとにした。《ニューヨーク・タイムズ》紙の同僚であるアンドルー・クレイマーとアンドルー・ヒギンズは、当時の攻撃の様子を、現地で展開している順に整理する手伝いをしてくれた。ロシアがクリミアを併合した時には、《ニューヨーク・タイムズ》紙のマイケル・ゴードンの記事から多くの示唆を得た。併合前のクリミアについて、旅行者が書いたアンドレー・スリブカの記事も参照されたい。Andrey Slivka's August 20, 2006, *New York Times* travel story, "Joining Tycoons at a Black Sea Playground in Crimea."

ロシアの「愛国心あふれる」ハッカーについて 2017 年のプーチンの発言は、多くの報道機関によって報じられたが、私は以下の記事を参考にした。Calamur Krishnadev's June 1, 2017, account in the *Atlantic*, "Putin Says 'Patriotic Hackers' May Have Targeted U.S. Election." また 2014 年にウクライナで行なわれた地方選に対するロシアの妨害工作については、《クリスチャン・サイエンス・モニター》紙のマーク・クレイトンの記事を参考にした。当時の妨害工作の攻撃者を FBI が独自にロシアと特定するとともに、ロシア国営テレビの関与についても最初に記事にしたのは、《ニューヨーク・タイムズ》紙の同僚であるアンドルー・クレイマーとアンドルー・ヒギンズである。クレイマーはまた、「マレーシア航空 17 便撃墜事件」について詳細な記事を書いている。デイヴィッド・サンガーと私は、ソニー・ピクチャーズに対する北朝鮮のサイバー攻撃を取材し、そのせいで 2014 年のクリスマスに私たちの家

族を大いに苛立たせることになった。

ロシアがウクライナの発電所にサイバー攻撃を仕掛けた話は、私の取材内容と以下の記事に基づく。Kim Zetter's reporting in *Wired*: "Inside the Cunning Unprecedented Hack of Ukraine's Power Grid."

NSAの元長官キース・アレクサンダーが、中国のサイバースパイ活動を「史上最大の富の移転」と呼んだという話は、ロイターのアンドレア・シャレール＝イーサの記事から引用した。

同僚のクエンティン・ハーディと私は、イランによるアメリカの金融機関のサイバー攻撃について報じた。その後、マイケル・コーカリーと私は、北朝鮮がバングラデシュの中央銀行をサイバー攻撃した件を報じた。アメリカの病院や企業、町を標的にしたイランのランサムウェア攻撃の件は、2018年11月に米司法省が提出した起訴状に詳しい。とはいえ、アメリカに身柄を引き渡された者もいなければ逮捕された者もいない。イランを刺激して、ラスベガスのサンズカジノの攻撃を招いたシェルドン・アデルソンの発言は、ウェブサイトの「タイムズ・オブ・イスラエル」において、レイチェル・デリア・ベナイムとラザール・ベルマンが引用している。「ブルームバーグ」のマイケル・ライリーとジョーダン・ロバートソンは、サンズカジノ攻撃について非常に信頼の置ける記事を書いた。

2015年、米国務省に対するロシアのサイバー攻撃について初めて報じたのは、同僚のデイヴィッド・サンガーと私だった。サンガー、スコット・シェーン、デイヴィッド・リプトンは、2016年にロシアが米民主党全国委員会（DNC）を攻撃した際に、それ以外の標的についても詳しく報じた。同僚のスティーブン・リー・マイアーズは、エストニアに対するロシアの攻撃について包括的な記事を書いた。とはいえ、私はその後、スノーデンの機密文書のなかに、ロシアの「ナーシ」運動の若者グループが攻撃者だとする、もっと直接的な証拠を見つけ出すことができた。フランスのテレビネットワーク「TV5Monde（テヴェサンクモンド）」を狙ったロシアの攻撃は、ロイターの記事に詳しい。同僚のクリフォード・クラウスと私は、ロシアが2018年に、サウジアラビアの「ラービグ精製石油化学会社」に仕掛けた攻撃について詳細に報じた。2017年、同僚のデイヴィッド・カークパトリックは、英国で実施された「EU離脱の是非を問う国民投票」を不正操作しようとしたロシアの工作について、詳しい記事を書いた。そしてデイヴィッド・サンガーと私は、2013～19年のあいだに、アメリカの送電網を狙ったロシアの攻撃と、ロシアの送電網を狙った米「サイバー軍」の攻撃について、数本の記事を書いている。私たちは同僚のマイケル・ワインズとマット・ローゼンバーグとともに、2016年にロシアが米大統領選のバックエンドシステムを攻撃した件と、ノースカロライナ州がその後、フォレンジック調査のために雇った地元の企業によってうやむやになったままの疑問点について、記事をまとめた。アダム

・ノジター、デイヴィッド・サンガー、私の3人は、2017年のフランス大統領選をロシアがサイバー攻撃した件について、詳細な記事を書いた。この記事は、サイバー攻撃を迎え撃つフランスの対策について、興味深い知識を与えてくれた（フランス当局はネットワークに虚偽の文書を埋め込んでおいて、誤った情報でロシア人ハッカーを欺いたのだ）。2019年後半、「マイクロソフト・レポート」は、世界アンチ・ドーピング機関を狙ったロシアの攻撃について報告した。私の同僚のレベッカ・ルイスは、2014年のソチオリンピックの際にロシアが仕掛けたサイバー攻撃について記事を書いた。2017年の映画「イカロス」で描かれた報道の大半は、ルイスの功績と言って差し支えないだろう。

私、スコット・シェーンとデイヴィッド・サンガーは、シャドー・ブローカーズの暴露について《ニューヨーク・タイムズ》紙に連載記事を書いた。その記事には、暴露がNSAを動揺させた様子について包括的な考察も含まれている。デンマークの海運コングロマリット「マースク」が被った影響について、アンディ・グリーンバーグは以下のようなすばらしい記事を書いた。Andy Greenberg's account in *Wired*, "The Untold Story of NotPetya, the Most Devastating Cyberattack in History," in August 2018.《ワシントン・ポスト》紙のエレン・ナカシマは、ノットペーチャの攻撃がロシア軍によるものだとCIAが特定したことについて、最初に報じたうちのひとりである。Ellen Nakashima's January 12, 2018 *Washington Post* story, "Russian Military Was behind 'NotPetya' Cyberattack in Ukraine, CIA Concludes." ロシアがワクチンの「議論」を兵器化したという優れた分析については、以下を参照されたい。October 2018 edition of the *American Journal of Public Health*, "Weaponized Health Communication: Twitter Bots and Russian Trolls Amplify the Vaccine Debate," authored by David A. Broniatowski, Amelia M. Jamison, SiHua Qi, Lulwah AlKulaib, Tao Chen, Adrian Benton, Sandra C. Quinn, and Mark Dredze.

「モノのインターネット」の急速な採用に関する統計は、以下を参考にした。2017 McKinsey report, "What's New with the Internet of Things?"

「攻撃型のサイバー兵士100人に対して、防衛型のサイバー兵士はひとりしかいない」という発言は、NSAで30年働いた経験があるエド・ジョルジオが、2015年の「RSAカンファレンス」のパネルに登場した時のものである。ジョルジオによれば、彼がNSAのチーフ・コード作成者だった時には、17人の暗号作成者を率いていたという。そしてNSAの暗号解読者のリーダーだった時には、1,700人の暗号分析官を率いていたという。ジョルジオはまた、英国版NSAである「GCHQ」でも3年間を過ごしている。そして同じパネルで、GCHQでもやはり比率は100対1だったと指摘した。

私は《ニューヨーク・タイムズ》紙の同僚アリシア・パルラピアノとジャスミン・

C・リーが、2016年のロシアのディスインフォメーション・キャンペーンについて書いた記事に多くを負っている。Alicia Parlapiano and Jasmine C. Lee, February 16, 2018 article, "The Propaganda Tools Used by Russians to Influence the 2016 Election." この記事でふたりは、ロシアのトロールがいかに「テキサス州分離独立賛成派」と「ブラック・ライブズ・マター」の活動家になりすましたかについて、詳細に記している。ロシアがアフリカ系アメリカ人を標的にしたことは、以下の記事にも述べてある。David Shane and Sheera Frenkel in their December 17, 2018, story for the *Times*, "Russian 2016 Influence Operation Targeted African-Americans on Social Media." サンガーとケイティ・エドモンソンは、2019年7月にはロシアの選挙干渉がアメリカの全50州に及んだことを報じた。別の同僚のジェレミー・アシュケナスは怪しげな仮説を検証して、2016年の選挙妨害は実際にロシアの仕業であり、トランプの言うような「ベッドに寝そべった体重180キログラムのハッカー」の仕業ではないことを立証した。2016年にトランプが自国の諜報機関を非難した件は、以下の記事に詳しい。Julie Hirschfeld Davis's July 16, 2018, article for the *Times*, "Trump, at Putin's Side, Questions U.S. Intelligence on 2016 Election." さらにピーター・ベイカーとマイケル・クローリーは実際にその会見の場に出席し、選挙妨害についてトランプがプーチンと交わした不可解な会話について、2019年6月に《ニューヨーク・タイムズ》紙で記事にした。

アメリカのネットワークを狙ったサイバー攻撃数は、情報源によって数字に違いがあるが、そのひとつとして国防総省は次のような数字を挙げている。国防総省のコンピュータ・ネットワークに対する日常的なスキャン回数は2015年には4,100万回だったが、2017年には日常的なスキャン、偵察、攻撃回数は8億回の「サイバー・インシデント」に増加している。国防総省のスポークスマンを務めるジェームズ・ブリンドル中佐が公表したこれらの数字は、「The Office of the Deputy Chief of Naval Operations for Information Dominance（情報支配のための海軍作戦副長官オフィス）」で確認できる。

第一章：極秘のクローゼット――マンハッタン、タイムズ・スクエア

《ガーディアン》紙のルーク・ハーディングは、スノーデンのハードドライブを巡る同紙とGCHQとのやりとりを、2014年1月と2月に記録し、同紙の編集者がそのハードドライブを破壊する様子を収めたビデオも提供した。ニコライ・オロソフは、レンツォ・ピアノによるニューヨーク・タイムズ本社の建築デザインについて、2007年11月にすばらしい記事を書いた。私はジェフ・ラーソンやスコット・シェーンと緊密に協力し、スノーデンの機密文書にじっくりと目を通し、NSAがデジタル暗号を解読する必死の試みについて知ろうとした。私たちの記事は、2013年9月6日付けの《ガーディアン》紙と、独立系の「プロパブリカ」に同時掲載された。記事は以下の通り。"NSA Able to Foil Basic Safeguards of Privacy on Web." 私はその後、サイバーセキュリティ基準を設定する政府機関「アメリカ国立標準技術研究所（NIST）」

が被った影響について記事を書いた。ロイターのジョー・メンは調査を行なって、私の記事をもう一歩進め、2013年12月に記事を書いている。その記事のなかでメンは、NSAが大手サイバーセキュリティ企業のRSAに裏金を支払って、NSAが復号しやすい弱いアルゴリズムを、RSAの暗号化製品に採用させていたことを明らかにした。

NSAとGCHQが、送信中のデータとエンドポイントからのデータを捕獲していた方法について報じた記事の大部分は、スノーデンの機密文書に基づく。最初にその件について報じたのは、当時《ガーディアン》紙にいたグレン・グリーンウォルドと、《ワシントン・ポスト》紙のバートン・ゲルマンとローラ・ポイトラスである。それに続くポイトラスの記事は、マーセル・ローゼンバックとホルガー・スタークとの共著で、《デア・シュピーゲル》誌に発表された。私の同僚であるジェームズ・グランツとアンドルー・レアレン、そして当時「プロパブリカ」にいたジェフ・ラーソンは、NSAと「ファイブ・アイズ」のパートナー機関が、モバイルアプリのデータをどのように窃取していたかについて、2014年1月に記事を書いている。

デイヴィッド・サンガーは2012年、「オリンピック・ゲームズ」作戦の決定版と言える書籍を出し、2012年6月には《ニューヨーク・タイムズ》紙に記事のかたちで紹介された。以下を参照。*Confront and Conceal: Obama's Secret Wars and Surprising Use of American Power* (Broadway Books). 2014年 の Kim Zetter 著『*Countdown to Zero Day*』は、オリンピック・ゲームズ作戦のワームが世界中に拡散していることについて最初に、少しずつ発見していったテクニカル・リサーチャーたちの視点で、同作戦についてアプローチしている。グーグルをはじめ三十数社のアメリカ企業に不正侵入するために、中国が使ったマイクロソフトのゼロデイについて、最も包括的な技術分析を行なったのは、ジョージ・カーツとドミトリ・アルペロヴィッチである。当時、ふたりはマカフィーにいたが、のちにクラウドストライクを共同創設した。

アメリカ史上最も高くついたゼロデイは、オーバーライン（上線）が一本抜けていた「マリナー1号」のナビゲーションソフトウェアである。NASAのアーカイブでアクセスできるほか、以下でも簡単に確認できる。nssdc.gsfc.nasa.gov/nmc/spacecraft/display.action?id=MARIN1. 1億5000万ドルという「マリナー1号」の金額は、現在の価格に換算した金額。

NSAがヤフーに不正侵入した件について、ジョー・メンがロイターに書いた信頼の置ける記事は以下の通り。"Exclusive: Yahoo Secretly Scanned Customer Emails for U.S. Intelligence," published in October 2016.

NSAが密かに盗聴していた違法行為について、《ニューヨーク・タイムズ》紙が記事の掲載を見送る決定を下したことについて、私はポール・フェーリによる《ワシ

ントン・ポスト》紙の2005年12月17日付けの記事を参考にした。2013年11月、スノーデンは《アドボケート》誌のナターシャ・ヴァーガス＝クーパーにこう述べている。自分がNSAの機密文書を《ニューヨーク・タイムズ》紙に持ち込まなかったのは、当時の決定のせいである、と。

私たちがクローゼットで作業していることを最初にリークしたのは、当時「バズフィード」にいたベン・スミスの2013年8月23日付けの記事だった。ホテルのキーカードのハッキングについて最も包括的な説明は、その数年後にアンディ・グリーンバーグが《ワイヤード》誌に書いた記事を参照されたい。In August 2017, by Andy Greenberg for *Wired*, "The Hotel Room Hacker."

第二章：ファ＊キン・サーモン――フロリダ州マイアミ

本章で私が触れている産業セキュリティ・カンファレンスは、デール・ピーターソンの主催により毎年マイアミで開催されている「S4カンファレンス」である。本章の後ろのほうで紹介したイタリア人との会話の一部は、以下の記事に掲載されている。David Sanger and Nicole Perlroth for the *Times*: "Nations Buying as Hackers Sell Flaws in Computer Code," in July 2013.

デイヴィッド・サンガー著『*Confront and Conceal*』は、オリンピック・ゲームズ／スタックスネットについて書いた最も包括的な書籍である。2011年にラルフ・ラングナーがTED Talkで行なったプレゼンテーションは、オリンピック・ゲームズ／スタックスネットについて技術的専門家が解説した、いまなお最もわかりやすい演説のひとつであり、以下で視聴できる。www.ted.com/talks/ralph_langner_cracking_stuxnet_a_21st_century_cyber_weapon#t-615276. イスラエルの報道がいくつか、「オリンピック・ゲームズ」という名前は、「アメリカ、イスラエル、オランダ、ドイツ、英国の5カ国の諜報機関が作戦の遂行に同意したこと」がその由来だと主張している。そのことは指摘しておくべきだろうが、私の情報源はその説に異論を唱える。実際は、アメリカとイスラエルの5つの諜報機関が同意し、コンピュータ・ワームの開発と作戦の実行に協力したことが由来だという。

第三章：カウボーイ――アメリカ、バージニア州

ジョン・ワターズ、スニール・ジェームズ、デイヴィッド・エンドラーは、私のために時間を割いてくれ、初期の「アイディフェンス」について教えてくれた非常に貴重な存在だった。アイディフェンスの再建を目指すことになったという彼らの話を、私は破産裁判所の文書とプレスリリースで確認した。私は以下の人たちにも多くを負っている。「バグトラック」の創設者である、ハッカー名「ドック・カウボーイ」ことスコット・チェイスン。バグトラックがシマンテックに買収される前にモデレータを引き継いでいた、「アレフ・ワン」ことイライアス・レビー。「レインフォレスト・パピー」ことジェフ・フォリスタル。サウミル・シャー。ほかにも何時間も費やし

て、当時のハッカーとベンダーとの力関係について教えてくれた人たち。

脆弱性開示に反対するスコット・カルプの熱い議論は、いまもマイクロソフトのウェブサイトで見ることができる。Microsoft's website: "It's Time to End Information Anarchy," originally published October 2001.

初期のウェブサイトについて最も包括的で読みやすい説明は、次の書籍を参照されたい。Katie Hafner and Matthew Lyon's 1998 book, *Where Wizards Stay Up Late: The Origins of The Internet* (Simon & Schuster)（ケイティ・ハフナー、マシュー・ライアン著『インターネットの起源』／アスキー）。「ワールド・ワイド・ウェブ・コンソーシアム（W3C）」という非営利団体も、ウェブ開発の重要な出来事についてタイムラインを記録している。以下を参照。www.w3.org/History.html. 1993年の《タイム》誌の記事は、いまも以下で読むことができる。"First Nation in Cyberspace," at content.time.com/time/magazine/article/0,9171,979768,00.html. 漫画家のゲアリー・トゥルードーが描いた1993年の「ドゥーンズベリー」のカートゥーンは、以下においてアクセスできる。www.gocomics.com/doonesbury/1993/10/18.《ニューヨーカー》誌に掲載されたかの有名なカートゥーンについて、グレン・フレーイシュマンが2000年12月の《ニューヨーク・タイムズ》紙に書いた記事を、是非読まれたい。"Cartoon Captures Spirit of the Internet."

ネットスケープ対マイクロソフトの法廷での戦いについて最も包括的な記事は、すでに亡くなった私のメンターであるジョエル・ブリンクレーが書いた。「御社にいくら支払えば、ネットスケープを捻り潰せる？」というビル・ゲイツの引用は、以下を参考にした。Brinkley's 1998 article, "As Microsoft Trial Gets Started, Gates's Credibility is Questioned." マーク・ザッカーバーグは2009年10月に受けたインタビューのなかで、ヘンリー・ブロジェットに対し、初期のモットー「素早く行動し、破壊せよ」について話している。引用をすべて紹介すると、ザッカーバーグは「素早く行動し、破壊せよ。破壊していないなら、行動のスピードが遅いということだ」と述べた。

コンピュータ・ワームについては、ジェイン・ペローネが《ガーディアン》紙に書いた記事 "Code Red Worm" を参考にした。《サイエンティフィック・アメリカン》誌はさらに詳細な記事を掲載している。以下を参照。*Scientific American*, October 28, 2002 article: "Code Red: Worm Assault on the Web."「メリッサ」と呼ばれるウイルスについて詳しくは、FBIのウェブサイトでアクセスできる。www.fbi.gov/news/stories/melissa-virus-20th-anniversary-032519.「ニムダ」については、2000年5月の《ロサンゼルス・タイムズ》紙のチャールズ・ピラーとグレッグ・ミラーの記事を参考にした。マイクロソフトが打ち出した「信頼できるコンピューティング」の影響については、私自身の取材と以下の資料を参考にした。Tony Bradley's *Forbes* 2014

piece, "The Business World Owes a Lot to Microsoft Trustworthy Computing," 及びマイクロソフト社史の Microsoft 2012 look back, "At 10-Year Milestone, Microsoft's Trustworthy Computing Initiative More Important Than Ever." ゲイツが 2002 年に公表したメモは、以下のサイトでアクセス可能。*Wired*'s website: www.wired.com/2002/01/bill-gates-trustworthy-computing.

「アイディフェンス」のデイヴィッド・エンドラーは、のちに「ティッピングポイント」に移ったあと、「ゼロデイ・イニシアティブ」と呼ばれる競合する報奨金プログラムに着手した。エンドラーは、アイディフェンスの料金体系をほんの少し調整した。高度なバグを持ち込んだハッカーに対しては、1回ごとの報奨金を支払うだけでなく、マイレージサービスのようなプログラムに登録し、トップランクのリサーチャーには最高2万ドルのボーナスを支払ったのだ（ワターズは初期のティッピングポイントに投資していた。そのため、ある意味、ワターズとエンドラーは、ワターズがアイディフェンスを去った時にも、同じチームに支払っていたことになる）。

第四章：最初のブローカー――ワシントンDC、ベルトウェイ

「グラッグク」のゼロデイ売買について最初に報じたのは、アンディ・グリーンバーグだった。以下を参照。Andy Greenberg, 2012 *Forbes* magazine story, "Meet The Hackers Who Sell Spies the Tools to Crack Your PC (and Get Paid Six-Figure Fees)." この記事のなかで、南アフリカ共和国生まれのエクスプロイト・ブローカー（グラッグク）は、ゼロデイを売って手に入れたと見られる現金を詰め込んだダッフルバッグを足元に置いて、椅子に座っている。《フォーブス》誌の記事が出たあとの影響については、私はその後の複数のインタビューで知った。

「ジミー・セビエン」はブローカーの本名ではない。彼自身が選んだ通称でもない。私自身が何の理由もなく選んだ仮名である。ゼロデイ市場で似た名前の人がいたとしても、単なる偶然に過ぎない。

「ほとんどのバグは人間のエラーが原因である」という主張について、「全米研究評議会（NRC）」の調査によれば、セキュリティ上の脆弱性の圧倒的多数の原因は「バグの多い」コードにあるという。たとえば1997年以降、「コンピュータ緊急対応チーム（CERT）」のセキュリティ・アドバイザリの少なくとも3分の1が、チェックが不適切だったソフトウェアコードに関するものだった。

　セビエンは、「ヒューレット・パッカード（HP）」のプリンターに仕掛けられた、有名なゼロデイ・エクスプロイトの名前は教えてくれなかった。だが、2002年の「ブラックハット」でふたりのリサーチャーが、HPのプリンターでデモ実験したエクスプロイトは、セビエンが教えてくれたエクスプロイトとほとんどそっくりに思えた。プリンターがいまでも、ハッカーにとって絶好の標的であることに変わりはない。

スタックスネットのワームが使っていたエクスプロイトのなかに、プリンターのスプーラー（印刷するものを、プリンターに指示するソフトウェア）のゼロデイがあった。2017年、ある大学院生が過去20年に遡って「米国脆弱性データベース（NVD）」のなかに、プリンターの脆弱性を125件以上も特定した。さらに2019年にはふたりのリサーチャーが、最も普及している市販のプリンター6台に49件の脆弱性を発見している。そのうちのいくつかを使えば、デバイスとコンテンツに遠隔操作でアクセスできる。以下を参照のこと。“NCC Group Uncovers Dozens of Vulnerabilities in Six Leading Enterprise Printers,” NCC Group press release, August 2019.

「外交問題評議会」は、「ストックホルム国際平和研究所」と「米国商務省経済分析局」のインフレ調整済みデータを利用して、軍事予算の動向を分析している。以下を参照されたい。www.cfr.org/report/trends-us-military-spending.

「アメリカ戦略軍」の元司令官ジェームズ・O・エリスによる「リオグランデ」の発言は、以下の記事に引用された。Patrick Cirenza in his February 2016 piece, “The Flawed Analogy between Nuclear and Cyber Deterrence,” for *The Bulletin of the Atomic Scientists*.

第五章：ゼロデイ・チャーリー――ミズーリ州セントルイス

私はチャーリー・ミラーから聞いた話の内容を、以下の記事によってファクトチェックした。Andy Greenberg's 2011 *Forbes* story “iPhone Security Bug Lets Innocent-Looking Apps Go Bad.” グリーンバーグはまた、チャーリーがその後、アップルのブラックリストに載せられた話も記事にしている。“Apple Exiles a Security Researcher from Its Development Program for Proof-of-Concept Exploit App.”

私はチャーリーがジープをハッキングした件を、《ニューヨーク・タイムズ》紙で記事にしたが、グリーンバーグの《ワイヤード》誌の記事には、チャーリーと彼の共同リサーチャーであるクリス・ヴァラセクが登場する必見のビデオが含まれている。ビデオは以下のアドレスで見ることができる。www.wired.com/2015/07/hackers-remotely-kill-jeep-highway.

2007年にチャーリー・ミラーがゼロデイ市場についてまとめた報告書は、いまも読むことができる。“The Legitimate Vulnerability Market: Inside the Secretive World of 0-day Exploit Sales.” チャーリーが5万ドルでエクスプロイトを売却した際に受け取った、読めないように一部に手が加えられた小切手も見ることができる。www.econinfosec.org/archive/weis2007/papers/29.pdf.

チャーリーがその後、アップルのiOSとグーグルのアンドロイドソフトウェアに不正侵入した件を立証する資料はたくさんある。私は同僚の記事を参考にした。

John Schwartz's 2007 account, "IPhone Flaw Lets Hackers Take Over, Security Firm Says." また、チャーリーがマックブックエアをハッキングした件については、ニュースサイト「*Ars Technica*」の2008年の記事を参考にした。若き日のチャーリーが、マックブックエアを2分で乗っ取った際のユーチューブビデオは、以下の通り。www.youtube.com/watch?v=no11eIx0x6w. 2007年のブラックハットで、アップルのマックOS Xのソフトウェアをハッキングした方法についてチャーリー自身が説明している音声は、ポッドキャストで聞くことが可能だ。podcasts.apple.com/gb/podcast/charlie-miller-hacking-leopard-tools-techniques-for/id271135268?i=1000021627342. チャーリーが開発したアンドロイドのエクスプロイトについて、私の同僚のジョン・マルコフは2008年10月、《ニューヨーク・タイムズ》紙に記事を書いている。"Security Flaw Is Revealed in T-Mobile's Google Phone." チャーリーがマックブックプロに侵入した件について、私は《コンピュータ・ワールド》誌やウェブサイト「ZDNet」などの当時の技術系の記事をもとにファクトチェックした。マイケル・ミモソは、「ノー・モア・フリー・バグズ」運動について、2009年に業界誌の《サーチ・セキュリティ》に記事を書いている。ディーノ・ダイ・ゾヴィもまた、インタビューに有益な彩りや内容を添えてくれた。

第六章：プロジェクト・ガンマン――ロシア、モスクワ

2007年に機密解除されたNSAの歴史は、プロジェクト・ガンマンについて最も包括的に説明している。*Learning from the Enemy: The GUNMAN Project* that was based on interviews by Sharon Maneki for the Center for Cryptologic History. 以下でアクセスできる。www.nsa.gov/Portals/70/documents/news-features/declassified-documents/cryptologic-histories/Learning_from_the_Enemy.pdf.

NSAの公式の歴史では、ロシアのスパイ技術についてアメリカに警告した同盟国の名前は伏せてあるが、政治専門サイト「ポリティコ」の2017年の5月の記事では、フランスとイタリアの両方の名前が記されている。以下を参照のこと。May 2017 *Politico*, "The Time the Soviets Bugged Congress and Other Spy Tales." モスクワのアメリカ大使館で使われていたロシアのスパイ技術について、私は複数の記事をもとにしている。1964年5月の《ニューヨーク・タイムズ》紙の第一面を飾った、「モスクワでは壁に（40個の）耳あり」という見出しの記事では、アメリカの技術者がアメリカ大使館の構造壁に、40個もの盗聴器を発見したと報じていた。破壊的とはいえ、ロシア人のすばらしい創造力を物語る話として、音楽家であり盗聴器の開発者でもあるレオン・テルミンに関する以下の記事を参照されたい。Nathaniel Scharping's October 2019 profile of Leon Theremin's life in *Discover* magazine, "Creepy Music and Soviet Spycraft: The Amazing Life of Leon Theremin." 手彫りされたアメリカ合衆国の国章のなかに埋め込まれて、1945年にアメリカ大使にプレゼントされ、1952年まで発見されなかった盗聴器は、テルミンが開発したものだった。

モスクワのアメリカ大使館が盗聴されていたという苦い敗北は、以下の記事に詳しい。1988 *Times* piece by Elaine Sciolino, "The Bugged Embassy Case: What Went Wrong."

ウォルター・G・ディーリーと部下との会話や、当時、ディーリーを悩ませていたストレスについての詳細は、以下の書籍を参考にした。Eric Haseltine's 2019 book, *The Spy in Moscow Station*.

第七章：ゴッドファーザー――ネバダ州ラスベガス

ゴスラーの好きなプライス・プリチェットの引用は、以下の通り。Price Pritchett's 1994 book, *The Employee Handbook of New Work Habits for a Radically Changing World: 13 Ground Rules for Job Success in the Information Age*.

海底ケーブルを盗聴した「オペレーション・アイビーベル」については、40年後に書かれた以下の記事を参考にした。Matthew Carle's 2013 describe: "40 Years Ago, The Navy's 'Operation Ivy Bells' Ended With a 70s Version of Edward Snowden," published by *Business Insider*.

ロスアラモス国立研究所の歴史については、以下を参照。The U.S. Department of Energy's Office of History and Heritage Resources in "The Manhattan Project: An Interactive History." アメリカの核兵器備蓄を構成する非核成分の97パーセントを開発していたという、サンディア国立研究所の役割については、同研究所のウェブサイトを参照されたい。"Evaluating Nuclear Weapons: A Key Sandia Mission." アメリカの核兵器事故にまつわる面白いが不穏な話は、以下の書籍で読むことができる。Eric Schlosser's 2013 book, *Command and Control: Nuclear Weapons, the Damascus Accident and the Illusion of Safety* (Penguin Press).（エリック・シュローサー著『核は暴走する（上）（下）：アメリカ核開発と安全性をめぐる闘い』／河出書房新社）

ケン・トンプソンがチューリング賞を受賞した際の1984年の有名なスピーチは、以下の通り。Ken Thompson "Reflections on Trusting Trust," is available here: www.cs.cmu.edu/~rdriley/487/papers/Thompson_1984_ReflectionsonTrustingTrust.pdf.

ゴスラーの「シャペロン」実験は、2016年の以下の論文にも詳しい。Craig J. Weiner, at George Mason University, titled: "Penetrate, Exploit, Disrupt, Destroy: The Rise of Computer Network Operations as a Major Military Innovation."

「モリス・ワーム」が及ぼした被害については、以下の書籍を参考にした。Adam Levy's 2016 book, *Avoiding the Ransom: Cybersecurity for Business Owners and Managers* (lulu.com).

リナックス、国防総省の統合打撃戦闘機、マイクロソフトウィンドウズ・ビスタのコード行数については、以下の記事に基づく。Richard Danzig's 2014 article, "Surviving on a Diet of Poisoned Fruit: Reducing the National Security Risks of America's Cyber Dependencies," published by the Center for a New American Security.

ウィリス・H・ウェアが将来を予見した1967年のランド研究所の報告書、いわゆる「ウェア・リポート」の正式タイトルは "Security and Privacy in Compute Systems." 以下でアクセス可能。George Washington University's National Security Archive: nsarchive.gwu.edu/dc.html?doc=2828418-Document-01-Willis-H-Ware-RAND-Corporation-P. 1970年の「アンダーソン・リポート」は以下で読める。Anderson Report for the Defense Science Board Task Force: csrc.nist.gov/csrc/media/publications/conference-paper/1998/10/08/proceedings-of-the-21st-nissc-1998/documents/early-cs-papers/ware70.pdf.

アメリカ同時多発テロが発生する前のNSAの予算と管理の問題について、包括的な資料は以下のふたつ。George Cahlink's September 1, 2001 piece, "Breaking the Code," for *Government Executive* magazine. 及び Roger Z. George and Robert D. Kline's 2006 anthology, *Intelligence and the National Security Strategist: Enduring Issues and Challenges* (National Defense University Press).

ゴスラーの元部下であるウィリアム・ペインと、サンディア国立研究所とのあいだで起きた訴訟騒ぎは、ニューメキシコ地区連邦地方裁判所に提出された1997年の裁判文書で読むことができる。訴訟によれば、1992年、ゴスラーはサンディア国立研究所の複数の所員に、同研究所がNSAのために「秘密のチャネル」で協力していることを説明したという。その仕事には、「コンピュータのソフトウェアとハードウェアをウイルスに感染させ」、デバイスと暗号化のアルゴリズムを「無効化する」ことが含まれた。ある時、ペインはFBIのためにエレクトロニクス関連のソフトウェアに不正侵入するよう指示され、ゴスラーはペインをNSAのプロジェクトに引き入れようとしたが、ペインはその誘いを断ったと主張している。ペインの申し立てによれば、彼がサンディア国立研究所を解雇されたのは、NSAとの機密の労働協定に違反したからだという。同じ訴訟は、《ボルチモア・サン》紙がスイスの暗号機製造会社「クリプト」を捜査していた件について、繰り返し言及している。

NSAのクリプト工作について最も綿密な記事を最初に書いたのは、スコット・シェーンとトム・ボウマンだった。《ボルチモア・サン》紙の記事は以下を参照。December 10, 1995 article for the *Baltimore Sun*, "Rigging the Game." その15年後、《ワシントン・ポスト》紙のグレッグ・ミラーが記事を書き、クリプト工作において、CIAと当時の西ドイツの諜報機関が果たした役割について新たな情報を追加した。た

とえば、最初「シソーラス（類語辞典）」だった工作のコードネームが、のちに「ルビコン」に変わったことなどである。以下を参照のこと。www.washingtonpost.com/graphics/2020/world/national-security/cia-crypto-encryption-machines-espionage.

サイバー脅威をもたらす敵対国をピラミッド型に分類した件については、ゴスラーが共同議長を務めた、国防総省の諮問機関「国防科学技術委員会（DSB）」の報告書を参照されたい。The Department of Defense's Defense Science Board's January 2013 Task Force Report: "Resilient Military Systems and the Advanced Cyber Threat," available at nsarchive2.gwu.edu/NSAEBB/NSAEBB424/docs/Cyber-081.pdf.

NSAの2013年の闇予算を報じたのは、2013年8月の《ワシントン・ポスト》紙である。暗号化プロジェクトについて詳しく記したNSAの文書はスノーデンがリークし、《ニューヨーク・タイムズ》紙が2013年9月5日付けの記事で報じた。以下を参照。"NSA Able to Foil Basic Safeguards of Privacy on the Web."

コンピュータ・ネットワーク工作においてCIAが果たす役割について、もっと多くの背景を知りたい読者には以下の書籍が詳しい。Robert Wallace, H. Keith Melton, and Henry R. Schlesinger in their 2008 book, *Spycraft: The Secret History of CIA'S Spytechs, from Communism to Al-Qaeda* (Dutton).

ジェームズ・ウールジーによる「ドラゴン退治」の証言は、以下の記事に引用された。Douglas Jehl in his February 1993 *New York Times* article, "CIA Nominee Wary of Budget Cuts."

ソマリアの「モガディシュの戦闘」でアメリカ軍が作戦の遂行に失敗したことを、最も包括的に描いた記事は以下の通り。Jon Lee Anderson for the *New Yorker* in 2009, "The Most Failed State."

キース・アレクサンダーの「干し草の山全体」の発言は、以下の記事に詳しい。Ellen Nakashima and Joby Warrick in their July 2013 *Washington Post* article, "For NSA Chief, Terrorist Threat Drives Passion to 'Collect It All."

マイケル・ヘイデンの「シギントの黄金時代」の発言は、ヘイデン自身による以下の書籍から引用した。Michael Hayden's 2017 book, *Playing to the Edge: American Intelligence in the Age of Terror* (Penguin Press).

NSAとCIAの諜報機関どうしの戦いの歴史については、以下を参照されたい。CIA memo, dated August 20, 1976, 及び www.cia.gov/library/readingroom/docs/CIA-RDP79M00467A002400030009-4.pdf. 以下の記事にも詳細に描かれている。Harvey

Nelson in his 2008 article, "The U.S. Intelligence Budget in the 1990s," published in the *International Journal of Intelligence and Counterintelligence.*

CIA が開発したスパイツールの歴史は、以下のアーカイブで読むことができる。"Directorate of Science and Technology: Technology So Advanced, It's Classified." 以下を参照。www.cia.gov/news-information/featured-story-archive/directorate-of-science-and-technology.html.

CIA でゴスラーの研修を受けたヘンリー・A・クランプトンは、当時のゴスラーの仕事について以下の著書のなかで書いている。Henry A. Crumpton's 2013 book, *The Art of Intelligence: Lessons from a Life in the CIA's Clandestine Service* (Penguin Press). ゴスラーはまた、コンピュータ・ネットワーク・エクスプロイテーションにおいてCIA が果たす役割について、以下のアンソロジーのなかでみずから詳しく説明している。"The Digital Dimension," published in the 2005 anthology, *Transforming U.S. Intelligence*, edited by Jennifer E. Sims and Burton Gerber (Georgetown University Press). ゴスラーは、インプラントを埋め込むことによる「好機」について、次のようにまとめている。「(我々の) 敵は、微妙な修正を施して機密性、全体性、有用性を無効化することに余念がないが、(我々による) これらのシステムの設計、製作、検証、ロジスティクス、メンテナンス、工作は、その敵の奥深くにアクセスする好機を提供する」

ゴスラーが輝いた諜報関係の賞については、以下の書籍を参照のこと。Alec Ross's 2016 book, *The Industries of the Future* (Simon & Schuster).(アレック・ロス著『未来化する社会：世界 72 億人のパラダイムシフトが始まった』／ハーパーコリンズ・ジャパン)

第八章：雑食動物――メリーランド州フォート・ミード陸軍基地

諜報活動の失敗が積み重なってアメリカ同時多発テロが発生する経緯については、「同時多発テロ委員会報告書」に最もよくまとめられている。以下でアクセスできる。9-11commission.gov/report. ほかにも役立つ資料として以下を参照のこと。The Office of the Inspector General's November 2004 Special Report on Khalid Al-Mihdhar and Nawaf Al-Hazmi, oig.justice.gov/special/s0606/chapter5.htm.

NSA の盗聴と監視プログラムの詳細を知るために、私が参考にした記事は以下の通り。James Bamford's "The NSA Is Building the Country's Biggest Spy Center (Watch What you Say)," *Wired*, 2012, Charlie Savage's coverage in the *New York Times*, including his 2015 piece "Declassified Report Shows Doubts about Value of NSA's Warrantless Spying" 及び Peter Baker and David Sanger's 2015 piece, "Why the NSA Isn't Howling Over Restrictions."「ピザハット・ケース」については以下から借用した。

Ryan Singel's 2003 *Wired* piece "Funding for TIA All but Dead." また Glenn Greenwald and Spencer Ackerman's 2013 coverage off the Snowden leaks in the *Guardian*: "How the NSA Is Still Harvesting Your Online Data" 及び "NSA Collected U.S. Email Records in Bulk for More Than Two Years under Obama."

NSA の終わりの見えない展開について、全体像は以下に基づく。Henrik Moltke's 2019 account in the *Intercept*, "Mission Creep: How the NSA's Game-Changing Targeting System Built for Iraq and Afghanistan Ended Up on the Mexico Border;" Charlie Savage and Jonathan Weisman's 2015 coverage in the *New York Times*, "NSA Collection of Bulk Call Data Is Ruled Illegal," 及び Scott Shane's 2013 piece in *Counterpunch*, "No Morsel Too Miniscule for All-Consuming NSA." The *Intercept*'s Ryan Gallagher and Peter Maass detailed the NSA's move to hack IT System administrators in 2014, "Inside the NSA's Secret Efforts to Hunt and Hack System Administrators."

AT&T が NSA に協力した件について最も包括的な説明は、以下を参照されたい。Julia Angwin, Charlie Savage, Jeff Larson, Henrik Moltke, Laura Poitras, and James Risen in their 2015 collaboration for the *New York Times*, "AT&T Helped U.S. Spy on Internet on a Vast Scale."

NSA の攻撃型サイバー工作について最も詳細に迫った記事は、以下の通り。Barton Gellman and Ellen Nakashima, 2013 *Washington Post* "U.S. Spy Agencies Mounted 231 Offensive Cyber-Operations in 2011, Documents Show." またニュースサイトの「インターセプト」も、同じ文書をもとに同様に詳細な記事を書いている。The *Intercept*, March 12, 2014, "Thousands of Implants," firstlook.org/theintercept/document/2014/03/12/thousands-implants.

2014 年、NSA がファーウェイに仕掛けた攻撃について、デイヴィッド・サンガーと私は以下の記事を書いた。David Sanger and Nicole Perlroth "U.S. Penetrated Chinese Servers It Saw as a Spy Risk."

TAO のハッキング工作を詳しく描いた NSA=TAO のパワーポイントの内部資料を、《デア・シュピーゲル》誌が公表した。スライドショーは以下で見ることができる。www.spiegel.de/fotostrecke/photo-gallery-nsa-s-tao-unit-introduces-itself-fotostrecke-105372.html.

第九章：ルビコン川——イラン、ナタンズ核燃料施設

スタックスネットの実行を決定するまでのあいだ、ホワイトハウス内で交わされた議論について、最も総合的な理解の窓を与えてくれるのは、デイヴィッド・サンガー著『*Confront and Conceal*』であり、本章の内容について私はサンガーに負うところ

が大きい。私はまた、2014 年のキム・ゼッター著『*Countdown to Zero Day*』も大いに参考にさせてもらった。同書は、スタックスネットのコードを発見して分析しようとするリサーチャーたちの緊迫した姿を、見事に描き出している。どちらの書籍も総合的に見て、世界初であるサイバー兵器について非常に興味深い全体像を提供してくれ、ぜひ読んでみる価値がある。フレッド・カプラン著『*Dark Territory*』も、より広い視野を与えてくれた役立つ 1 冊だった。

イスラエルがブッシュ政権に圧力をかけ続けたことを描写した最も優れた記事は、私の同僚によるものであり、いまでも読み直す価値がある。Ronen Bergman and Mark Mazzetti's piece in September 2019, "The Secret History of the Push to Strike Iran." イスラエルがかけた圧力について報じられていない側面のひとつに、2006 年頃からイスラエルが数百もの文書をオンライン上に流出させたことがある。そのなかには、モサドがフォート・ミード陸軍基地で発見した文書も含まれていた。2018 年、ベンヤミン・ネタニヤフは文書の一部を公表し、トランプ大統領を説得して「イラン核合意」から離脱させた。まったく同じ文書が、ネタニヤフのプレゼンテーションでも語られている。Netanyahu's presentation, www.youtube.com/watch?v=_qBt4tSCALA. ホワイトハウスに対するイスラエルの圧力が激化したのは、2007 年の「国家情報評価（NIE）」が TAO の諜報に基づいて、「2003 年にアメリカがイラクに侵攻するまでのあいだ、イランが核兵器開発を一時的に中断していた」という結論を導いたあとのことである。NIE を巡る議論が最も詳しくわかるのは、以下の通り。Gregory F. Treverton at the RAND Corporation, "The 2007 National Intelligence Estimate on Iran's Nuclear Intentions and Capabilities," Center for the Study of Intelligence, May 2013, www.cia.gov/library/center-for-the-study-of-intelligence/csi-publications/books-and-monographs/csi-intelligence-and-policy-monographs/pdfs/support-to-policymakers-2007-nie.pdf. イスラエルが NIE の評価を受け入れたことについては、以下に詳しい。Maj. Gen. Yaakov Amidror and Brig. Gen. Yossi Kupperwasser, "The US National Intelligence Estimate on Iran and Its Aftermath: A Roundtable of Israeli Experts," Jerusalem Center for Public Affairs, 2008, jcpa.org/article/the-u-s-national-intelligence-estimate-on-iran-and-its-aftermath-a-roundtable-of-israeli-experts-3.

イスラエルがアメリカに圧力をかけたことは、当時のほかの記事からもわかる。以下も参照のこと。Steven Erlanger and Isabel Kershner's December 2007 *New York Times* article, "Israel Insists That Iran Still Seeks a Bomb." 2007 年にイラクで命を落としたアメリカ兵の数は、以下を参考にした。www.statista.com/statistics/263798/american-soldiers-killed-in-iraq. また、同じ年にブッシュ大統領の支持率が急落したことについては、以下の世論調査を参考にしている。*USA Today*/Gallup Polls from 2001–2008. その調査によれば、ブッシュ大統領の支持率は、2001 年の 90 パーセントから 2007 年には 40 パーセントを切るまでに落ち込み、2008 年には 27 パーセントにまで下がり続けた。以下を参照。news.gallup.com/poll/110806/bushs-approval-rating-

drops-new-low-27.aspx.

私はキース・アレクサンダーのプロフィールについて（フォート・ベルヴォアの「スター・トレック」を真似た部屋の描写も含めて）、以下の資料を大いに参考にさせてもらった。Shane Harris's 2013 *Foreign Policy* piece "The Cowboy of the NSA." アレクサンダーのNSAの任期について、ほかの情報源は以下の通り。Glenn Greenwald's 2013 account in the *Guardian*, "Inside the Mind of Gen. Keith Alexander," 及びNSAについて最も包括的な記録者であるジェームズ・バンフォードの記事も。James Bamford and his June 12, 2013, *Wired* article, "NSA Snooping Was Only the Beginning: Meet the Spy Chief Leading Us into Cyberwar."

TAOがアルカイダの通信ネットワークを破壊しようとした初期の工作は、以下に詳しい。David Sanger's *Confront and Conceal* and Fred Kaplan's *Dark Territory*.

アメリカとイスラエルがナタンズのウラン濃縮施設の破壊計画を練っていた頃、核爆弾を開発するために必要なウラン濃度にイランが到達するのは、当時、まだ何年も先のことだった。2020年頃、イランでは核爆弾をつくるために必要なウラン235の濃度がようやく3.7パーセントに達したばかりだった。専門家によれば、原子力発電のために必要なウラン235の濃度は4パーセントだという。いっぽう核兵器開発のためには、ウラン235の濃度を90パーセントに高めなければならない。

当時のイラン核濃縮プログラムの状況について、またイランが毎年、遠心分離機の10パーセントを、自然に起きる故障のせいで取り替えていたことについては、スタックスネットの詳細を記したキム・ゼッターの優れた著書『*Countdown to Zero Day*』（2014年）を参照されたい。核濃縮について専門家ではない人向けの概要として、私は以下を参考にした。Charles D. Ferguson's 2011 work, *Nuclear Energy: What Everyone Needs to Know* (Oxford University Press).

イスラエルがギリシャで戦闘機の演習を行なった件について、私の同僚のマイケル・R・ゴードンとエリック・シュミットが詳細な記事を書いている。Michael R. Gordon and Eric Schmitt "U.S. Says Israeli Exercise Seemed Directed at Iran," *New York Times*, June 20, 2008. イスラエルがシリアの原子炉を爆撃した件について最も詳しい記事は、以下の通り。Seymour M. Hersh in the *New Yorker*, "A Strike in the Dark," in February 2008. その1年後、ダン・マーフィーは、以下の記事で問いかけた。Dan Murphy, writing for the *Christian Science Monitor* in October 2009, "Could an Israeli Air Strike Stop Iran's Nuclear Program?" 彼の記事は、イスラエル空軍の元参謀総長ダン・ハルツの言葉を引用している。ハルツは「イランの核開発計画を断念させるために、イスラエルは具体的にどれほど遠くまで飛ぶつもりか」と質問された。その時のハルツの答えは、「2000キロメートル」だった。これは、テルアビブからナ

タンズ核燃料施設までのおおよその距離である。イラクのオシラク原子炉を爆撃した当時の説明について、私は以下の記事も参考にした。David K. Shipler's 1981 account in the *Times*, "Israeli Jets Destroy Iraqi Atomic Reactor; Attack Condemned by U.S. and Arab Nations," いまもアクセスできる。www.nytimes.com/1981/06/09/world/israeli-jets-destroy-iraqi-atomic-reactor-attack-condemned-us-arab-nations.html.

イスラエルがディモナの砂漠にナタンズ核燃料施設のレプリカを建設した件は、同僚のサンガーの 2018 年の書籍に基づいた。David Sanger's *The Perfect Weapon: War, Sabotage, and Fear in the Cyber Age* (Crown, 2018).（デービッド・サンガー著『世界の覇権が一気に変わる サイバー完全兵器』／朝日新聞出版）。2008 年にイランのアフマディネジャド大統領が記者やカメラマンを招いて、ナタンズの施設内を案内した件は、次の記事に詳しい。William Broad in the *Times*: "A Tantalizing Look at Iran's Nuclear Program." この時の写真について私は、非営利組織「ウィスコンシン州核兵器管理プロジェクト」が運営する「イランウォッチ」が、2008 年に公表した写真を参考にした。以下で確認できる。www.iranwatch.org/our-publications/worlds-response/ahmadinejad-tours-natanz-announces-enrichment-progress.

アメリカ＝イスラエルのサイバー兵器の詳細については、諜報機関の匿名の高官や分析官を取材した際の内容を大いに活用した。だがその多くは、同僚のデイヴィッド・サンガーの 2010 年と 2012 年の以下の 2 冊の内容をますます裏づけるだけだった。David Sanger 2012 *Confront and Conceal* 及び his 2010 work, *The Inheritance: The World Obama Confronts and the Challenges to American Power* (Crown).

スタックスネットとアメリカのバンカーバスター（地中貫通爆弾）のコスト比較については、「アメリカ政府説明責任局（GAO)」が公表している数字と、エクスプロイト・ブローカーである「ゼロディアム」が公表しているエクスプロイトの価格表を参考にした。GAO によれば、B2 戦略爆撃機 21 機は総額 447 億 5000 万ドルであり、逆算すると 1 機 21 億ドルになる (www.gao.gov/archive/1997/ns97181.pdf)。いっぽうゼロデイの価格表によれば、2019 年に最も宣伝されたゼロデイはひとつ 250 万ドルだった。とはいえ価格は上がり続けている (zerodium.com/program.html)。

スタックスネットがどのようにしてナタンズ核燃料施設に侵入したかについては、さまざまな説がある。2019 年にキム・ゼッターとハブ・モダコークが「ヤフー・ニュース」に投稿した記事によると、オランダの諜報機関 AIVD がイラン人エンジニアをリクルートし、そのエンジニアが、「重要なデータ」と「USB メモリを使って、ナタンズのシステムにスタックスネットを滑り込ませる時に、なくてはならない内部のアクセス」を提供したという。別の情報源はまったく別の説明をしている。そのため、私はその点について真相はわからないとする。

スタックスネットのゼロデイの詳細については、シマンテックのエリック・チェンとリアム・オマルチュに負うところが大きく、感謝している。ふたりは早いうちに、スタックスネットのコードについて詳細な分析を発表した。その分析は、スタンフォード大学ロースクールのキャリー・ナッヘンベルクが2012年に公表した、スタックスネットのフォレンジック分析にも組み込まれた。私はまた、本書に「ドイツ人」として登場するラルフ・ラングナーにも、是非とも礼を述べたい。彼が最初にスタックスネットのコード解析に着手してからおよそ10年が経ち、私が再びこのテーマに取り組んだ時、辛抱強くつきあってくれた。2011年にラングナーがTED Talkで行なったスタックスネットについてのプレゼンテーションは、いまなお最もわかりやすい分析である。以下で視聴可能。www.ted.com/talks/ralph_langner_cracking_stuxnet_a_21st_century_cyber_weapon?language=en.

今日に至るまでイランの高官は依然として、被害が出る前にスタックスネットを発見することができたという態度を崩していない。だが、公表された数字はその反対の事実を示している。2007～09年に、イランが遠心分離機の数を着実に増やしたあと、「国際原子力機関（IAEA）」の記録によれば、2009年6月から翌年にかけてその数は低下し続けた。以下を参照。David Albright, Paul Brannan, and Christina Walrond, “Did Stuxnet Take Out 1,000 Centrifuges at the Natanz Enrichment Plant?” Preliminary Assessment, Institute for Science and International Security, December 22, 2010, 及びDavid Albright, Andrea Stricker, and Christina Walrond’s “IAEA Iran Safeguards Report: Shutdown of Enrichment at Natanz Result of Stuxnet Virus?” Institute for Science and International Security Report, November 2010. 同じ年の11月、当時「イラン原子力庁」の長官だったアリー・アクバル・サーレヒーは「イスラーム共和国通信（IRNA）」に対して、ウイルスが実際、イランに到達したことは認めた。「1年数カ月前、西洋人はウイルスを（我々の）核開発施設に送り込んだ」しかし、と彼は続けている。「我々が警戒していたために、ウイルスが潜入しようとしたまさにその瞬間に発見し、ウイルスが（我々の装置に）害を及ぼすのを未然に防いだ」アメリカのマイケル・ヘイデン空軍大将のルビコン川の発言は、ヘイデン自身の演説から引用した。Gen. Michael Hayden’s Rubicon comments, February 2013 speech at George Washington University: www.c-span.org/video/?c4367800/gwu-michael-hayden-china-hacking.

ロシアと北朝鮮がアメリカのシステムに仕掛けた数々のサイバー攻撃について、より詳しく知りたい方は以下を読まれたい。Craig Whitlock and Missy Ryan, “U.S. Suspects Russia in Hack of Pentagon Computer Network,” *Washington Post*, August 6, 2015 及びChoe Sang-Hun and John Markoff, “Cyberattacks Jam Government and Commercial Web Sites in U.S. and South Korea,” *New York Times*, July 8, 2009. サイバーセキュリティと2008年の攻撃に関するオバマ大統領の発言は、以下を参照のこと。“Text: Obama’s Remarks on Cyber-Security,” *New York Times*, May 29, 2009, www.

nytimes.com/2009/05/29/us/politics/29obama.text.html. 私はまた、《ニューヨーク・タイムズ》紙の同僚と私の前任者であるジョン・マルコフが書いた、スタックスネットの当時の記事を活用した。"A Silent Attack, but Not a Subtle One," September 27, 2010, 及び Markoff, and Sanger's 2011 account, "Israeli Test on Worm Called Crucial in Iran Nuclear Delay," January 16, 2011.

ラルフ・ラングナーは寛大にも、TED Talk に至るまでの数日間と実際のプレゼンテーションのことを思い出して教えてくれた。その年の公式プログラムは、私のファクトチェックに大いに役立った。TED 2011 Program Schedule available at conferences.ted.com/TED2011/program/schedule.php.html.

第一〇章：ファクトリー——バージニア州レストン

スタックスネットの攻撃を受けた件について、エネルギー関連企業「シェブロン」の当時の最高情報責任者（CIO）の発言は、以下を参照。Rachael King, "Stuxnet Infected Chevron's IT Network," *Wall Street Journal*, November 8, 2010. デジタルの歩数計をつけられた牛については、以下を参照。Nic Fildes, "Meet the 'Connected Cow,'" *Financial Times*, October 25, 2007. IBM のワトソンについては、以下から引用した。Markoff's contemporary 2011 article: "Computer Wins on 'Jeopardy!': Trivial, It's Not," *New York Times*, February 16, 2011. アップルの「シリ」の音声アシスタント機能については以下に基づく。www.apple.com/newsroom/2011/10/04Apple-Launches-iPhone-4S-iOS-5-iCloud. 国防総省の闇予算とサイバー軍による攻撃型監視工作については、スノーデンの機密文書に基づいた以下の記事を参考にした。Barton Gellman and Ellen Nakashima's article: "U.S. Spy Agencies Mounted 231 Offensive Cyber-Operations in 2011, Documents Show," *Washington Post*, August 30, 2013. 次も参照されたい。Ryan Gallagher and Glenn Greenwald, "How the NSA Plans to Infect 'Millions' of Computers with Malware," *Intercept*, March 12, 2014. NSA のエクスプロイトとスパイ活動の縮小について、一般人向けの最も優れた記事は以下の通り。Jacob Appelbaum, Judith Horchert, and Christian Stöcker in *Der Spiegel*, "Catalog Advertises NSA Toolbox," December 29, 2013. 当時、国防総省の国防次官補代行を務め、のちに国防総省の「サイバー皇帝」と呼ばれることになるエリック・ローゼンバッハは、拡大し続けるゼロデイ市場が敵対国や非国家主体の手に渡って、アメリカの産業システムを攻撃することについて懸念を表明した。2013 年 3 月、ローゼンバッハが「AFCA サイバーセキュリティ・カンファレンス」で行なった基調講演（3 分 24 秒）は以下の通り。www.c-span.org/video/?c4390789/keynote-address-eric-rosenbach. さらに詳しく知りたい方は以下を参照のこと。The *Economist*'s 2013 take on the growing digital arms trade: "The Digital Arms Trade," March 2013. アメリカ政府による「NOBUS」の考えについて、マイケル・ヘイデン空軍大将の発言は以下で読める。Andrea Peterson's October 4, 2013, article for the *Washington Post*, "Why Everyone Is Left Less Secure When The NSA Doesn't Help Fix Security Flaws." ルーターのハッキングに関す

るNSA分析官の発言は、スノーデンの機密文書から引用したが、以下の記事にも詳しい。The *Intercept*'s March 12, 2014, article, "Five Eyes Hacking Large Routers." NSAがゼロデイ購入のために新たに加えた2510万ドルの闇予算は、2013年8月のブライアン・ファングの《ワシントン・ポスト》紙の記事に基づく。この記事は、スノーデンの機密文書にあった、国防総省の闇予算の記述をもとにしている。その予算でNSAが新たに購入できるゼロデイの個数の見積もりは、以下の分析による。Stefan Frei's 2013 analysis for NSS Labs, "The Known Unknowns: Empirical Analysis of Publicly Known Security Vulnerabilities." 同僚のスコット・シェーンと私は、スノーデン文書がNSAの士気にもたらした影響について、《ニューヨーク・タイムズ》紙で記事にした。同様の記事もある。 January 2, 2018, article by Ellen Nakashima and Aaron Gregg for the *Washington Post*, "NSA's Top Talent Is Leaving Because of Low Pay, Slumping Morale and Unpopular Reorganization." ゼロデイの寿命について、ユニークな経験的分析は以下を参照のこと。Lillian Ablon and Andy Bogart's 2017 RAND study, *Thousands of Nights: The Life and Times of Zero-Day Vulnerabilities and Their Exploits*, www.rand.org/pubs/research_reports/RR1751.html. それより早い2012年の調査では、ゼロデイの平均寿命は10カ月だった。Leyla Bilge & Tudor Dumitras, "Before We Knew It: An Empirical Study of Zero-day Attacks in the Real World," この調査はその年、「ACM コンピュータと通信のセキュリティに関するアジア地区国際会議（ACM CCS）」で大きく取り上げられた。

「脆弱性リサーチ研究所（VRL）」に関する報告は、私自身が摑んだ情報と、VRLの当時と元の従業員及びウェブサイトに基づく。だが、私が嗅ぎまわっていることをVRLに知られた直後に、同社の仕事に関する記述が、VRLのウェブサイトから削除された。私はVRLの仕事の詳しい内容を、当時と元の従業員のリンクトインのページから探し出した。どの企業が攻撃型サイバー兵器売買に参加しているかを把握する上で、リンクトインは優れた情報源である。留意すべき点は、「エンドゲーム」「ネットラガード」「エクソダス・インテリジェンス」など、本章に登場するほかの企業の一部がどこも、その数年前から、「政府機関にゼロデイを売却するのをやめた」と主張していることである。VRLと国防総省、空軍、海軍との契約について、私は政府の調達先データベースから情報を摑んだ。「他の追随を許さない」というVRLのマーケティング上の謳い文句は、同社が「コンピュータ・サイエンシズ・コーポレーション（CSC）」に買収された際のプレスリリースにあった、VRLのCEO自身の発言から引用した。以下を参照。"CSC Acquires Vulnerability Research Labs, Press Release," *Business Wire*, 2010. トランプ大統領が外交政策を転換してクルド人を見捨てたことについて、もっと詳しく知りたい方は以下を参照されたい。Robin Wright's October 2019 *New Yorker* piece: "Turkey, Syria, the Kurds and Trump's Abandonment of Foreign Policy." ジャマル・カショギを残忍な方法で殺害したことについて、トランプ大統領が当時、サウジアラビアを非難しなかった件は、以下を参考にした。Greg Myre's November 20, 2018, account for NPR, " 'Maybe He Did, Maybe He Didn't':

Trump Defends Saudis, Downplays U.S. Intel."

本章の最後で紹介した、ゼロデイが敵の手に落ちる危険性が高まっているというキース・アレクサンダー長官の発言は、以下の記事に基づく。James Bamford's June 2013 piece for *Wired*, "NSA Snooping Was Only the Beginning. Meet the Spy Chief Leading Us into Cyberwar."

第一一章：クルド——カリフォルニア州サンノゼ

本章は、その後にモバイルセキュリティ会社「Fyde」を創業したシナン・エレンに多くを負っており、彼に感謝の意を表したい。エレンは生い立ちや「イミュニティ」で働いた時の経験を教えてくれた。本章はまた、デイヴィッド・エヴェンデンの協力なしに書くことはできなかった。エヴェンデンもアラブ首長国連邦での経験を私に教えてくれたが、それが彼の身の安全を大きな危険に曝すことだったと、改めて指摘しておきたい。

私がルイージ・アウリエンマとドナート・フェランテの会社「レヴルン」について初めて記事にしたのは、2013年3月の《ニューヨーク・タイムズ》紙だった。その2カ月後、ふたりは、ロイターのジョセフ・メンの取材に「僕たちが売っているのは兵器じゃない。情報だ」と答えた。以下を参照。"Special Report: U.S. Cyberwar Strategy Stokes Fear of Blowback."

留意すべき点は、ゼロデイの開示に関する議論がサイバーセキュリティだけに限った話ではないことだ。科学者は生物学的研究の公表について、長く意見を戦わせてきた。研究成果を公表すれば、ウイルスの拡散を阻止できるいっぽう、ならず者の科学者がウイルスを兵器化してスーパー生物兵器を製造することもできる。「強毒型のH5N1型病原性鳥インフルエンザが、哺乳類のあいだでどのように伝染するか」について、オランダの科学者が研究結果を公表しようとした時、ある科学諮問委員会が公表を検閲しようとした。アンソニー・ファウチ博士（アメリカのコロナ対策で、のちに首席医療顧問を務めることになる）などの擁護者が検閲に反対し、情報を開示したほうが「数少ない悪人にこの問題に関与させるよりも、より多くの善人に関与してもらいやすくなる」と主張した。最終的に、鳥インフルエンザの報告書は検閲なしに公表された。以下を参照。Donald G. McNeil, "Bird Flu Paper Is Published after Debate," *New York Times*, June 21, 2012.

「ワッセナー・アレンジメント」の歴史は以下を参照。Raymond Bonner, "Russia Seeks to Limit an Arms Control Accord," *New York Times*, April 5, 1996.

「FinSpy」のスパイウェアに関する本書の記述は、《ニューヨーク・タイムズ》紙の私自身の記事に基づく。その記事はところどころ、トロント大学ムンク国際問題・

公共政策研究所「シチズンラボ」のリサーチャーの協力を得て書いたものである。とりわけ、シチズンラボのフェローであるビル・マークザックの調査に負うところが大きい。彼の助けがなかったら、これらの記事を書くことはできかった。もっと詳しく知りたい方は、2012年に書いた私の記事を読んでいただきたい。The *New York Times*: "Researchers Find 25 Countries Using Surveillance Software," March 13, 2013; "Elusive FinSpy Spyware Pops Up in 10 Countries," August 13, 2012; "Software Meant to Fight Crime Is Used to Spy on Dissidents," August 31, 2012; 及び "How Two Amateur Sleuths Looked for FinSpy Software," August 31, 2012. セキュリティ・リサーチャーとセキュリティ企業が、ワッセナー・アレンジメントの規制対象の拡大に猛反対している理由について、詳しくは以下の記事を読まれたい。Kim Zetter, "Why an Arms Control Pact Has Security Experts Up in Arms," *New York Times*, June 24, 2015.

暗号化の輸出規制に関する最も優れた概要は、「U.S. Department of Commerce's Bureau of Industry and Security（商務省産業安全保障局）」のウェブサイトの図表である。同サイトでは禁輸国をリスト化し、どの国が売却側にライセンスの取得を義務づけているかについても言及している。また半年に一度、売却報告を求められることについても言及している。以下を参照されたい。www.bis.doc.gov/index.php/documents/new-encryption/1651-740-17-enc-table/file.『電子監視のリトル・ブラックブック』について、及び2016年に『電子監視のザ・ビッグ・ブラックブック』と名前を変えた件については、以下を参照。Sharon Weinberger's July 19, 2019, op-ed in the *New York Times*: "Private Surveillance Is a Lethal Weapon Anybody Can Buy," July 19, 2019.

ケヴィン・ミトニックがゼロデイ・エクスプロイト売買に手を染めるようになった件については、アンディ・グリーンバーグによる以下の記事を参考にした。Andy Greenberg's September 24, 2014, *Wired* article, "Kevin Mitnick, Once the World's Most Wanted Hacker, Is Now Selling Zero-Day Exploits." イミュニティが開発した「キャンバス」の説明は、同社のウェブサイトをもとにしている。www.immunityinc.com/products/canvas.

1990年代のトルコでおおぜいのクルド人が行方不明になった件について、さらに詳しく知りたい方は以下を参照されたい。Human Rights Watch, "Time for Justice: Ending Impunity for Killings and Disappearances in 1990s Turkey," September 3, 2012, www.hrw.org/report/2012/09/03/time-justice/ending-impunity-killings-and-disappearances-1990s-turkey.

本章で紹介した内容の一部は、「ダークマター」とNSOについて3人の同僚と私が書いた包括的な記事にも含まれている。Mark Mazzetti, Adam Goldman, Ronen Bergman and Nicole Perlroth at the *New York Times*, "A New Age of Warfare: How

Internet Mercenaries Do Battle for Authoritarian Governments," March 21, 2019. アラブ首長国連邦が反体制派を標的に行なっていた監視活動と、同連邦との関連を示すフォレンジックな証拠を求めて、シチズンラボのビル・マークザックとジョン・スコット＝レイルトンは調査を行なっていた。私はその監視活動の首謀者が誰かを知らないまま、3年前にその調査について報じていた。

ロイターのふたりの記者ジョエル・シェクトマンとクリストファー・ビングは、2019年に初めて、これらの活動がアメリカのサイバー傭兵と関係があるばかりか、10年に及ぶ取り組みとも関連することを報じた。つまり、すでに10年ものあいだ、ホワイトハウスの対諜報活動の元高官は、アラブ首長国連邦の監視市場に食い込もうとしていたことになる。以下を参照。Christopher Bing and Joel Schectman, "Inside the UAE's Secret Hacking Team of American Mercenaries," Reuters, January 30, 2019, and "White House Veterans Helped Gulf Monarchy Build Secret Surveillance Unit," Reuters, December 10, 2019.

私はエヴェンデンだけでなく、サイバーポイントやダークマターに雇われていたほかの人たちを取材し、ダークマターがFIFA、カタールの政府関係者をハッキングし、ミシェル・オバマのメールまで覗き見していたことを知った。本書は、ミシェル夫人のメールがハッキングされていたことを詳細に公表した、初めての本である。ミシェル夫人の中東訪問の詳細は、以下の記事を参考にして肉づけした。Associated Press, "First Lady Michelle Obama Arrives in Qatar for Speech," November 2, 2015; Nick Anderson, "First Lady Urges Fathers Worldwide to Join 'Struggle' for Girls' Education," *Washington Post*, November 4, 2015. 及び Paul Bedard, "Michelle Obama's 24 Minute Speech in Qatar Cost $700,000," *Washington Examiner*, December 9, 2015. のちに明らかになるように、2022年のワールドカップを招致するために、カタールがFIFAに賄賂を贈ったと疑う充分な理由が、アラブ首長国連邦にはあった。本書を印刷にまわす準備をしていた2020年4月頃、米司法省が公にしたところによると、カタール（とロシア）はFIFAの5人のメンバーを買収することで、2018年のロシア開催の時と同じように、2020年のカタール開催も確実にしたという。起訴状は、南アフリカ共和国のFIFAの理事3人が賄賂を受け取ってカタールに投票した、と非難していた。以下を参照。Tariq Panja and Kevin Draper, "U.S. Says FIFA Officials Were Bribed to Award World Cups to Russia and Qatar," *New York Times*, April 6, 2020.

サウジアラビア、アラブ首長国連邦、カタールの3カ国の関係は、中東について最も理解しにくい関係だが、関心がある人にとって断然わかりやすい説明は、私の同僚が書いた以下の記事である。Declan Walsh for the *New York Times*, "Tiny, Wealthy Qatar Goes Its Own Way, and Pays for It," January 22, 2018.

アラブ首長国連邦の「債務者刑務所」送りについては、以下の記事でファクトチェ

ックした。Jason DeParle's account, "Migrants in United Arab Emirates Get Stuck in Web of Debt," *New York Times*, August 20, 2011.

2019年後半、同僚のマーク・マゼッティと私は、アラブ首長国連邦の監視が極めて残忍で革新的な方法になったことを報じた。2019年12月、私たちはアップルとグーグルのアプリストアで手に入る、一見、何の害もなさそうな「ToTok」のメッセージングアプリについて報じた。「ToTok」はダークマターの子会社が開発した、アラブ首長国連邦の機密の監視ツールである。アップルとグーグルはその後、アプリをストアから削除したが、私たちの報道が明らかにしたように、アラブ首長国連邦はすでに、「ToTok」をダウンロードした世界中の数百万人の人たちから、連絡先、顔、声紋、写真、電話、テキストメッセージを収集したあとだった。

第一二章：ダーティ・ビジネス――マサチューセッツ州ボストン
エクスプロイト・ブローカーであるアドリエル・デザウテルスが、彼の活動の裏表について時間を割いてくれ、辛抱強く教えてくれたことに、私は多くを負っている。2002年初めに、デザウテルスがゼロデイの件でヒューレット・パッカードと揉めた話について、私は法定通知で裏付けをとった。当時の記事は以下の通り。Declan McCullagh, "HP Backs Down on Copyright Warning," Cnet, August 2, 2002, and Joseph Menn, "Hackers Live by Own Code," *Los Angeles Times*, November 19, 2003.

プロフィールが公になった最初のスパイウェアの売却者のひとりは、ブルームバーグが報じたマーティン・J・ムエンチ、通称MJMであり、「フィンフィッシャー」スパイウェアの背後にいたドイツ人スパイウェア起業家である。以下を参照。Vernon Silver, "MJM as Personified Evil Says Spyware Saves Lives Not Kills Them," Bloomberg, November 8, 2012. MJMはその後、新しい会社「MuShunグループ」に移り、アラブ首長国連邦とマレーシアで新たなオフィスを華々しく開設した。

フィンフィッシャーとガンマグループのスパイウェアが、監視国家の反体制派に使われていることについて、私はシチズンラボのリサーチャーの大きな助けを得て報じた。以下の記事を参照。"Ahead of Spyware Conference, More Evidence of Abuse," *New York Times*, October 10, 2012. 及び "Intimidating Dissidents with Spyware," *New York Times*, May 30, 2016, and later chronicled NSO Group in a number of articles for the *Times*.

ジョージ・ホッツとエクスプロイト・ブローカーの会話がオンラインに流出したあと、ホッツは取引は成立しなかったと言った。そのiOSのエクスプロイトは最終的に、中国企業に100万ドルで売却されたと報じられた。記者にそのことを訊かれて、ホッツは《ワシントン・ポスト》紙に「倫理はあまり好きじゃないんだ」と答えている。以下を参照。Ellen Nakashima and Ashkan Soltani, "The Ethics of Hacking 101," October

7, 2014. エクスプロイトを売って得たお金で膨らんだダッフルバッグとともに写った「グラッグク」の有名な写真は、ゼロデイ・エクスプロイトの価格表とともに、アンディ・グリーンバーグの《フォーブス》誌の記事を大きく飾った。以下を参照。"Shopping for Zero-Days: A Price List For Hackers' Secret Software Exploits," March 23, 2012. アンディ・グリーンバーグによれば、その価格表は、アドリエル・デザウテルスの会社「ネットラガード」や、ゼロデイ市場のほかの情報源をもとにしたという。2013年、同僚のデイヴィッド・サンガーと私は、これまで最高額をつけたiOSのゼロデイが25万ドルだったことを、以下の記事で明らかにした。"Nations Buying as Hackers Sell Flaws in Computer Code," *New York Times*, July 13, 2013. その後、「ゼロディアム」は価格にまつわるいかなる秘密も消し去り、2015年11月にウェブサイトで価格表を完全に公開した。その価格表によると、iOSのエクスプロイトの価格はすでに2倍に跳ね上がっていた。ゼロディアムの最新の価格表については、以下を参照されたい。zerodium.com/program.html. 記者はゼロディアムが扱うエクスプロイトの価格の高騰について、入念に調査を行なった。以下を参照。Lily Hay Newman, "A Top-Shelf iPhone Hack Now Goes for $1.5 Million," *Wired*, September 29, 2016; Andy Greenberg, "Why 'Zero-day' Android Hacking Now Costs More Than iOS Attacks," *Wired*, September 3, 2019; Lorenzo Francheschi-Bicchierai, "Startup Offers $3 million to Anyone Who Can Hack the iPhone," April 25, 2018.「電子フロンティア財団」が申請した「情報公開法」のおかげで、2015年、私たちはNSAがヴペンの顧客だと知った。以下を参照。Kim Zetter, "US Used Zero-Day Exploits Before It Had Policies for Them," *Wired*, March 30, 2015. ゼロデイ市場に対する、まったく新しい知識の窓が開いたのは、2015年に「ハッキング・チーム」が、謎のハッカー集団「フィニアス・フィッシャー」にハッキングされた時だった。ハッキング・チームが暴露した文書は、ウィキリークスで読むことができる。wikileaks.org/hackingteam/emails. 当時の記事は、以下で読むことが可能。The *Vice* Motherboard blog: Lorenzo Franceschi-Bicchierai, "Spy Tech Company 'Hacking Team' Gets Hacked," July 5, 2015; Lorenzo Franceschi-Bicchierai, "The Vigilante Who Hacked Hacking Team Explains How He Did It," April 15, 2016; Franceschi-Bicchierai, "Hacking Team Hacker Phineas Fisher Has Gotten Away With It," November 12, 2018. 及び David Kushner, "Fear This Man," *Foreign Policy*, April 26, 2016; Ryan Gallagher, "Hacking Team Emails Expose Proposed Death Squad Deal, Secret U.K. Sales Push and Much More," *Intercept*, July 8, 2015; Cora Currier and Morgan Marquis-Boire, "Leaked Documents Show FBI, DEA and U.S. Army Buying Italian Spyware," *Intercept*, July 6, 2015; Franceschi-Bicchierai, "Hacking Team's 'Illegal' Latin American Empire," *Vice*, April 18, 2016; Joseph Cox, "The FBI Spent $775K on Hacking Team's Spy Tools Since 2011," *Wired*, July 6, 2015. 及び Mattathias Schwartz, "Cyberwar for Sale," *New York Times*, January 4, 2017.

ハッキング・チームの暴露をもとに、ゼロデイ市場の優れた分析を行なったのは、リサーチャーのヴラッド・トシャークルヴィッシュである。以下を参照。Vlad

Tsyrklevich, “Hacking Team: A Zero-day Market Case Study,” July 26, 22, 2015, tsyrklevich.net/2015/07/22/hacking-team-0day-market. トシャークルヴィッシュが取り上げたのは、ハッキング・チームがマイクロソフトオフィスの電子メールのエクスプロイトを、インドのジャイプルにある「レオ・インパクト・セキュリティ」という企業から購入した話だ。ゼロデイを売却するインドの企業がレーダー画面に登場したのは、記憶にある限り、この時が初めてだった。

ヴィンチェンゼッティが彼のチームに送った、「想像してみろよ。ウィキリークスのサイトで、地球上でいちばん邪悪なテクノロジーについて、君が説明している記事を！☺」という未来を予見した彼のメールは、いまも以下で見ることができる。wikileaks.org/hackingteam/emails/emailid/1029632.

ネットラガードはゼロデイ販売の副業をやめる、というデザウテルスの発表を報じた記事は、以下の通り。Dan Goodin for *Ars Technica*, “Firm Stops Selling Exploits after Delivering Flash 0-Day to Hacking Team,” July 20, 2015.

第一三章：プロの殺し屋――メキシコ、アラブ首長国連邦、フィンランド、イスラエル

未公開株式投資ファンド「フランシスコ・パートナーズ」とNSOグループとの関係は、以下を参照。Orr Hirschauge, “Overseas Buyers Snap Up Two More Israeli Cyber Security Firms,” *Haaretz* March 19, 2014.

FBIが「ゴーイング・ダーク問題」を初めて公にした際の証言は、以下を参照。Valerie Caproni, General Counsel, FBI, Testimony Before the House Judiciary Committee, Subcommittee on Crime, Terrorism, and Homeland Security, February 17, 2011.「ゴーイング・ダーク問題」はのちに、NSOの売り込み文句になった。NSOグループの価格設定については、私の《ニューヨーク・タイムズ》紙の記事に詳しい。Nicole Perlroth, 2016 account in the *New York Times*, “Phone Spying Is Made Easy. Choose a Plan,” September 3, 2016. 2015年、ハッキング・チームはインストール費を20万ユーロと設定し、追加機能については5～7万ユーロを別途に要求した。リークされたところによれば、いっぽうのNSOは「ブラックベリー」ユーザー5人に対するハッキングに50万ドルを、「シンビアン」（英国のソフトウェア・ライセンス会社。2009年にノキアに買収された）ユーザー5人に対するハッキングに30万ドルを、インストール費とは別途に請求したという。NSOはまた、年間17パーセントをメンテナンス費として請求していた。

NSOグループの「無線によるステルスのインストール」に対してハッキング・チームが抱いた懸念は、ウィキリークスに暴露されたメールで読むことができる。wikileaks.org/hackingteam/emails/emailid/6619.

NSO グループとメキシコの政府機関との関係について私が初めて知ったのは、ある情報源が2016年に私にもたらしたリークだった。私はメキシコ支局長のアザム・アフメドとタッグを組み、消費者権利の活動家、医師、ジャーナリスト、国際的弁護士、さらには標的となった家族について、2017年6月の記事で詳細に報じることができた。以下を参照。Nicole Perlroth, "Invasive Spyware's Odd Targets: Mexican Advocates of Soda Tax," *New York Times*, February 12, 2017; Ahmed and Perlroth, "Spyware Meant to Foil Crime Is Trained on Mexico's Critics," *New York Times*, June 19, 2017; 及び Ahmed and Perlroth, "Using Texts as Lures, Government Spyware Targets Mexican Journalists and Their Families," *New York Times*, June 19, 2017. 私たちの記事によって抗議デモが発生し、独自調査を求める声が上がった。メキシコの大統領は、政府がNSOのスパイウェアを入手したことは認めたものの、悪用については否定した。大統領はまた、私たちに曖昧な脅し文句を吐いたが、のちに撤回した。以下を参照されたい。Ahmed, "Mexican President Says Government Acquired Spyware but Denies Misuse," *New York Times*, June 22, 2017. 独自調査の要求については以下の通り。Kirk Semple, "Government Spying Allegations in Mexico Spur Calls for Inquiry," *New York Times*, June 21, 2017. 今日に至るまで、独自調査の類いは行なわれていない。

NSO グループとフィンランドとの関係を証明する文書はない。フィンランドがスパイツールに関心を抱く理由をもっと理解するためには、以下を参照。Simon Tidsall, "Finland Warns of New Cold War over Failure to Grasp Situation in Russia," *Guardian*, November 5, 2014, 及び Eli Lake's interview with Finnish president Sauli Niinistö: "Finland's Plan to Prevent Russian Aggression," Bloomberg, June 12, 2019.

アラブ首長国連邦でNSO グループのスパイウェアが、それも特にアフメド・マンスールに対して使われたことについて最初に調査結果を公表したのは、ビル・マークザック、ジョン・スコット＝レイルトン、「ルックアウト」のリサーチャーだった。以下を参照。"The Million Dollar Dissident: NSO Group's iPhone Zero-Days Used against a UAE Human Rights Defender," Citizen Lab, August 24, 2016. そしてその報告を、私が《ニューヨーク・タイムズ》紙で報じた。以下を参照。Nicole Perlroth, "iPhone Users Urged to Update Software After Security Flaws Are Found," August 25, 2016. 以下も参照のこと。Perlroth, "Apple Updates iOS to Patch a Security Hole Used to Spy on Dissidents," *New York Times*, August 26, 2016, 及び Richard Silverstein, "Israel's Cyber Security Firm 'NSO Group' Permits Foreign Intelligence Agencies to Spy on Human Rights Activists," Global Research, June 20, 2017. その後、マークザック、レイルトン、シチズンラボのリサーチャーであるサラ・マッキューン、バール・アブドゥル・ラザック、ロン・ダイバートが、NSO グループの「ペガサス」が45カ国のサイバー工作で使用されていることを発見した。以下を参照。"Hide and Seek:

Tracking NSO Group's Pegasus Spyware to Operations in 45 Countries," Citizen Lab, September 18, 2018. NSOの顧客は同社のスパイウェアを、別の国のサーバーかVPN（バーチャル・プライベート・ネットワーク）を使って送付できるため、世界のあちこちのサーバーを使って経路を変更して、データを送付できた。そのため、それらの国のサーバーは単なる囮にすぎず、ほかの国のサイバー工作のために、クラウドサーバーをホスティングしていた可能性が高い。

アフメド・マンスールに関する引用と彼の個人的な話は、マンスールが監禁される前に私がインタビューした際の内容に基づく。「アムネスティ・インターナショナル」と「湾岸人権センター」は、気の滅入るような今回の事件と彼の健康状態をずっと追ってきた。以下を参照。Amnesty International, "UAE: Activist Ahmed Mansoor Sentenced to 10 Years in Prison for Social Media Posts," May 31, 2018. 及び the Gulf Centre for Human Rights, "United Arab Emirates: Call for Independent Experts to Visit Ahmed Mansoor, on Liquids Only Hunger Strike since September," February 2, 2020.

報道権に対するトルコの非道な仕打ちについては、以下の通り。Committee to Protect Journalists, "Turkey: A Journalist Prison," December 13, 2016.

第一四章：オーロラ作戦——カリフォルニア州マウンテンビュー

本章は、私の取材に応えてくれた、グーグルのリサーチャーたちに多くを負っている。のちに「オーロラ作戦」と呼ばれることになる、グーグルのシステムに対する中国のサイバー攻撃について、私のために時間を割いてくれ、本書での公表を許可してくれたことに感謝する。

真珠湾攻撃の始まりについて歴史的な説明は、以下を参照のこと。"Officer Mistook Radar Warning of Pearl Harbor Raid," *Columbus Dispatch*, February 25, 2010.

本書でいう「オーストラリア僻地」とは、アメリカとオーストラリアの「パインギャップ共同防衛施設（JDFPG）」を指している。以下を参照のこと。Jackie Dent, "An American Spy Base Hidden in Australia's Outback," *New York Times*, November 23, 2017.

セルゲイ・ブリンがさまざまなバイクで通勤するのを好むことは、以下を参照。Richard Masoner, "Sergey Brin Rides an Elliptigo," Cyclelicious, October 21, 2011, その様子は、コメディ映画「インターンシップ」でも描かれて有名になった。以下の通り。*The Internship*: Megan Rose Dickey, "The Internship' Movie Is a Two-Hour Commercial for Google," *Business Insider*, May 24, 2013. また、セルゲイ・ブリンの経歴や人物像に迫った雑誌の特集記事も参考にした。 *Moment* magazine for his biography: Mark Malseed, "The Story of Sergey Brin," May 6, 2007.

《ニューヨーク・タイムズ》紙で中国のサイバー攻撃の記事を書いた直後、私は同僚のデイヴィッド・サンガーとデイヴィッド・バルボッサの3人で、中国の「61398部隊」について明らかにした。以下を参照。David Sanger, David Barboza and Nicole Perlroth's February 19, 2013 article, "China's Army Seen as Tied to Hacking against U.S." 一部、サイバーセキュリティ会社「マンディアント」の調査に基づいて書いたこの記事がきっかけになって、その後、人民解放軍の5人のメンバーが起訴された。とはいえ、身柄をアメリカ側に引き渡された者はいない。それより前の時点で、《ニューヨーク・タイムズ》紙の同僚と私は、海外の標的をハッキングする国家的サイバー攻撃の拠点だった中国の大学の学生について報じていた。以下を参照。John Markoff and David Barboza, "2 China Schools Said To Be Tied To Online Attacks," *New York Times*, February 18, 2010; Barboza, "Inquiry Puts China's Elite In New Light," *New York Times*, February 22, 2010; James Glanz and John Markoff, "State's Secrets: Day 7; Vast Hacking by a China Fearful of the Web," *New York Times*, December 5, 2010; 及び Perlroth, "Case Based in China Puts a Face on Persistent Hacking," *New York Times*, March 29, 2012. 中国が西洋の標的をサイバースパイしていた件については、以下も参照のこと。David E. Sanger and Nicole Perlroth, "Chinese Hackers Resume Attacks on U.S. Targets," *New York Times*, May 20, 2013; Perlroth, "China Is Tied To Spying On European Diplomats," *New York Times*, Dec 10, 2013; Perlroth, "China Is Said to Use Powerful New Weapon to Censor Internet," *New York Times*, April 10, 2015; Helene Cooper, "Chinese Hackers Steal Naval Warfare Information," *New York Times*, June 9, 2018; David E. Sanger, Nicole Perlroth, Glenn Thrush, and Alan Rappeport, "Marriott Data Breach Traced to Chinese Hackers," *New York Times*, December 12, 2018; 及び Nicole Perlroth, Kate Conger, and Paul Mozur, "China Sharpens Hacking to Hound Its Minorities," *New York Times*, October 25, 2019.

グーグルが中国の検閲システムに悪戦苦闘したことについて、最も包括的な当時の記事は、以下の通り。Clive Thompson's 2006 account for the *New York Times Magazine*, "Google's China Problem (And China's Google Problem)," April 23, 2006. 中国当局がグーグルを「違法なサイト」と呼んだ件は、以下を参照。James Glanz and John Markoff, "Vast Hacking by a China Fearful of the Web," *New York Times*, December 4, 2010. グーグルは「邪悪な共犯者」になったという共和党の下院議員の発言をはじめ、アメリカの立法者がグーグルを批判したことについては、以下で確認が可能。Congressional testimony available on C-SPAN: "Internet in China: A Tool for Freedom or Suppression," www.c-span.org/video/?191220-1/internet-china. 中国人ジャーナリストの個人情報を差し出し、刑務所送りにした時のヤフーの行動については、以下を参照。Joseph Kahn, "Yahoo Helped Chinese to Prosecute Journalist," *New York Times*, September 8, 2005.

オーロラ攻撃を受けたあと、グーグルが中国から撤退した当時の記事は、以下を参照。Google's then general counsel David Drummond's blog post "A New Approach to China," Google Blog, January 2010. その時のブログを真っ先にニュースで取り上げたのは、CNNだった。以下を参照。Jeanne Meserve and Mike M. Ahlers, "Google Reports China-Based Attack, Says Pullout Possible," CNN.com, January 13, 2010. グーグルが攻撃を受けたあと、セルゲイ・ブリンは珍しく私の同僚のスティーブ・レーアのインタビューに応えている。"Interview: Sergey Brin on Google's China Move," *New York Times*, March 22, 2010. そのインタビューのなかでブリンは、長期的には中国もインターネットの検閲をやめざるを得ないだろうと、間違った予想を立てている。以下も参照されたい。Andrew Jacobs and Miguel Helft, "Google, Citing Cyber Attack, Threatens to Exit China," *New York Times*, January 12, 2010. その記事の指摘するところでは、34社のアメリカ企業がグーグルと同様のサイバー攻撃に遭ったが、その多くがいまも名乗り出ていない。以下も参照。Andrew Jacobs and Miguel Helft, "Google May End Venture in China over Censorship," *New York Times*. グーグルが中国市場を撤退したことについて、さらに包括的なタイムラインは以下を参照。Bobbie Johnson, "Google Stops Censoring Chinese Search Engine: How It Happened," *Guardian*, March 22, 2010.

中国のサイバー攻撃について、2010年3月にヒラリー・クリントンが行なった演説は、以下に詳しい。Paul Eckert and Ben Blanchard, "Clinton Urges Internet Freedom, Condemns Cyberattacks," Reuters, January 21, 2010.

中国のサイバー攻撃について、ジェームズ・コミーには別の発言もある。「アメリカには二種類の大企業がある。中国にハッキングされたことのある企業と、中国にハッキングされたことを知らない企業だ」以下で確認できる。Comey's 2014 interview with CBS News's Scott Pelley, October 5, 2014.

中国の否定と反応については、以下を参照。Tania Brannigan, "China Responds to Google Hacking Claims," *Guardian*, January 14, 2010; Brannigan, "China Denies Links to Google Cyberattacks," *Guardian*, February 23, 2010; and Eckert and Blanchard, "Clinton Urges Internet Freedom, Condemns Cyberattacks," 中国は今日に至るまで、自分たちは加害者ではなく被害者だという公的な立場を崩していない。

オーロラ攻撃において「マカフィー」が行なったフォレンジック分析によれば、中国のおもな目的は、ハイテク、サイバーセキュリティ、防衛関連の請負業社へのアクセスを確保し、ソースコードのレポジトリを変更することにあったという。当時、マカフィーのリサーチャーだったドミトリ・アルペロヴィッチは「(SCMは) 開け放たれている」と述べた。「誰もSCMの安全を考えていなかったが、これらはほとんどの企業にとって、さまざまな意味でクラウンジュエル（最も貴重な資産）である。そ

れまでも多くの時間と労力をかけて保護してきたか、いまも保護しているはずの、いかなる財務データや個人を特定するデータよりもはるかに貴重なものである」

20 億行というグーグルのコード行数については、以下を参照。Cade Metz, "Google Is 2 Billion Lines of Code—And It's All in One Place," *Wired*, September 16, 2015.

中国が「クマのプーさん」を検閲しているという情報は、以下の通り。Javier C. Hernández, "To Erase Dissent, China Bans Pooh Bear and 'N,' " *New York Times*, March 1, 2018.

グーグルがリーダーシップ、優先順位、中国戦略を変更したことについて、参考にした当時の記事は以下の通り。Conor Dougherty, "Google Mixes a New Name and Big Ideas," *New York Times*, August 11, 2015; James B. Stewart, "A Google C.F.O. Who Can Call Time-Outs," *New York Times*, July 24, 2015; 及び Luke Stangel, "Chinese Retail Giant Alibaba Opening New R&D Lab in San Mateo," *Silicon Valley Business Journal*, October 11, 2017. 中国市場に再参入するというグーグルの秘密の計画を最初に報じたのは、以下の記事である。*Intercept*: Ryan Gallagher, "Google Plans to Launch Censored Search Engine in China, Leaked Documents Reveal," August 1, 2018. その計画を知ったグーグルの従業員が抗議した件は、私の同僚が報じた。Kate Conger and Daisuke Wakabayashi in "Google Workers Protest Secrecy In China Project," *New York Times*, August 17, 2018. グーグルとアップルのアプリを使えば、サウジアラビアの男性が家族の女性メンバーの行動を監視できることについては、以下を参照。Ben Hubbard "Apple and Google Urged to Dump Saudi App That Lets Men Track Women," *New York Times*, February 14, 2019. グーグルと国防総省の極秘計画（プロジェクト「メイヴン」）と、その反動についても、私の同僚が報じている。Scott Shane and Daisuke Wakabayashi for the *Times*: "A Google Military Project Fuels Internal Dissent," April 5, 2018. グーグルの子会社であるユーチューブのトラブルについては、同僚の記事を参照されたい。Kevin Roose's reporting in "The Making of a YouTube Radical," *New York Times*, June 8, 2019. ユーチューブ・キッズの問題については、以下の通り。Sapna Maheshwari, "On YouTube Kids, Startling Videos Slip Past Filters," *New York Times*, November 4, 2017. 子どもの自殺を促す動画が、ユーチューブの検索フィルターをすり抜けていた。

モーガン・マーキー＝ボワールは、2016 年と 17 年、本書のために数時間も、それどころか数日間も私のインタビューに応じてくれた。最後の取材が終わってから数カ月後に、マーキー＝ボワールは、薬を飲ませて女性をレイプしたかどで訴追された。その恐ろしい話は、テクノロジー系ニュースサイトで報じられた。*The Verge*: Chloe Ann-King, " 'We Never Thought We'd Be Believed': Inside the Decade-Long Fight to Expose Morgan Marquis-Boire," November 29, 2017. 及び Sarah Jeong, "In Chatlogs,

Celebrated Hacker and Activist Confesses Countless Sexual Assaults," November 19, 2017. 私は何度も本人に連絡をしてコメントをとろうとしたが、彼が私の呼びかけに応じることはなかった。

サイバー戦争《せんそう》　終末《しゅうまつ》のシナリオ〔上〕

2022年 8 月10日　初版印刷
2022年 8 月15日　初版発行

＊

著　者　ニコール・パーロース
訳　者　江《え》 口《ぐち》 泰《たい》 子《こ》
監訳者　岡《おか》 嶋《じま》 裕《ゆう》 史《し》
発行者　早 川　浩

＊

印刷所　精文堂印刷株式会社
製本所　大口製本印刷株式会社

＊

発行所　株式会社　早川書房
東京都千代田区神田多町2－2
電話　03-3252-3111
振替　00160-3-47799
https://www.hayakawa-online.co.jp
定価はカバーに表示してあります
ISBN978-4-15-210154-9　C0031
Printed and bound in Japan
乱丁・落丁本は小社制作部宛お送り下さい。
送料小社負担にてお取りかえいたします。